文化的视野

——邱运华学术论文集

邱运华　著

人民出版社

责任编辑:宫　共
封面设计:源　源

图书在版编目(CIP)数据

文化的视野:邱运华学术论文集/邱运华 著. —北京:人民出版社,2021.7
ISBN 978-7-01-023310-9

Ⅰ.①文… Ⅱ.①邱… Ⅲ.①俄罗斯文学–文学研究–文集
　　Ⅳ.①I512.06-53

中国版本图书馆 CIP 数据核字(2021)第 062972 号

文化的视野
WENHUA DE SHIYE

——邱运华学术论文集

邱运华　著

人民出版社 出版发行
(100706　北京市东城区隆福寺街 99 号)

北京盛通印刷股份有限公司印刷　新华书店经销

2021 年 7 月第 1 版　2021 年 7 月北京第 1 次印刷
开本:710 毫米×1000 毫米 1/16　印张:22.75　字数:316 千字

ISBN 978-7-01-023310-9　定价:68.00 元

邮购地址 100706　北京市东城区隆福寺街 99 号
人民东方图书销售中心　电话 (010)65250042　65289539

目　录

【当代语境】

【当代语境】

"区域研究"的学术史与新建构①

关于"文化研究"的未来走向问题，学术界的议论不止三两天，也并非缺乏真知灼见和研究创新，从文本研究到器物功能的学术史研究，或者研究新媒体、新型文化产业等，无论如何，文化研究作为学术型活动，在现实生活中发挥着越来越明显的作用。本文的意图乃是借助"区域研究"（area studies）这一概念，加入"软实力"（soft power）这个内涵，对它进行重新编码，试图在文化研究的视域下建立起新型区域研究的理论框架。

一、"区域研究"的名与实

区域研究（area studies）作为一个冷战时期的社会科学术语，主要指"以国家规模的区域为对象，在注意各地区共识的同时，注意地区的特色并比较其他地区，广泛研究该地区的政治、经济、产业、法律制度、社会、文化、民俗的学科。"② 实际上，上述解释并未有效揭示事物

---

① 本文最初发表于《求索》2014 年第 2 期。

② 维基百科"区域研究"词条。

的本质，而仅仅表述了这个术语被抹平意识形态后的现象。

美国是区域研究的发源地。区域研究是美国外交政策调整后介入世界的一个新发明，也是调整政府与大学、非政府机构之间传统关系的新举措。美国大学的功能有两次重大调整，一次是 19 世纪 60 年代林肯就任美国总统之后，以赠地的方式把许多土地赠送给州立大学，以兴办工程、技术、经济、贸易、农业、牧业、医学等领域的州立大学，实现了大学从欧洲传统的人文研究向应用研究的转向；另一次则是第二次世界大战后的冷战之初，由政府以项目的形式向大学学者购买"敏感区域"的社会科学研究成果。这个敏感区域指"远东"（中国、日本、朝鲜）、苏联及其盟国、印度、阿拉伯国家和巴勒斯坦等国家和地区。早在 1904 年，美国总统西奥多·罗斯福提出美国的"国际警察"责任；1947 年，杜鲁门提出美国对"世界秩序"的责任等，都成为美国关注美洲事务之外的其他地区的前提。特别是冷战时期，对东方的研究成为美国社会科学研究的大背景。这个时期，美国人文社会科学学者达成了与政府意图的高度一致，形成了对新兴国家和非民主国家的意识形态战争的共同协议，这就是所谓美国的"政府智库"。据日本学者渡边靖在《美国文化中心》一书里说："……本尼迪克特和米德就曾经在战时信息办公室工作过。米德所著的对美国的国民性进行深刻剖析的《一位人类学家观察美国》（*And keep your powder Dry*，*An Anthroplogist Looks at America*，1942 年）以及本尼迪克特剖析美国敌对国（德国、罗马尼亚和日本等）国民性的论著都诞生于其在战时信息办公室工作期间。本尼迪克特于 1945 年写成了报告书《日本人的行为模式》（*Japanese Behavior patterns*）。翌年，报告被整理成书出版，取名《菊与刀》（*The Chrysanthemum and the Sword*）。众所周知，这本书不仅对美国的对日占领政策产生了巨大的影响，而且对于战后日本人的自我认识也有很大的帮助。此外，这里还包括因在《须惠村》（*Suye Mura*，1939 年）一书中所做的研究而闻名的约翰·恩布里和因《人类之镜》（*Mirror for* man，1952 年）而广为人知的克莱德·克拉克洪。仅在人类学家之中，就有约半数的人是专职的，兼职人员约占四分之一，他们都参与了战争。"①而同时，渡边靖还写道："在英国谍报机构的帮助下建立起来的战略情报局里，政治学、经济学、心理学、地理学、博物学等各个领域的研究者和专家负责敌国提供假情报，以混淆视听。"②因此，他归结说："在美国中央情报局和国务院合作的基础上，冷战时期形成的'地域研究'这一新的学术领域为当时美国所采取的外交政策提供了理论支撑。"③

区域研究作为新兴学科，在冷战时期美国全球战略中发挥的重要作用是毋庸置疑的。从学科建设的角度反思区域研究，可以得出四个结论：第一，区域研究是一门跨学科研究。作为区域研究基础的学科，是传统大学屡屡被忽视的社会科学学科群，例如人类学、民族学、政治学、经济学、法学、地理学以及信息科学等，它们在实践中被综合运用，成为应用研究的新突破。第二，区域研究首先是作为国家、民族为层级的研究，以提炼"国民性"为目标的研究，直接服务于对一个特定区域的精神、思想、价值观和行为模式的应用研究出现，具有严格的实用性质。第三，应用型科研人才聚集成为区域研究的前提。美国在这些学科积累的人才优势迅速发挥作用，形成了冷战期间的软实力。第四，服务于国家战略的研究目标、政府投入和项目管理的方式。

二、"区域研究"在中国

中国学术界有世界最强的史学传统，区域历史研究当然在这一框架之下，远可求之于春秋战国时代的"列国史"，近可求诸民国时期，

---

① 渡边靖：《美国文化中心》，金宗轩译，商务印书馆 2013 年版，第 20 页。
② 渡边靖：《美国文化中心》，金宗轩译，商务印书馆 2013 年版，第 21 页。
③ 渡边靖：《美国文化中心》，金宗轩译，商务印书馆 2013 年版，第 21 页。

例如饱受批评的傅斯年联合方壮猷、余逊、徐中舒、萧一山、蒋廷黻合著《东北史纲》(1932)。然而史学著作之关注重心并非民族学、文化学、人类学等区域研究的基本领域,而在政治、制度、法律、宗教等"上层建筑"层次的因素,所力求者,也基本上在寻找历史演进的普遍性。这和区域研究的旨趣大为不同。而在1949年10月以后,中国建立了科学院体制,面向苏联、东欧、美国等地区进行区域性研究,逐渐推广了大陆的区域研究态势。应该说,在中国现代学术史上,存在着两条区域研究的路线:一是面向国际的区域研究,一是面向国内的区域研究。前者接近美国式的区域研究范式,后者则属于中国自身的现实要求创设的。

(一)美国范式的"区域研究",表现为中国社会科学院的"国际片",这是中国区域研究最有成效、也最接近美国冷战时期"区域研究"原意的一个领域。中国社会科学院国际片包括美国研究所、日本研究所、苏联东欧中亚研究所、非洲西亚研究所、拉丁美洲研究所、欧洲研究所等一系列面向中国认为对于中国国家利益具有特别价值的区域的专门研究机构。这是新中国成立以来逐渐建立的对策研究机构,为国家的对外决策起到咨询作用。社会科学院的区域研究在体制机制上属于模仿苏联科学院类似设置,而与美国关于区域社会科学研究设置在中央情报局或以项目的形式向大学购买成果完全不同。它属于体制内、定制性。中国社会科学院的区域研究也有独特之处:一是与国内政治动态紧密结合,甚至在很大程度上很难脱离国内政治形势的影响,为其左右。这种态势在1978年之前表现得格外明显。如何在服务于国家长远战略的同时保持学术研究的客观性(两者在根本上是不矛盾的,甚至高度一致的),这一直是真正的学术研究者追求的。但未必所有研究者都意识到并坚持下来。二是研究方向的专业性和多元性,区域研究几乎遍及一个国家或地区的所有方面,但最普遍的是研究国际政治、经济、外交政策、法律、人口、民族政策以及宗教等,而对特定研究对象的人类学、文化学领域的涉足，除了一些在新中国成立前就成名的学者外，大多是改革开放以来健全的。这与意识形态上坚持马克思主义的学说有关。三是研究重点一般放在对华政策方面，特别是大国之间的外交动态。四是每个研究所都编辑出版固定的学术刊物，例如《美国研究》《欧洲研究》《俄罗斯东欧研究》等，在业界具有很好的名声。

（二）而现代中国学术界的"区域研究"观念建立在国内经济研究的基础上，主要研究不同区域的社会结构、自然经济、产业经济模式等，其学术始祖应属于费孝通先生。费孝通先生继承的是伦敦政治经济学院著名人类学者马林诺夫斯基的理论体系，后者对人类学的贡献是显而易见的。在其学术思想的积淀和整合发挥过程中，包括美国、德国的社会学、人类学和文化学理论也起到了支持作用。但是，在其著述体现出来的风貌来看，可以认为是在社会学、人类学、文化学基础上建立起了中国区域研究的基本框架。

1938 年，费孝通分别在广西大瑶山、云南江村和禄村等地做社会调查，完成了《乡土中国》《江村经济》《禄村农田》等一系列区域研究著作。关于《乡土中国》，费孝通自己陈述说：这本小册子和《江村经济》《禄村农田》等调查报告性质不同。它不是一个具体社会的描写，而是从具体社会里提炼出的一些概念。这里讲的乡土中国，并不是具体的中国社会的素描，而是包含在具体的中国基层传统社会里的一种特具的体系，支配着社会生活的各个方面。这种尝试，在具体现象中提炼出认识现象的概念，在英文中可以用 Ideal Type 这个名词来指称。Ideal Type 的适当翻译可以说是观念中的类型，属于理性知识的范畴。它并不是虚构，也不是理想，而是存在于具体事物中的普遍性质，是通过人们的认识过程而形成的概念。① 我理解，《乡土中国》属于思想、道德、意识、文化等层面的建构，而《江村经济》《禄村农田》则属于社会结

---

① 参见费孝通《乡土中国 生育制度》，北京大学出版社 1998 年版。

构、制度描述层面的著作。

费孝通表示，他的研究在方法论层面上，是把社会学作为综合科学来对待，虽然从社会制度相互关系着眼，借以观察社会结构的整体格式。关于自己学术研究的方法论问题，费孝通说："价值标准是我们行为的指针，是文化替我们砌下的道路，是社会用了压力很早灌输到每个小孩子脑中的辨别应该不应该的张本。没有一举一动不能在这个价值尺度上查得它的地位。这是决定每个人在各种可能的反应中所做的选择，一切行为的实践也是文化所定下的价值的表现。这样说来，价值标准是文化造下来指导个人行为，使其符合于社会制度所规定下的规范，它的功能就在配合个人和社会，维持社会的制度。"① 王铭铭教授在一篇文章里，指出了费孝通与美国和德国学术界的密切联系，认为："费孝通所说的'格式'概念取自美国文化人类学，后者与德国文化论关系密切，其'格式'概念，词义约等于'民族性'，指的是一整套文化传承下来的价值观念。"② 这个观点理顺了马林诺夫斯基的学术传统与美国文化人类学、德国文化学之间的学术关系，结论是有道理的。实际上，这一时期，无论美国、德国、英国、法国还是其他国家的学者，在探讨人类学问题的过程中，都沿着广义文化学的路径前行。

而在费孝通先生学术研究的背景下，1949 年 10 月后，中国大陆政治界、思想界、学术界关于区域问题的研究，有三个现象值得注意：

第一，区域问题的基本表述政治化、意识形态化。新中国成立后，区域问题研究并未得到应有重视，到 1978、1980 年以后，由于改革开放，区域研究逐渐加热，形成了珠江三角洲、长江下游三角洲、京津塘等区域概念，迄今为止，这一研究态势成为中国式区域研究的基本态势，也成为基本领域。关于这个领域的著作，就不复赘述了。实际上，

---

① 费孝通：《美国人的性格》，见《费孝通文集》第 5 卷，群言出版社 1999 年版，第 43—44 页。

② 王铭铭、杨清媚：《费孝通与乡土中国》，见《中南民族大学学报》2010 年第 4 期。

在思想理论层面，中国未必没有注意到区域研究的必要性，只不过基本上都把这一问题表述为"中央与地方之间的关系"，典型例证如毛泽东所著《论十大关系》，即是张扬这一观念，其中关于"中央与地方的关系"一节里开章明义："中央和地方的关系也是一个矛盾。解决这个矛盾，目前要注意的是，应当在巩固中央统一领导的前提下，扩大一点地方的权力，给地方更多的独立性，让地方办更多的事情。这对我们建设强大的社会主义国家比较有利。我们的国家这样大，人口这样多，情况这样复杂，有中央和地方两个积极性，比只有一个积极性好得多。我们不能像苏联那样，把什么都集中到中央，把地方卡得死死的，一点机动权也没有。"① 这个思想成为关于"中央与地方关系"的原则，因此而后，学术界对所谓"区域"概念的认识，也未能越雷池一步。

第二，文化转向与区域文化问题。在这个思想背景下，80年代、90年代中国学术界发生的"文化热"思潮值得一书。"文化热"突出表现为文学艺术领域对特定区域的文化及其对人的社会行为影响力的发掘，例如作家韩少功《爸爸爸》、贾平凹《商州记事》、陈忠实《白鹿原》、莫言"红高粱系列"、张炜《古船》、刘心武《钟鼓楼》等，这批作家与50、60年代出现的专以表现地方社会风土人情的作家（例如作家刘绍棠）不同，他们具有鲜明而自觉的文化寻根意识，绝非停留在"现在"的层面上。"文化寻根热"的重要理论起点和归宿，就是形成了特定区域文化根源及其表现特征的认识，把传统意义上的地理、气候、经济因素与文化建构为区域文化概念。在80年代中期，学术思想界在理论层面建构文化研究的视域，文化层面成为理论研究的诸种层面之一，成为不可忽视的因素。"文化区域"这一概念在理论上成为民族文化整体关键下的一个层级。不过，这一阶段学术界对文化区域性问题并未表现出明显的热情，而只是在一般意义上、普遍意义上讨论文化问

---

① 毛泽东：《论十大关系》。

题，把它视为政治、经济层面之下，而在心理、情感层面之上的一个层级，借以消解政治和经济统治甚至专制权的手段。到90年代，这个消解的倾向进一步表现为整个学术界的"文化转向"，例如王元化、李泽厚等人就有鲜明的转向"宣言"，但是，这一转向仍然没有把文化的区域性或者区域文化作为理论问题突出地提出来，特别是没有表述为"大一统民族文化与区域文化相关性"这一理论问题。90年代的文化转向，具有比较深层和复杂的背景，不属于本文研究的范畴，但缺乏建构起相对独立的区域文化话语体系，则是显而易见的。

第三，面向国内的区域研究重新推出。2000年以后，特别是GDP一路飙升的国势导致对"文化国家"的重新重视，其中的区域观念也得到重视，例如提出一系列区域文化概念（湖湘文化、徽商和徽文化、关中文化、晋商、岭南文化等），虽各有偏重，但却对破解区域研究的唯经济论、接续费孝通开创的中国区域研究传统，有重要学术价值。其中，秦晖教授"关中研究"[①]是一个有标志性意义的成果。这部著作以对前近代关中地区农民的生存方式为研究对象，提出"关中无地主"，对关中农民、农村、土地、生产关系等一系列问题做了系统而独特的研究，它的显著"发现"，乃是对大一统的农村阶级分析理论的颠覆：并非中国所有的地区都存在着一般意义上的地主与贫农、中农、富农等等阶级身份的，而农村社会的经济关系也存在着多样性，关中农村即为特例之一。

三、面向"软实力"的区域研究

如果把美国范式区域研究归类于人类学意义上的战略智库，把中

[①] 秦晖：《田园诗与交响曲：关中模式与前近代社会的再认识》，中央编译出版社1996年版。

国民国学术到改革开放以来的区域研究归属于"政治＋经济"意义上规划，那么我们提出面向"软实力"的区域研究，则更具有当代文化发展价值。

首先，"区域研究"和"软实力"问题的提出，具有现实性。改革开放以来，政府管理的模式发生了重大变化，特别是实行分税制以来，大一统政府管理局面得到改善，中央政府与地方政府之间的关系，由资源配置、人事权限分配走向利益分割性关系，因此，创新当代中国的区域研究思维模式，变中央、大一统研究思维为地方区域，就成为一个学术研究的现实任务。不是在一个点的立场上看区域，而是改变为站在各自区域的立场上审视自身，这样，不仅在数据采集、材料收集、问题提出和阐释，以及作出具有针对性的结论等方面更具有针对性，而且在理论创新方面具有领先价值。

事实上，当代中国的发展经历了改革开放 40 年，已经在各地区形成了独具特点的经济社会文化，这必然要求学术研究方式方法实现区域性为中心的转移，而不是继续固守"从中央到地方"的思维；区域也不再简单作为案例而存在。独立的区域研究已经成为不能够回避的存在。而"软实力"问题又是在改革开放取得相当重要的成就以后，实现发展方式转型的重要领域。在这个意义上说，面向"软实力"的区域研究，具有重大的现实意义。但是，我这里说的"软实力"与约瑟夫奈所说的"软实力"有很大的不同，它不是建立在冷战语境下的对外政策对策和文化战略①，而是相对以 GDP 为重心的经济活动而提出的"非物质活动"的总称，包括文化活动和社会活动。

其次，区域研究所确定的区域，是历史形成的，不是笔者主观建构的。区域研究建立在省级行政区划的空间架构上，不像"长江中下

---

① 参见约瑟夫·奈《软实力》，马娟娟译，中信出版社 2013 年版，第 15—16 页。他认为，"国家软实力主要来自三方面：文化（在其能发挥魅力的地方）、政治价值观（无论在国内外都能付诸实践）、外交政策（当其被视为合法，并具有道德权威时）。"

游""珠江三角洲""关中"这样的非固定区域带有一定的随意性和模糊性，这样的区域划分具有几个基础使之比较固定：一是稳定的自然因素。中国的省级区域划分多建立在自然地理的基础上，例如山东、浙江、湖南、湖北、广东、安徽、内蒙古等，它们在气候、水文、民族、人口、语言等方面比较确定。二是稳定历史因素。中国省级行政区划比较固定，自秦汉郡县制度、唐代州县制度基础上发展而来，几千年没有特别大改变，行政范围的相对固定，导致了稳定的权利范围认同，即使在比较动乱的时代，例如军阀混战时期，各地军阀的势力划分也还是以此传统划分为边界。三是习俗文化形成了比较集中的认同。鲜明的区域文化在人口的性格、风俗、习惯、饮食、价值取向、生活方式等方面形成了固定而鲜明的特点，一些鲜明的区域文化和区域人员的性格，自不必说，即使在区域邻近的省，例如江苏浙江，湖南湖北、广东广西、宁夏甘肃等，其间的地域性特征，也是显然的。

综上，笔者倾向于在省级行政区域划分的基础上，建构一套包括社会发展和文化影响力评价体系，涵盖诸如产业结构、品牌（含文化品牌和其他类别的品牌）、历史资源、文化资源、文学艺术；若干领域的影响力评价（报纸、杂志、电影、电视、出版、网站、教育、体育、旅游、生态、环境以及公众关注度等），建立一套"软实力"指标体系，达到对各区域的社会发展和文化软实力予以量化表述的目的。

可以认为，当代中国区域软实力研究呈现着从理论转向实证、从中央大一统转向区域差异性、从散点研究走向数据化、系统性结构研究趋势。在区域研究这个学科的存在方式上，美国范式的区域研究的科学性与对策性结合的紧密程度，奠定了区域研究的权威地位，然而，以描述国内不同区域的社会发展和文化影响力发展为旨趣的软实力研究，则在中国学术界具有悠久的传统。我们把"软实力"观念纳入国内不同区域发展状态的研究视域，建构起中国区域"软实力"研究的框架，是否对中国区域研究具有指导价值？这是一个实践来解决的问题。

构建文化理论的中国话语①

　　党的十九届五中全会通过了国民经济和社会发展十四五规划和
2035 年建设目标的建议，提出了建设社会主义文化强国的宏伟目标，
具有重大时代意义和深远历史意义。全会制订了建设社会主义文化强国
的指导思想、基本原则和具体要求，是新时代中国文化建设宏大事业的
基本遵循。

　　文化理论的建构，是文化建设的首要任务，是文化事业的"上层
建筑"。马克思说过："一个民族要想站在科学的最高峰，就一刻也不能
没有理论思维。"文化理论就是文化领域的理论思维。马克思主义经典
作家曾对文化领域作出重要论述，他们把文化放在上层建筑和意识形态
领域层面，阐述了包括文化在内的意识形态受经济基础制约、同时又
对经济基础具有反作用的观点，对于人类掌握文化领域的发展规律和特
点，具有重要指导意义。但同时，马克思、恩格斯也非常清楚地意识
到，文化领域（例如宗教、哲学等等）具有自身独特特点、独特规律，
指出它是"更高地悬浮于空中的思想领域"，需要专门研究，探索其发
展运行规律，而他们本人则因为需要花费更大精力、投入到现实斗争，

---

① 本文最初发表于《中国艺术报》2020 年 12 月 23 日第 2 版，原标题为《构建中国话语
的文化理论，建设社会主义文化强国》。

在文化理论建设方面，未能做更大精力投入。19世纪末期，俄国马克思主义理论家普列汉诺夫完成了一系列历史唯物主义著作，对文化（特别是文艺）问题作出深入研究，对建立马克思主义文化理论体系具有重大理论价值；列宁结合俄国政治斗争实际，提出了文化领域的党性原则。20世纪的苏联，虽因战争和冷战原因干扰，但在文化理论话语建设方面也形成了苏联模式，对构建马克思主义文化理论话语具有重要参考价值。匈牙利马克思主义理论家卢卡奇在历史唯物主义指导下，以物化、总体性、阶级意识、主客体的统一等范畴开拓了马克思主义文化研究的新境界。此后，意大利马克思主义理论家葛兰西则提出文化霸权观念，德国法兰克福学派建立的文化批判理论，英国文化研究的先驱们对英国工人阶级文化和底层文化作了系统研究，提出文化的阶级范畴，直至哈贝马斯和布尔迪尔建立文化社会学……从马克思主义经典作家到20世纪西方晚近倾向于马克思主义的文化学者，在马克思主义文化理论建设方面提出了一系列具有时代性特点的学说，对资本主义意识形态进行猛烈批判。但是，他们有一个显著的不足，这就是他们建构的各种文化理论和批判学说，缺乏社会主义建设的实践基础。须知，近代欧洲文化理论话语的形成就是建立在丰富的文化实践活动及经验的基础上。

我党在长期的革命和建设中努力探索构建具有中国特色的社会主义文化理论体系。1940年，毛泽东在《新民主主义论》里提出了"新文化"的观点："我们共产党人，多年以来，不但为中国的政治革命和经济革命而奋斗，而且为中国的文化革命而奋斗；一切这些的目的，在于建设一个中华民族的新社会和新国家。在这个新社会和新国家中，不但有新政治、新经济，而且有新文化。这就是说，我们不但要把一个政治上受压迫、经济上受剥削的中国，变为一个政治上自由和经济上繁荣的中国，而且要把一个被旧文化统治因而愚昧落后的中国，变为一个被新文化统治因而文明先进的中国。一句话，我们要建立一个新中国。建立中华民族的新文化，这就是我们在文化领域中的目的。"1942年，毛泽东《在延安文艺座谈会上的讲话》指出了文艺与工农相结合的道路，倡导以工农兵抗战为内容、以民族和民间文艺为形式的文艺观点，就具有崭新的理论意义。《在延安文艺座谈会上的讲话》对我党文化理论和文化实践影响深远，是新中国文化理论话语建构和文化建设的指导思想。改革开放以来，邓小平同志强调物质文明与精神文明两手都要抓，两手都要硬。我们党坚持实事求是原则，总是结合时代变化和实践发展，与时俱进地提出文化纲领、文化目标、文化政策，引领文化建设不断取得新成就。在逐步掌握经济社会发展规律、探索政治文明前进方向的同时，已然初步形成了适应中国国情、具有中国特色的社会主义文化理论话语体系。其中，马克思主义文化立场、服务劳动人民的方向、百花齐放推陈出新的辩证思维等，构成了文化理论中国话语的支柱。

进入新世纪，特别是十八大以来，以习近平同志为核心的党中央在十八大、十九大报告里多次系统阐述党和国家的文化发展方略，习近平总书记在建党95周年纪念会上、在文艺工作座谈会、在教育文化卫生体育专家座谈会上、在纪念孔子诞辰2565周年国际学术研讨会上、在考察敦煌研究院、在政治局集体学习考古和历史研究成果时发表的讲话等，提出了"社会主义先进文化""革命文化"和"中华优秀传统文化"等重要概念，提出"文化自觉""文化自信""以人民为中心""文在民间，艺在民间"等一系列具有重大理论意义的命题，把"文化自信"与道路自信、理论自信、制度自信并举，列入"四个自信"，显示了对建设中国特色社会主义文化的高度自信。2017年1月党中央发布《关于实施中华优秀传统文化传承发展工程的意见》，不仅牢牢夯实了我党文化理论话语对中华传统文化的基本立场，而且在具体实施的重大项目里，全方位纳入了我国文化建设的实践活动，具有长远重大意义。十九届五中全会把增强国家文化软实力、建设社会主义文化强国写进国家经济和社会发展第十四个五年计划和面向2035年远景目标的建议，为党的文化理论话语构建与国家文化建设实践，写下了浓墨重彩的一笔，必将产生重要影响。

自建党到新时代，经过不懈探索，我党在文化理论话语建设方面，一是牢牢扎根于中华民族文化传统，形成了正确处理批判与继承的辩证关系，百花齐放、百家争鸣、推陈出新、创造性转化、创新性发展等等系统观念，为形成新时代中华文化大格局奠定了坚实基石；二是紧密结合党和国家面临的时代任务，在文化思想、纲领、目标、政策、工程及实施办法等方面不断探索前行，积累了丰富的文化实践经验，这是世界上任何一个国家都无法比拟的财富；三是文化理论建设与文化实践活动紧密结合，形成了理论与实践相结合的文化发展格局；四是提出了一系列具有重大价值的理论命题，例如社会主义核心价值观、文化自觉、文化自信、以人民为中心等，以及文化事业与文化产业、社会效益与经济效益关系的处理原则，把马克思主义的文化理论向前大大推进了一步，形成了文化理论话语鲜明的中国特色。这是我们进一步增强国家文化软实力、建设社会主义文化强国的坚实基础。

"当代中国文化"视域与内涵^①

一、20 世纪文化研究的视域形成

"社会主义文化大发展大繁荣"的话题，不能避免的是理解这个命题里"文化"的具体内涵。我理解，当代社会的"文化"范畴已经远不是启蒙时期思想家所界定的与物质、自然相对应的精神形态和思想形态的"文化"，也不是仅仅表现为文本形态的文化。当代社会文化不仅具有崭新的内涵，而且在范畴、形态上都拥有了耳目一新的变化。

讨论文化问题，特别是当代中国文化问题，若离开学术史则不知所云，但"文化"问题的确是 20 世纪国际学术界比较棘手的问题之一。"文化"之所以成为中国和欧美学术界的问题，是意味深长的。这应该从两个社会所处的特殊发展阶段找寻原因。19 世纪之前的欧美和中国社会未必没有出现"文化"问题，但是这个时期的文化问题是与社会问题例如贫富差距、妇女地位、政治民主、社会公平等一系列问题同时出现的，它的迫切性多少为社会问题所遮蔽。你可以看那个时期的马克思

① 本文最初发表在《北京联合大学学报》2012 年第 1 期上，后为人大复印资料《文化研究》选入。

和恩格斯的著作、之前的黑格尔、康德的著作，之后尼采的著作，文化问题不在他们研究的中心。问题出现在19世纪向20世纪过渡时期。关于这个时期欧美社会的过渡，列宁在描述欧洲社会向帝国主义阶段的过渡理论仍然有效，从自由资本主义向垄断资本主义阶段的过渡，带来的重大后果之一，是不同地区和文化之间的交往、碰撞空前频繁。语言、习俗、民族、国家、宗教、身份等属性被一举置放在交往的前台。所谓文化身份认同问题成为19—20世纪之交欧美国家在扩张自己势力范围过程中面临的首要问题。在面对这个问题的反省的过程中，"文化"成为学术界聚焦的中心。20世纪欧美一流哲学家思想家很少不思考文化问题，这是20世纪欧美哲学家思想家区别于19世纪同仁的重要特点。而19—20世纪之交对于中国学术界来说，文化问题是被迫从另一个立场来触及的。欧美学术界面对"文化"的心态，是以强势文化拥有者来思考的，而19—20世纪之交的中国学术界则处在文化存亡危机意识之中。伴随着文化问题凸显出来的重大事件是第一二次鸦片战争、太平天国事件、甲午海战失败、义和团运动、圆明园劫难、慈禧出走西安、戊戌变法失败等，直到1911年帝制结束、民国草创。一系列失败、一系列丧权辱国的条约、割地赔款，这个时候，文化问题凸显出来。对于中国学术界思想界来说，文化不是简单的文化身份，而是民族种族存亡问题。这个时期，伴随着中国学术界的，是种族、民族、政权等话题，表明这个时期对文化的关注高度，远非欧美程度可比。

回顾20世纪中国学术史，"五四"期间大规模讨论"文化"问题。这一时期的基本倾向可大致归纳为西方派和国粹派对峙。在20世纪中国思想史上，除开八年抗日战争、三年解放战争，20—30年代发生中西文化走向相互竞争的局面，大致是西方派稍胜的局面；1949年到1978年，除了瞬间即逝的百花齐放、百家争鸣局面，大部分时间里是苏制马克思主义理论、反传统文化和文化虚无主义交相占据上风，无论是西方文化还是中国传统文化，都没有得到真正理解和继承。1978年改革开放以来，则可以描述为西方文化时期（1978—1989）和逐渐回归中国传统文化（1990年以来）两个阶段。不过，这个划分仅仅是粗略的，大致的，具体个案则可能千差万别。在港台地区则尤其未必如此。在这个历史发展过程中，有三点极为重要：1. 20世纪中国学术界关于文化的理论研究和文化实践从来都是处于激烈的政治思想交锋之中，并未作为纯粹的学术问题来研究。2. 1989年后向传统文化回归究竟属于一种悲剧性转身、是历史发展规律的必然，还是国际政治的外力作用，尚待认真研究。3. 2010年代中国经济实力提升加深了自1989年以来面向传统的回归，假如说，1989年后的回归多少带有点被动、不得已的因素，在策略上可以表述为"收回来"的意思，那么，2010年代的回归，则属于主动、强力回归，它的口号不仅包括阐扬中国文化，而且包括强势的让中国文化"走出去"的口号。虽然两次回归都带有明显的意识形态色彩，但是后者的意味更为深长。如何理解和处理好当代文化发展的中西关系，既避免文化民粹主义，又避免文化西方主义，是值得特别注意的问题。

在20世纪西欧学术界，仍然可以归纳为科学主义与人本主义之间交换话语权，以西方马克思主义、弗洛伊德主义与形式主义、新批评、结构主义为对应两方，围绕文化问题的集中讨论，规模比较大的有两次：一次是里维斯主义，面对通俗文化的潮流，扬起了英语文化的大旗，捍卫精英文化。一次是20世纪60年代缘起英国的文化研究思潮，以文化政治视野重新审视精英主义文化观。这两次运动前者是捍卫英语精英文化，后者是解构文化的精英传统，不是简单的循环，而是深刻的转身。在西欧学术界，关于文化的研究，值得注意的现象是：1. 西方学术界文化中心意识和危机意识并存，文化问题日益融会到国家政治话语中，两者互渗。特别是美国、法国、英国、德国、俄罗斯等大国，文化与国家政治话语形成了密切联系的网络。2. 1968年夏季的暴动，导致对传统文化思维模式的深刻怀疑，直接导致了对思维、现实和政治结构的拆解，导致了后结构主义和一系列后现代主义文化行动的诞生。3. 文化政治视野的凸显，冷战时期的文化作为一种意识形态战略，渗透在东西方对峙的方方面面；1989 年苏联东欧社会主义阵营解体，冷战结束后，文化冲突走向前台，进入所谓后冷战阶段，一方面，福山提出"意识形态终结论""历史终结论"；另一方面，赛义德、亨廷顿等学者提出了未来文化冲突的模式理论，对国际政治产生了巨大影响。西方学术问题链始终在关注西方文化的终极价值和未来发展、在纠正以往的偏向中调整，而不是各领风骚数十年的彼此颠覆中前行。

可见，20 世纪至今，中国学术界和欧美学术界一个共同的走向，乃是文化与政治、经济、外交甚至军事相互裹挟，发展成为一种新型的文化形态。作为一门独立学科的文化，在与其他社会科学学科互涉中不仅拥有了综合性知识体系，而且具有了物质性和广泛的实践性。

二、文化政治与"当代中国文化"问题

研究这个问题的西方典型思路是"文化政治"视野。

如何看待"当代中国文化"的内涵问题，不属于一个单纯的文化建设问题，脱离开国家政治和国际政治话语的单纯学术问题，而是一个跨学科、综合问题。我理解，"文化政治"属于一个简单化的提法，它的实际内涵应该是把文化投放在国家政治、经济、社会、宗教、文学、艺术、国际交往、消费娱乐甚至军事战争中研究，去看它的真实内涵。文化的研究，就是跨学科研究。

詹姆斯·彼得拉斯在《二十世纪末的文化帝国主义》里这样归纳美国的"文化帝国主义"："美国文化帝国主义有两个主要目标，一个是经济的，一个是政治的。经济上是要为其文化商品攫取市场，政治上则是要通过改造大众意识来建立霸权。娱乐商品的出口是资本积累最重要的来源之一，也是其替代制造业出口在世界范围内获利的手段。在政治上，文化帝国主义的重要作用在于将人们各自从他们的文化之渊源和团结传统中离间出来，并代之以新闻媒介制造出来的、随着一场场宣传攻势变幻的'需求'。在政治上的效果则是把人们从其传统的阶级和社会的圈子中分化出来，并使得人和人之间产生隔阂。……文化帝国主义的主要目标是对青年进行政治上和经济上的剥削……文化干涉（在最广泛意义上而言包括意识形态、思维、意识、社会行动）是将客观条件转变为有意识的政治干涉的关键环节。似乎有点荒谬的是，帝国主义的政策制定者们看来比他们的对手更懂得政治实践中文化层面的重要性。"①归纳起来，文化在美国国家政治手里，是一副服务于美利坚合众国的"混"牌，需要什么牌就变成什么牌，在经济、政治利益索取的过程中，呼风唤雨，无往不胜。不过，"政治实践中文化层面"并不能有效地说明西方学术界的"文化政治"内涵，真正的奥秘乃是"文化实践的政治内涵"。

国际学术界之理解"文化政治"视域，一是在一般意义上，认为文化即文化政治。赛义德说："文化不但不是一个文雅平静的领地，它甚至可以成为一个战场，各种力量在上面亮相，互相角逐。"②另一层考虑则是：当下文化生产已经广泛渗透着政治内涵。文化工业作为一项后工业社会的主要生产方式，已经成为发达国家的支柱，特别是美国文化帝国主义的主要支柱。文化生产不仅生产着消费品，还生产着价值观念和生活方式。有人归纳说，"文化政治"不是指文化可能具有政治功能，也不是指文化革命作为政治革命的先导，而是文化本身就是一种至关重要的权力和斗争的场域，它既可以巩固社会的控制，也使人们可以抵制与抗争这种政治。——文化不再是普遍的观念性存在，而是物质实践、

---

① 詹姆斯·彼得拉斯：《论文化帝国主义》，转引自何新《论政治国家主义》，时事出版社2003年版，第85—87页。

② 爱德华·W.赛义德：《文化与帝国主义》XIV，三联书店2003年版。

政治斗争的一种形式。文化政治把文化实用主义和战略地位倾向推进到前台，最大限度地削平了文化的深度模式。

在上述意义上来讨论"当代中国文化"内涵问题，我们可以获得三个超越：1.超越文化的古今之争。所谓文化的古今之争，指的是古今文化的价值之争，孰优孰劣的问题。在实用主义观点看来，理论上说明古今文化的优劣问题，基本没有意义；有意义的是实际应用过程中谁能发挥最大效益。2.超越中西之争。所谓中西之争是在近代中国打开面向世界的大门时涌现的一个命题，这个命题的实际内涵是：当中华文化面向优势文化时，是敞开胸怀接受还是闭关自守？中西之争的关键点是弱势文化仍不自知，一味争辩说自己祖宗强大无比。所谓中体西用，只是自我麻痹、自我欺骗。拿文化的过去时态与别人文化的现代时态相比较，在当今的文化政治角逐中毫无价值。3.超越"马与非马"之争，即文化的马克思主义立场或非马克思主义立场。如何理解马与非马问题？在实践社会主义核心价值体系的过程中，是否存在着非马空间？更实际点说，我们的全部文化理论和文化实践，是否完全是马克思主义的、完全没有非马成分？实事求是地说，在我们的文化实践中，非马因素很多，很复杂。例如，所谓"国学"就大部分属于非马内容；目前见诸书肆的西学文献，也大部分属于非马。他们对于我们的文化建设是否具有价值？当然有。因此，不能以马与非马来区分权衡文化价值。在国家政治经济战略视野下，文化价值的体现方式不是"马与非马"式的，而是国家利益、民族利益式的。说到底，一种文化的价值高低，取决于能否帮助国家在政治经济竞争中成功胜出。这，对于当代中国文化建设来说，是延续了20世纪初五四运动的传统。

文化形态的标识与文化价值的先进性同样重要，关键点在于如何很好地处理好两者关系。在这个认识前提下，理解"当代中国文化"的内涵，便具有了开放的视域，便一举摆脱了种种禁锢。

三、如何看待"当代中国文化"内涵

以现代性作为标志,从"五四"时期开始,中国文化开始了百年历程。一百年政治、经济、外交、军事和民族精神的多方面体验,锻炼了中国文化的精神,形成了"当代中国文化"形态。

有国外的学者、政治家认为,中国文化仍旧是儒教文化,他们因此构建了基督教文化、伊斯兰教文化和儒教文化三个文化圈,认为,在未来的冲突中更多地表现为宗教文化之间的冲突。这个貌似正确的学说,在亨廷顿的著作里作为支柱而出现,影响了欧美很多媒体的思想,也影响着政治家看中国的观点。[①] 它的错误在于:第一,中华文化从未表现出明显的宗教性,相反,却表现出相当强烈的世俗性。在这一点上,与基督教文化、伊斯兰文化不同。其次,中华文化的本质是融合、兼容性,而不具有排他性。因此,在历史上,与其他民族的文化总是和谐相处,存在着彼此兼容的关系。我这样说,并非拒绝儒学思想和它的精神层面的因素,甚至在构建当代中国文化的过程中,儒学思想及其精神发挥着重要功能,但是,无论如何,儒学距离西方意义上的宗教很远。亨廷顿的观点借助宗教的名义,有效地划分了三大文化圈,对于理解三大文化圈的特点是有价值的,但是,正是因了借助宗教的名义,使这个观点格外怪异。

当下有些国内的学者提出了"国学"这个范畴,认为,弘扬"国学"即是弘扬中华文化。"国学"这个范畴的内涵是什么?从言说这个概念的著述上,我们可以看到两类学者:一是"五四"以来一些学者,他们专注于研究先秦到晚清的学术,主要包括经学、文学、史学、小学

---

① 参见亨廷顿《文明的冲突与世界秩序的重建》,新华出版社 1998 年版。

等，著名的学者包括王国维、梁启超、钱玄同、钱穆等人。他们的学术倾向主要是针对西方学说的，强调维护中华学术的正统地位。二是20世纪80年代中期以来，大陆学术界渐次兴起、而后在1990年后形成规模的新国学运动。50年代以来大陆中断了严格意义上的纯粹学术研究后，在90年代兴起的新国学，不是民国时期国学的简单回归，也不是海外国学的简单引进，例如，它与台湾学者的学术倾向不同，与民国时期国学研究的趣味也不一致；环绕它的学术对象，既有马克思主义和非马克思主义学说，也有正在探索中的中国特色的学说、思想和流派，有的是主流意识形态，有的是非主流意识形态。新国学作为一种文化，与上述学说具有怎样的关系，值得认真研究。上述两种国学的内涵，既包括先进的文化，也包括一些落后的、愚昧的内容。以"国学"来统称中国文化，显然挂失了20世纪、特别是改革开放以来的文化实践成就。

还有的学者提出了"新儒学"的概念。所谓"新儒学"显然针对着传统"儒学"概念，但作为20世纪出现在中华文化中的一种现象，它还具有当代意义。新儒学是近代西方文明输入中国以后，在中西文明碰撞交融条件下产生的新的儒学学派。狭义的新儒学，是梁漱溟、张君劢、熊十力等人所提倡的新儒学。广义的新儒学则可上溯到鸦片战争以来关于儒学变革的所有学说。也就是说，新儒学是在西方文化进入中国后，传统儒学作出的一种应对和调整的姿态。所谓"中学为本、西学为用"的应对模式，可以说是对它的简略表述。

上述三种对中国文化的表述，显然都不是"当代中国文化"内涵。而之所以出现这种表述模式，除了政治倾向外，更深远的原因在受制于对"文化"的当代理解。简而言之，当代意义上的"文化"观念，已经远不局限在古典意义上的含义，远不限于与物质生产、经济活动、上层建筑相对的精神、意识、艺术和传统文本形态；它广泛渗透在物质形态的文化生产和日常实践活动中。卢卡奇提出"物化"观念来描述物质生产过程中人文意识的渗透；列菲伏尔提出"日常生活审美化"命题来批判资本主义意识形态在日常生活中的渗透；杰姆逊结合后现代语境提出资本主义意识形态在跨国资本主义时代的表现方式……应该成为界定当代中国文化内涵的理论基础。当代文化问题已经不止于文化传统形态（例如文本）本身，而走向了物质形态、日常生活形态，甚至生产活动本身。

在这种视域下，如果仅仅把"当代中国文化"看作一系列精神文化作品、思想表现系统，就太轻率了。"当代中国文化"这一概念，必然包含着现代性进程以来的中国政治建设、经济建设、社会建设、文化生产、文学艺术等各个领域的成就，以及上述建设的深刻精神体验、心理感受、价值标准、人生信念和审美习惯，涵盖着当代中国人对待本国传统文化、西方文化、马克思主义和非马克思主义的基本态度，以及近百年来中国文化制度、政策、规范、习惯和种种物质设施成就，以及建立在此基础上的日常生活本身。在这里，"当代中国文化"实际上成为一种"中国生活方式"，一种中国式看待世界的眼光、一种中国立场、一种中国趣味。只有浸淫在当代中国生活中，才能感受并形成这种中国态度。

四、结 语

最后，我们必然要回答这个问题："当代中国文化"与"社会主义先进文化"之间是什么关系？

"社会主义先进文化"是我们致力于发展和繁荣的文化价值形态，是中国特色社会主义核心价值体系指导下全部实践活动中形成和发展起来的文化，弘扬以爱国主义为核心的民族精神和以改革创新为核心的时代精神，是我们时代的主流文化。而"当代中国文化"则更为宽泛，其中主要的文化是"社会主义先进文化"，还包括引进的国外文化（例如好莱坞电影、游戏娱乐等文化工业产品、西方学术文化等），以及中国古代传统文化，有具有时代性的儒学思想，还有道家学说、法墨农兵等家学说，以及不同时期和阶段的民间文化。

文化存在有物质形态、精神形态、文本形态和实践形态，我们不可能把全部文化存在形态都做价值取向评估，而只能局限在其中一部分例如精神形态的文化和文本形态的文化范围。其他的文化形态，例如物质文化形态（陶瓷、汽车、玩具、长城、罗马柱等）、实践文化形态（网络游戏、恐怖谷等参与体验式活动）则难以或无法做价值取向评估。简而言之，我们可以采取"上线标准"和"底线标准"两套体系来做价值取向评估。在精神文化形态和文本文化形态范围内，我们以"上线标准"进行评估，鼓励支持"有益""健康"的文化发展，而在物质文化形态、实践文化形态则采取"底线标准"评估，禁止有害的文化产品。至于价值导向"无害的""消费性的"文化产品，则可以宽容的态度对待。

在文化大繁荣大发展过程中，如何处理好社会主义先进文化的价值取向与多样文化形态之间的关系，是应该专门研究的问题；而大力发展以社会主义核心价值体系为主流的文化，推动其他健康的价值形态的文化共同繁荣、共同发展，是当代中国文化工作者的使命。

北京文化现代形态的发生和论域研究^①

——清末民初（1898—1936）的文化史意义

　　长期以来，作为一个区域的北京文化史研究，被局限在一个十分有限的时间框架下展开，尽管历史发展到了 20 世纪末、21 世纪初期，研究者仍然热衷于用"紫禁城""帝都""故宫""京味文化"等术语来表述 20 世纪北京文化记忆，甚至名为近期新成果如《北京审美文化史》这样的学术著作，把对北京文化的研究局限在晚清这样的时间点上，对 20 世纪发生的重大事件如推翻帝制、走向共和、五四运动等之于北京文化的影响仍缺乏基本的体现，或者以支离破碎的体裁史的方式引导一种阉割了思想史主题的记忆，更遑论现代性之于北京文化这样的命题。^② 这样的研究态势，表现为时间和空间两个维度上对北京文化估量不足：表现在时间维度上，对五四运动前后的北京文化发展变化估量不足，特别是对发生于现代形态的北京文化缺少理性和情感方面的体认，

---

① 本文属于国家社会科学重大课题《国家文化中心建设的历史与未来设计》（12 & ZD169）、首都文化建设协同创新中心立项课题的成果。最初发表于《北京联合大学学报》2014 年第 4 期。

② 例如邹华教授、王南教授、贾奋然《北京审美文化史》，北京大学出版社 2013 年版，内容截止于清代卷，对民国以来的背景文化缺乏表述。类似的著述（包括文学、史学、文化、艺术类）很多，其原因不外乎：一则民国历史因其政治敏感而难以定论，二则缺乏专门研究这一段文化史的学者。

似乎北京文化仍然作为清末余脉而存在，直至 1949 年重新定都；表现在空间维度上，则把北京文化简单地视为一种"内城文化"，即故宫文化，局限在故都文化，未及展开广阔"城郭文化"，即宣南、东城、西城、海淀、通州文化，特别是未及展开新型政治体制、机构、新式学校、洋行、外交使馆、航运码头、新闻出版人、媒体、自由商人和手工业者及农民文化，更没有展开新型共和国（这里指中华民国政府）、民主国家首都的文化，以及国家文化中心（1928 年"北平作为国家文化中心建设"的议案）的文化。这个估量不足，导致在北京文化记忆里，总是涂抹上故宫高墙那深红淡黄的印迹，1911 年及以后发生在这座城市更广阔空间里的历史变迁和文化变革，则疏于记忆。

本文的宗旨乃是强调清末至民国初年、远至 1936 年，北京文化在政治、历史、经济和文化巨变的背景下发生的现代性转变，根本立场乃是强调：20 世纪北京文化的现代形态是从 1900 年代开始的；1949 年 10 月接续的北京文化现代性历史，并非 1900 年之前的晚清宫廷文化，而是崭新社会政治内容（民主共和政治基础）、思想内涵（民主、进步、科学）、具有现代形态（新文化形式）和生活实践（趋向西方生活方式）的北京文化，正是这一现代形态成为连接新中国与封建专制文化的桥梁。力求描述完整的 20 世纪北京现代文化发展历史，是本文的最终意图。

一、北京文化现代形态的提出

北京文化作为一个区域间生活方式、价值观念、思想意识、文化生活等的概念，在 1900 年前后发生了巨大的变化，至 1936 年止，呈现出崭新的现代性色彩，这是估量本论题的前提。学术界关于北京文化的研究止步于晚清之传统，是一个认识上的误区，似乎北京现代文化简单地归结为晚清文化传统的承受者，而完全罔顾 1898—1936 年这 38 年间发生的历史事件及其意义，特别是罔顾 1900 年前后发生的一系列历史事件对特别是北京人民道德、精神、价值观和心理的巨大震撼。

1898—1936 年期间发生以来的北京文化，具有与晚清以上传统完全不同的形态，这个形态就是现代形态。为了便于全面地和整体地讨论 20 世纪北京文化的现代形态，本文把所论的"文化"概念表述为与"自然"相对应的文化意义，而不局限于一般狭义的思想文化、精神文化和文学艺术等。这个界定乃是为了贯彻全面地和整体地说明一个时间段的变化规模，而避免陷入把某一种局部上的变化理解为整体变化。为了论述方便，我们把文化区分为四个类别：物器文化、生活方式、思想文化、文学艺术。物器文化类，如汽车、电、火车、建筑、报刊、公共设施、电影院、现代学校、职业培训机构等；包括思想文化，如各种主义、党派、思潮、西式宗教、制度；包括社会生活，如商店、银行、工厂、图书馆、市政府、共和国政府机构；包括精神文化，如文学、艺术、学术研究、科学、技术等。

所谓"现代形态"是与晚清以上文化的传统形态相对应的意思。笔者把 1898—1949 年之间北京文化称为"现代形态"，缘于一个认识，即它在整体上是在政治制度（民主共和）、思想（科学进步）、意识形态（反封建）等方面"走向共和"这一背景下展开的文化生活。在这个整体基础上，粗略地可以划为两个时间段：1898—1936 年为一个时间段，1937—1949 年为另一个时间段。为什么第一个时间段不是划定在 1911年或者 1919 年？笔者认为，这样一种划分或许更具有历史感，辛亥革命结束了帝制，1919 年五四运动，都具有很强的标志性，然而，笔者认为，作为现代形态的文化进程，北京文化的现代意识早在 1900 年庚子赔款事件前后就开始了，特别是 1898 年戊戌变法，旧的文化终结并非随着旧的封建王朝的崩溃而来，而在它遭受最沉重的一击就开始了。1900 年发生的义和团失败、八国联军洗劫北京城、帝王西奔、庚子赔款等事件，使得这个清王朝最后的合法性基础都丧失殆尽，政治、经济、军事、道德和文化领域的一切神圣性都宣告结束了。所以在世纪初年推行新政，乃是迫不得已。种种代表着 20 世纪现代性的新因素在这个时间后自然而然地产生了，而绝对没有等到 1911 年帝王皇冠的落地，更没有可能等到 1919 年。所以，胡适在 1914 年写的一篇文章里说：辛亥革命是"思想革命"的自然结果，也就是说，在包括甲午战争、戊戌变法事件后，北京文化的精英人士就已经敞开胸怀迎接世界新思想、新观念了，辛亥革命是这一趋势的"结果"①。而若是在 1898—1936 年之间做一些较为细微的区分的话，那么，1898—1911 年属于北京文化的现代性元素的萌发期，1911—1919 年属于全面展开期，而 1919—1936 年则属于北京现代文化的黄金时代了。

1937—1949 年间 12 年，北京陷入全面战争，民族救亡成为现代北京文化的主题。这个时期的文化思想转换，并不意味着文化形态也随之变化，北京文化的现代形态并未中断。

二、"三个彻底"是北京文化现代形态发生的前提

北京文化之现代形态的发生：以 1898 年为起始。

北京文化之现代形态的发生，与晚清以来各种社会事件的发生具有直接关系，而不仅仅与帝制共和之更迭相关。高阳在论述"近代中国社会转型的历史教训"这一问题时说："1840—1911 年，历经 72 年的变迁，中国已经从一个典型的传统社会向具有现代色彩的新式民族国家过渡……中国从传统社会向现代社会转变的第一阶段大约历经 72 年。"②

---

① 胡适：《中国的孔教运动》，见《中国学生》月刊 1914 年 5 月，第九卷第 534 页。
② 高阳：《革命年代》，广东省出版集团、广东人民出版社 2010 年版，第 6—7 页。

他把"从 20 世纪初到 1911 年清王朝崩溃、1912 年中华民国创立"这一时期称为第三时期。他说:"戊戌变法在血泊中被扼杀并没有使清王朝走向中兴,相反中国向恶性方向急剧发展。义和团运动的彻底失败使清王朝最后一点自尊和傲慢完全被卑怯、投降所替代,庚子协定极大地损害了中国的主权和经济,从此中国真正陷入了万劫不复的深渊。"① 我认为这个论述基本上把握了历史发展的节奏,而这个历史节奏恰好也是北京文化之现代性发生的节奏。作为中国历史上最后一个帝都,清王朝所代表的封建旧制的终结和新政治制度的实现,恰好是北京文化的宝贵记忆。为什么笔者以 1898 年作为现代形态北京文化的开端呢?这是自然年与历史大事件发生年份的巧合——本文特别看重 1898 年戊戌变法失败、1900 年八国联军洗劫北京、慈禧西奔、庚子协议等事件对北京人的巨大震撼。

还原这个历史语境对于理解北京文化的现代性具有重大意义。

那么,20 世纪开端的年月里以北京为舞台发生了哪些彻入骨髓之痛呢?甲午战争失败,意味着帝国海军全面覆灭,从此渤海、黄海、东海、南海以及太平洋成为日本海军的势力范围,清王朝再也不能有海洋之梦,所谓"塞防与海防之争"告罄;更为严重的是,在这次战争中,中国海军是被同为东亚人种的日本打败,这与被英国人、美国人、德国人、俄罗斯人打败的意义完全不同,这一失败具有更为沉痛的阴影。

戊戌变法失败使得托古改制幻想破灭,人称"戊戌变法"是拯救清王朝的最后一根稻草,但是随着"戊戌六君子"被杀,清王朝自救的路被堵死了,"天作孽犹可恕,自作孽不可活",杀戊戌六君子属于清王朝"自作孽"。假如历史有一个"节点"的话,那么清王朝的统治自此便失去了统治的合法性。

1900 年的义和团运动属于民间势力来拯救王朝(历史学家蒋廷黻

---

① 高阳:《革命年代》,广东省出版集团、广东人民出版社 2010 年版,第 8 页。

把它称为第三个救国救民族的方案①），可是民间力量的落后（思想形态、武器皆落后于时代），其结果是可想而知的。在与义和团、外国势力之间进行斡旋的过程中，清政府暴露出自身毫无德性，先是利用义和团抵御外国势力，继而又屈服于外国势力，并伙同后者剿灭义和团。出尔反尔，显然在基本道德水准之下，彻底丧失了民心。

八国联军入侵并洗劫北京，竟然没有遇到像样的军事抵抗，一场略微像样的战争都没有，八国联军便约定"比赛"屠城了。次日，慈禧西奔，险些成为笼中之囚。

庚子赔款。1901 年 9 月 7 日，清廷全权代表奕劻和李鸿章与 11 国代表签订了《辛丑条约》。《辛丑条约》第六款议定，清政府赔偿俄、德、法、英、美、日、意、奥八国及比、荷、西、葡、瑞典和挪威六"受害国"的军费、损失费 4.5 亿两白银，赔款的期限为 1902 年至 1940年，年息 4 厘，本息合计为 9.8 亿两，是为"庚子赔款"。其中俄国以出兵满洲，需费最多，故所得额最大，为 1.3037 亿两。中国当时的人口大约 45000 多万人，庚子赔款每个中国人被摊派大约一两银子，这种计算方式纯粹出于侮辱。巨额经济负担使得清政府财政崩溃，此后每年的财政预算均在亏损基础上进行。②

直至辛亥革命推翻了清王朝，建立起中华民国政府。

这一系列的历史事件意味着什么？我们看到的是，自鸦片战争以来清王朝代表中国政府在与外国势力的过招过程中，一是毫无还手之力，屡屡丧权辱国，直至庚子赔款，国力彻底败落。二是完全丧失了基本的道德水准，沦丧之际，连同人格。归纳起来，是三个"彻底"：彻底失败、彻底绝望、彻底否定。"彻底失败"指政治制度、法律、经

---

① 蒋廷黻：《中国近代史》，江苏人民出版社 2014 年版，第 101 页。
② 参见加藤繁《清朝后期的财政》，见《中国经济史考证》卷三，（台湾）华世出版社 1981 年版；周育民《晚清财政与社会变迁》，上海人民出版社 2000 年版；王开玺《辛亥年清廷财政崩溃原因探析》，《中州学刊》1991 年第 1 期。

济、军事、种族等方面彻底失败，无一胜绩。"彻底绝望"指对满清政府以及它所代替的政治制度、治理方式的彻底绝望，对民族的前途彻底绝望，对依仗民族自身的文化翻身的彻底绝望，对旧的生存方式的彻底绝望。"彻底否定"指对清王朝作为中国的合法政府的合法性全然否定（由此再次浮现满汉之间内部民族矛盾，即所谓"革命"与"排满"联姻），彻底否定其现行的政治、经济、军事、文化、生活方式等，经学古文失去人心，洋文化已经成为时尚，全盘西化成为时尚。所以，林毓生在他的著作《中国意识的危机》开篇第一句话就说："二十世纪中国思想史的最显著特征之一，是对中国传统文化遗产坚决地全盘否定的态度的出现与持续。"① 这种"坚决地全盘否定的态度"的现实原因即在这三个"彻底"。

三个"彻底"的结果甚至在辛亥革命之前就已经揭晓：清王朝被迫主动作出改革举措，取消科举，开放洋学堂；派大臣出洋考察；承诺立宪时间表；1908 年慈禧去世。1910 年武昌起义成功，封建专制为民国所替代，直至 1928 年清朝最后一位帝王被赶出故宫，故宫公共化。而思想文化领域的改造早就启动。1896 年，梁启超在《时务报》上发表《变法通议》，坚决主张中国人民的思想启蒙运动不仅重要，而且是"自强之第一要义"。1898 年，严复翻译出版赫胥黎《天演论》风行读书界；社会达尔文主义流行。1902—1904 年，在《新民丛报》第一期出版时，梁启超写给康有为的信里写道："欲救今日之中国，莫急于以新学说变其思想。"并特别解释"欧洲之兴全在于此"②。1910 年前后，在国人发表的文章里，"社会达尔文主义"成为最流行的思想，杜威的思想随着胡适的介绍而流行，不能不说此际思想变革已经达到相当的地步。张鸣说："自晚清以来，达尔文的进化论，经过甲午战争的催化，已经

---

① 林毓生：《中国意识的危机》，贵州人民出版社 1986 年版，第 2 页。

② 见丁文江《梁任公先生年谱长编初稿》，（台北）世界书局 1972 年版，第 152—153 页。

成为上流社会的统治性意识形态。这种意识形态，落实在政体上，往往被解读成民主共和优于君主立宪，君主立宪优于君主专制。"他还认为："即使是哪些武夫，也不敢对这个被西方证明具有魔力的政体有所轻视，从某种意义上说，当时的武人，他们对民主政体尚有幻想，因此宁可忍受体制对他们的束缚，也不会对体制采取大动作的背离行为。"①因此，"'五四'之后的中国政局，西化和激进，成了主调。"②换言之，三个"彻底"表明：决定20世纪北京文化的新精神，在1900年之际开始成为中国文化思想最为先进的内容，严复、梁启超、胡适等这些当年在北京生活、思考和写作的思想文化巨头，成为北京文化现代形态的肇始者。

所以说，20世纪北京文化现代形态的发生，是直接与1900年前后发生的一系列历史事件导致的社会后果联系在一起的，是那一系列社会事件的直接后果。在这些后果里，最直接的就是三个"彻底"的产生，导致了北京文化从传统形态转向了现代形态。可以说，没有"三个彻底"就没有1898—1936年的北京文化的现代形态。

三、"三新"作为北京文化现代形态的内涵

北京文化之现代形态崭新的内涵，可以归纳为三个"新"，即新社会运动、新思想运动、新文化运动。

以往的学术研究对于五四运动或者五四之前的中国社会变化，比较偏重提"新思想""新文化"运动，例如，李泽厚《中国近代思想史论》和《中国现代思想史论》、林毓生《中国意识的危机》、高阳《革命

---

① 张鸣：《北洋裂变：军阀与五四》，广西师范大学出版社2010年版，第107页。

② 张鸣：《北洋裂变：军阀与五四》，广西师范大学出版社2010年版，第3页。

年代》等。从社会思想文化的视域破解传统中国向现代中国的转型，无疑是必要的，也是说明问题的一个重要视域，但是，笔者以为最彻底而坚实的基础乃是社会本身发生的变化，而上述论著所提出的思想文化的转型，归根结底是社会事件本身的表征，所以，笔者以为，北京文化现代形态首先表现为"新社会运动"，然后才有新思想运动、新文化运动，并把它们归纳为"三新"，认为"三新"代表着20世纪北京文化现代形态的内涵。

1. 所谓"新社会运动"指自1900年失败之后各种社会思潮主导的社会改造运动，包括宗教意识主导的社会改造。美国社会学家西德尼·D. 甘博1921年撰写的著作《北京的社会调查》一书里说："当前的北京存在着两项运动，一项是在知识阶层中开展的文化复兴运动，或称新思想运动，另一项是遍及各阶层的基督教运动。这两项运动都使人们对实际社区服务事业产生日益浓厚的兴趣。"他又说："'社会再造'一词或许是目前中国年轻人中最流行的词汇。这些年轻人同他们的教授一起，以批判地分析中国一切旧习俗为己任，目的是摧毁一切有害习俗，不论它们是否涉及家庭、产业或身份地位。他们已经开始从事一些社会服务，如在免费夜校中任教，帮助实业公会改进训练徒工的方法等。但是总的来说，他们的活动局限于理论而不是实践，他们虽然改变了中国的思想，但尚未制定出一套切实的社会改良方案。他们在较短的时间内取得了极大的成就，已经十分接近既定目标，如果能最大限度地把握时机，则有可能把社会理论付诸实践，通过实验来确保他们的改良方案符合中国的实际。这项运动目前的一种危险，是过分强调西方的社会理论。"① 甘博还有一个判断对理解北京此一时期的文化状态颇为有效。他说，此时的北京文化属于"新旧共存"时期。甘博的著述是西方学术界研究民国初期北京的社会学著作的代表，长期以来具有很高的学

---

① 甘博：《北京的社会调查》，中国书店2010年版，第2页。

术地位。这部著作有相当一部分记述华北地区的宗教（主要是基督教青年联谊会的活动）社会改良运动，这表明当时西方宗教对中国社会的改造已经成为一个很重要的社会学内容。关于这一点，可以参看其中的宗教寺庙、教堂的分布数据。至 1919 年，北京城内就建筑有 936 处新旧寺庙，另有伊斯兰教、天主教、新教、东正教等各种教会的教堂近 100 处。除了佛教、道教，其他宗教信徒达到近 5 万人。①

　　同时，毫无疑问，在遭受 1900 年失败后，清王朝的改良一派政治家（其实此时的政治家无论改良与否都统一到改造中国社会的思想立场上来了），中华民国的先驱者们，包括蔡元培、胡适、章士钊等，甚至袁世凯、黎元洪、段祺瑞三巨头都不同程度上改造着北京旧社会。这些改造最为集中体现在下列方面：（1）政治制度设计。先是清王朝派出十大臣出洋立宪考察、成立责任内阁，后是中华民国成立了以美国共和制为模板的中华民国政府宪政体系。在这个制度背景下，北京社会改造得到了很大发展，初步形成了现代社会的基本阶级阶层结构。（2）社会生活的进步。清王朝晚期，现代生活方式首先在新生的商人阶层体现，附着于王公贵族的现代商人，例如同仁堂老板、银号老板等，都已经与西方新的生活方式高度接轨，新的家庭生活格局，打高尔夫、游泳、看洋片等。民国后，公共生活迅速形成，形成了所谓现代社会雏形。甘博说："北京虽然是一个古老帝国的都城，但并不是一个行将退出历史舞台的城市，它正迅速地接受着现代生活方式。电灯、自来水、马路、排水系统、火车、汽车，甚至飞机都可以在这座城市找到，北京越来越成为一个当代共和制的国家。"② 他把这个时期的北京称为"东方最安全的现代城市"。到了 20 年代中期至 30 年代上半期，北京街上放映美国新影片与美国本土的档期几乎相当。"随着时间的流逝，西餐逐渐摆脱了

---

① 甘博：《北京的社会调查》，中国书店 2010 年版，第 406 页。

② 甘博：《北京的社会调查》，中国书店 2010 年版，第 32 页。

阳春白雪的地位，在市民阶层流传开来。更为重要的是，吃西餐某种程度成为时尚、'进步'的标志。辛亥革命之后，大大小小的西餐馆纷纷开业，成为人们联谊聚会的主要场所，每日宾客如云，在杯盏交错间，吃西餐俨然成为社交的必要手段。对于广大市民而言，如果想吃西餐的话，不仅有各种小的西餐馆可以满足口腹之欲，而且一些中餐馆还根据中国人的口味弄出改良的西餐，至于一些家庭西餐单或者外卖之类，更是不少市民家庭周末调剂口味的首选。据 1912 年 8 月 9 日《晨报副刊》报道，在北京一次有关中西餐的民意测验中，爱吃西餐和兼食中西餐的人数占被调查总人数的 23%，几近 1/4。这里面当然跟受调查的对象所属群体有关，但也在很大程度上反映出市民阶层对于西餐的认可。"①

（3）现代城市建设。从 19 世纪末起，北京城内零星的西洋建筑开始变成规模，原来皇宫园林如圆明园、颐和园使用西洋式建筑风格，后来民宅也广泛使用了。北京开始设计和实施城市标志性建筑工程，这些现代建筑的矗立，一举改变了封建宫城的传统格局。特别是皇族被赶出故宫后，开放故宫使之成为公共场所，具有巨大的标志性意义。据张复合描述，改建的颐和园清晏舫舱楼（1893）、畅观楼（1898）、六国饭店（1902）、中海晏堂（1904）、农事试验场大门（1906）、陆军部衙署主楼（1907），以及民间市井流行的门脸建筑，成为西洋建筑的代表，新式教会教堂、新式学校、铁路建筑、公共和工业建筑、办公及商业金融建筑，成为西洋式建筑的主体。著名的王府井大街、东安市场、真光剧场、开明戏院、大陆银行、中国地质调查所、新世界商场、东方饭店以及协和医学院、燕京大学、辅仁大学、国立北平图书馆等等，都是其中的代表作。② 李福顺先生认为："近代以来西方殖民主义的入侵对北京建筑风貌产生了非常大的影响。到民初，学校、银行、使馆、公寓、医

---

① 参见《环球时报》2008 年 8 月 25 日。

② 参见张复合编著《图说北京近代建筑史》，清华大学出版社 2008 年版。

院等新式建筑大量出现，建筑风格与形式各不相同的西式楼房已达百座以上，开始改变了几千年来北京的城市风貌。"① 可以说，在 1936 年之前，北京的城市建筑融合了新旧建筑风格，形成以紫禁城为核心的王宫旧城、西城达官贵人的老宅院、东城为核心的新式建筑群、西北为主体的大学教育区建筑，以及散落全城特别是东西长安街和北海、什刹海到西直门的宗教文化建筑群落。虽然西洋建筑在西方宗教进入北京就已经出现，但是真正起到改变城市居民日常生活的作用，还在 1900—1936 年间。(4) 留学、出洋考察成为青年人成长的一个重要标志，政府选派学生、庚子赔款资助、民间自费出国学习，一时蔚为大观。晚清留学浪潮之兴起，有社会根源。1868 年，中美两国签订的《中美续增条约》第七条早就规定："嗣后中国人欲入美国大小官学，学习各等文艺，须照相待最优国之人民一体优待"，为赴美留学提供了条约依据。曾国藩、李鸿章是晚清出洋留学的首倡大臣，左宗棠曾有"在东洋学习一年可比国内学习三年"之说。据统计，1907 年在日本留学的中国学生有12000 人②，可见当时留日风气之盛。一些在辛亥革命前后发挥重大作用的革命党人，均有留日经历。假如考察一下 1900 年以降政治风云人物，会发现无论是当时的新旧国民党，还是以后国共两党，以及别的政治势力，缺乏出国经历的人物屈指可数，而在共产党领袖人物塔尖上，五大书记里求学时代没有出国的仅毛泽东一人而已，1945 年党的七大会议上选出的政治局委员，没有出国经历的，屈指可数。国民党领袖级人物更是没有例外，1935 年召开的第五次代表大会选出中常委九人，只有两人没有在求学时代出国，其他均在晚清民初出国学习或考察。这从一个侧面说明了当时国家的时尚和趋势。所以张鸣作出"20 世纪中国的革命家，无论左和右，基本上都是五四青年"的结论。③

---

① 李福顺主编：《北京美术史》，首都师范大学出版社 2008 年版，1070 页。

② 王晓秋：《近代中日文化交流史》，中华书局 2000 年版，第 354 页。

③ 张鸣：《北洋裂变：军阀与五四》，广西师范大学出版社 2010 年版，第 5 页。

作为国家政治中心的北京，在 20 世纪初期推进的新社会运动当然也面临着反复，并且在较长时期呈现着"新旧并存、彼此不碍"的局面，这表现为两点：一是间或复辟。例如袁世凯称帝、张勋复辟等，但这都是短暂的社会动荡，持续长久的是民主共和的政治制度和社会认同，关于这一点，我们甚至在袁世凯、黎元洪、段祺瑞这些北洋军阀巨头之间的关系中看到，例如黎元洪、段祺瑞在袁世凯称帝时的拒绝态度，都可以看出甚至在极端封建势力的代表，都接受了新的政治制度，而拒绝与专制制度妥协。二是新式生活方式与旧式生活方式、新派文化与旧派文化、高楼大厦与胡同四合院、人力车夫与新款车辆、古老的轮船与飞机共同存在，分享共同的文化空间。这是 1900—1936 年间北京现代文化存在的基本特色。关于这一点需要另文论述，这里就不赘述了。

2. 新思想运动。有学者认为，辛亥革命是新思想传播的"自然结果"，笔者深以为然。应该说，自封建帝制危机以来，作为国家政治中心和教育中心，北京最先遭受到整个社会动荡导致的灾难，也最敏于变革、创新，来自西方、日本、苏俄的新思想也最先在北京登陆。关于这个问题，可以研究清王朝危机时期的北京报业状况。戈公振先生说：民国成立以后，"当时统计全国（报纸）达五百家，北京为政治中心，故独占五分之一，可谓盛矣"[①]。北京作为全国政治中心和文化中心，在清末民初报刊兴盛的原因，仍然必然追溯其社会原因，有研究者这样描述："19 世纪末，甲午之战、庚子之变等等事件标志着中国已然面临最严重的危机，割地赔款，古都沦陷，主权几乎丧失殆尽，这一切对国人心理上的震撼是空前的。即使已经陷入残灯破庙境地的清朝政府也在各方压力之下感到需要适当地进行改革。作为首善之区，向来一潭死水的北京涌现出鼓吹改良变革的思潮，朝廷对报纸的禁锢亦稍放松。同时，

---

① 戈公振：《中国报学史》，三联书店 1955 年版，第 118 页。

晚清以来的洋务运动、时务维新、革命立宪促使大量的民办报刊的产生，这类报刊或者以追求商业利润为旨归，如《申报》《新闻报》；或者由同仁组成为宣传维新与革命服务的政治化报刊，如康有为、梁启超等人办的《强学报》《时务报》《清议报》《新民丛刊》，同盟会主办的《民报》《民立报》，国民党办的《民国日报》等等。"① 这些报刊在思想传播方面起到了启蒙作用："他们创办了一批白话报，关注现实，希望以笔参与到救国启蒙的事业中去，主要面向广大普通民众宣传新思想新观念，同时也为自己找到一条谋生的道路。他们办报和写作的时候正值各种各样西来的政治、文化、文学思潮在中国开始兴起，诸如易卜生、托尔斯泰、莫泊桑、克鲁泡特金和萧伯纳等的作品在一些活跃的学生中间已经产生影响，强烈的使命感和怀疑精神滋生的时候。"② 因此，才有庄士敦所说的北京城普遍呈现的现象："这个城市正在努力追赶着时代的步伐，力图使自己无愧于伟大民族的首都地位。这个城市的大学中聚集着渴望变革的学生，它们正怀着不顾一切的急切态度，将现代科学和哲学，与世界语和卡尔·马克思的著作一起，用来夺取过去被儒家传统和腐朽圣贤们占据的领域。"③ 在这一方面，新闻媒体发挥着关键作用。虽然自鸦片战争以来，北京思想界就不乏新思想的传播，但是作为颠覆"中体西用"之"体"的西方思想在北京大肆传播，仍然要在戊戌变法失败之后。换句话说，以前的外国思想（西方、俄苏和日本思想）在中华文化里是以"技"的身份存在着，而在戊戌变法失败后一变为"体"与"道"的方式存在，并迅速替代中华传统思想。严复的存在具有重大思想意义。而在1910年中期后，随着胡适的归来，杜威、罗素、泰戈尔、萧伯纳甚至爱因斯坦等哲学家、思想家、科学家、文学家纷纷登陆中国，在大学发表演讲，各种主义、学说，从达尔文主义、社会达尔文

---

① 刘大先：《清末民初北京报纸与京旗小说的格局》，载《满族研究》2008年第2期。

② 刘大先：《清末民初北京报纸与京旗小说的格局》，载《满族研究》2008年第2期。

③ 庄士敦：《紫禁城的黄昏》，众城等译，珠海出版社1995年版，第156页。

主义、空想社会主义、托尔斯泰主义、无政府主义、实用主义、女性主义到马克思主义、法西斯主义等等，都在北京思想界留下了印迹。毛泽东说"十月革命一声炮响，给我们送来了马克思主义"，实际上，在十月革命之前的很长时期里，北京思想界已经介绍了马克思主义、介绍第二国际的思想，只不过是裹挟在许多主义和思想里被介绍进来的，五四运动之后，新思想对传统思想的洗礼达到新的高峰。上述三个环节大批西方新思想被介绍进北京文化，为北京文化之现代形态营建出一种崭新面貌，而这一面貌始终没有离开北京文化的机体，成为它自我意识的内容。

3. 新文化运动。1900 年代的新文化运动是以北京爆发五四运动作为高峰的，但新文化运动却不是始于五四、也不止于五四运动。1900年代的新文化运动以五四运动为界限，分为前后两个时期。正史把五四运动之前的新文化运动称为"自发时期"、把之后称为"自觉时期"，并把这个表述作为中国青年自觉接受马克思主义的标志，缺乏历史依据。五四运动作为新文化运动的一个重要标志，是以全盘否弃传统文化、全盘接受外国文化为标志的。甘博之记载北京新文化运动即是如此。从全盘否弃中国封建传统文化的心理走向来看，也必然是全盘接受外国文化。事实上，五四运动后导致的一个基本倾向就是对西方文化的推崇、模仿外国文化成为中国新文化的主要内容。这一点在背景地界上的新文学存在状况更为典型。北京新文化运动中的新文学最初的主要人物如胡适、梁实秋、郁达夫、鲁迅、周作人等，或派别如文学研究会、新月派、语丝派等，都有明显的外国文学思潮影响的背景，甚至在文学创作审美理想、创作手法等方面，都沿袭着外国文学的思想。

当然，无论在新思想还是在新文化运动中，如同在新社会运动中一样，都存在着新与旧文化内容的融合，有时候成为彼此交错、认同和支撑关系。关于这个问题，不能简单地用来表述 1911 年辛亥革命的不彻底性，或者表述五四运动的缺乏民众基础，而毋宁说是文化发展呈现的本质特征。因此，五四运动以后至 1936 年间，北京现代文化的新形态，那种涵纳中西方价值观、文化民主意识、开放心态、兼收并蓄的姿态等，便更具有理论价值和学术价值。

综上，1898—1936 年是北京文化从封建专制文化形态走向现代民主形态转型的重要阶段，也是新北京文化建设的直接资源，由"三彻底"走向"三新"，标志着现代形态北京区域文化的框架基本形成，这种文化的内涵可以做如下概括：以民主政治为思想基础，以包容兼收并蓄为基本心态，多元开放为价值取向，虽然失去了政治中心的行政构架，但是保留着两个方向：满蒙回汉藏等多个民族、多样性文化交相融合，积淀为民俗文化层面，北大清华作为高端文化指向民族精神和思想价值层面的继承和创造。

1898—1936 年之际，北京文化的现代性之发生，成为连接 1949 年 10 月中华人民共和国与晚清帝国封建文化的重要中介，漠视或者重视这一中介及其积淀下来的思想遗产，对于理解 1949 年以来的很多文化形态、主题、思潮的发生发展，均具有重要价值。假如我们注意到这一点，那么，1949—1978 年间，特别是"文革"期间流行的红色文化、封建专制文化价值观、非此即彼的东西方对立的文化观念，便可以得到详细注释，同时，对作为一个历史发展过程与区域的北京文化精神之历史根源，便可能找寻到新的历史根据；而在构思未来北京文化发展对策的过程中，我们就会获得新的思想资源和精神力量。

这不是口号，而是史实。

从"新北平"到"新北京"：
新中国对首都文化的再建构①

—— "全国文化中心建设历史与未来"研究系列之一

一、研究背景

截至目前，关于北京建设全国文化中心的研究，基本上可以区分为三种态势：第一种研究态势是把它非历史化，罔顾这一命题的历史性语境，凭空建构一个虚拟的"文化中心"，它足以包揽迄今为止全部人类文化成果。这个倾向忽略了"全国文化中心"这一命题的提出所具有的自身话语体系，有自己的"小传统"，只有厘清这个话语的"小传统"，解决现实问题，也才能面向未来发展。第二种研究态势是把"文化"普泛化，认为这个"文化中心"是指所有层次和所有种类的文化，因此，研究成果都上溯到一切文化元素在北京的产生和生产历史，从物质层面到精神层面，从史前到后工业时代的文化，似乎它们都参与到北京建设全国文化中心这一进程之中。这是一个误解。在现实层面上，北京建设全国文化中心的进程，并非所有文化要素都参与其中，更非自由

---

① 本文属于国家社会科学基金重大项目"全国文化中心建设的现实与未来"的成果。

或自觉参与其中。所以，在这个命题下，讨论北京这个自然地理区域下全部文化要素的发生发展，属于无的放矢，缺乏针对性。第三种研究态势则把"北京"这个概念做纯粹地理概念理解，似乎"北京"就是四九城这一空间，迎合了国际学术界的"城市研究"思潮，完全没有"首都"的思想意识。实事求是说，在北京建设全国文化中心这个命题下，实际上展开的就是"首都"这一身份下的文化建设，按照1949年新中国建都北京之初的设想，乃是为全国待解放的其他城市做示范的文化建设；放在解放全中国的格局来看，更是"首善之区"的文化建设。

这三种研究态势，导致目前在这一领域的研究成果完全不能切合提出这一问题的初衷，不能够回答目前首都文化中心建设所提出的紧迫现实问题，特别是思想指导问题。

本文认为，北京建设全国文化中心这一问题，首先，它具有鲜明的时代性，是新中国建都于北京以来一直在场的现实问题；它针对甚至反对此前在北京（和以北平、大都、中都等名义）所实施的皇城旧文化建设，无论是1911年之后的民国时期文化建设（包括1928年所谓由于民国政府南迁南京、北平失去政治中心之后的"文化中心"建设），还是元明清三朝的帝国政治中心同时的文化建设。新中国建都北京同时开展的文化建设，实际上配套的是新中国新的政治建设、经济建设和社会建设，文化建设与其他领域彼此配套而不相互脱离，因此，与此前皇城旧文化建设相悖，是显而易见的事实，不能够忽略这个前提来讨论单纯的文化中心建设。其次，这一文化中心建设具有全新的意识形态体系。新中国的文化建设是在全新的经济基础、上层建筑、意识形态这个思想体系指导下建构并实施起来，具有很强的思想自觉性。在这个角度看，北京建设全国文化中心的进程，在对待中华民族已有的文化传统、外国文化思潮和现象、社会发展进程中出现的各类文化现象等问题，具有明确的选择性，不是一味被动接受或一味随意反对，其立场完全取决于上述思想体系。所以，当下研究态势之一的把"文化"概念普泛化的趋向不足取。

现实层面上的运动，都是在历史意志驱动下自觉运行的逻辑结果，既作为这一历史意志的惯性后果，也是它展开批判和反动时立论的前提。因此，当我们研究"北京建设全国文化中心"这一问题时，一个思维方向是把它历史化，摸索这个问题最初提出的现实起点，以及它展开的历史轨迹；二是摸索它在起点上展开的模型样态或维度，建构出文化观念的模型。在这个问题的思考方式上，正用得上"不忘初心，方得始终"这一句老话。新中国成立之初把"新北平"建设为全国文化中心的初心，正是我们理解今天仍然展开的北京全国文化中心建设的逻辑起点和思想起点。

因此，"北京建设全国文化中心"作为一个研究对象，其性质并非局限于学术研究，而是在相当程度上属于一个具有历史必然规定的现实问题，是具有一定历史长度的现实问题。这个"一定长度"就是指这个命题产生时间有阶段性，是在1949年2月北平和平解放、并被确定为未来新中国首都之际，开始具有现实性。从1949年2月到今天，北京作为新中国首都开展的文化建设，一切都围绕着全国文化中心这一目标，作为新中国文化的"首善之区"的目标来开展的，我们说这是一个现实性问题，原因就在于这一历史意志的推动力并未终结，也没有长期被固定为一种形态和内涵，它是处于"正在进行时态"。无论在20世纪50—70年代、还是在80年代至今，在"北京建设全国文化中心"的宗旨下，各种文化观念、文化制度、文化趣味等等，都没有停止过彼此角逐、斗争和纠缠，到今天，这个"文化中心"在理念上和思想意志上保持着高度一致，而在诸如策略、手段等各方面则处在不间断摇摆变化之中，当然也时常发生手段和观念内容的颠覆或再颠覆，例如在50—80年代初，是中国文化建设特别是重大文化政策发生的非常态颠覆状态，是比较特殊现象，但是，即使在这个时期，关于北京作为首都建设全国文化中心这一历史意志本质，是没有变化的。

正是因为有了历史意志的高度一致，才使得这个命题具有了展开讨论的前提。

其次，是"文化"观念的革命性变化。"北京建设全国文化中心"问题，不是如字面上所说的"北京"的文化建设，而是指作为全国首善之区的首都文化建设，两者之间的区别自不待言。作出这个区别的关键，在于对"文化"的理解差异。"文化"这个术语在学术界解释不下百种，本文不参与提出新的理解，而只是采用其中的一种，即英国伯明翰学派文化研究的理解，倾向于把"文化"与日常生活密切联系起来，而不是里维斯学派把"文化"理解为超越日常生活的经典集成式精英主义立场。在这个问题上，在上述时间段里，存在着相当长时间内的张力空间：政府和民间都把"文化"与身体力行的日常生活行为和思维思考方式隔开，根本没有意识到"文化"除了文学艺术经典的继承和新造，还存在于日常生活之中。文化学者也几乎仅仅把研究视野局限在经典、观念、精神的高雅领域，完全无视"较为低级的"日常生活领域正是文化秘密所在。直至"文化"这一观念的新视野出现。1949年新中国新政协会议定都北平、更名为北京之后，为这个城市的文化带来了根本性变革。这个变革的特征可以集中表述为：文化不再孤立在经典、观念、精神层面，而渗透在全部生活之中；与此相应，文化成为全民众共同参与、全民在场的领域，而不是孤立民众、局限在文人之间的事情。在北京文化建设进程中发生的若干事件，具有重大思想意义：一次事件是新中国成立初期北京城市建设规划方案之争，所谓"陈梁方案"之争；一次事件是50—60年代初期对传统戏曲的反动，引发的是新戏剧革命；一次是众所周知的"文化大革命"等等。这些"文化"思潮都肇始于北京，在首都，也在此地隆重地上演，并推演到全国每一个角落。但是，它们有一个鲜明特征，就是：这些事件成为关涉全体民众的事件，都从政府上层渗透到市井街道全部日常生活。历史上从来没有哪一个朝代，在文化这个领域自上而下贯彻如此彻底。这个革命性变化进一步造就了本课题的研究方法。一是把文化政策及其制度、经典价值观念及立场、日常生活及其行为方式和仪式体系等作为整体来研究；二是事件化研究方法，把重大事件的如此发生、如此上演，与"文化中心"意义勾连起来，显示出事件的主人翁群体"文化中心意识"与这些事件之间的深刻联系，当对某一领域的研究尚处于初级阶段的时候，简单地历史化很容易陷入固定的思维模式，而将事件作为具体对象来孤立研究则比较客观。在若干事件之间建立某种逻辑联系，那是下一阶段的工作。

在这个意义上，"北京"与"首都"两者显示出明显的差异：前者仅仅表示一个时间和空间，后者则还表明了一种权利即政治高度。因此，首都全国文化中心建设必然是一个文化政治命题。

第三，北京建设全国文化中心的问题，具有历史渊源，但又有鲜明的时间节点。作为一个具有鲜明现实性的问题，它不可以无限制上溯，例如上溯到元明清作为全国行政权力中心的文化建设；作为一个现实性问题，是一个当代文化建设的命题，在当代的"文化"界定前提下溯源。在时间节点上，是以新中国建都北京、确定新民主主义文化为主旨的基础上发展、演变而来的，上自1949年1月底、2月初北平和平解放起始，其思想源头可以上溯到毛泽东关于文化建设的一系列论述，特别是《在延安文艺座谈会上的讲话》和《新民主主义论》两篇著作。

即使我们使用陈旧的"文化"概念来框架1949年2月以后的北京文化，也必然对其中的思想内涵的发展史做一个回顾，也就是对其"小传统"做必要梳理。具体而言，"北京建设全国文化中心"这个命题里的"文化"就指1949年2月北平和平解放、我党确立北平为新中国首都以来，在明确的政治观念、价值观念和审美观念等系统指导下的行为系统。一般地说，这个行为系统与远自元明清乃至民国时期北平的文化建设有一定关系，但放在新中国建立70年的历史来看，就不一定具有继承性关系，因为很清楚，在新中国成立以来，我们的文化建设大多在

“反封资修”的口号下进行，其文化理念本质上区别于此前。在 1980 年
后期以来，准确地说，可以说是在所谓“文化寻根热”之际，北京即使
作为全国文化中心，也开始与源远流长的北京地方本土文化及其“小传
统”有机连接起来，而不是一味枉顾、甚至抵抗这一历史。1949 年以
来北京文化中心建设也具有自己的传统，仔细梳理，这个“小传统”与
1942 年延安文艺座谈会、延安整风运动有着密切联系，与 20 世纪 40
年代后期国共两党围绕“中国的命运和前途”的讨论以及毛泽东所著
《新民主主义论》所表达的思想更是紧密相关。由于时间和区域的限定，
这一命题里的文化具有鲜明的时代主题、政治内涵和审美趣味特点，它
的符号系统试图与更远的“传统”符号系统实现着彻底的决裂，1949
年底、1950 年上半期，在短暂的思想过渡后，便开展了运动式的思想
决裂，带动实行“彻底的”文化决裂，形成了 50 年代至 70 年代近 30
年中国文化的极端政治特点和思想特点，北京作为全国文化中心，在这
个时间段，无疑具有标志性意义。

二、“建构新北京”这一命题的提出

“北京”这样一个历史悠久的物理形态的城市还需要提出建构问题
吗？回答这一质疑，需要回到 1949 年 10 月之前北平所处的特殊地位，
特别是回溯到北平作为一个大城市凸显到中共中央视野内的时间节点，
那是 1948 年 12 月——辽沈战役胜利结束，淮海战役大局已定，国民党
在平津地区命悬一线之时。这个时刻，北平作为一个距离中共中央（河
北西柏坡）最近的大型城市，距离解放指日可待。共产党将如何定位这
个城市呢？北京是这样一个城市：元明清三朝皇宫所在地、民国继起为
首都，但 1928 年 6 月 20 日失去了首都地位，1937 年沦落为日本帝国
主义侵略者之手，无论在城市的经济规模、思想意识还是文化性质上，

这个破落的旧北平距离新兴的解放者的远大目标都很远。[①] 成为一个拥有远大抱负的新兴政权的首都，它必须重新建构。

虽然 1911 年辛亥革命之前的北京历史辉煌，作为元明清三朝首都，拥有近 800 年的建都历史（尽管吴晗考证，元朝大都只剩下遗址，抔土万户侯；明朝的北京也狭小得多，与清朝末年的北京不是一回事[②]），到 1949 年的北平，却是一个政治地位很尴尬的城市。它是中国北方最大的城市，特别是华北地区最大的城市，是所谓平津地区的中心；它还是 1928 年之前中华民国的首都、1911 年之前清王朝以及此前元明两朝的首都。可是，最大的尴尬在于，自 1928 年中华民国迁都到南京后，它就什么都不是了。它不属于任何一个省，不是省会城市，它没有系统的工业、农业、商业、进出口贸易体系、金融等等，人口数量、经济指标和活力远不及上海[③]；谭其骧先生在一篇回忆 30 年代旧北平的小文里这样说："当时建立在南京的国民党的'国民政府'已成为全国的中央政府，南京已成为首都。北洋时代在北京的中央政府机构都已不复存在，改称北平，只是一个华北的政治文化中心，作为首都时代的富贵荣华，已烟消云散。因而全市成为一个彻底的买方市场……"[④] 它的政治影响力远不及南京（1928—1937、1945—1949）、1924—1927 年的广州和抗战时期的陪都重庆（1937—1945）；因此，到了 1949 年中国人民解放军兵临城下的时候，作为中华民国政府的合法首都是南京，尽管它风雨飘摇、被解放的时间指日可待，但它依旧是中华民国的精神依托所在，一则孙中山先生建立中华民国，临时首都即选在南京；二则南京处于江浙财团势力范围之内，背靠江浙，面向中原，虎踞龙盘，地理位置十分

---

① 1928 年 6 月 20 日，国民党政府定都南京，改北京为北平；1937 年 7 月 29 日，日寇占领北平；次年 4 月 17 日，伪政府在北平成立，改北平为北京。

② 参见王军《城记》，三联书店 2003 年版。

③ 参见《中国统计年鉴》，年。

④ 谭其骧：《一草一木总关情——邓云乡与燕京乡土》，参见《谭其骧全集》，人民出版社 2015 年版。

重要；而中国最大的人口聚集地、经济、金融和现代商业中心是上海，在这里与西方联系紧密，现代电讯、现代媒体、现代西方生活方式等等，不仅是政治、经济方面的依托，还是精神、心理层面，都成为南京政府的依托。在相当程度上可以说，南京是中华民国政治中心，上海则是它的经济和心理中心。而这个时期的北平呢？已经被边缘化22年了。它显然处在被冷落和被刻意遗忘的角落。这是因为，作为前清王朝的首都，它是封建专制的象征；作为袁世凯为代表的中华民国首都，它带有封建军阀象征。对于西式民主国家体系来说，它的落后性不言自明。

1949年局面发生彻底改变，东北野战军百万大军入关，华东野战军打胜了淮海战役。东北野战军和华北野战军把整个平津地区围得铁桶一般，傅作义集团面临的结局只有玉碎或者投降，北平解放只在旦夕。与其他地方相比，北平解放对于中国共产党来说就意义更为重大，因为这是它解放的第一个具有首都价值和地位的城市。在地理上，它处在华北平原，在东北至华北、中原的咽喉地带，最有政治价值的是，它背靠蒙古、苏联，处在两大老解放区（东北和华北）之间，是华北最大的城市。饶是如此，除了一穷二白、国民党反动势力偏弱，它并不具备作为新首都的任何政治优势。所以，据师哲回忆，1948年毛泽东在谈论新中国首都的选点时，哈尔滨和北平曾经是并举的两个选项，原计划新政协召开的地点就已经选定在哈尔滨[①]。出于鲜明的政治考虑，呼之欲出的新中国首都绝对不可能选在南京、上海，这就使北平这个旧都成为一个不二之选，尽管它是如此的破落。

所以，在淮海战役如火如荼的1948年12月13日，党中央就作出

---

① 1948年4月30日《晋察冀日报》发表了毛泽东拟定的五一口号，与口号同时拟出的还有致李济深、沈钧儒的一封电报。这封电报是在城南庄拟定的，其中有这么一句话："此次会议的决定，必须求得到会各主要民主党派及人民团体的共同一致，并尽可能求得全体一致。会议的地点，提议在哈尔滨。会议的时间，提议在今年秋季。"显然这个时候，建都的地点尚未明确。见舒云《开国纪事》，人民日报出版社2015年版。

了《中央军委关于战役部署及平津地区党政军负责人任命的电报》，任命了"聂荣臻为平津区卫戍司令，薄一波为政委，彭真为北平市委书记，叶剑英为市委副书记、北平军管会主任兼市长"① 等。同日，华北局作出《中共中央华北局对平津地下党在接管城市中应做的工作的指示》，特别提出"我们必须足够地认识平津等大城市和工业区的重要性和复杂性，因此，必须在各方面有充分的准备，不但要能够完整地接管，而且要能够顺利地发展与建设这些城市或工业区，使之成为全国最好的政治、经济与文化的中心之一。"② 一周内，北平市委就如何接管作出了系列安排。这是北京建设全国文化中心的历史起点、也是学术起点，正是在这个文献里，最先提出了包括北京（北平）在内的平津要建设成全国的"文化中心之一"命题。

很明显，较之于上海、南京，1949 年北平的经济条件、社会影响力、现代城市建设基础、国际化程度以及作为首都的其他若干条件，远远不够；也显然，中共不是在接管一个具备现成条件的现代城市来作为首都。无论从行政、市政建设方面还是从经济地位来看，或者从政治意识形态方面来考虑，北平都需要被重新建构。这，也是中共中央特别提出的"新首都"概念的原因。

三、"北平问题"的凸显与"新北平"思想

北平作为新中国的首都，其正式确定的时间，是在第一届政治协商会议上，但是，党内在七届二中全会的会上和会下提出"李自成问

---

① 北京市档案馆、中共北京市委党史研究室编：《北京市重要文献选编》（1948.12—1949），中国档案出版社 2001 年版，第 1 页。

② 北京市档案馆、中共北京市委党史研究室编：《北京市重要文献选编》（1948.12—1949），中国档案出版社 2001 年版，第 3 页。

题"和"进城赶考"之说，实际上已经包含着共产党"进京"的含义。因此，在党内建都于北平的意识，时间早于第一届政协会议。

党内关于"建都于北平"问题，最早的说法见诸文字有两个：时间上最早的一个，是被任命为北平军管会主任兼市长的叶剑英于1948年12月21日在河北良乡召开的北平干部会议所作的报告《关于军管会的任务、组织机构及如何开展工作的报告要点》，他说："北平是一个古老的文化的国际城市，外国记者估计共产党要在北平建立一个人民自己的首都。"① 虽然是"外国记者估计"，但却是文字上第一次表述在北平建都。在这篇报告的结尾处，叶剑英"不经意"说道："话说回来，北平是一个有关国际观瞻的城市，是我们自己的城市，是红色的首都。我们要用庄严的态度来对待一切，去掉不正确的思想，如报复思想、享受思想，不要忘掉自己的重要任务。"② 依据叶帅性格来看，这个"话说回来"的"红色首都"之说，不会是简单的。其次，是1949年1月下旬③，作为东北局城市工作部部长的王稼祥抵达西北坡，当日，他就与夫人朱仲丽一起去看望毛泽东。毛泽东问他：我想听听你的意见，我们的政府定都何处？历朝皇帝把京城不是定在西安就是开封，还有南京或北平。我们的首都定在哪里最为合适呢？王稼祥做了片刻的思考，然后回答说："能否定在北平？"毛泽东要他谈一下理由。王稼祥分析说："北平，离社会主义苏联和蒙古人民共和国近些，国界长但无战争之忧；而南京虽虎踞龙盘，地理险要，但离港、澳、台近些；西安又似乎偏西了一点。所以，我认为，北平是最合适的地方。"王稼祥的看法，符合毛泽东的一个基本认识。毛泽东认为，蒋介石的国都在南京，与他的基础

① 北京市档案馆、中共北京市委党史研究室编：《北京市重要文献选编》（1948.12—1949），中国档案出版社2001年版，第31页。
② 北京市档案馆、中共北京市委党史研究室编：《北京市重要文献选编》（1948.12—1949），中国档案出版社2001年版，第31页。
③ 另一说是1月初。

是江浙资本家和财团密切相关；而我们要把国都建在北平，也要在北平找到我们的基础，这就是工人阶级和广大的劳动群众。① 联想到 50 年代上半期中央确定的对北京城市建设改造的原则，我们基本上可以理解毛泽东在北京城发展工业、壮大工人阶级队伍的思想，其所指，乃是为红色首都奠定坚实的阶级基础。在第一届政治协商会议之前，1949 年 3 月召开的党的七届二中全会上，毛泽东提出："我们希望四月或五月占领南京，然后在北平召集政治协商会议，成立联合政府，并定都北平。"② 在 1949 年 8 月 13 日《对北平各界代表会议的指示》里最后说道："全北平的人民除了国民党反动派的残余及其潜伏的特务分子之外，一致团结起来，为克服困难，建设人民的首都而奋斗。"③ 这也许是毛泽东在正式文件里最初两次把新中国的首都与北平联系起来，明确北平的首都地位。而在民间，北平作为新首都的认识已经很浓，例如，1949 年 6 月，梁思成先生在给童寯教授的信里就这样写道："现在北京已安定下来，并且已经展开了建设工作。北平是新中国的首都，以后需要大量的建筑师，并且需要训练大量的新建筑师。"④ 梁先生这封信很有意思，一是他使用了"北京"这个称呼，须知这个时候中共中央尚未明确定都北平，因而"北京"之称尚早；二是梁先生紧接着明确地说"北平是新中国的首都"，可见民间对此说已属不疑。9 月，第一届政治协商会议召开，新中国定都北平、改名为北京，从此，北京作为全国政治中心的地位确定下来。

虽然党内关于新中国首都确定在何处，尚处于协商的地步，但是，对于全社会、特别是对于政治敏锐的各民主党派、进步的知识界来说，

---

① 参见辛向阳、倪建中主编《首都中国：迁都与中国历史大动脉的流向》，中国国际广播出版社 1997 年版，第 960 页。

② 王建柱：《毛泽东下决心定都北京》，载《福建党史月刊》2010 年第 13 期。

③ 北京市档案馆、中共北京市委党史研究室编：《北京市重要文献选编》(1948.12—1949)，中国档案出版社 2001 年版，第 660 页。

④ 见《梁思成文集》第五卷，中国建筑工业出版社 2001 年版，第 42 页。

北方（先是东北、而后是北平）成为新中国的首都地位则是确定无疑的。这从 1949 年年初开始的各方面进步人士纷纷北上的态势可以看出：1948 年北上的地点是哈尔滨、1949 年年初以后是北平。和平解放后的北平俨然成为新的政治中心。各民主党派、工商联和无党派团体的带头人和代表，以及反蒋的进步人士个人，以及各路文艺界、学术界等，都相继汇聚北平，纷纷表态，拥护共产党，表示愿意在共产党的领导下，共同建设新中国。这一态势，促成并决定了北平成为新中国首都的现实条件。

然而，虽然党内并未确认北平作为新中国的首都，但并不意味着关于新首都的政治的、意识形态的定位就没有研究过。这个定位分为两个步骤：一是 1949 年年初以来，到 1949 年 9 月新政协召开。中央七届二中全会提出工作重心从农村转移到城市，首先针对的大型城市就是指日可待的北平，所以，北平就成为工作重心转移的第一个试点。这个阶段，北平并未正式与新首都挂钩。二是新政协会议召开，确定北平为新中国的新首都地位、更名北京之后，对北京的政治、经济、文化、外交地位的正式确认。

第一个步骤，北平作为党的工作重心转移的第一个大城市定位问题。这个问题之所以要提出来，是因为它与 9 月政协会议以后北京的城市定位相联系，存在紧密的指导思想和逻辑联系。解释清楚这个思路，9 月后的北京城市定位的指导思想也就具有了坚实的基础，同时，也为50 年代的北京城市定位以及相关的争议解释确定了基础。

这个步骤可以分为"接""管""建设"三个阶段。从 1948 年 12月 13 日开始，中央正式启动对平津地区特别是北平的接管工作，相继发布了一系列文告：12 月 13 日，《中央军委关于战役部署及平津地区党政军负责人任命的电报》成立中共北平市委、军管会和任命市长；同日，华北局发布《对平津地下党在接管城市中应做工作的指示》；12 月20 日，中央对北平市委发出《关于城市中的公共房产问题的决定致北平市委电》；12月21日，北平市委《关于如何进行接管北平工作的通告》；12月22日，中共北平市委《关于入城前所做的准备工作向中共中央及华北局的报告》《中国人民解放军平津前线司令部约法八章》《中央军委关于平津管辖范围的指示》；12月24日，《关于军管会的任务、组织机构及如何开展工作的报告要点》等。这一系列文告包括的内容有：成立中共华北局平津市委、军管会、市政府等组织系统，牵头组织接收平津的工作；接管北平城市的工作原则、纪律、工作要点；划定平津地区行政范围；发布接收公共房产、货币、金融机构、文化设施等领域的政策性公告等，这是接收北平的前奏。

1949年1月31日北平和平解放，解放军进驻北平、傅作义20万军队撤出城外接受改编。次日（2月1日），彭真代表北平市委所作《关于进城后的工作与纪律问题的讲话要点》、2月2日《人民日报》（北平版）的代发刊词《为建设人民民主的新北平而奋斗》，标志着接收北平市的准备阶段结束，进城后管理北平市的阶段启开帷幕。这一阶段的文告和工作报告主要包括以下思想：

第一，明确解放北平的重大意义。对解放北平的重大意义的定位，特别集中体现在叶剑英所作的《关于军管会的任务、组织机构及如何工作的报告要点》（1948年12月24日）里，可以说，今后关于北平——北京的定位，均源自这个报告。在报告里，明确了两点：首先，北平是一个具有世界文化价值的文化古城，解放北平是人民解放战争进程中的一个里程碑；其次，北平的管理是一个城市接管的实验场所，考验我们党管理城市的能力，包括作风和行政能力。他说：

> 北平是一个古老的文化的国际的城市，外国记者估计共产党要在北平建立一个人民自己的首都。因此，我们进城后，一切政策之实施，工作人员的言论行动与负责人之谈话，皆与人民对我党的认识息息相关。他们把北平当作共产党能否统治全国、能否

管理城市及工商业的测试。因此，我们接管北平工作的好坏及所发生的影响，不是孤立的某个干部或北平本身的问题，而是联系着整个世界的观瞻，是中国人民能否在共产党领导下管理自己的问题。现在我们要向全世界、全中国人民表示，中国人民能管理自己。我们要有这个信心，同时要重视这个工作。……要把北平当作一个城市接管的实验场所。

他还强调："我们要用庄严的态度来对待一切。"[1]

第二，提出建设人民民主的新北平的思想。《人民日报》（北平版）的代发刊词《为建设人民民主的新北平而奋斗》是中央关于北平市政治、经济、文化定位的标志。首先，文章给予北平解放很高的评价，认为"这在北平的历史上是一个空前的革命，它和过去历次的改朝换代是完全不同的，它不同于任何反动的统治阶级内部的政权转移和争夺，它乃是一个根本变更政治制度与社会制度的革命，首先是摧毁了国民党的反动统治，把政权完全拿到人民手里，这样就解决了革命的根本问题。"这个评价，实际上把北平的解放作为一个旧世界崩溃的里程碑来看，那么，北平的解放就具有重中之重的价值了；这一事件绝对不简单等同于一个北方大城市的解放。其次，文章提出了"新北平"的概念和建设模式：

北平的解放现在还是第一步。为了建设人民民主主义的新北平，我们还必须从政治上、经济上、文化上继续做极大的努力。

北平人民从今天的推翻旧政权而获得新政权，到充分地积

---

[1] 北京市档案馆、中共北京市委党史研究室编：《北京市重要文献选编》（1948.12—1949），中国档案出版社 2001 年版，第 31、39 页。

极地参与和使用这个政权，还需要一个时间，需要一个发动群众革命积极性并使群众自己组织起来，以致产生大批联系群众的积极分子的时间。而只要人民群众有组织有纪律地充分积极地参与和使用这个政权，他们就掌握了改造整个社会的锁钥。北平在历史上，曾经是封建帝王、贵族、军阀、官僚、帝国主义者、官僚资本家等反革命势力统治的堡垒与罪恶的渊薮。这些骄奢淫逸的反革命分子曾经狼狈为奸，极尽其奴役榨取中国广大人民的能事，他们以反动腐朽的文化，欺骗与蒙蔽着善良的人民，阻塞着社会生产力和人民文化发展的道路，但同时，北平也和别的现代都市一样，蕴藏着劳动人民与革命知识分子们丰富的创造力，蕴藏着进步的生产组织和文化组织，对于这些丰富的创造力，这些进步的组织和它们的经验，必须谨慎地予以保护和继承。北平是一九一九年"五四"运动的策源地和"五四"以来长期革命学生运动的中心，在一九二三年"二七"事件前后它又是以铁路工人为首的中国工人阶级反帝反封建斗争的中心之一，工人的革命活动的传统至今不绝。北平的革命人民始终是保持着与中国共产党的联系。近十年来，北平一直是处在中国共产党所领导的革命乡村的长期包围之中。在过去一年内，中国共产党所执行的保护和建设城市的政策，在北平人民中已经发生普遍的影响。由于人民解放战争正在向着全国范围的最后胜利急进，反革命势力在全国范围内已经极端孤立并正在迅速崩溃，北平的人民对于革命胜利的信心也更加坚固。这些都是建设新北平的一些有利条件。

新的北平必须努力发展各种生产和为人民服务的新文化。

北平是中国最有名的文化都市，它曾经为中国人民培养了大批的优秀人才，它现在拥有大批产业工人、青年学生、各种知识分子和职员，这是中国人民的宝贵财产。今后应该在新民主主义的教育方针下，加强对于他们的革命理论的、革命政策的、工作业务的和科学知识的教育，以培养大批适合于革命发展需要的军事、政治、经济和文化工作的干部。①

文章里关于"新北平"的提法，后来成为"新北京"建设的指导思想；1949年10月1日以后到50年代，北京作为首都的各项建设方针，都是围绕"新北平"的这个思想形成的，甚至著名的城市规划方案之争，母题其实就是全然建设"新北平"还是建设一个"新北平"和同时保存一个"旧北平"之争。从文件里读出中央的思想意图里，只有建设一个新北平的指导思想，绝对没有同时保留一个旧北平的思想意图。

从解放军入城直到1949年10月1日毛泽东宣布中华人民共和国成立，这个时期可以归结为"管"的阶段。其中，党的七届二中全会的召开和第一次全国政治协商会议召开，对于北平市具有重大意义。这一时期形成了"新北平"的思想和新北平市政府的"人民性"核心思想。

2月7日的新华社发布了一篇名为"北平市人民政府开始接管政权机构"的通稿：

【新华社北平七日电】北平市人民政府已开始接管政权机构。北平市军管会主任兼市长叶剑英、副市长徐冰四日下午同赴中南海原国民党市政府，先后召开原国民党市政府全体工作人员大会及各局、处长会议，宣布所有人员应各守岗位，并按照原有系统准备办理移交手续。为照顾职工生活困难、北平市人民政府决定暂发半个月的生活维持费。叶市长在对原市政府全体工作人员训

---

① 北京市档案馆、中共北京市委党史研究室编：《北京市重要文献选编》（1948.12—1949），中国档案出版社2001年版，第128—132页。

话时说：这次北平的解放，是一个革命。是人民的胜利，和以往统治阶级间政权的互相交替，绝不相同。叶市长指出：北平市以和平方式解放，是强大的人民解放军在全国战场上的胜利，特别是攻克天津、张家口等地并大量消灭国民党军的结果，也是北平人民坚决拥护真正的民主和平并对企图顽抗者施以压力的结果。叶市长谈：解放军是人民的军队，解放区的政府是人民的政府。在人民的政府里工作的人员，应该为人民服务，绝不能骑在人民头上，要人民为自己个人服役。过去反动政府的一切欺诈、压迫、剥削人民的作风，必须彻底扫除。现在是新的人民的时代，政府有新的任务，就需要新的人物和新的作风。因此每一个工作人员应该重新教育自己，改造自己，使自己成为一个新的人物，即为人民群众服务的人物。同时应该树立一种新的作风，即民主的作风。每一个人对任何一件事或任何一个旁人的与自己的缺点和错误，都可以并且应该进行公开的批评与自我批评。叶市长勉励一切工作人员要发挥自己的才智，群策群力，以树立北平市人民政府的新风气，建设新北平。

这篇通稿的鲜明特色是强调"新"的色彩：北平市军管会主任兼市长叶剑英代表人民政府接管北平市，他在对原市政府全体工作人员训话时特别强调的就是新——新的时代、新的人物、新的作风新风气，最后落实到新北平，把工人阶级为主体的人民群众的北平市政府强调到极致。这个思想与2月2日《人民日报》（北平版）的代发刊词《为建设人民民主的新北平而奋斗》的思想高度一致，可以说，就是中央对北平市管理的声音。这个思想实际上把全北平市人民群众作为解放者来看待，即：不仅仅是人民解放军解放了北平市，而是包括全北平市人民群众在内的进步力量解放了北平市，他们都是解放者。

这个时期有两个重要文献直接决定了北平作为新首都建设的方向，

一是党的七届二中全会报告，一是第一届全国政治协商会议报告。毛泽东在3月召开的党的七届二中全会所作的报告，对于北平市建设方向有两个原则，一是工作重心从农村转向城市：

> 从现在起，开始了由城市到乡村并由城市领导乡村的时期。党的工作重心由乡村移到了城市。在南方各地，人民解放军将是先占城市，后占乡村。城乡必须兼顾，必须使城市工作和乡村工作，使工人和农民，使工业和农业，紧密地联系起来。决不可以丢掉乡村，仅顾城市，如果这样想，那是完全错误的。但是党和军队的工作重心必须放在城市，必须用极大的努力去学会管理城市和建设城市。必须学会在城市中向帝国主义者、国民党、资产阶级作政治斗争、经济斗争和文化斗争，并向帝国主义者作外交斗争。

这一点决定了北平的工作具有重大实践价值和指导意义。二是城市工作的依靠力量是工人阶级，而不是其他：

> 我们必须全心全意地依靠工人阶级，团结其他劳动群众，争取知识分子，争取尽可能多的能够同我们合作的民族资产阶级分子及其代表人物站在我们方面，或者使他们保持中立，以便向帝国主义者、国民党、官僚资产阶级作坚决的斗争，一步一步地去战胜这些敌人。同时即开始着手我们的建设事业，一步一步地学会管理城市，恢复和发展城市中的生产事业。关于恢复和发展生产的问题，必须确定：第一是国营工业的生产，第二是私营工业的生产，第三是手工业生产。从我们接管城市的第一天起，我们的眼睛就要向着这个城市的生产事业的恢复和发展。

关于"全心全意地依靠工人阶级"这个思想，现在看起来似乎不成问题，作为"工人阶级先锋队"的中国共产党，提出这个口号是比较简单，很好理解，但是在 1949 年年初那个时间段（北平市工人占人口的 25% 不到），为什么毛泽东会郑重地作为问题提出来呢？说明这个问题已经存在，已经引起他的重视，因此旗帜鲜明地提出来，明确城市依靠的力量是什么，团结的力量是什么。事实上，在未来北平城市发展和建设的方向问题上、在城市规划中的价值取向上，这个问题仍然被不断地提出来，最终决定了新北京的城市规划走向。在毛泽东的讲话里，还有一个思想应该引起重视，就是他着力提出了"从我们接管城市的第一天起，我们的眼睛就要向着这个城市的生产事业的恢复和发展。"也就是这个思想，引发了把北平从消费型城市改变成为生产性城市的建设方向。

根据这个指导思想，刘少奇 4 月 3 日在北平市干部会上作了《关于北平接管工作中一些问题的报告要点》的报告，再次重复两点：一是"我们的一般方针是改造北平，建设新北平。"强调"改造北平""建设新北平"的思想。二是"抓住中心工作。七届二中全会指出城市工作要全心全意的依靠工人阶级，团结其他劳动群众，争取知识分子……"等等，"发展生产，是北平一切工作的基本环节，没有北平广大工人和人民群众与我们团结一致，则北平工作不易办好……"① 4 月 13 日，《中共北平市委关于普遍开展学习运动的决定》说："目前从政治上、经济上、文化上建设人民民主的新北平和把北平变为生产城市的关键，是恢复改造与发展北平的生产，使北平的生产也能长一寸，这也就是我们当前压倒一切的中心任务，而教育与组织劳动人民提高其政治觉悟，特别是提高工人的阶级觉悟与组织性，则是完成这一中心任务的政治上的关

---

① 北京市档案馆、中共北京市委党史研究室编：《北京市重要文献选编》（1948.12—1949），中国档案出版社 2001 年版，第 332—333 页。

键。"①4月16日，彭真在《恢复与发展生产是城市工作的中心任务》的决定里，也再次强调"恢复、改造与发展生产乃是北平党政军民目前的中心任务，其他一切工作都应该围绕着这一中心任务来进行，并服从于这一任务。"②这个思想，在意见高度一致的第一次政协会议上得到确认。北平的接管工作也受到了中外舆论的赞扬，就连国民党统治区的《新闻天地》也刊文报道："叶剑英领导的中共干部打稳了中共未来首都的基础。接管是审慎、周到、仔细、严密的，几乎达到了尽善尽美的程度。"③

综上所述，在接收北平的过程中，中央的基本思想非常明确，归纳起来是两条：一是建设新北平的思想；二是变消费城市为生产城市的思想。这两条成为今后北平建设的根本原则，直接决定了北平转型为首都北京后文化建设的指导思想，例如北京建设和规划的新旧文化因素关系问题，包括"梁陈方案"提出之后的命运、旧城改造原则的选择、行政中心的设计以及北京城市内的工厂兴建等等，取舍路径均与上述两条原则相一致。

"新北平"的思想是"新北京"时代的模型。

---

① 北京市档案馆、中共北京市委党史研究室编：《北京市重要文献选编》（1948.12—1949），中国档案出版社2001年版，第383页。

② 北京市档案馆、中共北京市委党史研究室编：《北京市重要文献选编》（1948.12—1949），中国档案出版社2001年版，第393页。

③ 王建柱：《毛泽东下决心定都北京》，载《福建党史月刊》2010年第13期。

北京城广场的文化精神[①]

——从政治文化向公共空间发展的路向

　　城市精神对于一个城市来说，最根本的落脚点是在城市的物质存在方式上。一座城市，即便它荒芜了、凋敝了，即便它被毁灭，但从它的断壁残垣，考古学家仍然可能恢复它的城市记忆。城市精神不灭，源自城市的物质基础。越是接近土地，城市的物质基础就越根本；它的底层就是城市的街道和广场。

　　城市广场作为现代社会所必需的公共空间，承担着沟通人际、协调不同阶层之间的社会关系的重要职能，被称为城市设计中最重要的因素，也是现代城市文化的重要体现手段。然而，城市广场并非一开始就具有上述沟通和协调性质的公共空间，而是一个渐进的历史发展过程。这个渐进的历史，我归纳为几个阶段：宗教性质、政治性质、商业性质、文化性质。20世纪下半期以来，西方世界级城市的广场，表现出对政治功能、商业功能的超越趋势，成为城市文化包容性的重要象征。北京正处在迈向世界城市的特殊阶段，如何在城市广场的设计中形成自己的文化特色呢？

　　本文从哲学文化的立场，主要讨论三个问题：城市广场的历史演

---

① 本文的删节本最初发表于《中国科学报》2012年3月26日，收入本文集予以补上。

进；北京城广场文化发展的脉络；北京广场设计的文化指向。

一

从西方城市建筑历史看，古希腊罗马时期的城市广场，其性质有一个从宗教性向世俗性过渡的过程。比较起来，罗马帝国时代的城市广场体现了宗教性与世俗性的结合特点，这个特点与这个时代的社会政治特点相一致。文艺复兴一直到法国大革命时代，仍然没有完全摆脱宗教性，但是在商业发达的国家和地区，其中心城市呈现出明显的世俗化倾向。例如，布鲁日交易广场强调了广场的商业功能，它以商业交易为核心；阿姆斯特丹的丹姆广场则表现出世俗政治功能，它以市政大厅、交易所和教堂为核心功能；伦敦国王广场（现为索霍广场）是最早配有封闭式花园的住宅区内广场；圣彼得堡冬宫广场，也常常被称为散步广场……意大利、西班牙、法兰西和北方的德意志、英格兰等地的城市规划，中心广场体现出世俗性趣味与宗教性文化的结合倾向，基本文化指向，乃是隐喻世俗政权的君权神授思想。拿破仑帝国之后，欧洲建筑设计逐渐淡化了宗教性质，强化了市民趣味和公众性价值追求。在这个时期，最典型的是商业中心和经贸中心为主题功能的城市广场占了主导地位，而到 20 世纪后兴起的现代城市建筑设计，则明显表现为商业性和公共性的协调。

至于说中国城市建筑中的广场设计，由于战火迭起，宗教崇拜时代的城镇广场早已难窥全貌，以咸阳、长安城为代表的早期王城，其广场基本上属于宫廷内广场；封建专制发展到顶峰时期的唐（长安城）宋（汴梁城）时期，西方意义上的城市广场仍然没有典型代表。所有广场基本上属于王宫。但是，也有两个例外：一是各地府衙门前广场，二是规模比较大的宗教祭祀场所，在一定程度上体现了城市广场的宗教性和公共性质。不过，这种公共性质并非市民社会的公共性。

关于北京城的广场，侯仁之先生在《天安门广场：从宫廷广场到人民广场的演变和改造》① 一文里做了详细的梳理。侯先生把封建王朝时期的广场称作"宫廷广场"，以唐长安城和宋汴梁城皇宫内广场作为宫廷广场的早期代表，在这个背景下，描述自金中都、元大都到明清北京宫廷广场的演变轨迹，从科举、法律、艺术等方面说明宫廷广场所体现出来的封建专制含义。

天安门广场的改造，表现出从封建宫廷广场向人民广场的转变。人民大会堂、英雄纪念碑、历史博物馆的兴建，大大地突出了广场的民主内容，而改革开放后，紫禁城向公众开放，进一步强化了天安门广场的民主性内涵。改造后的天安门广场，以天安门、历史博物馆、人民大会堂、人民英雄纪念碑、毛主席纪念堂、前门和东西长安街为主体，在五四运动和开国大典的历史话语下，实际上叙述了中国共产党领导下的人民民主专政的史诗。

天安门广场是讨论北京城广场文化的一个必然起点，也是唯一的起点。它也为北京城广场文化定下了基调。

二

西方建筑理论家保罗·朱克把广场区分为五种原型：封闭的广场，其空间是独立的；支配性广场，其空间是朝向主要建筑的；中心广场，其空间是围绕一个中心形成的；组群广场，其空间单元联合构成更大的构图；还有无定型的广场，其空间是不受限制的。② 朱克的分析是纯粹

---

① 侯仁之：《北京城的生命印记》，中国出版集团 2009 年版，第 322 页。
② 克里夫·芒福汀：《街道与广场》，张永刚、陆卫东译，中国建筑工业出版社 2004 年版，第 109 页。

形式上的。的确，在西方广场建筑的案例里，基本上没有越出他所归纳的五种广场形式。北京城乃至中国各城市的广场，也在这五种形式之内。

但是，我今天讨论北京城的广场是从另一个角度，即广场文化性质的角度，来讨论北京作为一个有世界影响的城市、一个全国文化中心，在广场文化的建设中，如何体现我们时代的北京精神。

毫无疑问，侯仁之先生在描述天安门广场从宫廷广场过渡到人民广场的历史时，他是饱含着政治热情的。用朱克的观点看，天安门广场属于典型的支配型广场，即天安门城楼作为主体建筑赋予了广场一种浓厚的政治含义，它是最高权力、核心、唯一和不可复制的，因此，人们把它视为中国、中国政府和中国政治的象征。天安门广场是中国最有代表性的政治文化广场。正因为天安门广场作为中国最高政治权力的象征，其他城市在兴建城市中心广场时，以政治权力作为支配性功能，就成为惯例。不同级别的城市政府，依次画壶，设计并建有不同层级的政府广场。

和世界其他文化中心城市一样，北京城的市政建设（包括广场）的设计理念，也随着整个社会的发展变化而变化，甚至最先表现社会政治发展变化的端倪。改革开放以来，随着以经济建设为中心的社会思想成为主导，城市广场的设计理念也迅速从唯政治化向经济建设、向市场经济、向商品经济方向转移，出现了许多新型的广场，例如北京奥北龙德广场、七星摩根广场、中关村科技广场、中汇广场、万达广场、富力广场、东方广场、中粮广场、首都时代广场等大型广场。我们比较一下它们各自的定位和理念，能够发现这个时代赋予它们的思想：

北京七星摩根广场，为北京市在建的大型工程项目之一，它南临北四环中路，东临奥林匹克体育公园，全部建筑包括 5A 智能化写字楼、高档酒店、高档公寓和精品商区，弥补了北京市无超高档写字楼、七星级酒店和顶级精品区的缺陷。北京七星摩根广场在地理位置上不仅具有优越性和独特性，而且在设计方面也可谓精雕细琢、倾力打造，无不体现了建筑、人文、艺术和都市的完美结合，同时结合奥林匹克村的功能，将成为京都的城中之城。随着北京奥运会的申办成功，项目的地理位置和建设意义将更为举足轻重。

北京万达广场位于 CBD 核心区，国贸桥东 300 米，与国贸大厦、摩托罗拉大厦、惠普大厦，京广中心、CCTV、BTV 毗邻而居。万达广场南区（二期）由德国 GMP 国际建筑设计有限公司担纲设计，可谓北京 CBD 核心区的新地标级建筑。二期总建筑面积 20 万平方米，由三栋面朝东长安街颇具雕塑感的塔楼组成，其建筑以德国理性主义设计理念为主导，关注细部节点及功能上的应用，建筑完成后，将成为北京 CBD 林立的办公楼座中又一独特风景。

东方广场雄踞于北京市中心，坐落于东长安街 1 号之绝佳位置，东方广场占地 10 万平方米，总建筑面积达 80 万平方米，是目前亚洲最大的商业建筑群之一，是真正的北京"城中之城"。坐拥东长安街之绝佳地理位置，东方广场提供了各种完善的设施与服务，其东方经贸城拥有 8 幢甲级写字楼，云集了众多财富 500 强企业与各行业龙头公司在此；东方豪庭公寓拥有 2 幢豪华服务式公寓，为优雅、时尚与便利生活提供了保证。

20 万平方米的中关村广场购物商场涵盖了大型超市、百货店、影院、餐饮、精品专卖店和商业步行街六部分。广场步行街内汇聚了国内外众多品牌的商品专卖店；洋溢着异域风情的美食与精品小店、手工坊点缀其间，让你尽享生活的无限乐趣。这里 10 万平方米的空中花园与千米音乐喷泉共筑都市里难得一见的自然绝色景观，购物、赏景两者兼得。

北京中粮广场，是北京几大著名高端进口家具集散地之一，很多世界级高端家具品牌均汇聚于此，楼内聚集了领秀家居（LEAD）、丰意德等著名家居代理商，是各界名流挑选高端家居的必来之所。中粮广场比邻中国海关总署，坐落于长安街沿线，处于寸土寸金的 CBD 商圈，是一座将时尚建筑艺术和甲级写字楼完美结合的现代商业模式的典范，拥有专业、品位、经典、奢华、典雅的优质商业组合的环境。广场总面积约 12 万平方米，其中包括约 6 万平方米的高级购物中心及停车场，两幢分别为 13 层和 14 层总面积达 6 万平方米的甲级写字楼。中粮广场面向 21 世纪的商家精心规划，建筑和管理，将在未来数十年持续保持智能化写字楼的诸多优势。

北京首都时代广场坐落于繁盛西单地区，与天安门近在咫尺。总楼面面积达到 12 万平方米，是一个集商业、办公、娱乐、餐饮为一体的综合发展项目。而办公室大楼占地面积达 5.7 万平方米。北京首都时代广场以独特宏伟外形设计，融合东西方建筑风格，位于北京市商业重点地区西单，临近各主要政府部门和大型商业机构，连接通往北京首都国际机场及市中心之主要公路干线。其以规划完善，设备齐全及灵活的办公空间，将为知名企业提供新的乐土。

北京富力广场购物中心秉承体验式消费理念，倡导 6 合 1——SimpleLife 新主张，涵括欢聚、美食、资讯、娱享、会员、购物 6 种现代都市主流消费理念。项目入驻了国内外一线时尚潮流精品，囊括众多备受都市人群追捧的娱乐、休闲、特色餐饮等项目。专家认为，该项目的开业，提升了区域价值和活力，为蓄势待发的双井商业圈注入了强大的动力。

从奥运会申报成功到奥运会举办期间，北京吸引了国内外巨额资金，投入到市政建设和发展之中。应该说，这些资金的引入极大地改变了北京城市市容，也改变了北京城市的精神面貌。单从广场文化来看，上述广场的竣工，一举改变了北京城市广场的文化单一和功能单一的局面，带动北京城市广场文化向前迈进了一大步。新的广场以极端自豪的姿态，张扬着现代商业的丰富成就，把 5A 智能化写字楼、高档酒店、高档公寓、精品商区与现代大都市生活不可或缺的欢聚、美食、资讯、娱享、会员、购物主流消费理念融为一体，广场成为集商业、办公、娱乐、餐饮为一体的新型城市中心。应该承认，20世纪末期以来，中国城市广场的最大突破表现在突破了广场仅仅作为政治文化载体，赋予商业、金钱、欲望以合法地位。

假如说，宫廷广场表现的是政治权力、宗教信仰的一体化，那么，新型的商业广场则体现了完全对立的另一种一体化倾向——那是一种人性完全满足的乐土境界。

假如说，前一种广场体现的是君权神授、高贵血缘世袭的暗示，那么，后者则毫不遮掩地宣称：财富就是权力，金钱就是成功。

成功的广场总是唤起人们内心的理智和情感的回应，而过度膨胀的商业理念主导着广场的建设，它唤醒的却是不可遏制的欲望！对经济成功就意味着一切的错误体悟，对GDP指数的盲目崇拜，商品经济的逻辑深入渗透到北京城市新广场的设计理念中。它们在剧烈冲击唯政治性的广场文化的同时，也对北京城市文化提出了另外一个课题——当商业性质的广场文化精神极度膨胀之后，我们的精神、心灵、灵魂在何处能够栖息？整个北京城市的广场文化生态是否缺少了点什么？毕竟，人不能总是处于欲望和亢奋之中。我们的城市精神和城市记忆是否都寄托在一个个庞大而自负的商业广场上呢？

显然不可以。

三

作为全国文化中心和世界级城市，北京人是否一走出家门、除了私人生活之外，只能提供政治生活、商业生活？我们是否需要建设不同趣味、不同主题的文化广场？

作为一种文化和艺术表现手段，北京城市广场拥有丰富的表现主题：

北京的城市广场荷载着光荣的爱国主义历史，那些发生过的和正在发生着的爱国主义话语，与城市的公共空间的拓展密不可分。可以说，没有城市的公共空间，就不可能有李大钊、陈独秀等先驱的爱国主义举动；没有城市的公共空间，也就不会有五四新文化运动。北京市全国科技创新的大脑，新中国成立以来，无数重大的科技创新和科技发现，首先在这里诞生；北京有举世闻名的艺术实验基地，有实验剧场、宋庄画家村、798实验艺术基地；有全国最齐备的宗教场所，有佛教、天主教、伊斯兰教、道教等各种教派文化，不下百家寺庙、教堂，历史悠久，地位崇高；北京的大学、研究院所、博物馆、图书馆、文艺社团、出版社、制片厂、电视台……

作为一个全国文化中心和建设世界城市，需要有不同价值观念和价值取向的主题文化广场。在这个方面，我们还是应该向美国纽约学习。美国著名的纽约时报广场（Times square）具有典范意义。时报广场原名"朗埃克广场"（Longacre Square），又称为"世界的十字路口"。"时报广场"得名于《纽约时报》早期在此设立的总部大楼。这是纽约剧院最密集的区域，1920年开始时报广场五光十色的年代，以时代广场大厦为中心，附近聚集了近40家商场和剧院，是繁盛的娱乐及购物中心，构建出当前娱乐文化为主题的文化广场。让时代广场国际驰名的主要理由是除夕夜的新年倒数，这是源自于1904年，纽约时报选在除夕当天迁入该广场的新大楼，并在午夜施放烟火庆祝，从此变成了除夕夜的传统活动，往后便年年如此，每年的12月31日，在One Times Square Plaza的顶楼都会悬挂一颗200磅的彩球，新年来临的那一刹那，彩球打开并飘散出无数的彩带庆贺。为了将千禧年的新年倒数活动推到最高潮，2011年时代广场周遭的商店早已大兴土木，希望在那一夜艳冠群伦，为了怕千禧年前夕的狂热导致场面失控，政府还特别要求广场旁的剧院于该夜不得营业，以避免增加更多的人潮。

巴黎协和广场也汇聚了法国的光荣、文化和艺术。它经过著名的建筑设计师希托弗主持修整，于 1840 年定型。广场中央矗立着 23 米高的埃及方尖碑，这个石碑已经有 3400 多年的历史，它原来是埃及卢克索神庙的著名文物。广场的四周有 8 座雕像，它象征着法国的八大城市。这里还有花圃、喷泉和阅兵台，如今成了巴黎市民休息，游览的地方。广场的东北方是歌剧院，是拿破仑第三时期修建的豪华建筑。在香榭丽舍大街的西边就是著名的星辰广场，又称戴高乐机场。从星辰广场辐射出去的 12 条林荫大道，有如星芒，汇连着巴黎的千街万巷。广场的中心矗立着象征巴黎的凯旋门。这座凯旋门是拿破仑为了纪念他在奥斯特利茨战役中大败奥俄联军的功绩，于 1802 年 2 月下令修建的。由著名建筑师夏尔格兰设计，用了 30 年时间精心修建，于 1836 年落成。这座凯旋门高 50 米，宽 45 米，厚 22 米，四面各有一个门，中心拱门宽 14.6 米，是欧洲 100 多座凯旋门中最大的一座。凯旋门内外有许多精美的浮雕作品，最引人注目的是右侧石柱上一组大型浮雕《马赛曲》。上面的自由女神右手紧握利剑，直指前方，挥动左臂，号召人们为保卫法国大革命成果而奋斗的激动人心的场面。

相对于纽约、巴黎，北京城容纳了更为丰富的多民族历史传统、五彩缤纷的文化因素和更为复杂的文化价值观，也包容着更为多样性的文化趣味。我们正致力于建设一个和谐的社会，认同社会和谐与政治民主的内在联系，就必须面对城市的主人——广大市民的理智、情感、愿望甚至欲望，也就要正视他们表现出来的全部生活，城市广场是市民作为社会公众成员的生活的一个有机组成部分，在现代生活中扮演着越来越重要的角色。这是城市广场的生态所需，也是市民公共生活生态所需。规划多样化主题城市广场，例如建立实验艺术广场、视觉艺术广场、科技文化创新广场，甚至某个宗教广场等等，是否能够更加充分体现北京城的文化包容和德性精神呢？

反思马克思恩格斯一则经典理论①

从经济体制改革到政治体制改革距离有多远？抽象地讨论这个问题没有意义。但是，无论持直接政治改革观点，还是反对政治改革观，若不能从理论上阐释清楚自己的合法性，就无法说服对方并确证自己。理论的职责就是穿越现实的迷雾，确认前进的方向。本文作者的观点是：从经济体制改革到专职体制改革之间，必然经历一个行政体制改革的阶段，以矫正和健全法制社会建设，否则，将形成改革过程中的利益集团之间的激烈纷争，导致社会失序的局面。

一、苏东之败的原因：现实提出的问题

苏联东欧社会主义阵营的解体，引发了国际政治领域巨大的震动，也引起了思想界的严峻反思。至今看来，反思的结论不能令舆论界满意。究竟是什么原因造成了苏联东欧社会主义阵营的解体？我们可以首先来反思对这一问题的不同回答方式。比较权威的解释有："苏联解体是多种原因造成的，既有内因也有外因，内因是主要的，具体地说，苏

---

① 本文最初发表于《战略与管理》2012 年第 5/6 期合编本。

联体制综合征、戈尔巴乔夫错误的新思维改革、大俄罗斯沙文主义、少数民族分立主义、西方对苏联的超越遏制战略（从内部分化），是苏联亡党亡国的 6 大因素，戈尔巴乔夫错误的新思维改革和苏共高层分裂、丧失执政能力是两大最主要原因。"① 在反思过程中，很多专家认为，苏联共产党脱离群众，造成了一个官僚阶层；它已经不能代表最广泛的人民群众。表明倾向于这个立场的媒体作者很多，不胜枚举；而专门的研究也不乏其人，恕不再列举了。

但是，关于这个问题的追问方式本身更耐人寻味：其一，试问该如何思考一个政权垮台的原因？按照马克思主义的思维方式，应该从经济基础出发去讨结论，而不是直接从上层建筑一方去讨论。假若从经济基础一方去讨结论，那么，接下来要问：苏联东欧的生产力、生产关系究竟哪一方面出了问题？是生产力水平低下造成政权失手，还是生产资料的所有制出了问题（例如生产资料私人占有）？都不是。苏联生产力水平在 20 世纪 30 年代处于欧洲总量第二，虽然经历了第二次世界大战，但是，到 50 年代下半期到 60 年代初期，基本恢复到战前水平。就生产力水平而言，苏联重工业和特殊工业领域达到了世界领先水平，轻工业和农业处于粗加工的水平，整体技术和工艺水平达到了世界前列。但是，在高精尖技术特别是信息技术民用的领域落后于美国、英国和德国。苏联东欧社会主义体系的解体，其原因不在生产力水平的低下。②

其二，从上层建筑方面（例如政党建设）寻找原因这一思路是否符合马克思恩格斯思想的原则呢？显然存在着矛盾。政权的垮台和政权

---

① 万成才：《苏联解体的六大主因》，新华网 2011 年 12 月 25 日。
② 现任教于美国特拉华大学（(UDEL) University of Delaware）的谢尔盖·洛帕特尼科夫的《生活水平对比：苏联 1980 与美国 2008》（2009 年），是表达本话题的最近成果之一。其观点是：20 世纪 80 年代的苏联公民虽然收入较低，但在日常生活里的购房支出、交通出行支出、食品支出、穿着支出四个方面较美国更为充分，整体上大约相当于美国的国力。另：据梅德维杰夫等著《我所了解的勃列日涅夫》（世界知识出版社 1990 年版，第 20 页）所披露的数据也可以证明这个时期苏联经济状态。

的建立，仅仅从政治本身寻找原因，不符合马克思主义原则。政权的垮台，应该从政治之外去寻找原因。马克思主义认为，根本原因是在经济基础上。时下认为苏联党失去政权，其原因在于党脱离了人民群众，并非根本原因，至少没有看出问题的根本。政治问题不能仅仅局限于政治本身。

假如上述追问恰当的话，那么，就存在这样一个问题：一个现实中发生的事件，居然无论从经济基础方面还是从上层建筑方面都无法去反思，即使去勉强反思也无法得到合理的解释，岂不是咄咄怪事？

在这里存在着理论之殇。所谓理论之殇就表现在现实的走向所依赖的理论本身存在着弊病，但在推行之前却毋庸置疑，不容反思，当依据它来推行的现实运动呈现出无法抗拒的矛盾时，却发现理论的原动力存在着先天错误。

二、重新反思一个经典原则

马克思恩格斯提出的所谓"经济基础决定上层建筑"这个社会运动的规律，有一个理论路径，通过爬梳这条理论路径，我们可以理解这个原则的实质以及它关涉的方方面面。

1843 年，马克思在《黑格尔法哲学批判》中，提出了"不是国家决定市民社会而是市民社会决定国家"的命题，"实际上，家庭和市民社会是国家的前提，它们才是真正的活动者；而思辨思维却把这一切头足倒置。"① 国家是从作为家庭和市民社会的成员而存在的这种群体中产生出来的，它没有家庭的"天然基础"和市民社会的"人为基础"就不可能存在。家庭和市民社会是国家的真正构成部分，是国家的存在方

---

① 《马克思恩格斯全集》第 1 卷，人民出版社 1960 年版，第 251 页。

式。一般认为，这里的"市民社会"主要指现实的经济生活。在 1844
年马克思和恩格斯合著的《神圣家族》中，"市民社会"概念进一步具
体化了，已接近于"生产关系"概念。在 1845—1846 年他们合写的
《德意志意识形态》中，形成了"经济基础和上层建筑"的概念："这种
历史观就在于：从直接生活的物质生产出发来考察现实的生产过程，并
把与该生产方式相联系的、它所产生的交往形式，即各个不同阶段上的
市民社会，理解为整个历史的基础；然后必须在国家生活的范围内描述
市民社会的活动，同时从市民社会出发来阐明各种不同的理论产物和意
识形态，如宗教、哲学、道德等等，并在这个基础上追溯它们产生的
过程。"[1] 市民社会"始终标志着直接从生产和交往中发展起来的社会组
织，这种社会组织在一切时代都构成国家的基础以及任何其他的观念的
上层建筑的基础"。在 1859 年写的《〈政治经济学批判〉序言》中，对
"经济基础和上层建筑"的理论作了精辟的表述："人们在自己生活的社
会生产中发生一定的、必然的、不以他们的意志为转移的关系，即同他
们的物质生产力的一定发展阶段相适合的生产关系。这些生产关系的总
和构成社会的经济结构，即有法律的和政治的上层建筑竖立其上并有一
定的社会意识形式与之相适应的现实基础。"[2] 恩格斯写的《反杜林论》
《路德维希·费尔巴哈与德国古典哲学的终结》等著作，特别是在他晚
年的书信中，对经济基础与上层建筑理论做了进一步的丰富和发展。在
《共产党宣言》1883 年德文版序言里，恩格斯很准确地表达了这个思
想："每一个历史时代的经济生产以及必然由此产生的社会结构，是该
时代政治的和精神的历史的基础……"[3] 在马克思和恩格斯的理论阐述
中，存在着一个贯穿始终的概念没有得到注意——"社会"：起点是"市
民社会"，随后是"社会组织"，再后是"社会生产"，最后是"社会结

---

① 《马克思恩格斯全集》第 3 卷，人民出版社 1960 年版，第 42—44 页。
② 《马克思恩格斯选集》第 2 卷，人民出版社 1972 年版，第 32 页。
③ 《马克思恩格斯选集》第 1 卷，人民出版社 1977 年版，第 232 页。

构""社会的经济结构"。在这套理论话语里，"一定的社会形式"是基础部分。缺乏社会形式作为基础，就无法确定这套理论话语的适应性。

马克思经济基础与上层建筑之间的关系命题，还原到最后乃是在"市民社会"这个基础上讨论"国家决定市民社会还是相反"这个问题；马恩后来讨论的基础仍旧没有离开过"社会"和"欧洲社会"这个固有的基础。《共产党宣言》这篇最重要的马克思主义文献最清楚不过地告诉我们，一切对立和斗争都必然在社会的舞台中发生，缺少社会作为舞台，就没有任何历史生活。这似乎告诉我们，缺少了一定形式的社会组织作为基础，就无法科学地谈论这个问题。在这个意义上，假如我们提出一个反命题——"缺乏一定形式的社会组织，就不存在谁决定谁的问题"——是否成立？或者，我们从另一个角度提出——"唯有在一定形式的社会组织基础上，经济基础决定上层建筑"的命题方可成立？因此，全面理解马克思恩格斯的科学思想，应该表述为"经济基础—社会组织—上层建筑"三个环节。

假如上述推论成立的话，那么，我们在长期的使用马克思恩格斯的命题时，就无条件地忽略了作为经济基础与上层建筑的中介形式的"社会组织""社会结构"存在的理论价值和实践价值。苏联社会主义发展的历程为此付出了代价。有学者指出，苏联共产党领导人错误地认为，只有坚持终极真理，实施程序是可以不讲究的。结果，他们失去了政权。实际上，民主精神是依靠民主的程序来实施的，缺少民主的程序，民主精神就无法依托。在总结苏联共产党政权失去的教训时，并没有所谓经济基础方面的原因。这就告诉我们，在经济基础之上，并非直接接触到上层建筑，而是存在着某种中介性的组织，我且把它称为"社会组织""社会结构"。经济基础需要通过社会组织来发生作用，无论这个力量是决定性的，还是非决定性的。

马克思主义这个命题，在俄苏共产党人的著作里则简单地表述为经济基础与上层建筑之间的决定与被决定之间的关系。我们看列宁著名的"遗嘱"——《论我国的革命》（评尼苏汉诺夫的札记，1923年1月16日和17日）：虽然马克思主义经典作家有经济基础决定上层建筑的理论规定，在这个规定下，社会主义就必然在发达资本主义的基础上形成，俄国处于资本主义的不发达阶段，所以要进行社会主义革命，显然就不够条件；而俄国的现实却又造就了革命的浪潮。列宁表示："既然建立社会主义需要有一定的文化水平（虽然谁也说不出这个一定的'文化水平'究竟是什么样的，因为这在各个西欧国家都是不同的），我们为什么不能首先用革命手段取得达到这个一定水平的前提，然后在工农政权和苏维埃制度的基础上赶上别国人民呢？"① 为俄罗斯民粹派所困惑的宿命，使普列汉诺夫与列宁、孟什维克与布尔什维克在19—20世纪之交激烈争吵过的命题，在列宁看来只要颠倒了先后次序就可以了。事实上，俄罗斯的道路就是力争把它倒过来处理就可以了。马克思和恩格斯关于"市民社会"的命题没有得到重视。在他们看来，"社会建设"的命题是不存在的；除了"经济基础"与"上层建筑"别无它途。

马克思和恩格斯在答复俄国民粹派革命家的请求时，曾就这个问题做过长期思考，学术史上称之为"卡夫丁峡谷"。最终，他们的答复是耐人寻味的。恩格斯写道："要处在较低的经济发展阶段的社会来解决只是处在高得多的发展阶段的社会才产生了的和才能产生的问题和冲突，这在历史上是不可能的。"② 80年代后，当马克思、恩格斯合写了《共产党宣言》俄文版序言、马克思给查苏利奇回信后，尤其是他对俄国经济制度、对车尔尼雪夫斯基的著作进行了深入研究后，他的观点显然发生了变化："假如俄国革命将成为西方无产阶级革命的信号而双方互相补充的话，那末现今的俄国土地公共所有制便能成为共产主义发

---

① 《列宁选集》第4卷，人民出版社1960年版，第691页。
② 《马克思恩格斯全集》第22卷，人民出版社1965年版，第510页。

展的起点。"① "和控制着世界市场的西方生产同时存在，使俄国可以不通过资本主义制度的卡夫丁峡谷，而把资本主义制度的一切肯定的成就用到公社中来。"② 这两个说法实际上表达了一个共同的假设：俄国的"农村公社"——假如它还是公有制的话——假如它能够吸取"资本主义制度的一切肯定的成就"话，那么，"卡夫丁峡谷"就会有跨越的可能。这个结论与民粹派的结论实质上是不同的：民粹派的跨越是仅仅以公社制度的存在为前提的，这个与西方社会的差异，成为跨越的唯一充足条件，而在马克思看来，这个条件是非充分的，它还必须以吸取"资本主义制度的一切肯定的成就"为前提。缺乏这个前提，一切仍然没有改变。马克思的结论实际上可以这样表达——俄罗斯社会的前途，可以表述为：要么走西方资本主义的发展道路，过渡到"一般的历史发展规律"上来，要么吸取"资本主义制度的一切肯定的成就"，——除此之外，"跨越"就仍然是一句空话。

马克思、恩格斯在承认和否定跨越卡夫丁峡谷的可能性时，都立足于一点："公社"必须充分吸收"资本主义制度的一切肯定的成就"。这个因素通常被俄国革命者所抛弃。

三、现实的对比：苏联模式与英国模式

自 1848 年欧洲革命以来，欧洲社会发生了巨大变化，直接导致欧洲社会的变革。从 20 世纪 60 年代为终点回溯，我们会发现呈现着两条不同的路径。一条是英国社会发展的路径，一条是苏联发展的路径。

自从 19 世纪末期、20 世纪初期世界资本主义矛盾第一次爆发以来，

---

① 《马克思恩格斯选集》第 1 卷，人民出版社 1977 年版，第 231 页。
② 《马克思恩格斯全集》第 19 卷，人民出版社 1960 年版，第 435—436 页。

资本主义国家修补自己的弊病的努力，远较它的竞争对手来得上心。考察其百年的努力，这种修补特别体现在社会建设方面，值得中国参照。归纳起来，西方国家在 20 世纪的发展，主要见功于三个方面：生产力水平提升、社会管理健全、政治民主化水平提高。正是这三个方面的显著成就，造成了资本主义长盛不衰的神话。以往，中国学者在考量西方资本主义社会时，一般把注意力放在生产力或民主政治方面。20 世纪 80 年代以来中国经济改革开放所取得的成就，就与不断引进西方产业的先进技术密切相关。但是，却因为把社会建设意识形态化而加以拒绝或疏远，这是十分遗憾的。

以英国社会建设为例。众所周知，17 世纪英国社会是一个高度分层的农业社会。社会结构表现为一种等级制分层体系：社会分层取决于出身、称号、财富、职业、生活方式和对权位的占有这几个相互影响并具有可变性的因素；社会流动是英国社会固有的结构性特征和自我调节机制，它使表面上因社会分层的存在而显得稳定的英国社会在 17 世纪发生了很大变化。社会管理的特征是"乡绅自治"。乡绅和教区基层管理人员一起维持着英格兰社会的秩序和稳定发展。这是一种以地方社会为中心的、依靠传统文化习俗和社会纽带，以及乡绅们担任公职的自觉意识而形成的"协商"式社会管理机制，它的正常运转与英格兰的分层体系和等级观念丝丝相扣。换句话说，17 世纪的英国社会与同一时期的中国社会之间存在着很大的相似之处。但是，"19 世纪的英国其国际地位因为拿破仑的战败而比以前任何时候都更强大，但是国内却陷入了严重的社会和政治危机时期。工商业已成为经济活动的中心，拥入城市的工人不断增加，但议会两院仍由极其保守的世袭贵族、主教和土地贵族把持着。这时，由于拿破仑战争弄得精疲力竭的欧洲大陆对英国工业所能提供的出口市场十分有限，因而英国的失业人口猛增，工资下降。而土地所有者却实行谷物的关税制，以抑制粮食的廉价进口，这进一步加深了民众的苦难。饥饿、罢工使英国的进步力量开始认识到，如果想要避免革命，就必须进行政治和社会的改革。"①

英国 18 世纪进行了工业革命，到 19 世纪造就了世界上最先进的产业工人群体，恩格斯曾经在《英国工人阶级状况》（1844 年）里论述了这个问题。他的判断是：随着小资产阶级阶层不断分解，无产阶级队伍会越来越大；随着财富的分配不均现象越来越显著，无产阶级与资产阶级之间的革命必将到来。事实上，我们在这个时期的英国各类著作里也能够看到这一社会趋势，例如在狄更斯、盖斯凯尔夫人、托马斯哈代的小说里，就能够看到对这个时期的社会面貌的真实描写。但是，这个判断并未实现。在 19 世纪末期至 20 世纪上半期，接踵而至的战争（英布战争、第一次世界大战、第二次世界大战）给予英国社会重新洗牌的机会。随着社会财富的积累，英国政府逐渐改革了财富分配、税收制度，促进了向社会底层低收入阶层倾斜的分配方针，健全了社会福利制度体系，最终形成了一个橄榄型中间部分的中产阶层。照顾到英国社会各个阶层利益的法案相继出台，传统的"乡绅自治"让位于以社区为核心单位的管理模式。英国完成了现代社会建设的历程。

那么，英国政府在此期间做了什么呢？有学者描述："在工业资产阶级和无产阶级的激烈斗争下，受变化的自由主义的影响，从 19 世纪30 年代开始英国政府对政治、经济、社会、司法制度实行积极的干预政策，进行一系列立法改革。首先进行了议会选举法改革。通过两次议会选举法的改革，工业资产阶级和无产阶级逐渐争得了选举权，资产阶级逐渐控制了议会议席，议会里土地贵族的优势地位逐渐丧失，这样工业资产阶级和大商人就能通过自己在议会中的代理人制定有利于资本主义发展要求的法律。为了保护工人的人身权利，从 19 世纪 30 年代起，议会就开始通过一系列社会立法。几次颁布《工厂法》，严格限定童工和女工每个工作日的工作时间为 9 小时；1847 年通过了（成年男工）10

---

① K. 茨威格特、H. 克茨：《比较法总论》，潘汉典译，法律出版社 2003 年版，第 293 页。

小时工作日法案；通过一个《煤矿法》，规定了井下作业应采取的安全防范措施。这些法案旨在保护工人的身体健康和人身安全。对劳动争议的处理，1896 年议会通过的《调解法》规定，由政府成立调解委员会，负责处理各地委员会不能处理的劳动争议问题。这些都反映了无产阶级和普通民众的利益和要求。随着垄断资本主义的发展，政府不断制定社会立法，进一步加强国家干预的力度。在 20 世纪初，英国政府颁布了一批福利法律。如：1908 年的养老金法，1909 年的劳工介绍法，1911 年的国民保险法，1918 年的教育法，1922 年的住房法。这些立法奠定了现代英国福利法的基础。"[1]

因此，研究者认为："随着 19 世纪的前进，社会立法不断增加，据有资格的观察家的看法，到了 1875 年前后，议会实际上抛弃了个人主义作为它的指导原则，转而接受了集体主义。人们以往理解的那种自由主义处于劣势，立法机构破天荒地通过了合乎社会福利也就是合乎最大幸福的立法，这是同老式的自由主义思想背道而驰的。"[2]

从英国社会建设的历程可以看出，当财富积累到一定的程度后，就必须为这些巨额财富寻找出路。除了有计划地投入再生产、基本建设之外，福利性公共分配就是一个巨大的工程。我们看到，在 20 世纪初期出台的一系列法案奠定了现代英国福利法的基础。到 20 世纪 50 年代以后，所谓现代社会建设发挥出化解激烈社会冲突和矛盾的功能，成为稳定社会的软实力。这个步骤，在法国、美国、德国以及其他西方资本主义国家的时间表是同步的。

如果说，西方资本主义国家在工业革命期间挖掘的第一桶金是携带着血污、是肮脏的话，那么，在经历了无数次洗涤后，这笔钱不仅增值了，而且洗洁净了。归纳起来，英国政府做了以下三个方面的工

---

① 乔治·霍兰·萨拜因：《政治学说史》（下册），盛葵阳等译，商务印书馆 1986 年版，第 773 页。

② K.茨威格特、H.克茨：《比较法总论》，潘汉典译，法律出版社 2003 年版，第 293 页。

作：1. 在公民权利平等的理念下，完成了全社会福利均权的制度和法规建设。2. 建立了全民共享的医疗、教育、文化、养老等社会保障体系；3. 建立健全了社会财富合法流向的决策机制和法规基础。我们可以说，马克思恩格斯提出的资本主义危机论，并没有得到现实的确证，它只是19世纪上半期至多到19世纪80年代资本主义发展的现实，而到了90年代，资本主义世界发生的战争改变了这个走向。

与其相比较，倒是急切从政治体制上改革的国家没有得到长足的发展，例如俄国。从经济领域看，1861年启动废除农奴制度，发展资本主义生产，到90年代，俄国已经成为欧洲大陆生产总值最大的国家。1895年下诺夫哥罗德全欧工业博览会达到了顶峰。随即俄国进行了政治体制改革：1905年推翻封建罗曼诺夫王朝，实行君主立宪；1917年2月，推倒君主立宪，实行资产阶级及各党参加的议会制；1917年10月，十月革命推翻临时政府，建立无产阶级专政。俄罗斯政治革命三大步，依照列宁的说法，建立了世界上最先进的社会主义制度。1922年结束国内战争，开始市场经济；1928年，结束市场经济，开始工业化；1937年，开始肃反。在40年代之前，苏联成为强大的经济大国。但是，经历了第二次世界大战，到70年代，虽然国家财富增加了，但苏联政府仍然没有完成现代法治社会建设。国家巨额财富，反倒造就了一个巨大的官僚阶层、特权阶层，原因就是国家财富集中了，缺乏再生产、再分配到国民的法制体系。社会福利和社会保障的缺乏，是社会建设空缺的表现。

因此，当一个国家经济上强大以后，进一步改革的定位非常重要。英国和俄罗斯是选择的两个极端，一个选择了社会建设，一个选择了政治革命。最终，经历了80年代的停滞后，1990年俄罗斯宣布放弃了延续70年的政治制度，回到社会建设的道路上来。2012年，俄罗斯总统候选人、俄政府总理普京发表题为《构建公正：俄罗斯的社会政策》的文章，阐述其总统竞选的社会纲领。这一纲领具有深刻的意义。普京指出，近年来，俄罗斯政府高度重视社会保障问题，社会保障支出占财政总支出的一半以上，特别是最近 4 年，社会保障支出经费增长 50%，占国内生产总值的比例由 21% 提升至 27%。普京同时表示，尽管俄政府在改善民生方面取得诸多成绩，但在确保社会公平、增加民众收入、提高医疗和教育水平、鼓励生育、保障居民住房等方面仍需付出巨大努力。普京表示，社会公正是衡量社会政策效率的标准。因此，应创造公平的条件，保障民众具备平等的发展权，使其收入和社会地位与其能力和贡献相匹配。普京建议政府在年内出台国家职业标准发展计划，并通过发展国家职业水平衡量体系，在俄罗斯恢复"工人贵族"，改变长期存在的工人生活水平和教育水平"双低"现象。到 2020 年，这部分人群应达到 1000 万人。[①] 竞选纲领具有策略性质，与实际作为有相当距离，但是，普京的这篇文章却实实在在表达一种现代社会建设的思路。

四、理论之殇和中国的选择

其实，面对苏联解体，真正需要追问的是：党为什么会脱离群众？党如何和以什么途径才能真正密切同人民群众的关系？这不是一个理论问题，而是一个实践问题；不是一个思想意识问题，而是一个制度建设的问题。

一个自觉选择与人民相脱离的政党是愚蠢的，可是，光有口号和意识却缺乏实践建设，是不能够与人民融为一体的。解决这个问题，不能仅仅依赖人的主观自觉性，而只能依赖人的社会性。也就是说，在马克思恩格斯关于市民社会与国家权力之间的关系的论述中，已经强调过市民社会权力制约的重大意义。在讨论俄国是否可能跨越"卡夫丁峡

---

① 见 2012 年 2 月 13 日俄罗斯《共青团真理报》。

谷"时，马克思恩格斯特别强调"资本主义制度的一切肯定的成就"。必须注重经济基础与上层建筑之间的社会建设平台。缺乏这个平台，经济建设的巨大成果就不能合法地成为全民的成果，而仅仅属于某一个阶层、一个团体，甚至某些个人；缺乏这个平台，政治势力（例如政党）就无法有效地与经济活动的因素（例如普通民众）在同一个利益平台上对话，在同一个规则下分享利益，成为利益共同体。

因此，我们以为，苏联党之脱离民众，成为特权阶层，并非它的主观意愿，根本原因乃在于它缺少一个与民众利益融合的平台——社会建设。这导致了——当经济活动积聚了巨大的财富的时候——它面向全社会的分配体制和分配机制仍然处在非社会化的阶段。它的配给制使得分配成为特权阶层内部的活动，而隔绝于全民。造成这一现象的原因当然是深刻的，而从理论反思的层面上看，对马克思恩格斯提出的社会发展规律做简单化处理，是根本原因。

中国启动经济改革业已 30 年，取得了丰硕成果。如何设计未来改革的深化方向，是一个关键时刻的关键选择。从党史上看，中国共产党受到苏联党深刻的影响，马克思主义的一些重要原则和理论主要来自于苏联的翻译和阐释，例如，"经济基础决定上层建筑"这个原则，中国共产党人多半取之于普列汉诺夫《唯物主义史论丛》（1892—1893）、《联共（布）党史简明教程》（其中第四章一部分专门讲马克思主义辩证唯物主义和历史唯物主义）。这两部著作都是对马克思主义唯物史观的通俗化。前者提出了五项要素说，后者则通过引经据典把它们理性化。现在看来，简单地宣称"走俄国人的道路"并非完全正确的道路。俄国人淡化了"社会结构"的建设，恰好是马克思恩格斯比较看重的、拒绝把自己的原则无条件普遍化的所在。所以，当经济体制改革的深化问题浮出水面的时候，很自然地会以政治体制改革而继之，但恰好在这里，我们可能走上简单化处理这个问题的歧途。

因此，在本文作者看来，经济体制改革距离政治体制改革有多远，恰好像苏联人那样，走过了 70 年后再回过头来补课，有 70 年距离；中国若仍然要走 70 年再回头，那就太愚蠢了。从 1949 年开始社会主义建设，到 2012 年经济体制改革 30 年，我们必须启动全面的社会体制建设，如果这样，这之间的距离——63 年吧！如此，我们还算是比较合格的学生。

作为一种文化表征的创伤记忆[①]

一

随着现代性思潮在全球不同区域的存在，特别是 20 世纪下半期全球化的浪潮的推进，当代社会越来越多的思想命题不再局限在某一个特殊的地理区域、行政区域、社会体制下，甚至不再局限在一个特定的文化圈，甫一出现，便具有了全人类的适用性。所以，与 20 世纪初期的社会语境和文化语境不同，"东方"与"西方"语境这个对立并举的概念，在很多方面已经失效，成为一对貌似确切的概念，实际上业已失去了可操作性。然而，即便是在这个态势下，那些根植在西方文化发展逻辑下的一些现代病，因其发端于并延续着欧洲思想特殊逻辑语境，却仍然无法"原汁原味"流行在全球各个区域，例如作为事件哲学核心的创伤记忆问题。

"创伤记忆"作为一个学术研究的对象，建立在心理科学的基础上，在其他语境下的适用乃是对它的修辞性的化用。心理科学的创伤记忆是科学基础，它指外界事件（例如暴力侵害）对个人心理造成的伤

① 本文最初发表于《探索与争鸣》2014 年第 2 期。

害，构成特定对象的心理反应的前提。心理科学界一般认为，创伤性记忆（精神创伤或心理创伤）是指那些由于生活中具有较为严重的伤害事件所引起的心理、情绪甚至生理的不正常状态。这种不正常的状态可能比较轻微，经过一段时间（通常在三个月之内）的自我调整就可以自动痊愈。但是，也有一些精神创伤的影响会延续较长的时间，甚至常常是终身的。对于较为严重的精神创伤，在心理学和精神科的分类中被称为"创伤后应激障碍"（英文：post-traumatic stress disorder 缩写：PTSD）。当然，心理科学与其他社会科学一样，同样面向人类自然现象和社会现象，是对人类自然现象和社会现象存在的问题的研究，其名其实来源于人类自然和社会现象。从这个意义上说，创伤记忆乃是人类生活的一种客观现象，它不止具有欧洲性、西方性，其基础具有全人类性。但是，作为一个哲学社会科学术语，提出这一概念，赋予其合理内涵的则是欧洲社会、欧洲文化和欧洲学术传统。

　　既然具有全人类性，那么，心理科学是否最先发现这一现象并把它作为自身研究的对象呢？严格说，就"创伤—反应"这个连接的心理结构来看，西方成长文学对类似现象的反应早于心理科学。18世纪法国作家卢梭的《忏悔录》里叙述了他童年时期的创伤对其成年时期情绪和心理的作用力，他的《爱弥儿》和《新爱洛伊丝》则讨论如何把儿童带进自然教育以避免心灵创伤的问题；歌德《威廉·迈斯特的学习时代》涉及少年初涉社会经历心理伤害和克服伤害的问题；陀思妥耶夫斯基的小说《白痴》主人翁梅思金公爵、罗果静都是一个有着童年严重心理创伤的人物，前者最终疯狂了；海明威小说《在印第安人营地》叙述了一个印第安女人生产的痛苦和她丈夫割腕自杀的故事，在孩子心灵造成的巨大震撼；威廉·斯泰隆《苏菲的选择》则把德国屠犹集中营经历作为苏菲心理创伤，影响着并决定了她后半生悲剧性命运选择，等等。欧洲文学里的成长小说把精神和心灵的成长作为一个经典的主题来讨论，而其中最具有戏剧性的重心也就是心理创伤记忆如何克服的问题。

而在作家传记研究中，类似的研究模式也同样存在，例如陀思妥耶夫斯基少年时期目睹贫民医院的死难如何影响到他的创作主题，少年安徒生的心理创伤如何影响到他写作童话故事的结局问题，卡夫卡《判决》、勃朗特姐妹的《呼啸山庄》和《简·爱》与他们早年的心理遭受的伤害之间的关系等，而茨威格的《巴尔扎克传》则把作家童年的伤害记忆作为后来创作的主要动机来看待，从心理分析的角度阐释作家伟大的作品，等等。从文学创作角度来看，创伤记忆泛指欧洲成长文学里人物遭受的童年伤害记忆，在其社会化成长过程的作用。

在欧洲文化语境里，创伤记忆作为一个社会科学研究术语，则出现在"事件哲学"体系内。在这里，创伤记忆获得了超越个人心理领域，上升到民族生活、文化传统的层次。因此，当我们今天讨论创伤记忆这一问题时，就必然区分它的个人心理层面、民族精神文化和整体生活层面。在民族发展的历史长河中和在个人生活的经历里，都不可避免地存在着创伤记忆，有的创伤是民族的伤痛，已经积淀成为民族文化的无意识，超越了政治和利益集团的诉求，变成了遥远的记忆，只是到了临近的事件发生，那遥远的记忆才又被唤醒，它铭刻在民族的集体记忆里，成为无意识。个人的创伤往往记录着成长经历中的重大心理伤害，构成个人精神和心理突变的契机。民族创伤记忆属于大叙事的内容，而个人生活经历中的创伤记忆则属于小叙事，两者呈现出不同的旨意，显示出不同的价值。

二

从哲学社会科学立场上看"创伤记忆"，能够清晰地看到，创伤记忆有一条清晰的欧洲思想逻辑发展路径，所谓创伤记忆实则欧洲文化内部的创伤。之所以这样说，理由在于：首先，所谓"奥斯维辛屠犹事件""古拉格集中营事件""核轰炸广岛事件"等等都是欧洲人所为,世界上其他民族尚未有如此壮观的灭绝人性的举措;无论是理性主义还是斯大林主义,都形成和发生在欧洲文明内部。其次,若归结罪责,反思到根本,近则直接归罪于法西斯主义,远则归结于理性主义之害、启蒙主义之始作俑,而此二者也是欧洲文明的特色,其他文明并无所谓启蒙主义和理性主义崇拜的现象。欧洲思想家哈耶克在《通往奴役之路》、霍克海默和阿多诺著《启蒙辩证法》(哲学片断)等先后表示,理性主义、极权主义与灭绝犹太人的行为之间存在着必然联系[①],但这场发生在欧洲文明内部的反思仍旧被冠以"全人类"的名义。

"事件哲学"是建立在对欧洲的理性主义传统批判的基础上。这里有一条辩证发展的路线。欧洲理性主义传统之形成,应该在笛卡尔大陆理性主义形成之后,法国启蒙主义思想发挥了决定作用。在这里,应当澄清一个问题,即理性主义与古希腊理性思想之间的关系。我想,对待这个问题应该把社会、文明和思想区分开叙述。的确,欧洲文明和欧洲理性主义的思想传统均源自古希腊,但是并非一脉相承,中间有曲折的延伸过程。欧洲文明起源于古代希腊,其理性主义传统也源自古代希腊的理性传统,这是一般意义来说。因为,首先,古希腊社会在前146年被古罗马所灭亡,其文明被纳入罗马帝国文明之中,因此自灭亡之后没有所谓"古希腊社会和文明"了。而古罗马帝国经历了辉煌之后也一分为二,476年分裂为东西罗马社会两个部分。东罗马社会是与东方宗教统治并存的社会形态,而西罗马社会则为欧洲北方蛮族部落所灭亡。恩格斯说,在这个社会里,除了残留的城市形态之外再无别的东西了。因此,所谓"欧洲社会"与"古希腊社会"之间缺乏直接的继承连接。其次,在文明形态上,所谓欧洲近世文明与古希腊文明之间的联

---

① 参见哈耶克《通往奴役之路》,王明毅译,中国社会科学出版社 1997 年版;霍克海默、阿多诺《启蒙辩证法》(哲学片断),洪佩郁、蔺月峰译,重庆出版社 1990 年版。

系，从路径看是曲折的，而非必然的；从形态看有被近世欧洲学术叙述的政治诗学修辞印迹。从路径上看，罗马帝国分裂后，已故之希腊文明基本被毁灭，有些残存的古籍则沿着希腊化时代的路径传播到西亚、北非，与阿拉伯地区学术融合在一起，成为这个区域文化的组成部分，直到文艺复兴前期，君士坦丁堡被十字军攻破，这些古籍被一些商人带入意大利，成为学者研究的对象，所以，恩格斯在《自然辩证法·导言》里说："拜占庭灭亡时抢救出来的手抄本，罗马废墟中发掘出来的古代雕像，在惊讶的西方面前展示了一个新世界——希腊的古代；在它的光辉的形象面前，中世纪的幽灵消逝了；意大利出现了前所未见的艺术繁荣，这种艺术繁荣好像是古典古代的反照，以后就再也不曾达到了。在意大利、法国、德国都产生了新的文学，即最初的现代文学；英国和西班牙跟着很快达到了自己的古典文学时代。旧的 orbis terrarum 的界限被打破了；只是在这个时候才真正发现了地球，奠定了以后的世界贸易以及从手工业过渡到工场手工业的基础，而工场手工业又是现代大工业的出发点。教会的精神独裁被摧毁了，德意志诸民族大部分都直截了当地抛弃了它，接受了新教，同时，在罗曼语诸民族那里，一种从阿拉伯人那里吸收过来并从新发现的希腊哲学那里得到营养的明快的自由思想，愈来愈根深蒂固，为十八世纪的唯物主义作了准备。"① 恩格斯在这里强调了两点：一点是欧洲文艺复兴接受的思想文化资源来源于拜占庭这个东方帝国，而不是欧洲文化自身；二是古希腊哲学中所蕴含着的自由思想成为 18 世纪唯物主义作了准备。美国学者锡德尼·芬克斯坦则在前一意义上批评"西方文化"的狭隘，他指出："在讨论欧洲中世纪或'黑暗'时代的艺术之前，主要的是记着'黑暗时代'这个词本身便反映一种典型的'西方文化'的狭隘性。……当'黑暗'降落到欧洲时，拜占庭以及伊斯兰的回教世界保存了古希腊的艺术、科学和哲

① 恩格斯：《自然辩证法》，人民出版社 1971 年版。

学。"① 希腊文明是通过亚洲西部、非洲北部再次传播到欧洲大陆，并为近世意大利、法国、德国学者所倚重、阐发，继而成为思想源泉。而在形态上，古希腊文明的理性思想与多神教文明是多元共存形态，关于这一点，我们可以从柏拉图、亚里士多德的著述里看到。神学与理性思想并存，是希腊文明存在的一个特点。再次，从文明性质看，正因为古希腊文明形态是多神教传统，因此理性仅仅是这个文明系统中的一个部分，而不是理性主义。启蒙主义学者及其后继者把理性主义视作古希腊文明的思想传统，是具有修辞意义的，当然也是为自己时代需要而披上的外衣。

由此我们看出，理性主义与启蒙运动一样是欧洲近代社会的产物，是服务于欧洲近代社会所需要产生的思想体系。所谓反理性主义并非反理性。那么，为什么要提出反理性主义的思想口号呢？

欧洲近代理性主义思想曾经有一个比喻，即把理性主义比喻为"明灯"，而把混沌世界比喻为"黑暗"，经由理性主义之灯的照耀，混沌世界方才显露出本来面目。为此，理性成为人类面对精神、自然和社会的唯一法门；信仰、直觉等都成为被排斥的对象。理性发展为理性主义，是进而发展为理性主义偏执的重要前提。它一方面排斥了理性之外的思维方式，建立了理性专制的地位，这样非欧洲思维方式就不能有机补充欧洲思想之不足，更兼把理性与自然法则联系在一起；另一方面，它建立了两两相对的价值体系，"正"与"反""是"与"非"的绝对化价值体系，中间缺乏一个有机的过渡地带，埋下了必然矛盾冲突、必然以消灭不同价值观的对象为结局的解决路径。在欧洲文化内部，因为理性主义渗透程度不同，英法德俄各自表现为不同的倾向，彼此不兼容。这样，理性主义虚构的"普遍规律"和"根本原则"成为铁律，在这一决定论的规约下，人和事实都成为一个统一大链条的环节、组成部

---

① 锡德尼·芬克斯坦：《艺术中的现实主义》，上海文艺出版社1985年版。

分；历史的意义殊不在此。哪怕再重大的事实，都被遮掩在自信的理性逻辑之下……这种理性主义偏执受到后现代以来一些学者的质疑，例如伯林说："宣扬理性的自律性和以观察为基础的自然科学方法是唯一可靠的求知方式，从而否定宗教启示的权威，否定神学经典及其公认的解释者，否定传统、各种清规戒律和一切来自非理性的、先验的知识形式的权威，自然会受到教会和众多教派中的宗教思想家的反对。"[1] 也受到来自不同知识体系的人们的反对。实际上，自启蒙主义思潮开始成为欧洲社会的主要潮流的同时，对理性的盲目就开始了批判。伯林就说："对法国启蒙运动及其在欧洲各国的盟军和弟子的核心观念的抵抗，与这场运动本身一样古老。"[2] 但是，相信进步以及科学和文化最丰硕成果的人，莫不坚信支配世界的是一组普遍而不变的原则，"这些规律既支配着无生命的自然，也支配着有生命的自然，支配着事实和事件、手段和目的、私生活和公共生活，支配着所有社会、时代和文明；只要一背离它们，人类就会陷入犯罪、邪恶和悲惨的境地。思想家们对这些规律是什么、如何发现它们或谁有资格阐述它们也许会有分歧；但是，这些规律是真实的，是可以获知的（或者是十分确定，或者只是极有可能）——这仍然是整个启蒙运动的基本信条。"[3] 如柏林所言，维柯和一系列哲学家对这个过于乐观和盲目的信念予以了坚决的抵制，可是任何抵制都无法改变这样一个事实，那就是"代表人类社会"的欧洲社会在15—19 世纪实现了普遍进步和高度文明化进程；在那里，人类对自然界的优势地位是有史以来任何时代都不具备的。然而，也正是那个19世纪，当一次次象征欧洲文明成就的工业博览会从伦敦开到诺夫戈诺德之际，哲学家尼采发出了反理性主义抗议的最强音。以全人类名义提出的所谓"理性主义"，在面对欧洲白色人种以外的黑色、棕色、黄色人

---

① 伯林：《反启蒙运动》，见《反潮流：观念史论文集》，译林出版社 2002 年版，第 1 页。

② 伯林：《反启蒙运动》，见《反潮流：观念史论文集》，译林出版社 2002 年版，第 1 页。

③ 伯林：《反启蒙运动》，见《反潮流：观念史论文集》，译林出版社 2002 年版，第 1 页。

种时，在面对非基督教的宗教教派时，表现出强烈的非人性取向，实际上是"是与非""正与反"思维模式的表现。这种思维模式的拒绝认同，与终极真理唯一性思维模式一道，与导致鸦片战争、布尔战争、屠犹事件等的直接和深远的思想逻辑高度一致；事实上表现为理性主义者以"人类""文明""理性"的名义，实现着对异邦的践踏和掠夺，直至第一次、第二次世界大战爆发，才真正激发全社会的反思。实际上，理性主义者的虚伪暴露理应在对亚洲、非洲、美洲的掠夺之始，然而，真正使欧洲思想界震惊的，却是在第一次世界大战和第二次世界大战这样欧洲文明接受者内部屠杀，其极端的乃是奥斯维辛集中营事件，也就是依旧发生在理性主义者内部自我残杀中。这说明，欧洲理性主义的"绅士们"并不以为对非洲、亚洲、美洲的掠夺有损于"人类理性"的光芒，真正构成创伤事件的，还是白人相食。因此，这个命题的叙述伦理还是有分教的，实质上并非像哲学家们说的那样光明正大和具有世界主义性质。从本质上说，创伤记忆作为后形而上学哲学现象之一，是西方社会科学思潮在面对历史进程中不断出现的新现象时自身进行的不断修正和调整过程之一，它具有思想史的接续性。这是另外一个问题。

20世纪以来，在理性主义专制体系下，欧洲文明发生了一系列反文明的事件，既有欧洲文明内部的战争，也有欧洲文明与其他文明之间的战争，以及违背人性的大屠杀，从社会历史的层面证实了理性主义偏执的失败。基于创伤记忆的"事件哲学"即在这个思想背景下提出。从哲学上说，理性主义的宏大叙事完全忽视了对具体历史事件的微观研究，仅仅以逻各斯、先验论逻辑来阐释历史的发展，毫无疑问在践踏个人的主体性、情感和道德。欧洲后现代思想家们由此提出把先验的主体性从历史的叙述中删除，变宏大的历史叙述为微观的叙述，把此时此地、此情此景作为历史叙述的主体，凸显事件本身的哲学意义，而不是把事件淡化弱化到逻辑和原则的深远背景里去，拒绝成为本质、原则、规律的微弱的现象对应物。他们力求发掘事件本身的当下哲学意义，要求一种伦理的、情感的和新主体的叙事。这毫无疑问是对建立在理性主义偏执基础上的现存欧洲历史宏大叙事的纠正，也是对那种存在着人类历史发展铁律错觉的纠正。

但是，我仍然认为这是止于欧洲文明的纠正。"奥斯维辛屠犹事件"是欧洲良心上的创伤，欧洲思想家由此反思理性主义的盲目乐观以致篡妄；"古拉格集中营事件"也是欧洲良心上的创伤。欧洲社会发生的创伤事件的哲学和思想史反思，对其文化表征来说，具有重大价值，特别对于纠正理性主义篡妄、回归到事件的全人类多主体立场、强调事件的具体语境和情境，具有深远的文化意义。

三

然而，创伤记忆作为一种心理现象仍然具有全人类的性质，它在中华民族的社会进程、文明形态和文化表征上也得到体现，正如在欧洲文明进程中表现的那样。但是，作为理性主义之害的创伤记忆是否如实在中华文明发展中体现，或者中华文明在自己进程中存在着另一种创伤记忆形式？这个问题需要具体研究。为了更为具体细致考察中华文明进程中的创伤记忆性质，我倾向于把这个问题分成三个层面来看：创伤记忆的社会层面、心理层面和文化层面。也就是说，在一个民族的创伤记忆这个问题里，可能隐藏着一些民族心理研究中未能发觉的秘密。同理，在我们理解并阐释欧洲文明进程中的创伤记忆问题时，类似奥斯维辛集中营事件这样表现在社会层面的创伤记忆，不仅积淀在心理层面，也积淀在文化层面。

中华文明进程中的创伤记忆并未得到系统自觉的研究，至少没有被有意识地放在这个理论框架下来研究，而孤立地从社会历史、思想史或者文化史角度研究，其最大的不足可能正是失去系统性的链接。例如，秦始皇焚书坑儒，作为一个社会事件，在历史教训反思中，我们可以在司马迁《史记》这一著作里得到体现，但是从文化领域、心理学领域则并未理性地认识；鸦片战争作为近代中国最大的创伤，我们在政治上反思得最为充分，在文化系统里的反思近30年也有所涉及，可是相比较，从民族心理系统的反思则未必如此系统深入。更大的问题在于，中华文明进程中的这些创伤记忆，与欧洲文明的创伤记忆是否同一类别、存在着怎样的区别？这都需要细致的个案研究。

首先，中国历史上的创伤记忆表现为群体记忆，超越了个人心理创伤的局限。类似焚书坑儒、鸦片战争、甲午之败、辛丑之败、文革之乱等等创伤，为全民族共同体验。从社会层面看，中国社会经历的无数次重大创伤，来自内部的记忆例如焚书坑儒和历朝历代末年的战乱（魏晋、隋末、唐末、元末、明末之乱），屠杀和暴掠，造成了巨大的社会灾难，也导致社会体制毁坏与修复这个往还不断重复的过程，犹如西西弗斯垒石上山过程。理崩乐坏，社会内部创伤记忆，随着朝代更替的规律而进入到社会制度，积淀为一种制度文化。从造成创伤的原因来看，乃是中国封建王朝专制制度自身的弊病所致。"土地重新分配——豪门巨族对土地的兼并——土地资源高度垄断——农民战争打破垄断——土地重新分配"：中国社会历史的发展围绕土地资源占有和分配这个单一的主题往返进行，不断重复；在社会制度层面，则表现为"制度破坏——制度修复——制度走向鼎盛——走向反面——再度破坏"这个循环。假如说，秦末的战乱因其带来巨大的民族创伤而得到深刻的反思，并造就了《史记》这样的世界名著的话，那么后来的朝代末期战乱则多演变为英雄史诗，为竖子成名造成机遇，而对其给民族带来的巨大创伤则多属"一言以蔽之"。在社会创伤记忆的层面，政治制度上的专制制度与社会体制上的"君君、臣臣、父父、子子"宗法制度密切连接着，它们建立在单一的国家文化（儒家文化）基础上，只能不断重复着同样的社会发展轨道。来自外部力量造成的社会创伤，在近代史上最大的就是鸦片战争、甲午战争、戊戌变法失败、八国联军肆略北京，以及九一八事变、七七事变等。甚至在鸦片战争之前，像魏源这样的清朝有见识的思想家和官僚就预见到即将展开的与西方列强的对抗，他们提出的主张是"师夷长技以制夷"，张之洞、李鸿章等开展洋务运动，试图在"中学为本，西学为用"的思想逻辑下一厢情愿地妥协式解决中西之间的碰撞。但是，随着鸦片战争失败、戊戌变法失败，特别是甲午战争失败（此一失败彻底暴露出政治体制的失败），西伯利亚、香港、澳门等被割让，造成了近代史上最大的创伤。戊戌变法的改良幻想破灭，从根本上看是富国强兵发展道路的失败，从而国家体制的变革迅速提上议事日程。从封建专制走向共和、走向革命的道路选择，归根结底，仍旧是以社会制度的调整疗治创伤问题，以制度的修正积淀创伤记忆。

存在于社会层面的创伤记忆必然显现于心理层面，实际上，所谓创伤记忆本就属于心理层面。在这个问题上，司马迁这一个案具有典型意义。司马迁因为李陵申诉而遭腐刑，其《报任安书》实为巨大创伤的记忆，书曰：

> 夫人情莫不贪生怕死，念父母，顾妻子，至激于义理者不然，乃有不得已也。今仆不幸，早失父母，无兄弟之亲，独身孤立，少卿视仆于妻子何如哉？且勇者不必死节，怯夫慕义，何处不勉焉！仆虽怯懦，欲苟活，亦颇识去就之分矣，何至自沉溺缧绁之辱哉！且夫臧获婢妾，犹能引决，况若仆之不得已乎？所以隐忍苟活，幽于粪土之中而不辞者，恨私心有所不尽，鄙陋没世，而文采不表于后也。
>
> 古者富贵而名摩灭，不可胜记，唯倜傥非常之人称焉。盖西伯（文王）拘而演《周易》；仲尼厄而作《春秋》；屈原放逐，乃赋《离骚》；左丘失明，厥有《国语》；孙子膑脚，《兵法》修列；不韦迁蜀，世传《吕览》；韩非囚秦，《说难》《孤愤》；《诗》三百篇，

大抵圣贤发愤之所为作也。此人皆意有所郁结，不得通其道，故述往事、思来者。乃如左丘无目，孙子断足，终不可用，退而论书策，以舒其愤，思垂空文以自见。

仆窃不逊，近自托于无能之辞，网罗天下放佚旧闻，略考其行事，综其终始，稽其成败兴坏之纪，上计轩辕，下至于兹。为十表，本纪十二，书八章，世家三十，列传七十，凡百三十篇。亦欲以究天人之际，通古今之变，成一家之言。草创未就，会遭此祸，惜其不成，是以就极刑而无愠色。仆诚以著此书，藏之名山，传之其人，通邑大都，则仆偿前辱之责，虽万被戮，岂有悔哉？然此可为智者道，难为俗人言也！

且负下未易居，下流多谤议。仆以口语遇遭此祸，重为乡党所笑，以污辱先人，亦何面目复上父母之丘墓乎？虽累百世，垢弥甚耳！是以肠一日而九回，居则忽忽若有所亡，出则不知其所往。每念斯耻，汗未尝不发背沾衣也！身直为闺阁之臣，宁得自引深藏于岩穴邪！故且从俗浮沉，与时俯仰，以通其狂惑。今少卿乃教以推贤进士，无乃与仆私心剌谬乎？今虽欲自雕琢，曼辞以自饰，无益，于俗不信，适足取辱耳。要之死日，然后是非乃定。书不能悉意，故略陈固陋。①

司马迁的创伤记忆为中国文人建立了一个创伤记忆的心理模式，学术史称为"发愤"模式，也即在巨大的文人责任感的前提下，肩负起文道使命。正因为如此，创伤之痛才能被化解。曹操诗曰"白骨露于野，千里无鸡鸣。生民百遗一，念之断人肠。"② 有对汉末离乱的感伤，而缺乏太史公文字里遮掩不住的沉痛。在我看来，《报任安书》是中国

---

① 司马迁：《报任安书》。
② 曹操：《蒿里行》。

历史上创伤记忆文字的首屈一指。"仆以口语遇遭此祸，重为乡党所笑，以污辱先人，亦何面目复上父母之丘墓乎？虽累百世，垢弥甚耳！是以肠一日而九回，居则忽忽若有所亡，出则不知其所往。每念斯耻，汗未尝不发背沾衣也！身直为闺阁之臣，宁得自引深藏于岩穴邪！"写得何其沉痛！是最为真切的创伤记忆文字！然而，司马迁的创伤记忆从心理层面来分析，在伤痛之余，并未实现思想性质上的超越，而是"发乎情、止乎礼"，"不越矩"，"仆虽怯懦，欲苟活，亦颇识去就之分矣，何至自沉溺缧绁之辱哉！且夫臧获婢妾，犹能引决，况若仆之不得已乎？所以隐忍苟活，幽于粪土之中而不辞者，恨私心有所不尽，鄙陋没世，而文采不表于后也。"孔子所倡导的"哀而不伤"和"比兴"传统则发挥了重要作用（经典的表达方式体现为"痛定思痛、痛何如哉"，以及"一樽还酹江月""也无风雨亦无情"的抒情化解），在很大程度上消解了心理创伤的破坏性意义。究其社会本质来说，古代文人个体的创伤记忆仍旧局限在文化体制内部，没有实现"创伤记忆"这个术语在西方20世纪思想话语里幻想的超越性，同时，这也是近代一系列民族创伤在士大夫记忆里的表达局限。近代外力所导致的创伤记忆，在士大夫王蹈、郭嵩焘、李鸿章等人的著述里都或多或少有所体现，也有"痛定思痛"的反思文辞，细察开来，未必缺乏太史公式的削切、深刻，但直至孙中山，才从创伤反思的改良意识跨越到革命行动，实现了本质变化。

正是因为中华文明之创伤记忆体现于社会层面和心理层面的共同特点，它在思想文化层面也具有相似的特点。社会创伤记忆积淀在集体心理层面，表现为妥协式的应对，重复着制度"破坏—修复"的循环模式，而在文人心理层面仍旧保持着"发乎情、止乎礼"的不越矩模式，最为极端的如李鸿章式明知不可为而为之或者沉默。面对甲午之败、辛丑之乱，思想文化层面的启蒙进程一再为社会救亡所取代，在民族和个人的心理定式留下了深刻印记，甚至因此难以一新"文革之乱"的思考。如果说"五四运动"作为思想文化运动是对甲午之败、"二十一条"

等创伤的直接反应，那么"五四"之后迅速从思想文化的革命转向社会变革、以新军阀取代旧军阀、以国内战争交替进行并接续 14 年抗战，事实上未能够保证近代以来至"二十一条"等一系列创伤的反思深刻进行。

由此，我们可以察觉这样一个定势：古代中国民族遭受丧乱、个人遭受创伤，其走向是"破坏—重建"的模式，接受"礼制"的约束，在专制制度与宗法制度内部循环；近代中国遭受外力侵略的创伤，寻求的是"改良模式"疗治，诉诸理性、进步情结，幻想在洋务运动的推进下，改变"人为刀俎我为鱼肉"的局面，事实证明这只能是幻想；而尚未完成启蒙的"文革"导致的创伤记忆，则根源于 20 世纪以来"革命"和"不断革命"的情结，对它的反思再次把民族心理引导到启蒙和改良路径上。中国式创伤记忆始终未能摆脱封建专制和宗法制度，归根结底是一种非现代性下的创伤记忆。

四

虽然，对于欧洲和中国来说，"事件叙事"本身具有哲学和政治两个层面，对于两者来说两个层面都很重要，但是，我仍然想表达一个这样的观点：对于欧洲社会来说，事件的关注从哲学层面反思重于从政治层面的反思，而对于中国来说则相反，政治层面的反思重于哲学层面的反思。因为，无论是"奥斯维辛屠犹事件"还是"古拉格集中营事件"，诉诸哲学的反思优先于诉诸政治反思，而对于中国的例如"文革创伤"来说，诉诸政治的反思显然优先于诉诸哲学的反思。这当然不是说在中国社会里哲学层面的反思不重要——任何创伤记忆最终将诉诸哲学反思，这是没有疑问的。差异在于，欧洲自 16 世纪以来，政治制度向议会民主制度的发展趋向，虽然经历了法国大革命这样的激烈转向，但从君主制到立宪民主制的转向，基本上在和平理性协商中完成。在这里，其理性主义哲学发挥了重要作用。而中国近千年的政治变局均以革命的方式完成：由元、明、清到民国、到中华人民共和国，无不以战争开始、以战争结束。真正的哲学反思并非随着社会变迁和政治制度改革而完成。无论哪个朝代，其依托的儒道法兼济的哲学基础并未发生根本改变，虽然政治制度、政治立场却不断变换。明显地，政治因素作为事件反思的优先地位是现实造就的。

在中华文化和中国当代社会的语境下，创伤记忆的提出有何种理论价值？提出这个问题的理论价值和社会意义在于：它再次明确把文化表征问题与政治制度反思、哲学反思区别开来，赋予它独立的地位，这不仅因为文化表征更为复杂，也因为文化表征更为普遍、更为深入地渗透到全民族的精神、情感和心理深处，特别是，中华民族生活中许多重大的事件、创伤，为政治叙述和哲学叙述所自动删除，却恰恰为文化表征所叙述。因此人民习惯于把文化表征看作真正的历史叙述。更为重要的是，它经常性提醒我们：反思中国社会的创伤记忆，与欧洲创伤记忆在表面相似的前提下具有显著的差异，而这也决定着我们之间关注对象、面临的使命有着深刻的阶段性差异。

"美国缔造的世界"与冷战后的思想话题①

——读卡根著作《美国缔造的世界》

2012年2月2日，美国布鲁金斯研究所外交政策高级研究员罗伯特·卡根（Robert Kagan）在《新共和》杂志上发表了一篇名为《美国衰落的迷思》的文章，是他新出版的著作《美国缔造的世界》（*The World America Made*, *Alfred A. Knopf*, 2012）②的一部分。之所以提出卡根发表的这篇文章，是因为美国总统奥巴马在年初的《国情咨文》里说了这么一段话："若是有任何人告诉你说，美国正处在衰落之中或我们的影响力已经衰退，他们并不知道自己在说什么。"据说奥巴马在发表演说前与助手们认真研究和讨论过卡根这篇文章。③

实际上，卡根和奥巴马总统涉及的不只是一个政治话题，而是20世纪思想史上的重要命题，这就是"美国衰落论"。在人类历史上，一个大国崛起不仅是经济、军事方面的，而且在政治、思想、意识形态、文化领域也必然会有所体现，所以大国崛起是全方位的命题。同样，大国的衰落也是全方位的。实际上，在冷战以来，美国思想界出现"美国

---

① 本文最初发表于《中国图书评论》2014年第5期。

② 罗伯特·卡根：《美国缔造的世界》，刘若楠译，社会科学文献出版社2013年版。以下引文所标注页码均为本书页码。

③ 参见刘擎《纷争的年代》，广西师范大学出版社2013年版，第146页。

衰落论"话题，不是什么新鲜事，保罗·肯尼迪、约瑟夫·奈、福山在不同的时期，先后涉及这个话题。据约瑟夫·约菲（Josef Joffe）统计，最近半个世纪，已经出现了五次"美国衰落论"的浪潮。[①] 每一次浪潮都有一个由头：1957 年是苏联卫星上天，20 世纪 60—70 年代是越战泥潭，1978 年是通货膨胀和美元贬值，80—90 年代是日本经济急速崛起，大有取代美国之势。这一次是第五次提出"美国衰落论"，据说本次的由头却是"中国的崛起"。

卡根的著作提出了两个重要观点：一是认为，20 世纪美国发挥的领导者作用，在西方历史发展的进程里，只有神圣罗马帝国作为一个大国崛起可以与之媲美，甚至英国在 19 世纪建立欧洲工业革命的体系都不值一提。在整个 20 世纪，美国为全球建立自由主义贸易体制，提供了一系列公共产品，不仅美国获益，而且就是威权国家也从中获益。二是认为，在 21 世纪，虽然中国、俄罗斯、印度、巴西、土耳其等一系列新型发展国家在迅速崛起，但是这些国家削弱的是欧盟的份额，美国 GDP 所占的份额一直稳定在 25%—28%，美国超强的军事实力，占 GDP 约 4%、约 6000 亿美元 / 年的国防经费（不包括在伊拉克、阿富汗的驻军），保证它在世界继续居领导地位，也唯有美国有能力继续领导世界。与上述两者相适应，卡根表明两个立场：一是单边主义继续有效，二是世界希望美国继续领导。

显然，卡根的著作代表着相当一部分学者的观点。我不打算用自由主义、保守主义或新保守主义或左翼这样的思维框架来讨论他的著作，也不打算在政治学或者其他学科的框架下来讨论，而是反思把"中国的崛起"与"美国的衰落"两个命题相提并论所具有的非同寻常的思想史意义。我以为，当英美学者在提出"美国的衰落"与"中国的崛起"相关联这样的话题时，实际上预示着新世纪思想史对以西部欧洲为

---

① Josef Joffe, "Declinism's Fifth Wave", *The American Interest*, January/February 2012.

中心的思想资源库的超越，预示着在经济全球化进程后随即到来的，是全球思想资源的"丛林时代"。

一

毫无疑问，美国在 20 世纪世界局势的稳定和安全事务中发挥了举足轻重的作用。如卡根所说，美国在两次世界大战中，特别是第二次世界大战中加入反法西斯联盟，在东半球和西半球进行两面作战，为彻底打败法西斯发挥了决定性作用；战后为建立新的国际秩序发挥了带头作用，包括倡导并创建联合国、世界贸易组织、建立维和机制和在国际事务中扮演协调人身份，以及为国际社会提供一系列公共产品等等。

作为两次世界大战之间崛起的大国，因为地理位置的特殊性，美国没有接替大英帝国陷入旧欧洲历史矛盾漩涡里，在 1914—1945 年间，正是因为新崛起的德国、意大利和苏联，为避免经济危机，要求重新规划世界、重新划分殖民地，与老牌西方列强争夺势力范围，发生了激烈的政治军事冲突，导致人类史上最大的民族杀戮。美国虽然在第一次世界大战后倡导国际联盟，却被老牌欧洲列强羞辱而归。但是，美国具有很强的自尊和危机意识，同时也有很强的统治欲，作为一个西欧文化（卡根说是"英国清教主义文化"）的继承者，它清楚地知道，要成为这个世界的主宰者，就必须有硬实力，才可能为这个世界立法，有话语权。卡根提出，20 世纪海洋军事力量就是硬实力。虽然 19 世纪末期美国已经富得流油，但是 19 世纪 90 年代之前是英国海军主宰海洋，20 世纪 30 年代，英国、德国、美国和苏联的海军军舰总量相当，它们分治大西洋，而在太平洋则是美国、日本海军旗帜飘扬。正是第二次世界大战使得旧欧洲列强俱伤，造就了强大的美国海军和苏联海军。在替代大英帝国成为 20 世纪军事强国之后，美国放弃了老牌欧洲国家惯常采用的谋求殖民地政策，而采取强加于占领国以自由市场贸易、民主体制的方式，依托马歇尔计划，先后在西部德国、日本、意大利等一系列国家取得成功。按照卡根的说法，"美国在享受主导开放市场以及相应渠道的同时，免于承担负担、成本以及其他维持殖民地所需的限制。"（第57页）既不承担殖民地所需的费用，又获得了资本所需要的市场，何乐而不为？

即使在冷战里占据一定的优势，但美国也没有绝对的必胜把握。整个态势的转机在1989年柏林墙倒塌、苏联解体、华约解体、东欧巨变。美国成为单极世界霸主，甚至连他们自己也没有意识到这一突变。这个格局延续直到今天。尽管欧盟、俄罗斯、中国、印度、阿拉伯世界等都在积蓄力量，倡导多极世界的格局，但美国独大的格局依然如故。在20世纪相当长的历史中，美英、欧盟联手，形成国际事务中的强势话语。

冷战结束后更是如此，"单边主义"成为"美国例外论"的标识。卡根先是在逻辑上很明确地表示："在我们的启蒙世界观中所暗含的意向假设是：自由主义秩序与民族主义甚至是国家本身的终结之间存在着必然联系。超国家机构以及世界主义情感的兴起代表着通向更完善的自由主义秩序的进步。但是，如果这种认识是错误的呢？如果一种以和平、民主和繁荣为特征的秩序依赖于特定国家的维护呢？作为一名国际主义者，西奥多·罗斯福在1918年回应当时的超国家主义思潮时指出了同样的观点。他说，'我们拒绝抛弃民族主义。相反，我们应该将明智而可行的国际主义建立在合理而强烈的民族主义基础之上。'不无矛盾的是，真正的自由主义进步可能与这种原始的国家观念联系在一起：一个国家愿意与其他国家一道，使用自己手中的权力维持一种趋近于自由国际主义理念的秩序。"（第143—144页）我们不难从中读出"美国例外论"的调子。他拒绝了福山的"历史的终结"，拒绝了"后国家的自由国际主义"："当我们试图实现这种理想，超越民族国家走向一种后国家的自由国际主义时，整个计划都会失败。"（第 144 页）也否定"后现代的欧洲"："在一个并不遵循其规则的世界中，如果一个后现代的欧洲不得不自己保护自己，那么它能够生存下去？"（第 144 页）清晰地表达了美国继续目前"单边主义"的立场。

很有意思的是，卡根拒绝了从道德方面对美国立场的质疑和批判，他援引了已经去世的亨廷顿说的话：美国"侵略、干预、剥削、单边主义、霸权主义和虚伪"；他也同样清楚地知道美国的盟国例如法国人（法国外长谴责美国是一个"超级强权"的国家）、英国人（英国外交官对亨廷顿说："人们只有在美国才能读到世界希望接受美国的领导。在其他地方，人们读到的是美国的傲慢和单边主义。"）如何看待美国的"国际警察"身份的。他激烈地强调："20 世纪 90 年代以及整个冷战时期，许多其他国家的确希望美国承担领导角色，提供保护和支持。"（第 186—187 页）卡根的著作特别强调美国"单边主义"为自由贸易体系提供了和平环境，保证"二战"以后 60 年无大战争；美国为世界提供了"公共产品"，即自由主义贸易体系、民主体制以及其他，使得不仅美国获得利益，而且全世界无论是民主国家还是威权国家均获益。他强调，若是世界成为中国、俄罗斯、英国、法国、德国、印度和巴西等多极世界，马上就会回到两次世界大战之前的列强"丛林状态"。显然，单边主义比多极主义好，单边主义无争端；目前世界的其他国家均无实力取代美国，唯一可能的是中国，但是中国的体制和人均都无法承担这一责任——中国的"综合国力"成为制约因素。

卡根的结论是："美国衰落论"是无稽之谈。

但是，上述这一切就能够保证美国不衰落吗？

卡根观点显然存在着质疑余地，例如在世界大战无从打起与局部区域冲突不断之间，60 年来，美国直接参与进行了 1950 年朝鲜战争、60—70 年代越南战争、支持以色列打了八次中东战争，直接出兵的有：1989 年巴拿马、1992 年索马里、1994 年海地、1995—1996 年波斯尼亚、1999 年科索沃、三次（1991、1993、2003 年）打击伊拉克、2001 年阿富汗等；美国没有直接参与的战争如苏联阿富汗战争、英国阿根廷战争、两伊战争、中东战争、印巴冲突、中印冲突、中国对越南的自卫反击战、越南占领柬埔寨和非洲国家之间的战争等，我们可以看到一个规律性现象：战争从西方世界转移到意识形态相异区域；强国之间冷战，对待弱小国家采取热战方式；借助联合国寻找出兵借口，例如有人道危机、大规模杀伤性武器、维和、反恐等等。但是，本文不打算讨论这些问题。

二

无论如何，"美国衰落论"是英美学者提出的观点。之所以提出这个观点，还是具有深刻的现实依据的。

"美国衰落论"的现实背景首先是美国国内的经济领域的危机，例如次贷危机、金融危机引发的泛及全球的"占领运动"，特别是金融危机，诺贝尔经济学奖获得者斯蒂格利茨（Joseph Stiglitz）说："在我们这个民主国家中，1% 的人拿走了四分之一的国民收入——这甚至是富有者也终将会后悔的不平等。"① 而这种经济危机的根源并未为国家领导者所重视，有人认为美国经济在相当大的程度上，受制于对自由市场的盲目迷信。卡根也为之忧虑"问题在于，美国人能否解决自己最为紧迫的经济和社会问题。"（第 198）与之密切联系，其次是美国面临的意识形态危机。左派理论家齐泽克（Slavoj Zizek）在声援"纽约占领运动"的演讲中说："民主与资本主义联姻已经过去了。变革是可能的。"他强调，现实的困难是"我们知道自己不要什么"，却并不清楚"我们想要

---

① 参见刘擎《纷争的年代》，广西师范大学出版社 2013 年版，第 124 页。

什么"以及"什么样的社会组织能够取代资本主义。"他告诫抗议者不要只盯住腐败本身，而要着眼于批判造成腐败的体制。① 著名学者福山（Francis Fukayama）认为，美国当代左翼思想史贫乏，没有对经济变革中的发达社会结构给出任何完整一致的理论分析，也没有阐明一种具有现实可行性的政治议程。社会民主的模式已经被耗尽了，福利国家在财政上是不可持续的……资本主义的多样性才是最重要的。② 可以看出，美国社会面临的意识形态危机，实际上是日益多样化的社会发展道路和模式带来的，远不是西方 19 世纪思想家所构想的"社会主义"与"资本主义"两家之争，也不局限在"自由"与"专制"之间，在这个意义上，美国人似乎也必须来个思想解放呢！再次是以中国、俄罗斯、巴西、土耳其等国家卡根所谓"国家资本主义"构成的挑战、"金砖四国"的崛起。卡根把中国、俄罗斯、巴西、墨西哥、土耳其和一些后发展国家统称为"国家资本主义"，例如中国，他描述说："中国经济尽管是市场导向，但相当大的部分并非私人企业家主导，而是由政府主导。中国经济在很大程度上是'国家资本主义'。国有企业主导着经济的核心部分，比如能源产业，积累的收益成为政府控制的大规模主权财富基金。"（第 118）他并且认为，"俄罗斯以及巴西、墨西哥和其他崛起国家都在一定程度上践行国家资本主义，尤其体现在它们对国有能源企业的控制。"（第 118—119 页）所谓"国家资本主义"对自由主义市场体制构成的挑战，卡根认为在于它以国家集中的大量资本面向市场获利，在这里，私人资本是无法抗争的。在某种程度上，它对自由主义市场体系这一游戏规则提出了新的课题。

在政治、经济和军事领域，把"美国衰落论"与"中国的崛起"相提并论是有意思的话题。中国在整个 20 世纪一直处在弱势地位，

---

① 刘擎：《纷争的年代》，广西师范大学出版社 2013 年版，第 126 页。

② 刘擎：《纷争的年代》，广西师范大学出版社 2013 年版，第 130 页。

1900年饱受八国联军洗劫、1905年日俄为争夺中国东北爆发战争、1919年作为战胜国却被割让胶东半岛、1931年和1937年日本发动侵华战争等等，甚至在区域范围内，也不占优势。1949—1978年，中国一直对西方关闭着大门。卡根说得对：大部分时间内中国处在被动地位，历次战争死伤大部分是中国人，不论中国是否参战。中国军事实力也长期处在防御地位，更何况有美国领衔封锁，日本、韩国、中国台湾地区等力量在西太平洋的存在。中国作为一个大国受到国际社会特别是美国战略思想界的注意，仅仅是进入新世纪以后的十年。

那么，"中国的崛起"如何造就了"美国衰落论"的话题呢？换句话说，为什么中国的崛起会使美国有衰落之感呢？卡根分析：首先是中国经济力量巨大，2010年的GDP总量达到世界第三，仅次于美国和欧盟；其次是中国巨大的人口资源；再次是中国迅速提升的综合国力，特别是海军力量，已经可以看见在不远的将来（有俄国媒体预见在2050年）与美国相当；还有就是卡根特别提出的中国"国家资本主义"经济发展体制的优势。但是，卡根也实事求是地指出，在人均方面中国甚至不及最不发达的国家：2010年中国的人均GDP只有区区4000美元，只相当于安哥拉、阿尔及利亚和伯利兹；到2030年，乐观估计中国人均GDP也只有美国的一半，达到斯洛文尼亚和希腊的水平。[1]虽然"目前，只有中国的经济增长可以被认为会对美国未来的实力构成影响，而且也只是在中国人将不断增长的经济实力足够多地转换为军事实力的情况下才会如此。"[2]换句话说，中国没有能力成为美国领导者地位的接替者。

但是，中国的崛起仍然给美国思想界带来了巨大的震撼。除了卡根这部著作已相当大的篇幅注意到这个问题，著名外交家亨利·基辛

---

① 卡根：《美国缔造的世界》，刘若楠译，社会科学文献出版社2013年版，第115页。

② 卡根：《美国缔造的世界》，刘若楠译，社会科学文献出版社2013年版，第163页。

格（Henry Kissinger）2011 年出版了分量极大的著作《论中国》(*On China*)；同年，加拿大组织著名芒克大辩论，由基辛格、弗格森、扎卡里亚和中国学者李稻葵共同参与，辩论会的主题就是"21 世纪属于中国吗？"早在 2008 年北京夏季奥运会后，关于"是否存在一个中国模式"问题在欧美学术界就展开了激烈的讨论。2009 年 2 月，Glasshouse论坛在巴黎郊外举办一个学术高峰论坛，邀请十多位中外学者聚集讨论这一问题；美国《国家利益》(*The National Interest*) 杂志分两次刊登有关中国崛起的辩论；福山在日本《中央公论》杂志上就"中国问题"发表演讲和访谈，他的话我以为意味深长：中国的政治文明具有独特的传统，并对亚洲地区的现代化发展产生了深远的影响，"这是支撑了第二次世界大战后的东亚经济奇迹的宝贵传统。"马丁·雅克斯（Martin Jacques）出版《当中国统治世界》，副标题有"西方世界的终结"；他的著作引发了强烈的呼应和反击，等等。① 无论是现实忧虑还是夸张预见，都把"中国的崛起"炒成了对美国领导者地位造成威胁的因素。

然而，我想提出的问题是：假如存在着"美国衰落"这一问题的话，究竟源自美国自身的思想保守、固守"英语清教主义"呢，还是世界发展的"丛林时代"客观上正在降临？我想两者兼而有之。

三

20 世纪思想史呈现着话题蔓延的趋势：即由西欧思想传统话题向周边文明区域之间扩张的趋势；越来越多样性的文明、民族、国家、文化，从西方社会的视野之外或者某些"边缘"进入到它的视野内，在这个背景下，仍旧固守西欧思维模式，是否具备足够的张力应对这一态

---

① 刘擎：《纷争的年代》，广西师范大学出版社 2013 年版，第 82—86 页。

势，对于西方文明来说，这是一个严峻的挑战。

"美国缔造的世界"面临的最大危机——假如有"衰落"的话——那么就是"美国意识形态"面临着深刻的危机。作为一个"帝国过度扩张"（保罗·肯尼迪语）的超级大国，完全固守着西欧文化的思想体系（自我表述为"英国清教主义文化"的继承者）——且不说遗留下来的冷战思维模式——如何应对 21 世纪越来越复杂而多样的政治体制、经济发展模式、价值观念、文化形态和生活方式？如何在社会发展的过程中不间断反思自身的体制局限（如齐泽克所说"体制反思"）？是采取强权式复制，还是逐渐改变自身？这的确是美国意识形态面临的挑战。

19—20 世纪，是西方资本主义模式向世界其他区域扩张和殖民的历史，相应的，这个时期的人类思想史，也是西方话语主宰和占有其他区域文明和文化的历史。从第二次世界大战结束到 1989 年 11 月 9 日柏林墙的倒塌，大约 45 年的东西方冷战告一段落，这个时期贯穿思想史的热点话题，首屈一指的仍然是"资本主义"与"共产主义"之争，按照中国的表述更为简洁，那就是姓"资"还是姓"社"的问题。客观说，直到 20 世纪 80 年代，思想史仍然局限在西方思想内部诸项话题之间的对立、对话、交往框架中；所谓"冷战"，也仅仅在 19 世纪西方思想家构建的两类不同传统的政治理念、价值观之间发生，与印度文明、儒道文明圈、穆斯林思想以及非洲、南美地区的思想传统无关；严格说，20 世纪的思想话题，无论东方社会还是西方社会，基本上在西方社会经验基础上展开，接受的是西欧思想资源。这受制于 20 世纪西方与东方、北方与南方的社会发展不平衡。资本主义的强势经济在资本扩张盈利的过程中，必然把它的思想意识价值观相携而来。中国五四运动谓之"启蒙"，即是以封建之意识接受资本意识的教育，所以"启蒙"是一个资本主义化的过程。相应地，在印度文明、阿拉伯文明、东亚其他非资本主义区域，都先后有这个过程。

而在 20 世纪末期以来，这个西方思想话语主宰一切的情况在发生变化，更多的文明声音参与到思想话题的设计和社会解读之中来，与之相适应，代表不同文明的社会发展道路也走上了世界舞台，而不仅仅局限在"资本主义"或者"社会主义"这"二选一"模式上了。这种局面，为 21 世纪思想史话题的产生，提供丰富的资源。随着欧佩克国家、拉美、日本、四小龙、俄罗斯、中国、印度、巴西、南非、土耳其、西部非洲以及阿拉伯世界的先后崛起，日益多样性的非西方欧洲传统政治信念、社会形态、经济体制、文化、价值观念，形形色色的非典型性社会发展道路，成为这个世界的参与性因素，不同文明彼此之间的交融更加寻常，在这个背景下，西方欧洲式资本主义独此一家的思维模式，势必局限思想的扩展；缺乏反思"什么样的社会组织能够取代资本主义"这样的紧迫问题，将会造成无法估量的矛盾冲突，这些矛盾冲突不仅发生在政治体制、经济模式方面，更多样性地发生在文化、价值观和生活方式等方面。假如我们借用斯宾格勒（O.Spengler）的《西方的没落》（1918）里用生物成长规律来比拟文明的盛衰，那么，作为一个成长壮大的文明，西方文明如何与正在成长、"青春期"抑或暮年的文明对话？这是否构成一个思想史的话题呢？

我理解，"美国衰落论"与"中国的崛起"相连接，实际上透露出当代社会思想发生的巨大变化，那就是发生于西方欧洲之外的多种文明的思想开始发出自己的声音，参与到这个世界的发展中来；21 世纪的思想主题比以往的思想史来得丰富而多样。不仅有西部欧洲的思想话语，而且还有东部欧洲、南部欧洲、北部欧洲，有亚洲各个区域文明、非洲、拉美等地区的不同文明，各区域文明分别提出自己的思想话题，参与到整个世界的思想史构建中，那是生机勃勃的思想"丛林时代"。因此，更透彻地理解活跃在世界政治、经济、社会、军事舞台上的各种文明的内在秘密，对于任何一个强大的国家来说，都是一项挑战。无论是威权主义、国家资本主义、儒教资本主义、伊斯兰社会主义，还是自由主义经济体制，都不是亚当·斯密和卡尔·马克思理论里的资本主义了，即使新世纪有国家声称实践"原教旨社会主义"，也未必就原汁原味。在这一方面"非此即彼"的思维模式，就派不上用场了。理解各文明内在的秘密，多元共存，恐怕是唯一的选择。例如关于中国，亨利·基辛格在《论中国》的序言里写道："美国和中国都认为自己代表着独特的价值观。美国的例外主义式传经布道式的，认为没有有义务向世界的每一个角落传播其价值观。中国的例外主义式文化性的，中国不试图改变他国的信仰，不对海外推行本国的现行体制。但它是中央帝国的传承者，根据其他国家与中国文化和政治形态的亲疏程度将它们正式划分为不同层次的'进贡国'。换言之，这是一种文化上的普世观。"① 马丁·雅克斯在他的书里写道：中国不是西方所熟悉的"民族国家"（nation state），而是一个"文明国家"（civilization state）；未来一方面"时间不会使中国更西方化，而会使西方以及世界更中国化"；另一方面，彼此竞争的多种现代化模式仍然共存，西方人可能会看更多的中国电影、学习汉语、阅读更多的孔夫子，而中国人会更多地学习莎士比亚。② 所以，他的这本书美国版副标题"西方世界的终结与一种新全球秩序的诞生"，应该确切地理解为"作为唯一的西方世界的终结与一种新全球秩序的诞生"。

我理解，在上述背景下，把"美国衰落论"与新世纪多个非西方的崛起文明并举，借以警示世界环境的多元性，无论对于美国、欧盟，还是对于发展中的中国、俄罗斯、印度、巴西、南非等成长中的大国，都具有不可估量的作用。

---

① 亨利·基辛格：《论中国》序言，胡利平等译，中信出版社 2012 年版。
② 刘擎：《纷争的年代》，广西师范大学出版社 2013 年版，第 85 页。

"面向未来的价值合作"与
中美外交观念的更新[①]

——评基辛格的《论中国》的文化逻辑

给美国读者写一部描述 20 世纪中美关系的书，亨利·基辛格博士无疑是最有资格的。从 1972 年起，中国普通民众就开始认识这位戴着黑框眼镜的大鼻子犹太人，在最具有局限性的大众媒体上，这个来自最大资本主义国家的政治家身姿、面貌不断地出现；他反复往返在美国和中国的首都，特别是在毛泽东时代，这是极为罕见的例外。假如说中国人要选择一个美国人作为"好人"，那么，基辛格博士至少与斯诺、史沫莱特并列为可靠的人选。可以这么说，20 世纪中美关系之间的重大活动，都可以看见基辛格博士的身影；特别是在美国政府看来，最有资格对中国问题发言的政治家，那就是基辛格博士了。

中国大部分民众和读者几乎认同这个观点。

的确，这次他完成的巨著《论中国》（*On China*），中文版由中信出版社出版（2012 年 10 月版），就是一个证明。无法再想象，在美国政治家里面还有谁能够写出这样具有深厚哲学思想和战略理解的巨著？对于美国学者来说，这个宏伟巨著具有面向未来的价值；而对于中国读者

---

① 本文最初发表在《中国图书评论》2013 年第 5 期，有所改动。

来说，基辛格博士书里字里行间所渗透的对中国立场和中国发展的同情心，则具有深厚的道德意义和情感意义。

《论中国》把 20 世纪中美关系的全部战略问题放置在中国思想文化传统的背景下来考虑，并对近代中国（自鸦片战争始）抗争外国势力的心理和情绪，表达了充分的同情。能够在这个思想文化背景下讨论中美之间的战略问题，无疑具有鲜见的文化高度。但总的说来，《论中国》是一部面对美国读者而写的著作，我们不能说它立论是否公正，执论是否对任何一方具有偏颇，——毫无疑问，在基辛格博士叙述过程中，这个偏颇和不公正已经被老资格政治家压缩到了最低限度。我们下面要强调的是，对于中美双方来说，最具有建设性的面对现实困境的解决思路，它恰好是反基辛格博士思维路径的。

基辛格博士解释 20 世纪中美关系问题的总观点，可以聚焦到"中国的独特性"这个开章明义的标题上。他叙述了鸦片战争前后"天朝帝国"从"叩头问题"到分疆裂土的经历，过渡到中华人民共和国的成立、三角外交、朝鲜半岛的战争、中苏美三国的外交格局、1972 年的和解和准联盟、邓小平时代，以及对越自卫反击战、中印边境自卫反击战、中国的改革与美国利益之间的冲突等等，"这是一段复杂的历程。因为中国和美国都认为自己代表独特的价值观。美国的例外主义是传经布道式的，认为美国有义务向世界的每一个角落传播其价值观。中国的例外主义是文化性的，中国不试图改变他国的信仰，不对海外推行本国的现行体制。但它是中央帝国的传承者，根据其他国家与中国文化的政治形态的亲疏程度将它们正式划分为不同层次的'进贡国'。换言之，这是一种文化上的普世观。"（前言Ⅵ）以下，特别是在理解国家之间的重大事件过程中，基辛格博士不断沿用这个信条。我不能说这个观点有任何的错误。实际上，自从亨廷顿的文明冲突理论流行以来，关于不同国家、不同民族和不同文化之间交流过程中出现的任何问题，我们时代的思想家和政治家都习惯于沿用这个观点或思路。我想说的是，恰好在基辛格博士的论述中存在着一种可能性，一种突破流行观念而基于具体对象研究、形成一种外交思想新思路的可能。在这个意义上，我对基辛格博士的这个"过于快捷的附和"表示不满。

基辛格研究中美外交战略的一个基本格局是：设定美国的价值观是普世的，永恒不变的，而在中国则不然。中国的外交政策，在他看来具有历史性和时代性，中国一代代国家领导人在实施中美外交战略的过程中有两个共同点：一是把中国国家利益隐藏在全球战略规划的宏图下，利用中美两国实施这个宏图来满足自己的利益；而美国则承担着普世价值的输出职责，却不兼顾自身的国家利益。二是中国与美国（乃至与其他国家）之间的外交策略，与中华民族传统文化某些基本特点有深刻的联系，在相当普遍的程度上受制于自己没有觉察到的文化传统，例如他所谓"中央帝国心态"。而在权衡美国的对华战略，则坚持美国永恒价值的普世性和永恒不变性质，"绝对性特征"（第 444 页）。这就构成了两难境地：中国对美外交思想的顽固僵化和美国外交思想普世原则的难以适应性。"中国领导人主张独立自主，不干涉别国内政，不向国外传播意识形态（这曾经是共产党政策的神圣原则），而美国坚持通过施压和激励来实现价值观的普世性，也就是要干涉别国内政。"（第 445 页）面对这一难境，双方无法沟通和互不信任："在当今世界形势下，战略紧张的一个方面是中国人担心美国企图遏制中国；同样，美国人担心中国试图把美国赶出亚洲。"（第 516 页）他断言，"即使对于双方最有善意、最高瞻远瞩的领导人来说，文化、历史和战略认知上的差异也将成为严峻的挑战。"（第 518 页）这样，基辛格一方面明确"亚洲的未来将在很大程度上取决于中国和美国的远见，以及两国在多大程度上认同对方的地区历史角色。"（第 517 页）另一方面又强调"对这两个例外主义的社会来说，合作之路必定复杂。"（第 517 页）之所以复杂，原因在于它们各自坚持的原则不可更改。

基辛格博士毫不掩饰美国处理外交事务的社会价值外移倾向，即价值输出主义，用美国国内的价值标准处理国际事务，例如对待柬埔寨红色高棉、塞尔维亚对克罗地亚的种族事件、伊朗、伊拉克等，美国外交决策者显然把国内价值观输出了。美国价值观输出的方式就是诉诸武装干涉，或者推动联合国维和干涉，或者美国与北约出兵干涉，或者美国单独出兵干预。他们张扬所谓人权，反对国家主权；主张在普世价值面前不存在国家和民族主权。

在宣传美国认可的普世价值的同时，基辛格一方面明确中国的"例外主义"是以文化普世主义来影响地区的价值观，另一方面却疏于把中国领导人的对美外交战略背后的价值观普世化，而仅仅强调其感情色彩。他把从毛泽东、邓小平、江泽民到胡锦涛时代对外政策归纳为一点：即中国主权从来拒绝受制于外部势力。当然，这个归纳没有什么错误，正如他归纳美国领导人从来处理国际事务的主动权掌握在自己手里一样。但是，这并没有显示中国对亚洲地区外交的正义观念，更没有正视中国对美外交的哲学价值观，当然也就无法（像对待美国外交战略的普世价值一样）理解中国对外战略的价值观。

把中国外交决策思路做历史化阐释，例如理解毛泽东时代的外交策略，这是基辛格博士的一个特点，例如他解释说："中国领导人经常表现出的一个文化特点是，他们是从历史角度考虑问题的。他们有能力，当然也有这个必要，比西方人想得更长远。一个中国领导人取得的成就相对于中国的社会历史显得不那么重要，这点不同于世界任何其他领袖。中国历史的悠久，规模之宏大，使中国领导人能用中国几乎永无尽头的历史让谈判对手油然产生一种谦恭之心。"（第240页）甚至面对咄咄逼人的苏联威胁，"中国领导人深知他们深陷战略险境，但他们分析时不谈本国的关注，而是从更为广阔的视角纵观全球形势。……（他们）像授业儒师一样谆谆教诲来宾如何推行全面的外交政策。"（第347页）等等。上述理解分布在全书的各个部分，归纳起来则是："美国自建国以来笃信自己的理想具有普世价值，声称自己有义务传播这些理想。这一信念常常成为美国的驱动力。中国行为的依据是其独特性，它通过文化渗透而非传教狂热来扩大影响。"（第517页）为此，他慨然漠视江泽民"我们的时代已经淡化意识形态"的提示。我以为，正是基辛格博士的这个历史文化视野妨碍他看见中国人处理国际事务的另一个思想维度，这个维度在近代中国历史痛楚中诞生，就是忍辱负重、自强不息。一方面是施教于四海，另一方面是忍辱于当下。这就是近代以来中国作为大国的难处。从曾国藩、李鸿章、左宗棠、孙中山、蒋介石到毛泽东这几代政治家深感痛楚的乃在于此。基辛格仅仅看到中国领导人施教于四海的哲学家品格，而漠视他们忍辱负重、崛起于世界的渴望，仅仅看到他们作为中华历史文化的传承者角色，而漠视这种传承中的文化的普世性价值因素，那是无法透彻地理解中国外交战略的全部，甚至精髓。究其根源，乃在于基辛格未必有足够的思想深度体验自1840年鸦片战争以来中国国民深受外国势力侵略、瓜分和侮辱，并发挥为精神和思想文化。

所以，基辛格的问题提出和理解模式，总是局限在变动着的中国时势与永恒的美国价值观的角逐。一个不动的美国和一个不动的中国（坚守普世价值观的美国和坚守传统文化观念的中国），这个思考的格局至少对于中国来说是不公平的、不确切的。

回顾中国最近40年发生的巨大变化，无论优劣评价，都无法否认一个趋势，那就是：中国社会在朝向国际事务认同的价值观区域越来越接近（实际上，这两者既为中国古代哲学家思想家所认同，也为西方哲学家思想家所认同）。在两千年前的商鞅时代，所谓"国家的强大"实质表现为"富国强兵"，诸侯之间的争战，实则一边打军事，一边打经济。到了2000时代，"富国强兵"就意味着国家强大、民族强盛的观点，在中国各级领导人中间未必不存在，但是国家体制的民主程度、法制程度和科学决策程度，以及"人的意识"作为全部思想的前提和归属（俗话说"以人文本"）等，毫无疑问已经逐渐纳入国民的意识视野，换句话说，中华文化坚守的价值体系已经实现了现代性的转化，现代国家观念、公民观念、文化观念业已成为它的组成部分，尽管践行这个认识需要比较长远的时间，犹如中国经济发达的东部地区与落后的西部地区的平衡需要时间来协调一样，在不同的区域践行上述价值观念，是一个漫长的过程。

而在这个过程中，美国国民的价值观是否八风不动呢？也未必。美国的30年在价值观上也在发生变化。冷战思维下的美国与当下的美国就有巨大的差异，处理哪怕是完全一样的事务，也会采取完全不一样的策略。从尼克松、福特、卡特、大小布什、里根、克林顿到奥巴马，历届总统的更迭，总是给美国和世界带来一些新的东西，一成不变的美国是没有的。倘若承认"民主"和"自由"是不变的价值元素，那么次一层级、次二层级的价值元素是否存在着变化的可能呢？假如可以作肯定的回答的话，那么就存在着广阔的思维天空了。

如何理解这个"动"与"不动"呢？我认为，中美两国政治家和民众存在着共同的价值趋向：民主社会是世界各国努力的方向；一些基本的价值元素例如对人生存权利的尊重、对民族文化（宗教、习俗、艺术、语言等）的尊重等，对于两国价值观来说，不存在异议，是共同遵守的。既然如此，我们是否可以采取另一种视野来描述中美两国的外交战略呢？——在中美两国走向理想的民主社会的过程这一大方向下，对一系列价值元素的认同，可以成为战略合作的基础。这个视野，我想称之为"面向未来的价值合作"。它较之于外交对抗战略，显然具有文化优势。

"面向未来的价值合作"将中美两国价值观区分不同的价值层面，例如区分为核心价值层面、次核心价值层面、一般价值层面、非决定性价值层面（或区域），双方可以就共同认同的价值元素分层次、分区域合作，这个合作可以名之曰"求同合作"；而对于双方存在认识差异的价值元素区域，则进行广泛磋商，纳入不同类别的人员（学者、官员、民族人士、媒体等）进行对话（像"芒克大辩论"一样），这个合作可以名之曰"存异合作"。在价值观领域进行"面向未来的价值合作"较之于目前的僵局，具有更大缓和的空间。恐怕在这个前提下，基辛格博士提出的"太平洋共同体概念"（第516页）才有破冰起航的可能。

求索"文学性"：跨文化种类话语的
文艺学研究对象问题①

后现代文化语境下的文艺学研究对象困惑

文艺学研究对象的重新界定，既是一个现实问题，又是一个理论的问题。而对于文学专业工作者来说，对文艺学研究对象的明晰，首先是一个理论问题。文学现实的多样化呈现，对于建立在传统意义上的文学理论、研究方法、研究理念来说，一个重要的不能回避的课题就是：局限在文本意义上的文艺学研究是否就是文学现实的全部？也就是说，建立在纯文学文本意义上的以往的文学理论、方法、理念，在当下的文学现实中，是否仍然具有"现实性"？

"文学研究在当下的语境中如何可能"，这是一个哈姆莱特式的问题。对于这个问题的回答，一个倾向是固执于文学尤其是纯文学文本事业写作的仍然繁荣，强调传统文艺学研究的继续存在毫无疑问。这个观点得以成立，必须面对"文学性泛化"这个现实，必须面对文学话语与历史、与其他文化种类话语之间的日益明显的交融和互文现象，也必须

---

① 本文最初发表于《文学前沿》2006年总第11期。

面对文学向商业文化、大众传媒和文化产业广泛渗透所带来的对自身的局限的超越。因此，固执地认为文艺学研究的传统形态仍然具有"以不变应万变"的功能，这个观念是值得商榷的。另一个倾向是文学研究已经不可避免地文化化。这个观点的基本立场在徐亮先生的《泛文学时代的文艺学》一文里体现出来。该文的基本立场是我认同的。它的结论是："文学的泛化不等于文学的消失，作出这个判断的根据就在于文学的真正载体是话语，而非诗、小说等专有文体。话语不仅不消失，而且具有广阔无边的生存现实和繁衍前景。文学是一种特殊的话语，或特殊的话语组织形式。作为后者，它既可以以诗性的元素或诗性的局部状态存在于任何一种文化形态和媒体形式中，又可以以诗性的整体形式成为独立的文化形态。看来，诗性和叙事性仍然是文艺学的中心，这一点并没有根本的变化。在泛文学的时代，文艺学的主要课题应是：寻找文化的研究与话语的分析这两种方法之间的结合点。"① 我基本认同"文学的真正载体是话语"这个判断，但是，我觉得在对待"文学是一种特殊的话语"这个判断时，需要更为谨慎，要看到在"特殊话语"及其特殊性体现之间各个层面的依赖、支撑等张力关系。在这个立场下，诗歌、小说、艺术散文和戏剧文学等文体就会显示出自己的生命力，就会在"泛文学时代"的文学话语中参与文学话语的建构。② 否则，"寻找文化的研究与话语的分析这两种方法之间的结合点"，就会挂失了诗意而成为一句空话。

我以为，当下的文学现实最显著的倾向是"文学性的泛化显现"。这个判断的前提是：在当下的语境里，无论作为一个纯文学文本（如体现为一种具体的文学体裁，如诗歌），还是作为非纯文学体裁的文本（例如广告和专题节目的解说词），"文学"的存在是以"文学性"为标

---

① 徐亮：《泛文学时代的文艺学》，《浙江大学学报》2002 年第 1 期。

② 关于文体参与当代文学的建构这个问题，巴赫金在 60—70 年代之间有过论述，请参阅《巴赫金全集》第 4 卷之《答〈新世界〉编辑部问》一文，河北教育出版社 1998 年版。

志的。

很明显，以"文学"这个概念来界定当下文艺学研究的对象，已经显得很模糊不清了。作为文本意义上（表现为各种文学体裁）的"文学"已经不能够概括当下的文学性现象；"文学"文本的互文性现象和跨话语种类现象越来越明显；文学思维和表现方法广泛出现在各种各样的文本中间，等等。——这一切表明，必须建立以"文学性"为研究主体的文艺学学科理念。

实际上，这个命题具有两个维度：一是俄国形式主义式的"文学性"；一个是文学意识形态特殊性概念，后者在巴赫金那里表现为"艺术结构"概念。

文学性：文学文本和非文学文本意义上的

"文学性"这个术语是俄国形式主义的专利。在 20 世纪初期，罗曼·雅各布森在《现代俄国诗歌》里这样写道："诗对它所陈述的对象是毫不关心的。"又说："文学的对象不是文学，而是文学性，也就是使一部作品成为文学作品的东西。不过，直到现在我们还是可以把文学史家比作一名警察，当他下令拘捕某人时，就要把罪犯屋里和街上偶然遇见的每一个人，连同行人一起抓来拷问。文学史家就是这样无所不用，诸如个人生活、心理学、政治、哲学、无一例外。这样便凑成一堆雕虫小技，而不是文学科学，仿佛他们已经忘记，每一种对象都分别属于一门科学，如哲学史、文化史、心理学等，而这些科学自然也可以使用文学现象作为不完善的二流材料。"[①] 对于罗曼·雅各布森这个形式主

---

① 托多洛夫编选：《俄苏形式主义文论选》，蔡鸿宾译，中国社会科学出版社 1989 年版，第 24 页。

义文学宣言，人们过去习惯于考虑它排除了什么东西，实际上，正如罗曼·雅各布森自己在半个世纪以后所说的："逐步探索诗学的内部规律，并没有把诗学与文化和社会实践其他领域的关系等复杂问题排除在调查研究计划之外。"① 事实上，在形式主义内部关于这些问题的争论是意见分歧很大的。

显然，我不会在形式主义原有的意义上使用"文学性"这个术语，但是，也不意味着我的使用意义与形式主义者毫无关系。严格说，我使用"文学性"这个术语借助了形式主义者相似的思维方式：形式主义者采取了术语界定过程中的排除功能，即在界定文学性的内涵后把与之不相关的领域区分开去，而我在这里则使用了联系功能，即确定了"文学性"内涵后把所有文本或非文本话语里的相关因素都纳入"文学性"的外延。换句话说，"文学性"远不是诗歌、小说等纯粹文学文本所能够局限住的，它是存在于几乎所有话语种类的共性之一。

我对"文学性"在当下存在状态的解读分为两个层次：一个层次，是打破对文学文本的局限，把"文学性"看成一种存在于各种文本中的"文学模拟"；第二个层次，是打破对文本的局限，把"文学性"理解为在审美行为实践过程中的心理特征，例如达达主义中的行为艺术、消费文化活动中"日常生活审美"和洛特曼的"日常行为审美"。

第一个层次是文本意义上的"文学性"的求索。文艺学的传统对象是文学、文学作品即文本。在这个对象的界定过程中，文体体裁处在核心位置。事实上，人们一般是以体裁来确定对象是否具有"文学身份"的。诗歌、小说、艺术散文、戏剧文本等体裁，被认为属于正宗的文学文本，而特写、通讯、纪实文学则处在比较尴尬的位置。它们有时被纳入文学体裁的范畴，有时则不是。原因在于标准对象是体裁这个硬

---

① 托多洛夫编选：《俄苏形式主义文论选》之《序言：诗学科学的探索》（雅各布森作），蔡鸿宾译，中国社会科学出版社 1989 年版，第 24 页。

性的物质外壳。我认为,强调"文学性"作为文艺学研究的对象,可能突破文本体裁这个硬性的物质外壳,把文艺学研究对象扩大为具备"文学性"因素的所有话语种类。换句话说,"文学性"的求索无法局限在"文学体裁"范围内。

第二个层次是打破文本的局限,把文艺学研究的对象理解为适应现代艺术的一切表现,既体现为文本意义上的,也体现为非文本意义上的。后者指的是行为艺术中的"文学性"因素。假如说,前者属于书写文本的话,后者就属于行为艺术,非书写文本。在这里,可以借助消费文化里的"日常生活审美化"和洛特曼的"日常行为审美"这两个术语。这两个术语具有相当的连贯性。"日常生活审美化"这个命题联结的是"日常生活艺术化"的社会批判理论,例如列菲伏尔和赫勒的理论。①"日常行为审美"则是俄国符号学诗学的大家洛特曼的创造,他在研究俄国历史文化遗产时使用了这个命题,对60年代以来的美国文学研究尤其是新历史主义学派产生了影响。②这两个命题的共同特点是超越文学的书写文本局限、去开拓文艺学研究的新天地。我以为,在文艺学研究的当下语境中,把研究的对象进一步确定为"文学性",从而超越体裁的物质性的外壳,具有现实意义。

文学性:一种艺术结构的建构

这样,"文学性"的确认,就成为一种建构活动。

求索"文学性",就是在以上的文本与非文本阅读过程中建构体现

---

① 参见列菲伏尔《日常生活批判》和《现代世界中的日常生活》(天津人民出版社1983年版)、赫勒《日常生活》(重庆出版社1990年版)。

② 见张京媛主编《新历史主义与文学批评》之S.格仁布莱特《通往一种文化诗学》,北京大学出版社1993年版。

文学性的"艺术结构",——一种巴赫金意义上的"艺术结构"。巴赫金在阐述他的文学意识形态理论、批评形式主义诗学时表达了一种艺术结构思想。他认为,文学作为一种意识形态种类,表达着作家的意识形态视野,这个表达是建立在"艺术结构"基础上的。正是"艺术结构"这个存在体现了文学作为意识形态中的一个种类的特殊性。艺术作品的独特性是由于它的独立的结构决定的。艺术结构及其"内容"是文艺学、诗学和美学研究的唯一对象。巴赫金赋予这个结构以独特的存在性质。

他的艺术结构是开放的、非完成体的和对话的艺术结构,也是带有多元意识形态意义视野的艺术结构。

我以为,求索"文学性",最终必然求索文本或非文本中的艺术结构。它是文学性的载体,也是归宿。

巴赫金的"艺术结构"概念是建构性意义上的审美话语。他是这样表述这个观念的:文学在意识形态中是具有"独立性"的,它是"作为一个独立的部分进入周围的意识形态现实的","它以有一定组织的文学作品的形式,带着一种特别的、惟有它才具有的结构,在现实中占据着特殊的地位"①。巴赫金在后面提及文艺学研究的对象时,也强调"艺术结构"这一术语。在他看来,正是文学的"艺术结构"造就了它区别于其他意识形态种类的独立性。在这里,巴赫金用"有一定组织的""特别的、惟有它才具有的"来界定"艺术结构",表明它的特殊性质。

文学作品与其他意识形态种类符号—话语体系的差异或者特殊性,就在于,社会意识形态交往建构了它的"艺术结构"。托多洛夫归纳说:按照巴赫金的观点,"美学研究真正的核心概念不应该是材料,而应该是建筑术,是构造,是作为材料、形式和内容相互结合并相互制约的

---

① 巴赫金:《文艺学中的形式主义方法》,见《巴赫金全集》第二卷,河北教育出版社1998年版,第127页。

意义上的作品结构。"① 表面看，对这个问题的回答，巴赫金与形式主义非常近似：一般认为，俄国形式主义文论是对浪漫主义文论"推崇作品的内在性"的发展。但是，巴赫金的"艺术结构"不是一个固定的存在，而是一个建构的过程。在这个意义上，作品永远是开放的文化交流的结构。因此，巴赫金在批评了形式主义以后，并没有定义出具体的文学特性，托多洛夫认为，"他只是拒绝寻找文学的特性。这并非因为这种使命在他眼里毫无意义，而是因为寻找文学的特性只有结合特定的历史（文学的或批评的）才有意义……"他继续说："与其说作品是'建造'、是'建筑学'，不如说作品具有不同一性（hétérologie），是各种声音、是过去和将来话语的相互影响和渗透，是十字路口和交叉点。"② 这个理解是切合巴赫金思想的。艺术话语是言语实践，其本质是对话；艺术话语中进行的对话不能够封闭在自己的时代，它既是面向过去，面向现在，又是面向未来的，因此，它永远是未完成体的。托多洛夫把巴赫金这种艺术结构特征用一个词表达——"超文性"（transtextualité），认为它"属于文化史的范畴"。③ 这个理解准确地表达了巴赫金对文学文本的基本态度——"米·巴赫金不厌其烦地重复着一种思想，即任何'文本只是在与其他文本（语境）的相互关联中才有生命'，'只有在诸文本间的这一接触点上，才能迸发出火花，它会烛照过去和未来，使该文本进入对话之中。'"④

这样，在巴赫金的理论里，作为文学意识形态生成的基础，"艺术结构"就不属于一个固定的、不变的存在，而是一个开放、永远未完成的过程。对于意识形态科学，这个结构意味着什么呢？我理解，这意味着，文学艺术意识形态内容的阐释，同样不可能是固定不变的，而是

---

① 托多洛夫：《批评的批评》，王东亮、王晨阳译，三联书店 1998 年版，第 76 页。

② 托多洛夫：《批评的批评》，王东亮、王晨阳译，三联书店 1998 年版，第 93 页。

③ 托多洛夫：《批评的批评》，王东亮、王晨阳译，三联书店 1998 年版，第 93 页。

④ 孔金、孔金娜：《巴赫金传》，张杰、万海松译，东方出版中心 2000 年版，第 15 页。

不断变化和开放的结构；试图以一种意识形态来决定一部文学作品的意义，是不现实的，也是不合理的。这个非形而上学（或者反形而上学）的理论立场，对于当下后现代主义语境是非常及时的。在当下文学的精英中心位置被消解和边缘化、同时文学与意识形态环境里其他文化种类彼此渗透的语境下，静止地、封闭地理解文学作品的艺术结构变成非常不现实，因而，在这个思维模式下理解文艺学的研究对象，也是不现实的。

如此看来，当下文艺学研究的视野至少在两个环节上得到了扩展：一是研究的对象上，一个是研究的思维上。在研究对象这个环节上，文艺学研究的对象应该理解为开放的处于诸文本间的对话关系，而不再是孤立存在的文学作品。这个对象的确立并不会消解文艺学研究的本质，而只会帮助建立起文本艺术结构的历史意识，从而形成历史诗学。在研究的思维上，开放的和对话的思维，实质上是在文学文本的意义阐释过程中呼唤意识形态环境里其他文化种类的参与。这种文本界限被打破，也就意味着跨越文本进行文化诗学研究的可能。所以，在这个意义上，我对俄国学者 B.C. 皮勃勒把巴赫金的诗学称为"文化诗学"极为赞同。①

文学性：跨文化种类话语研究的现实性和可能性

在以上意义上建构的"文学性"，体现了一种文艺学研究的新风貌，这就是俄国学者 B.C. 皮勃勒和美国学者 S. 格林布莱特所说的"文化诗学"。中国学者程正民先生把巴赫金的诗学称为"文化诗学"，在其

---

① 见 B.C. 皮勃勒《米哈伊尔·米哈伊洛维奇·巴赫金或名文化诗学》，莫斯科进步出版社1991 年版。

对文本的未完成性、文化间性的被打破、多元化解读倾向的认可等方面，与 B.C. 皮勃勒和 S. 格林布莱特具有神似之处。

"文化诗学"的称谓对于中国时下的文艺学研究意味着什么？我以为，一方面，这意味着对多元话语之间对话和交往的注重；另一方面，还意味着对多元价值间交往、多样话语种类对话间求索"文学性"的可能。这既属于意识形态性质的追求，更属于"文学性"存在的现实性状态。

对"文学性"的求索，必然导向"文化诗学"。这意味着跨话语种类间求索"文学性"，以及对"文学性"在不同话语种类间的存在状态考察，不可能回避话语自身的体裁和诉说特点，这涉及话语种类间的对话关系。例如，作为文艺学研究对象的电影文本《活着》，它具有电影艺术话语自身的特点，但是，既然作为文艺学研究的对象，就必然一方面显现其文学性，同时又显现电影艺术的话语性质。在非纯粹文学文本中求索文学性，首先需要面对的是这个文本所蕴涵着的文化属性，其次才是中间的文学性。在非文本的话语例如行为艺术中考察文学性也是这样。例如，包亚明先生这样描述"上海酒吧"这个个案的"文学性"空间——

当生活方式本身成为政治时，上海酒吧及其空间的生产，无疑将变得更加扑朔迷离：在过往的路人和普通市民眼里，上海酒吧是具体而实在的地理空间；在自由资本的眼里，上海酒吧是休闲工业的福地；在媒体的眼里，上海酒吧隐藏着挖掘不尽的故事；在国家权力的视野里，上海酒吧是欣欣向荣的文化新景观；在消费者的眼里，上海酒吧是释放压力的港湾；在猎奇者的眼里，上海酒吧是洋溢着异国情调的飞地；在怀旧者的眼里，上海酒吧是读不完的历史；在新人类的眼里，上海酒吧是生活的底色；在前卫作家的眼里，上海酒吧是欲望表演的舞台；在知识分子的眼里，上海酒吧是

虚假的文化意象；同时，上海酒吧还是意义含混的公共领域，还是
资本主义文化全球扩散的痕迹，还是需要警惕与批判的对象。不
管上海酒吧是多少社会空间的重叠，也不管上海酒吧具有多少复
杂的意义，至少有一点是肯定的，上海酒吧不是内涵前后连贯的
"一个整体"，空间的生产与话语的生产相互叠加与渗透。因此，
意义的探究不仅艰辛困苦，而且布满陷阱。从某种意义上说，上
海酒吧的复杂性无疑昭示着当下中国社会生活的复杂性。①

"上海酒吧"是一个涵蕴丰富的审美对象，它显然是非纯粹文学文
本的存在，然而，它也绝对包含着"文学性"。作为一种行为艺术，任
何个体都可以面对它建构一种仅仅属于自身的个性化的诗意空间，而这
个诗意空间无疑就成为文艺学研究的对象，尽管它就是一次性的。当下
中国阅读行为的多样化立场、意识形态视野和心理期待，对最终被建构
起来的艺术结构的差异性，产生了巨大的影响。

打破话语间隔的"文学性"存在，是多元话语语境中的一个文学
现实。文艺学面向这个现实的基本态势只能是积极的。回避这个状态不
是无法介入话语交往的问题，而是一个生存与否的问题。我们其实毫无
选择的余地。而这个文学现实对于文艺学研究的基本思路起到了相当的
制约作用——

任何文本只是在与其他文本的相互关联中才有生命，因此，文学
性话语只能在对话中才可能存在；而对话从来就是非静止的和非封闭
的。当我们在这个思路下求索"文学性"并以其为文艺学研究的对象的
时候，"超文性"（transtextualité）势必成为思维科学中的关键词。

---

① 包亚明：《上海酒吧：全球化、消费主义与生活政治》，见包亚明等《上海酒吧——空间、
消费与想象》（李陀主编"大众文化批评丛书"之一），江苏人民出版社 2001 年版。

"世界文学"概念的建立与跨民族
文学研究中的文化站位问题[①]

    在不同民族文化交往日益频繁的当下，静态地考虑跨民族文学研究问题，似乎已经成为一个难题。文学活动必须在交往行为中来考虑，在"我"与"他者"的移动中来建立自己研究的文化立场。这里，就不可避免地提出话语权力的问题。话语权力其实质是跨民族语言文学研究中的文化立场问题，也就是：作为研究对象的"他者"民族文学对于"我"意味着什么？我把处理这个问题的倾向分为三种：体用倾向、圣典化倾向、文化殖民倾向。我认为，在这三种倾向中都存在着明显的缺陷。实际上，从学理上看，都具有哲学上的形而上学性质，即都强调一个绝对主体的存在，从而把"他者"民族文学看作"我的"陈述对象，把"他者"文学纳入"我的"文化框架中来定位。在后现代背景下，如此处理跨文化的文学交流已经存在着学理方面的疑点。本文使用巴赫金的外位性理论，结合西方哲学中的"间性"理论，提出跨民族文学研究过程中的两个主体并存的观点，即："我"与"他者"在价值上平等包容，"我"是"他者"完成的前提，"他者"是"我"得以完成的条件，两者缺一不可。我以为，传统学术界存在的跨民族文学研究中话语权力

———————————

① 本文最初发表于《民族文学研究》2006年第4期。

问题，只有在这个理论框架下才能得到解决。

跨民族文学研究的出现以及
不同文化站位问题的提出

跨民族文学研究的事实之成立，是与"世界文学"的格局出现密切联系在一起的。1848 年，马克思和恩格斯在《共产党宣言》中写道："资产阶级既然榨取全世界的市场，这就使一切国家的生产和消费都成为世界性的了。……过去那种地方的和民族的闭关自守和自给自足状态已经消逝，现在代之而起的已经是各个民族各方面互相往来和各方面互相依赖了。物质的生产如此，精神的生产也是如此。各个民族的精神活动的成果已经成为共同享受的东西。民族的片面性和狭隘性已日益不可能存在，于是由许多民族的和地方的文学形成了一个世界的文学。"[①] 到了 19 世纪七八十年代，这种提法已被欧洲文坛普遍承认。马克思和恩格斯是站在世界资本主义经济发展的格局业已形成这个角度涉及文化和文学的世界格局问题的，在马克思主义的理论框架里，经济行为其实质乃是特定政治意识形态的表现，也必然使意识形态因素（包括文学艺术）得到清晰的彰显。在这个意义上，"世界文学"概念的提出就是符合资本主义大生产的全球化逻辑的。

马克思和恩格斯这个提法与德国对东方文化的敏感有密切联系。而在这个提法之前，文学研究跨越民族的视野在欧洲文坛已经出现。而这个视野首先出现在德国。赛义德在《东方学》一书里曾经不经意地提及：在 19 世纪 60 年代之前，德国已经成为欧洲东方研究领先的国度，

---

① 马克思、恩格斯：《共产党宣言》，见《马克思恩格斯选集》第 1 卷，人民出版社 1972 年版，第 254—255 页。

在那里，对东方文化（主要是印度、伊朗和中国文化）的研究兴趣已经形成所谓东方学的局面。① 其次，在德国大诗人歌德的谈话中，曾经明确地谈到东方尤其是跨越民族文化进行文学研究的必然性：1827 年，歌德提出了"世界文学"的概念，这一概念恰好与中国有关。歌德与爱克曼谈到中国小说（《玉娇梨》或《好逑传》）时说："中国人在思想、行为和情感方面几乎和我们一样，使我们很快就感到他们是我们的同类人，只是在他们那里一切都比我们这里更明朗，更纯洁，也更合乎道德。在他们那里，一切都是可以理解的，平易近人的，没有强烈的情欲和飞腾动荡的诗兴，因此和我写的《赫尔曼与窦绿台》以及英国理查生写的小说有很多类似的地方。他们还有一个特点，人和大自然是生活在一起的。"② 重要的是，在赞美了这部中国小说之后，歌德继续说："我们德国人如果不跳开周围环境的小圈子朝外面看一看，我们就会陷入上面说的那种学究气的昏头昏脑。所以我喜欢环视四周的外国民族情况，我也劝每个人都这么办。民族文学在现代算不了很大的一回事，世界文学的时代已快来临了，现在每个人都应该出力促使它早日来临。"③ "世界文学"与跨民族文学研究局面的形成，必然提出一个学术上的新课题："我们"如何介入到世界文学的大格局中来，也就是说，当"我们""环视四周的外国民族情况"时，"我们"取一个怎样的文化站位？对于这个问题，歌德奉劝德国人"跳开周围环境的小圈子朝外面看一看"，也就是不受限制于自己固有的文化视野，扩大对文学存在范围的视野，以求建立更宽大的文学观念。实际上，歌德在这里涉及一个很关键和重要的理论话题：在"世界文学"格局中，如何处理"我们"与"他们"之间的文化站位问题？歌德以大诗人的胸怀要求德国人"跳出周围环境的小圈子"，这是很有文化气度的，但是，这个观点究竟是否具有学理性，

---

① 见赛义德《东方学》导言，王宇根译，三联书店 1999 年版。
② 爱克曼：《歌德谈话录》，朱光潜译，人民文学出版社 1978 年版，第 112 页。
③ 爱克曼：《歌德谈话录》，朱光潜译，人民文学出版社 1978 年版，第 113 页。

还需要认真思考。

大约在 19 世纪，欧洲产生"比较文学"这一概念，法国学者是这一概念公认的先驱，如维尔曼（Villemain）、昂贝尔（J.–J.Ampere）、夏斯勒（P.Chasles）等，他们在这 100 年中以自己的成果开创了"比较文学"这一文学研究的新领域。法国人强调"比较文学"概念内涵里的文学事实联系和彼此影响，注意把"民族文学研究"与"世界文学格局"观念联系起来考虑，这个观念对于近代文学研究来说是一个崭新的创举，也可以说是对"世界文学"概念的一个实证，因为它把跨民族的文学现象作为一个事实来看待。但是，比较文学实证研究毕竟不能回避"我们"与"他们"之间的文化站位问题。比较文学学者虽然注意到文学之间的影响事实（"影响研究学派"）和文学思维在不同民族之间的共同性（"平行研究学派"），但是，我并不认为比较文学很好地处理好了文化站位问题。甚至，我有一种感觉，比较文学在其初衷是试图"超越"民族文学的边界而"成为"世界文学的，因此，如何处理民族文学与世界文学之间的关系问题，在他们看来答案是唯一的：他们是所谓"世界主义者"①。

在中国，面对中与西之间的关系，清代学者提出了一种经典的表述——"中学为体，西学为用"，或"师夷长技以制夷"，总之，"中学为体"的立场是经久不变的。当 19 世纪中期鸦片战争后，清王朝国门向外国人打开，外民族的文化也随之进入，到了 19 世纪末期、20 世纪初期，外民族文学研究也成为一个不能回避的现象。小说家曾朴这样描述当时国人对西方文学的偏见："那时候［按：指 19 世纪末期、20 世纪初期］，大家很兴奋地崇拜西洋人，但只崇拜他们的声光电化，船坚炮利，我有时谈到外国诗，大家无不瞠目结舌，以为诗是中国的专有品，

---

① 20 世纪 40—50 年代，苏联学术界出现过对比较文学的批评思潮，其主要罪名就是"世界主义"倾向。但是，从学理上来看，比较文学理论的两条路径——影响研究和平行研究——是承认存在着一个世界各个民族文学共建的平台的。

蟹行蚓书，如何能扶轮大雅，认为说神话罢了；有时讲到小说戏剧的地位，大家另有一种见解，以为西洋人的程度低，没有别种文章好推崇，只好推崇小说戏剧；讲到圣西门和孚利爱的社会学，以为扰乱治安；讲到尼采的超人哲理，以为离经叛道。最好笑有一次，我为办学校和本地老绅士发生冲突，他们要禁止我干预学务，联名上书督抚，说某某不过一造作小说淫辞之浮薄少年耳，安知教育，竟把研究小说，当作一种罪案。"① 而清代名臣郭嵩焘在对西方文明颇为赞赏的同时，也认为：虽然西方政教"斐然可观"，"而文章礼乐不逮中国远甚"②。把西方文学（包括文类）放在中国文学格局下进行比较，其价值评判上的差异就自然显示出来。中国文学观念下的"小说"文类与西方文学传统下的"小说"文类，在价值层次上是不同的。

显然，无论是歌德和马克思、恩格斯的"世界文学"观念，还是法国人的"比较文学"观念，抑或中国近代以来的跨民族文学研究，都提出了一个在理论上必须解决的问题：在跨民族文学研究过程中如何克服文化站位上的西方、东方或中国中心主义排他性选择？

三种不同的文化站位及其话语权力模式

跨民族文学研究的出现，带来了文化站位问题，而文化站位问题的核心就是文化话语的权力。不同的文化站位体现出不同的文化心态，而不同的文化心态必然表现为话语权力模式。归纳起来，我认为，存在着三种文化站位倾向：体用倾向、圣典化倾向、文化殖民倾向。

1.体用倾向。体用倾向的表现是中国和西方跨民族文学研究中都

---

① 转见李华川《"世界文学"观念在中国的发轫》，载《中华读书报》2005 年 8 月 27 日。

② 转见李华川《"世界文学"观念在中国的发轫》，载《中华读书报》2005 年 8 月 27 日。

存在过的倾向，其本质是各自文化的中心主义立场。这种立场可以归纳为三种表现方式：一是中国古代文化接受过程中的中央权力模式；二是近现代以来的"中体西用"的实用主义模式；三是20世纪以来西方学者"西体东用"模式，也即西方中心主义的文化模式。造成这三种模式的原因乃是对彼此文化内涵的隔膜。

法国人在改编《赵氏孤儿》时完全按照本民族文学的趣味来操作；孟德斯鸠《波斯人信札》所叙述的波斯人文化，不能不让人感受到他文化站位上的西方中心位置；夏多布里昂在《墓畔回忆录》里述说美洲新大陆时，根本没有思考到美洲印第安人的文化传统；福楼拜在他的有关东方的故事里完全替代女性的述说……中国人述说西方文学过程中也取相近的文化站位。鸦片战争之前，在文化站位上表现出一种泱泱大国的话语权力，中华文化的优越感觉和优势地位心理，在跨民族文学研究中处于主宰位置。正如曾朴在描述19—20世纪之交的中外文学交往过程中所出现的心理一样，对它民族文学的不屑一顾的看法，是一种比较普遍的心理。"夷"——一个具有过度优越心理的文化站位所造就的词汇。这个词对于中华文化面对外国文化尤其是外国文学时具有的典型心态。鸦片战争带来了西方社会的先进东西，使得清王朝的学者不得不面对比较先进的文化，张之洞发明的思想仍然没有出其窠臼。所谓"师夷长技以制夷"，也不过是长期以来泱泱大国文化优越地位的一种表现。"中学为体，西学为用"是对张氏思想的一种退让。到了20世纪40—50年代，毛泽东提出的"古为今用，洋为中用"原则，不过也是这种心态的表现。我把上述统一称为"体用倾向"。

"体用倾向"的本质是文学研究中的实用主义和功利主义价值观念。在这种价值观念指导下进行跨民族文学研究，本民族或本地区的文化中心主义是其显著特征。它形成了跨民族文学研究中的话语霸权。这是一把双刃剑：一方面产生了对他民族文学研究采取简单化处理，从而形成非科学的文学观念；另一方面却有利于本民族或本地区文学创作的快速发展。这就迫使文学研究界反思：这种"体用倾向"及其带来的本民族文化中心位置具有多大的合理性？

我理解，在"世界文学"形成的初期，也就是各民族文学的边界刚刚被打破，对其他民族文学形成的背景和文化语境还没有完全了解的条件下，跨民族文学研究中出现主体文化意识，这是非常自然的现象，对于该民族文学参与民族间的文化交往也具有积极的作用。事实上，无论多么小的民族，在其文学与其他民族文学接触的时候，都不可避免地以本民族的文化为中心来接受外来民族的文学现象。欧洲从文艺复兴开始一直到 20 世纪，对其他民族文学的接受过程、中国从鸦片战争以来的 100 多年对外来民族文学的接受，都经历了这一无意识的心理过程。从这个立场来看，"体用倾向"是符合文化接受历史和世界文学发展的基本规律。

但是，还应该看到，"体用倾向"反映在文化站位方面，则表现为站在所面对的民族文化外面，凸现自己文化的主体性而抹杀被研究文学的文化独立性。这一点，在学术研究中是应该时刻警惕的。

2. 圣典化倾向。"圣典化倾向"指的是一切以对方的文化意识为准则，完全放弃自己的文化独立性。在跨民族文学研究中，这一倾向比较明显地受到意识形态的影响。事实上，这一文化站位发生于对"体用原则"的反思。假如说，体用倾向表现出明确的主体意识和明确的话语权力意识，那么，圣典化倾向则表现为对主体意识的放弃，改为完全认同他者民族文学的意识。表面上看，这一倾向具有"求是""求真"的意向，似乎表现为从功利主义走向科学主义，但是，这一意向完全违背了知识活动中的主体建构原则，从而失去了跨民族文学研究的基本目的。

中国五四运动时期的新文化运动中出现的所谓"言必称希腊"，一方面在向西方文学学习中催生了新文学，诞生了新文学的叛逆精神，但是，另一方面则由于对本民族文学的虚无主义态度而使这一文学运动走向偏激，甚至出现"不读中国书"的偏激倾向。而 30 年代末期到 40 年代上半期，在延安出现反对"本本主义"的口号、毛泽东提出了文学发展中的"民族的形式"口号，这个局面可以理解为对跨民族文学活动中主体意识的强调，也可以理解为拒绝放弃文学活动的主体站位。毕竟，文学形式的发展，其最先进的表现形式是经过作家提炼的结果，而不是民间文学本身原有的形式。事实上，延安时期代表这个思想的文学创作的最高成就，例如赵树理的小说，并非"原生态"民间形式，而是作家写作与民间因素的有机结合的产物。

圣典化倾向在世界上其他民族文学发展的道路上也有普遍的体现，例如法国 17 世纪的古典主义文学思潮、明治维新时期的日本文学等。但是，它呈现出思想情绪与创作实践的二元分裂状况，即：思想上全盘洋化，创作实践过程中积淀下来的经典却具有结合性。

3. "民族文化话语的消解"与后殖民主义文化立场。20 世纪 60 年代以来，全球化经济对世界文学的格局产生了巨大的影响，一个重要的依据是后现代文化下的文学存在。为什么这样说？所谓后现代文化的逻辑，乃是倡导"非中心化"，也有人表述为中心的边缘化、边缘的中心化，具体到学科上，其根本乃是对学科边界的模糊化，不承认有具体的不可逾越的学科边界，强调在文学、历史、哲学、宗教等传统意义上的学科之间进行"越界旅行"，不仅对于具体的学科边界的越界，而且表现在对民族文化边界的模糊化处理意识。这样说，也许表面上不符合后现代主义的"多元主义"立场，的确，作为后现代主义的大家之一，"杰姆逊期望第三世界文化真正与第一世界文化'对话'，以一种'他者'（或他者的'他者'）的文化身份进行一种特异的文化发言，以打破第一世界文化的中心权力话语。"① 但是，"多元主义"和"边界的模糊"是彼此矛盾的。不过，我理解，在这个问题上，赛义德的观点是有警示价值的。他强调："西方与东方之间存在着一种权力关系，支配关系，

---

① 王岳川：《后殖民主义与新历史主义文论》，山东教育出版社 1999 年版，第 10 页。

霸权关系……"① 也就是说，无论怎样多元化，话语历史链条上的东方和西方总是一种权利支配关系而不是一种简单的并行关系。所以，"简言之，正是由于东方学，东方过去不是（现在也不是）一个思想与行动的自由主体。这并不是说东方学单方面地决定着有关东方的话语，而是说每当东方这一特殊的实体出现问题时，与其发生牵连的整个关系网络都不可避免地会被激活。"② "东方是欧洲物质文明与文化的一个内在组成部分。东方学作为一种话语方式在学术机制、词汇、意象、正统信念甚至殖民体制和殖民风格等方面都有深厚的基础。"③ 他对所谓欧洲传统的重要学术阵地"东方学"作了如下的廓清："如果将 18 世纪晚期作为对其进行粗略界定的出发点，我们可以将东方学描述为通过作出与东方有关的陈述，对有关东方的观点进行权威裁断，对东方进行描述、教授、殖民、统治等方式来处理东方的一种机制；简言之，将东方学视为西方用以控制、重建和君临东方的一种方式。"④ 正因为如此，所以，"东方学不只是一个在文化、学术或研究机构中所被动反映出来的政治性对象或领域；不是有关东方的文本的庞杂集合；不是对某些试图颠覆'东方'世界的邪恶的'西方'帝国主义阴谋的表述和表达。它是地域政治意识向美学、经济学、社会学、历史学和哲学文本的一种分配；它不仅是对基本的地域划分（世界由东方和西方两大不平等的部分组成），而且是对整个'利益'体系的一种精心谋划——它通过学术发现、语言重构、心理分析、自然描述或社会描述将这些利益体系创造出来，并且使其得以维持下去；它本身就是，而不是表达了对一个与自己显然不同的（或新异的、替代性的）世界进行理解——在某些情况下是控制、操纵、甚至吞并——的愿望或意图；最重要的，它是一种话语，这一话语与粗

---

① 赛义德：《东方学》，王宇根译，三联书店 1999 年版，第 8 页。
② 赛义德：《东方学》，王宇根译，三联书店 1999 年版，第 5 页。
③ 赛义德：《东方学》，王宇根译，三联书店 1999 年版，第 2 页。
④ 赛义德：《东方学》，王宇根译，三联书店 1999 年版，第 4 页。

俗的政治权力决没有直接的对应关系，而是在与不同形式的权力进行不均衡交换的过程中被创造出来并且存在于这一交换过程中，其发展与演变在某种程度上也受制于其与政治权力（比如殖民机构或帝国政府机构）、学术权力（比如比较语言学、比较解剖学或任何形式的现代政治学这类起支配作用的学科）、文化权力（比如处于正统和经典地位的趣味、文本和价值）、道德权力（比如'我们'做什么和'他们'不能做什么或不能像'我们'一样地理解这类观念）之间的交换。"①

我这样说，不是狭隘地理解后现代主义文化的逻辑，而是认为，在后现代文化语境下的跨民族文化和文学交往，不能一厢情愿地想象存在着所谓未受污染的纯粹的民族文化或民族文学。这种情形在西方传统的学术研究对象中更其明显。从文艺复兴开始尤其是19世纪以来日益加剧的殖民化过程，使民族文学交往过程中的话语权力问题显得益加剧烈。西方文化话语成为交往过程中的强势话语，由此形成了不仅在西方学术界而且在各个民族学术界都不同程度上存在着"西方中心主义"。因此，文学研究的西方话语实际上起着消解其他民族地区文化的独立性的作用。这种倾向，与全球化态势的经济运作方式、价值评价标准联系起来，构成了一种新的文化殖民现象。表现在文学研究上，文学民族性的取消或强调，成为一种行为的两个侧面，并不构成对立性。问题的关键在于：文学的民族性成为一个问题，这本身是一个文化殖民时代才能产生的。

以上的三种文化站位，我理解，都是以取消或强调民族文学研究中的文化站位作为前提的。而我认为，在这个问题上，还存在着另一种思维方式。

---

① 赛义德：《东方学》，王宇根译，三联书店1999年版，第16页。

巴赫金的外位性理论和"他人文化的眼睛"的意义

我认为,在面对跨民族文学交往活动中需要解决的文化站位问题,有必要借助巴赫金提出的"外位性(вненаходимость,也有翻译为'外在性')理论"。20 世纪俄国哲学家、文艺学家巴赫金(1899—1975)提出了这个重要的理论,他强调跨民族文学的研究必须以文化站位的独立性为前提,强调文学交往活动中存在着两个主体,要在对方中认识自我为核心理念的"外位性立场"。1965 年,巴赫金写了《答〈新世界〉编辑部问》这篇著名的文章,表述了文化接受过程中保持外位性立场的观点:

> 存在着一种极为持久但却是片面的,因而也是错误的观念:为了更好地理解别人的文化,似乎应该融于其中,忘却自己的文化而用这别人文化的眼睛来看世界。这种观念,如我所说是片面的。诚然,在一定程度上融入到别人文化之中,可以用别人文化的眼睛观照世界——这些都是理解这一文化的过程中所必不可少的因素;然而如果理解仅限于这一个因素的话,那么理解也只不过是简单的重复,不会含有任何新意,不会起到丰富的作用。创造性的理解不排斥自身,不排斥自己在时间中所占的位置,不摒弃自己的文化,也不忘记任何东西。理解者针对他想创造性地加以理解的东西而保持外位性,时间上、空间上、文化上的外位性,对理解来说是件了不起的事。要知道,一个人甚至对自己的外表也不能真正地看清楚,不能整体地加以思考,任何镜子和照片都帮不了忙;只有他人才能看清和理解他那真正的外表,因为他人具有空间上的外位性,因为他们是他人。

在文化领域中，外位性是理解的最强大的推动力。别人的文化只有在他人文化的眼中才能较为充分和深刻地揭示自己（但也不是全部，因为还会有另外的他人文化到来，他们会见得更多，理解得更多）。一种含义在与另一种含义、他人含义相遇交锋之后，就会显现出自己的深层底蕴，因为不同含义之间仿佛开始了对话。这种对话消除了这些含义、这些文化的封闭性与片面性。我们给别人文化提出它自己提不出的新问题，我们在别人文化中寻求对我们这些问题的答案；于是别人文化给我们以回答，在我们面前展现出自己的新层面，新的深层含义。倘若不提出自己的问题，就不可能创造性地理解任何他人和任何他人的东西（这当然应是严肃而认真的问题）。即使两种文化出现了这种对话的交锋，它们也不会相互融合，不会彼此混淆；每一文化仍保持着自己的统一性和开放的完整性，然而它们却相互得到了丰富和充实。①

巴赫金把外位性看作是理解的强大的推动力，首先，他反对融于别人民族文化之中，忘却自己的文化而用这别人文化的眼睛来看世界，认为"别人的文化只有在他人文化的眼中才能较为充分和深刻地揭示自己（但也不是全部，因为还会有另外的他人文化到来，他们会见得更多，理解得更多）"；其次，只有不同民族文化之间的交往，才能构成文化间的对话，"这种对话消除了这些含义、这些文化的封闭性与片面性"。再次，在跨民族文化交往活动中，我们具有文化站位上的主体意识，"我们给别人文化提出它自己提不出的新问题，我们在别人文化中寻求对我们这些问题的答案；于是别人文化给我们以回答，在我们面前展现出自己的新层面，新的深层含义。倘若不提出自己的问题，就不可

---

① 巴赫金：《新世界答编辑部问》，见《巴赫金全集》第 4 卷，河北教育出版社 1998 年版，第 370 页。

能创造性地理解任何他人和任何他人的东西（这当然应是严肃而认真的问题）。"最后，"即使两种文化出现了这种对话的交锋，它们也不会相互融合，不会彼此混淆；每一文化仍保持着自己的统一性和开放的完整性。然而它们却相互得到了丰富和充实。"巴赫金的这个外位性理论在跨民族文化的文学研究领域具有相当重要的思想意义。

很显然，在西方哲学文化的背景下，巴赫金的外位性理论具有相当久远的文化渊源。第一个渊源可能与柏拉图的"洞穴隐喻"相关。古代民族偶然间发现，靠近洞穴墙壁的火堆能够把自己的身影投射到墙壁上，由此，他们通过火光的投影认识了自己。这个隐喻经常被人引用，说明人要认识自身需要借助于外在的因素；而且，只有借助于外在力量才能认识自己。从哲学上说，古代希腊人的著名命题——"认识你自己"——可以说是这个命题的动机。西方哲学的形而上学传统一直探索着意识和自我意识的功能，应该看作这个理论的思想渊源。柏拉图在《理想国》里这样说："一种相当简单的方法，或者有许多种可以完成这种技艺的快而简易的方法，但最简便的莫过于迅速地旋转一面镜子——你可以很快地在镜子中制造出太阳、天空、大地和你自己，以及其他动物、植物和我们刚才所提到的一切东西。"[①] 事实上，这个思想对巴赫金的镜子理论具有相当直接的影响——他自己就构思过一篇论文，题为《镜中人》，也在一些著作的间隙使用了"镜子比喻"。而 20 世纪西方的一些哲学家也提出过与这个思想相关的理论（例如拉康"镜像理论"）。我认为，巴赫金的这个思想与西方哲学史上的主体间性理论具有密切的联系。有的学者把西方哲学的主体间性学说概括为六种形态：亚里士多德模式、康德模式、费希特模式、胡塞尔模式、海德格尔模式、马克思或哈贝马斯模式。我理解，巴赫金的外位性理论与"强调他人的存在是自我性的条件"的费希特模式和强调"自我主体对他人主体的构造以及

---

① 《柏拉图全集》第 2 卷，王晓朝译，商务印书馆 2003 年版，第 615 页。

交互主体对共同世界的构造"的胡塞尔模式具有思想上的联系。① 俄国巴赫金研究者则认为,巴赫金的外位性理论与俄罗斯哲学具有紧密的思想联系。H. K. 鲍涅茨卡雅在《巴赫金与俄罗斯哲学传统》一文里清理了巴赫金与韦坚斯基的思想关联。她认为:"巴赫金在外位性思想的基础上建立起了自己的对话哲学。"她强调,巴赫金的这个思想来源于俄国哲学家韦坚斯基和他的学派的范畴。韦坚斯基学派对"我"和"非我"的区分,表明了一种人的"存在深处的'未完成性'"。② 韦坚斯基的这个思想可以说是德国古典哲学的费希特传统的延伸。

　　巴赫金这个理论的核心在于,跨民族文学交往的外位性站位获得了一种超视(избыток видения),在"时间、空间和文化上"的外位立场,也就是超越自我所处的孤立性站位,获得在时间、空间和文化上的超越站位。这个站位也就是具备一种视野。"超视"可以说是巴赫金外位性理论的最高境界。"外部的视点,其超视性和边界。从自身内部看自己的视点。在哪些方面这两种观点不相一致,不能相互融合。事件正是在这不相吻合的点上展开,而不是在一致的地方(即不管是外部或内部的视点)。在自我意识的过程中,'我'和'他人'永无休止地互相争论。"③ 个人不局限在自己固定的立场上,而是超越它,站在外位性立场上,反过来,自我便成为观照的对象。在《答新世界编辑部问》里,巴赫金在文化的超越性视野意义上作了集中的阐述;他之论述莎士比亚、古希腊与自己时代的关系,可以看作对时间和空间意义上超越性视野的论证,而审美意义上的外位性状态,就是对话性。

　　我理解,巴赫金的关键思想是试图建立一个超越孤独的个人意识

---

① 王晓东:《西方哲学主体间性理论批判:一种形态学视野》,中国社会科学出版社 2004 年版,第 20—21 页。

② H.K. 鲍涅茨卡雅:《巴赫金与俄罗斯哲学传统》,见俄罗斯《哲学问题》1993 年第 1 期。

③ 巴赫金:《演讲体以其某种虚假性……》,见《巴赫金全集》第 4 卷,河北教育出版社 1998 年版,第 78 页。

（包括孤立的民族意识）的大视野，在审美活动中，则表达了在历史时间、空间和文化发展历史过程中建立"我的话语"与"他人话语"之间的对话性的愿望。这个思想决定了巴赫金的学术研究理念具有很强的人文色彩。

如何理解跨民族文学研究的文化站位

跨民族文学交往过程中的文化站位问题，其实质是话语权力问题；在其现实性的层面上，是如何在全球化的文化景观中解决民族文学的独立性和开放性这个"悖论"。关于这个问题，据我理解，具有两面性：一方面，以民族文化的身份参与到世界文学的格局中去，这在民族文学交往日益频繁的今天，对于任何一个民族国家来说，都是一种基本的国策。这种参与，实际上就是谋求在一种话语的权力。另一方面，任何现代民族实际上又不能回避自身向外来文化的开放和外来文化对自身的渗透。也就是说，当你谋求本民族文化在"世界文化"框架内的话语权力的同时，你的"民族文化"同时已经成为非原生态、非民族的了。事实上，这种文化的多元渗透现象不仅属于全球化的今天，在前现代历史发展阶段就业已存在，只不过，这种渗透在当时表现为一种渐进的、缓慢的和有序的过程，而在今天变得更加迅速、普遍和无序了，甚至可以说，这种渗透的无序变化已经成为民族文化生存的常态。因此，在这个意义上，在当下谈论纯粹民族文化的话语权力是没有意义的。

但是，这并不意味着以民族文化身份介入世界文学研究是一种无意义的假设。这个问题的本质是验证民族文化的生存力。马克思和恩格斯所说"各个民族的精神活动的成果已经成为共同享受的东西。民族的片面性和狭隘性已日益不可能存在，于是由许多民族的和地方的文学形成了一个世界的文学"的思想，强调了民族精神活动的成果共享、民族的片面性和狭隘性的消除，却并非意味着民族文化身份的解除。事实上，对于各个民族来说，在民族文化渗透日益成为常态的情况下，如何谋求民族的文化身份恰好成为一个生存策略。这是话语霸权的争夺。无论哪个"世界公民"都会谋求本民族文化作为世界文学大家庭里活生生的存在，都不会默认本民族文化作为化石存在。换句话说，宣称放弃本民族文化在世界文学里的生存权是不可思议的。而这种境况就构成了当下语境里文化站位问题的关键。

宗白华先生曾经说："将来世界新文化，一定是融合两种文化优点而加以新的改造的。这融合东西方文化的事业，以中国人做最相宜，因为中国人吸收西方文化，以融合东方，比之欧洲人来采撷东方文化，以融合西方，较为容易，以中国文字语言艰难的缘故。中国人天资本极聪颖，中国学者，心胸思想，本极宏大，若再养成积极创造的精神，不流入消极悲观，一定有伟大的将来，于世界文化上一定有绝大的贡献。"[1]宗白华先生这段话表明了三个意思：一是未来世界新文化是文化融合的结果；二是从技术上说，中国文化来整合世界文化最合适；三是中国文化要实现整合世界文化的使命需要克服自身的不足。季羡林先生也在不同的场合表示"把中华民族文化中的精华分送给世界各国人民，使全世界共此凉热。"[2]我理解，虽然宗、季两位先生的学术工作都具有世界性价值，但是，我仍然认为，他们对未来世界文化格局中中华民族文化的位置的估量带有文化站位因素，也就是说，两位前辈是站在中华民族文化的位置上来考虑世界文化格局的。这表现出一种文化站位姿态。归根结底，他们的文化站位属于一种"体用倾向"与"圣典化倾向"。

我理解，具体的文化站位之于跨文化文学研究具有积极的意义。但是，对于这个问题又不能简单化处理，也就是：一是不能对所有民族

---

① 《宗白华全集》第 8 卷，安徽教育出版社 1994 年版，第 102 页。

② 季羡林：《东学西渐丛书·序》，河北人民出版社 1999 年版。

文化下的文学一概做"我化"或"他化"处理，而应该放在后现代多元并存的语境下兼容；二是不能以"我的"或"他的"价值判断替换任何"他者"或"我"的价值判断，而应该对价值标准做开放的理解。

在这里，巴赫金的外位性理论就具有明显的价值。在外位性理论看来，站在"他者"民族文化的外面，给别人文化提出它自己提不出的新问题，于是，"他者"的文化在"我们"面前展现自己的新层面，这是一种新的文化景观；相应，"我的"文化也在"他者"的眼光里层现"我"不能看到的新的意义层面，在世界的另一个半球焕发新的光彩。这种外位性眼光并非解除"他者"或"我的"文化的独立性，却丰富了彼此的文化体验。我理解，后现代景观下的"世界文学"概念，是必然具有包容性的，这种充分的包容性既不是殖民时期的文化侵略，或前现代主义时期的非此即彼选择，也不可能做到彼此老死不相往来的隔绝。充分的包容应该达到这样一个境界："即使两种文化出现了这种对话的交锋，它们也不会相互融合，不会彼此混淆；每一文化仍保持着自己的统一性和开放的完整性。然而它们却相互得到了丰富和充实。"这样，全球化时代跨文化的世界文学研究，才是真正的世界文学研究，而不是文学世界的殖民。

文化研究向何处去^①

本书讨论的领域属于"文化研究"思潮，即肇始于 20 世纪 60 年代英国伯明翰大学当代文化研究中心的那个学派所形成的知识体系。不过，对于以霍加特、威廉斯、霍尔命名的这个流派来说，处在被陈述的状态是比较尴尬的。作为一个以抗议的姿态登上人文研究舞台的思潮，他们为文化研究定下的基调就是实践性、干预性、颠覆性，拒绝成为固定的体系、拒绝成为僵化的知识结构，拒绝成为大学里众多"被规范化"（在他们看来就是被意识形态渗透的）学科之一。这是霍加特、威廉斯、霍尔这批开拓者的信念。在 50 年来的实践过程中，文化研究也的确在保持着自己的信念：它广泛介入各个研究领域，涉猎文学、历史、思想史、电影、电视、娱乐节目、时装会、广告、街心花园、流行歌曲、街舞，甚至色情表演……它借助各种各样理论，包括文学、社会学、政治学、美学、历史学、接受理论、阐释学、结构主义、解构主义……它以破除资产阶级意识形态所规定的学科界限和文化迷信为己任，出版了大批无法归入任何古典学科目录和图书编目的著作，甚至到了今天，仍然无法把它归入哪一个现成的学科，以至于仍然无法给出一

---

① 本文最初作为《文化研究教程》的序言，后选入《静默的旋律：学术史与文化研究》文集，社会科学文献出版社 2013 年版。

个大家均能够接受的"文化研究是什么"的准确定义。

但是，也恰恰出于这一原因，我们只能作"什么是文化研究"的研究。

一、"文化研究"的学科悖论

或许，我们应该从"文化研究不是什么"开始。

我这里主要讨论三个学科与文化研究之间的亲缘关系。诚然，从事文化研究的学者从来不是科班出身，他们与社会学、文学、政治学这三个传统学科具有血缘关系，假如不是养父养子之间的关系的话。但对于文化研究学者来说，他们似乎必须扮演"弑父"的角色。

（一）文化研究与社会学。1996 年，在英国社会学协会年会上，身为该协会会长的斯图亚特·霍尔受到表彰，表彰的理由是他对社会学作出的杰出贡献。霍尔本人对学术界授予他的荣誉感到惊讶，因为他过去不认为、现在也不认为自己是一个所谓"社会学家"。

我一直觉得这个案例十分有趣。这里面蕴涵着丰富的人文话语。

首先，文化研究是从敌视社会学开始自己的工作的。"我们走向 T. 帕森斯"，霍尔说："只要他拒绝的东西，我们就阅读。"这不属于简单的意气用事，也不是情感取向决定的。T. 帕森斯与霍加特、威廉斯和霍尔之间没有私仇，而是社会学与文化研究学者在理念层面上存在着尖锐的矛盾。美国社会学学者戴安娜·克兰教授在《文化社会学对于作为一门学科社会学的挑战》一文里这样写道："经典的社会学和人类学理论中的文化观念强调文化的一致性和连贯性，但这种一致性和连贯性与其说是一种现实，还不如说是一种虚构或意识形态。事实上，这种观念反映的是 20 世纪上半叶的现代主义时代精神（zeitgeist）。而这也表明，主流的社会学理论还没有适应新的后现代主义时代精神，这种后现代主义的时代精神所强调的是文化的那些内在矛盾的、非一致性和非连贯性的侧面。"[①] 社会学的研究理念是通过事实研究，建立一个具有适应性的建构，在以往的知识框架和意识形态体系里能够找得到对它具有说服力的资源。换句话说，传统社会学与人类既有的人文理念处于共谋关系，它们彼此拱卫着人类目前的交往关系。对一致性和连贯性的现实性观点，作为潜在或显在的意识存在于传统社会学的研究理念里。但是，文化研究的出发点就在于：他们认定现存的人类关系是不公平的，对这一人类关系的叙述是建立在权利运作基础上的。在这些表面上看来合理、正常、健康的人际关系下面，充斥着权力、统治、暧昧、种族、民族、肤色、地域等角逐，在人们的日常生活和文化消费过程中间，包括广告、啤酒、流行音乐、好莱坞电影，渗透着意识形态和权力意识。文化研究的基本出发点就建立在破除传统社会学的价值中立的迷信、摧毁社会学建立的社会秩序的一致性、连贯性幻觉。

其次，应该明确，文化研究与传统社会学的分歧不仅仅存在方法论上，而且更存在于研究理念上。传统社会学是结构性的，文化研究首先是解构性的。传统社会学建立在历史、传统、以往被事实化的经验基础上，对阶级观念、财产关系、夫妻关系、民族和种族关系，乃至东西方关系……作为现存的事实接受下来，甚至在结构主义者社会学家克洛德·列维－斯特劳斯那里，谋划的仍旧是"创建一个严格的模型，该模型允许对数学化关系进行逻辑建构。"[②] 他们坚守涂尔干的观点，把存在的社会事实看作死物、看作词语而加以冷漠地研究。但文化研究却把思想触角伸展到充满活力的"日常生活、大众嗜好、边际（laterally）语

---

① 戴安娜·克兰主编：《文化社会学——浮现中的理论视野》，王小章、郑震译，南京大学出版社 2006 年版，第 3—4 页。

② 弗朗索瓦·多斯：《从结构到解构：法国 20 世纪思想主潮》上卷，季广茂译，中央编译出版社 2004 年版，第 7 页。

言和意义"，① 戴安娜·克兰评价说："新文化社会学主要就是研究论述诸如信息、娱乐、科学、技术、法律、教育、艺术等各种不同类型的记录文化。"② 文化研究学者在其中开拓出一方热土，他们的基本理念就是：资产阶级把自己的意识形态渗透到了人们日常生活的各个环节、各个领域，他们试图把一切固定下来，使人们习惯性接受，从而习惯这个社会的权力运作模式，因此文化研究者的使命就是把沉睡在日常生活中的秘密揭示出来。传统社会学家断言，一切都是事实；文化研究学者强调，一切都在沉睡。法农在《黑皮肤，白面具》里写道："代代相传的下层文化形式（语言，舞蹈，音乐，故事叙述）从前是能够躲开统治精英阶层的文化形式（殖民的和'国家的'）而保持其传统性和自治性的……对于大多数被殖民者来说，尤其是对生活在远离行政区，远离越来越城市化的殖民权力中心的偏远地方的下层阶级成员（大部分是农民）来说，殖民主义首先是一种被支配的经历，就是说，是物质、身体和经济上被盘剥的经历：征服，赋税，征用，强制劳动，驱逐，剥夺财产，等等。相对而言，殖民当局几乎很少试图去在这些下层阶级中寻求霸权，就是说，很少试图去赢得他们对殖民主义意识形态上、道德上、文化上和精神上的支持。"③ 戴安娜·克兰在讨论接受了文化研究成果的美国"历史社会学和政治文化研究"（我认为它们就是被改造后的文化研究或社会学研究，关于这一点，容在后面论述）的变化时认为，它们的"一个共同的主题是统治阶级如何以意识形态或霸权的形式将一种连贯统一的世界观强加于所有人口的问题。一种世界观可以深深地渗透到日常生活的所有方面，以至于人们把它像常识一样不假思索地接受。对

---

① 本·卡林顿：《解构中心：英国文化研究及其遗产》，见陶东风主编《文化研究精粹读本》，中国人民大学出版社 2006 年版，第 25 页。

② 戴安娜·克兰主编：《文化社会学——浮现中的理论视野》，王小章、郑震译，南京大学出版社 2006 年版，第 2 页。

③ 转引自布鲁斯·罗宾斯（Bruce Robbins）《不可思议的高峰：论世界主义，情感和权力》，见《全球化中的知识左派》，徐小雯译，中国社会科学出版社 2000 年版，第 104 页。

此问题，以往的研究取向倾向于强调被统治阶级面对这种文化控制时的无权状态，而新的研究取向则注重考察被统治阶级在面对那些力图对其施加意识形态的和霸权的控制的人们时所采取的应对策略。"① 应该说，文化研究学者继承了欧洲人文主义的批判传统，它把深藏在人们日常生活话语内部的权力关系揭示了出来。这样，"当多元文化主义和后现代主义出现时"，保守派历史学家格特鲁德·希梅尔法博（Gertrude Himmelfarb）写道，"它们面对的不再是绝对主义的普遍历史，而是一个已然被相对化了的多元历史。"②

在上述情况下，我不再叙述传统社会学与文化研究在方法论层面上的分歧，实际上，在理念上的分歧被揭示后，方法论上的分歧已经无足轻重了。

（二）文化研究与文学研究。文化研究与文学研究之间的关系比较特殊。可以从以下几个方面来讨论：一是文化研究学者出生于文学研究，文学研究是他们开拓新领域的出发处。二是近代欧洲文学坚守着的批判意识对于文化研究具有呼应作用。三是文学研究积累的方法论对于文化研究具有工具性作用；20世纪欧美文学的形式主义、新批评、结构主义流派对于文化研究具有双重作用：批判和借鉴作用。但是，文化研究仍然不能够称为文学研究。

首先，文化研究学者起先都寄生在文学研究领地上，他们与文学研究具有天然的亲缘关系。文化研究的创始人霍加特声称，他创建文化研究"目的在于扩大大学中所赋予的英语的边界"，而不是抛弃这些边界。因此，他把新成立的研究中心命名为"文学和当代文化研究中心"（Literature and Contemporary Cultural Studies），对文学的充分重视不言

---

① 戴安娜·克兰主编：《文化社会学——浮现中的理论视野》，王小章、郑震译，南京大学出版社2006年版，第6—7页。

② 转引自布鲁斯·罗宾斯（Bruce Robbins）《不可思议的高峰：论世界主义，情感和权力》，见《全球化中的知识左派》，中国社会科学出版社2000年版，第95页。

而喻。他的散文集《相互言说》的第二卷叫作《关于文学》。霍加特作为伯明翰大学现代英国文学教授，曾经出版了关于诗人 W.H. 奥登的研究著作，那是一部正统的文学研究学术著作。霍加特的同事，后来让文化研究发扬光大的牙买加人斯图亚特·霍尔，出身自研究亨利·詹姆斯的博士生，曾经宣称，若孤身去一个孤岛的话，假如只能携带一本书，那他会选择《一个贵妇人的肖像》，那是亨利·詹姆斯的一部杰出小说。至于雷蒙德·威廉斯，则是伦敦大学常年教授英国文学的教授。事实上，这种长期进行专业研究的学者，哪怕开拓一个全新的研究领域，文学阅读和研究经验都会自然成为他们的资源。这决定了他们从事任何一个学科的研究，都必然借助或不自觉地受到文学阅读、文学研究的经验的影响。在以后的文化研究实践中，我们能够感受到文学文本、阅读、经验的深刻痕迹，这是很自然的。相应地，我们在经典的文化研究学者那里很少看见哲学、史学和其他学科的影响印记。

其次，近代欧洲文学的批判意识是文化研究的批判—介入—干预理论的基础。文化研究学者的鲜明特色是批判—介入—干预理论。他们拒绝传统社会科学例如人类学、社会学、哲学等坚持的客观性和价值中立的立场，而张扬对公共空间、政治权力、日常生活的广泛介入，形成了新的人文科学研究态势。我理解，这种态势是文艺复兴以来人文主义文学传统的延续，这个思想传统包括主体意识、批判精神、乌托邦、激进主义甚至自由主义。意大利人文主义文学的发生，起源于对沉睡的古代社会的发掘，那个被中世纪界定为冰冷的"客观世界"——古代社会，由于地理大发现、拜占庭帝国流失出来的文献等原因，向人们展现了一个充满生命力的古代希腊。研究古代学术，嘲弄宗教谎言，面向现世生活，成为文学研究的思想主潮。这个主潮从 17 世纪一直延续到 20 世纪初，相继形成了新古典主义、启蒙运动、浪漫主义和以批判为特征的现实主义思潮。我们可以从不同的立场来界定这些思潮，但是，它们基本上发源于人本主义思想，其特征是面向人生，广泛介入社会、对社会进行批判。19 世纪下半期产生的自然主义、印象派开始以科学主义为思想基础，倡导文学创作和文学研究的科学原则；到 20 世纪，形式主义、新批评、结构主义等思潮形成，逐渐形成了文学研究的两股潮流——科学主义和人文主义。不能否认，文学研究的科学主义思潮之兴起，与科学技术的发达有密切关系，但是，从社会发展历史而言，它之泛滥与 19 世纪初期法国大革命失败后的欧洲社会普遍失去乌托邦信念关系密切。1799 年，英国诗人萨缪尔·科勒律治给威廉·华兹华斯写信："我希望您能够用素体给如下这些人写一首诗，由于法国大革命的完全失败，他们已经抛弃了对人类改良的一切希望，正在堕入一种差不多是享乐主义的自私之中，在对家庭的依恋和对想象性哲学的蔑视这种软弱的名号下，掩盖了同样的享乐主义的自私。"① 中产阶级逐渐成为社会主人，产生出的惰性、懒惰、沉醉于享乐主义、短视的功利主义、自私等，对主体、理性批判等知识分子的传统，以至于到尼采、弗洛伊德，传统人文主义精神到了尾声。约翰·卡洛尔把他们称为"最后的人文主义者"。当欧陆人文科学研究陷入客观、距离、中立等而对社会现实无为之际，文化研究焕发出来的强烈批判、介入和干预精神，我认为不是个人的偶然冲动，而是具有多种原因，基本可以归纳为两类原因，一是面向现实的冲动，一类则是对文学研究传统的继承。

文化研究之所以酝酿、产生于 20 世纪 30—50 年代的英国，而不是盛行结构主义的法国，也不是科学主义为主潮的德国，有它的必然性。这里还有欧洲大国之间的学术竞争历史的原因。关于这个问题，我在下面"文化研究与时代精神"部分再详述。

第三，文学研究长期积累下来的方法论资源对文化研究具有指导作用。自 20 世纪 50 年代下半期以来，文化研究开始由英伦传播到欧美的英语、法语、德语以及其他西方语言世界，到 21 世纪之初，成为当

---

① 转引自拉塞尔·雅各比《乌托邦之死》前言，姚建彬译，新星出版社 2007 年版。

下最具影响力的人文科学思潮。但是，文化研究作为人文科学思潮具有自己的独特性，最突出的是，它明显缺乏属于自身的学科的方法论。它是最典型的"拿来主义"。这个拿来主义突出表现在对文学研究新方法的"拿来"，包括新批评、形式主义、结构主义、解构主义等。当然，上述用于文学研究的方法，起先也发生于语言学、人类学、哲学等学科，但从其实践领域的成熟和文化研究首倡者的出身来说，文化研究实在从文学研究得益良多。但是，文化研究自文学研究受益于方法论，并非单向度的、简单地作为方法论和作为工具接受，而是视为意识形态工具加以改造。简单的例子是关于对结构主义方法的接受。结构主义作为一种方法运用于语言学、人类学、神话学和叙事故事文本的研究，带有明显的保守倾向，最突出的一点是，它基本拒绝"文化"因素的介入，把研究对象与社会政治环境隔离开来。但是，文化研究则利用结构主义方法来框定研究的领域，以便于突破它的边界，发掘其中蕴涵着的意识形态内容。

文化研究得益于文学研究很多，但是它却绝对不能称为文学研究。站在文学研究的立场上，勉强可以把它称为文学研究的新特色，正如称为"文化社会学""文化政治学"一样。但是，文化研究学者的本意却是破除学术研究的分门别类，拒绝把文化研究纳入任何固有的框架或新设一个框架来叙述它，他们对学科规范采取的态度与其说是逃避的，不如说是拒绝的，因为从其理念来看，学科规范违背它的初衷。所以，霍尔在《文化研究：两种范式》里说：文化研究应该避免任何关于"文化到底是什么"的定义，也不应该在方法论上有什么偏爱。保罗·史密斯在《文化研究的回顾与前瞻》里说，任何学科化的文化研究，都会被认为是与文化研究相对立。劳伦斯·格罗斯伯格在《文化研究之罪》里认为，文化研究的特点正是体现在它始终坚持从现实的需要出发，灵活地选择研究对象和研究方法……由此看来，文化研究之于文学研究在旨趣上还是有区别的。在传统的理念上，我们针对一种文学现象、一个文学文本进行的研究，基本上围绕韦勒克说的外部研究或内部研究进行，在内容或形式范围作历史性研究。以这个为基础，涉猎到外部学科例如社会学，则一般称为文学社会学研究；涉猎到使用心理学，称为文学心理学；甚至，20 世纪出现的形式主义诗学、新批评、结构主义诗学、解构主义诗学等等，都在试图回答文学现象或文学文本在叙述或表现什么"内容"？这个"内容"具有何种意义或价值？或者这个"叙述"或"表现"本身具有何种意义或价值？回答上述问题所关涉的语境是"现实"和"历史"。因此，对于文学研究来说，学术史的框架是"意义"或"价值"生成的必须前提。简单说，一个文学文本、一种文学现象，假如不被纳入到具体的学术史框架里，就无法从文学的角度说明它。从另一个角度来看，我们面对具体的文本或现象，首先考虑的是把它们纳入到文学史链条后的效果——纳入文学史后整体上是否发生变化？发生了哪些变化？对这些变化，我们的估价是积极的还是消极的？我们由此来判断文本或现象的意义或价值。文学文本或文学现象从来不孤立地显现意义或价值。但是，文化研究则不然。它的根本出发点之一就是把文本从它存在的历史语境中抽出来。文化研究拒绝学科学术史框架的束缚，因此拒绝把文本纳入具体学科来说明；他们"解放"文本的基本方式是把文本"当下化"，从当下的意识形态立场来阐释它。它的另一个基本态度是颠覆和抵抗以往建立在精英阶级话语层面上的意义解释，力求从平民阶层的立场出发揭示文本隐藏的"新的"意义。无论是前者还是后者，都是对文学学科研究范式的颠覆。因此，我认为，尽管文化研究与文学研究渊源甚深，但是，归根结底它是非文学的。从文学研究的立场来吸纳文化研究，需要相当谨慎。

（三）文化研究与政治学。文化研究强调干预、批判，取消文本的传统所属性质，在导向伦理批判和对当下意识形态统治权的批判的情况下，极容易被指称为政治批评，或者文化政治学。的确，文化研究是最接近政治学批评的。

欧洲近代政治学观念建立在柏拉图的学说基础上。在《理想国》里，柏拉图把国家论与伦理学结合起来：个体的善所表现的最高形式是至善，也就是德性；德性不能在个体身上孤立体现，只能在社会中取得。国家的使命就是实现德性和幸福；国家体制和国家法的目的，乃在于使尽量多的人为善而创造条件，即保证社会福利。因此，在国家组织中，理性应该占统治地位。亚里士多德继续了柏拉图的国家思想，并把它延伸到本质论上。他肯定人是社会动物，在《政治学》第一卷里，他开宗明义："我们看到，所有城邦都是某种共同体，所有共同体都是为着某种善而建立的（因为人的一切行为都是为着他们所认为的善），很显然，由于所有的共同体旨在追求某种善，因而，所有共同体中最崇高、最有权威、并且包含了一切其他共同体的共同体，所追求的一定是至善。这种共同体就是所谓的城邦或政治共同体。"① 他把政治体制本质与个人的道德追求等同起来，强调"所有共同体中最崇高、最有权威、并且包含了一切其他共同体的共同体，所追求的一定是至善"。这里面包含着明显的政治乌托邦。但是，人在本质上只能在社会和国家中实现自我，这是必然的规律。这样就赋予国家以道德使命。现代欧洲政治学与柏拉图和亚里士多德的学说具有因果关联。康德、黑格尔为代表的批判哲学兴起，更明确了欧洲国家学说中的"人"的出发点。但是，几乎与此同时，对欧洲国家学说的批判也产生了。黑格尔对市民社会"每个人都以自身为目的，其他一切在他看来都是虚无"做了深刻批判。② 他们之后，包括马克思、恩格斯和法兰克福学派在内，欧洲思想家的批判在历史上不绝于耳。马克思、恩格斯从经济基础、上层建筑和意识形态等领域全面批判了资本主义国家制度，法兰克福学派从意识形态领域（包括文化方面）也对现代资本主义制度给予了深刻批判。"作

---

① 亚里士多德：《政治学》，颜一、秦典华译，中国人民大学出版社2003年版，第1页。
② 黑格尔：《法哲学》，182节，转引自张汝伦《德国哲学十论》，复旦大学出版社2004年版，第23页。

为批判理论的文化研究"① 与法兰克福学派非常相近，也都立足于挑战公认的理论和文化实践，试图提出新的思维与存在方式。相比之下，文化研究学者在 20 世纪 60 年代以来所做的批判有什么新意呢？凯尔纳认为，法兰克福学派、后现代理论和伯明翰文化研究"都融合了——尽其所能——政治经济学、哲学思辨与政治批判，并且通过我描述的专业化的克服，潜在地避免了学科的危机。"② 那么，它们之间的区别在于，法兰克福学派的批判主要以思辨的方式诉诸认识论，与德国古典哲学的思辨方法有继承性；而伯明翰文化研究则通过文化实践活动的描述，通过小组讨论、个别交谈、阅读日记等方式，从群体和个体的不同角度进行长时期的跟踪观察，分析统治意识的控制结构和控制方式，进而得出统治意识形态赖以发挥作用的文化关系。霍加特《识字能力的用途》带有明显的自传性，保罗·威利斯的研究成果，基本上是结合现场调查而形成的研究报告，而雷蒙德·威廉斯的《漫长的革命》和《文化与社会：1780—1950》则调动了各个方面的资料，运用了多种学科的研究方法。相形之下，法兰克福学派仍然可以说属于思辨哲学式的批判，而伯明翰学派则带有跨学科的倾向。在研究理念上，法兰克福学派虽然在一些方面着重在意识形态内部对资本主义予以批判，但是马克思主义的"决定论"思维模式仍然发挥着潜在作用，而伯明翰学派则力求摆脱这一决定论模式，专一在大众文化、表征、媒介、亚文化、日常生活、话语、身份、性别等方面权力运作上予以突破。

布鲁斯·罗宾斯（Bruce Robbins）在描述文化批评思潮带来的后果时说："大众文化的概念至少在两个明确的方向上转变了它的政治锋芒：

---

① Cf.Ben Agger.Cultural Studies as Critical Theory. London.Washington，DC：The Falmer Press，1992. 转引自王晓路等著《文化批评关键词研究》，北京大学出版社 2007 年版，第 125 页。

② Donglas Kellner."Communications vs.Cultural Studies：Overcoming the Divide".http//www.uta.edu/huma/illuminations/kell5.htm. 转引自王晓路等著《文化批评关键词研究》，北京大学出版社 2007 年版，第 126 页。

（1）作为一种向来所谓的文化主义……其观念是社会作为文本，它把权威的话语确定为文化建构，揭示这些话语后面隐藏的社会利益，从而试图对这些话语实行殖民并加以同化；（2）作为一种独特的大众文化，为了追求揭示、说明／或确证非精英的社会行为者及其利益的文化构成，它反对等级观念，无论是国内文化精英所体现的等级观念，还是外国政治精英所体现的等级观念。"①的确，布鲁斯·罗宾斯揭示了文化研究观念影响到欧美批评界以后带来的显著后果以及形成的普遍共识，对于我们理解文化研究的批判倾向的特色，具有启发意义。

以上，我简略叙述了文化研究的学科悖论问题。需要注意的是，不能简单纳入任何一个现有的学科，并不意味着它不能作为学科对待，也许这正是它独立成为学科的理由；在 20 世纪 60 年代拒绝进入传统学科知识体系，并不意味着在 21 世纪仍然不能被作为学科叙述。理由是：首先，学科分化、重组、新设在历史上从来没有间断过。自然科学如此，社会科学也是如此，人文科学未必不是如此。千百年来，学科就处在不断的重组、交叉、融合的变动过程中，今天仍然不例外。文化研究在 20 世纪 60 年代产生，未必就是"赤条条来去无牵挂"，它与利维斯、艾略特、瑞恰兹所倡导的主义关系密切，并在学理上具有渊源关系，已经为人所道明，看来也不是心无挂碍。其次，如果从动机上看，文化研究之拒绝成为固定僵化的学科知识体系，是拒绝成为 20 世纪 60 年代之前欧洲学科体系里渗透的权力，而从那以后，欧美学科的分化和组合进入了一个所谓学科互涉、学科交叉的高发期，学科边界不断被改变，甚至有人这样说："学科互涉的时代到来了。"②以伊曼纽尔·沃勒斯坦（Immanuel Wallerstein）为主席的古本根委员会（Gulbenkian

---

① 布鲁斯·罗宾斯（Bruce Robbins）：《美国国际主义的若干形式》，见《全球化中的知识左派》，中国社会科学出版社 2000 年版，第 219 页。

② 参见朱丽·汤普森·克莱恩《跨越边界：知识，学科，学科互涉》，姜智芹译，南京大学出版社 2005 年版，第 1 页。

Commission）提交了《重建社会科学报告》（1996 年以《开放社会科学》为题出版）强调开放性社会学概念。报告分析了知识的发展，并且倡导社会科学的新方向，认为到 20 世纪 60 年代为止，知识有三个分支，一个是自然科学，一个是人文科学，另一个介于两者之间是社会科学，后者倾向于模仿自然科学，因为这样做使学科受到信任。但是，从 60 年代以来来自不同方向的发展使这些边界变得不那么清晰了，你中有我、我中有你的局面相当普遍。①第三，从 20 世纪 60 年代以来的欧美研究界的学科存在现状看，学科所表达的知识体系经过后现代主义洗礼，日益表达出商议、共建的性质，形成了所谓"后学科"（第 ost—disciplinary）的概念。知识的传授媒介（例如教科书）和传授方式（例如多媒体教学、网络教学）发生了本质变化，与 50 年前学科存在的状态完全不一样了。在今天，讨论欧美研究界所谓学科荷载的意识形态问题，属于另外一种风景。而伯明翰当代文化研究中心作为一个固定的研究基地，在 2002 年已经停止了存在的历史；作为一种文化批评的思潮，文化研究也日渐脱离"新潮"的行列，逐渐成为历史。因此，在我看来，文化研究作为一定的历史时期的存在，总要被叙述；并且总要被叙述为具有一定边界、核心范畴、基本方法的历史事实。至于是否被作为一个学科来叙述，那还真难说，但至少不是霍加特和威廉斯所在的 60 年代意义上的"学科"。

二、文化研究与时代精神

众所周知，伯明翰当代文化研究中心产生于 1964 年。它之产生于

---

① 弗兰克·韦伯斯特：《社会学、文化研究和学科边界》，见陶东风主编《文化研究精粹读本》，中国人民大学出版社 2006 年版，第 115 页。

20 世纪 60 年代，不是一个轻易忽略过去的事件。作为在 20 世纪 90 年代后现代主义文化思潮中在中国学术界产生巨大影响的著作之一，丹尼尔·贝尔《资本主义的文化矛盾》一书里有这么两段话："二十世纪六十年代的标记就是政治和文化的激进主义。二者当时被一种共同的叛逆冲动联合起来，然而政治激进主义，归根结底，不仅是叛逆性的，而且还是革命性的，它试图建立一种新的社会秩序以取代旧秩序。""在阐明六十年代文化情绪时，人们可以从两个方面来看待它：把它看作五十年代文化情绪的一种反动，也看作在第一次世界大战前几年的现代主义中达到顶峰的一种更早的文化情绪的回复与延伸。"① 在这种"政治和文化的激进主义"时代诞生的文化研究，与其同一个时期产生的"新左派"（The New Left，1960—1962）、斯图亚特·休斯《政治意识形态的终结》（*The End of Political Ideology*，1951）、丹尼尔·贝尔《意识形态的终结》（*The End of Ideology*，1960）以及围绕这些现象进行的争辩之间，具有怎样的思想关系？我理解，文化研究之倡导批判、介入、干预，其学术理念和学术研究的气质所携带的明显的激进主义倾向，与 60 年代的时代精神应该具有必然的联系。丹尼尔·贝尔所归纳的两个方面，的确可以作为阐发文化研究何以产生的基础。

我打算在下面讨论三个方面的问题：1. 文化研究所针对的对象，也就是它因何而起，这包括远的针对物和近的针对物。2. 文化研究的时代性，包括制约它的社会政治经济文化教育环境因素。3. 文化研究的理论基础，包括阿尔都塞的意识形态国家机器学说和葛兰西的市民社会理论。

1. 文化研究所针对的对象。无论是作为一个机构还是作为一种学术理念，文化研究之出现都有自己的针对对象。在一定程度上可以说，针对物的存在性质和方式决定了文化研究本身的存在性质和存在方式，

---

① 丹尼尔·贝尔：《资本主义的文化矛盾》，赵一凡等译，三联书店 1989 年，第 169 页。

也未始不能说，文化研究的主导思想是由对象制约的。

在关于文化研究起源问题中，比较一致的提法是把 1964 年霍加特创建"伯明翰当代文化研究中心"作为起点，把 50 年代产生的霍加特《识字能力的用途》、威廉斯《文化与社会：1780—1950》和《漫长的革命》、汤普森《英国工人阶级的形成》作为起源的标志。不过，这两者之间存在着矛盾。前者以一个中心的出现作为标志，也就是说，它把文化研究理解为一个专门的机构建制；后者则把文化研究理解为基本一致的思想倾向，因而它是一个渐进的过程。它们共同之处是把文化研究看作一种学术思潮。但是，我理解，文化研究还具有一个社会历史起源的维度，换句话说，它是一种社会实践运动的结果。本·卡林顿在《解构中心：英国文化研究及其遗产》一文里表达了对"英国明显存在的追溯文化研究发展的官方历史的努力"的不满。他强调将"（上述）文本本身看作自 20 世纪 30 年代和 40 年代起在成人和工人教育学院内部产生的，旨在实现社会变革的更为广泛的社会政治教育过程的结果。这是一个重要的区别，许多学生和教师在试图理解文化研究背后更为广泛的社会结构及其目标的时候，并没有注意到这一点。"[1] 卡林顿在这里所说的"旨在实现社会变革的更为广泛的社会政治教育过程"和"文化研究背后更为广泛的社会结构及其目标"是什么内容呢？

罗钢、刘象愚在《文化研究的历史、理论和方法》里归纳出文化研究起源的政治传统和思想传统，认为：其政治上与新左派集团、一系列政治事件（英法出兵苏伊士运河、苏联出兵匈牙利、英国国内的核裁军运动等）联系在一起；思想上可以上溯到英国文学批评家利维斯和"细绎集团"对大众文化现象关注的倾向，以及从阿尔都塞到葛兰西的意识形态理论。[2] 我理解，在 60 年代，文化研究作为一场具有鲜明意

---

① 见陶东风主编《文化研究精粹读本》，中国人民大学出版社 2006 年版，第 13 页。

② 罗钢、刘象愚主编：《文化研究读本》前言，中国社会科学出版社 2000 年版。

识形态色彩的思想运动产生，它在思想上最直接的对应对象首先是文学上的现代主义，尤其是它的文化精英主义倾向；其次是思想舆论界盛行的意识形态终结论；最后是作为社会结构变化过程中的英国工人阶级与中产阶级之间的文化利益之争。后两个因素即卡林顿所说的"旨在实现社会变革的更为广泛的社会政治教育过程"和"文化研究背后更为广泛的社会结构及其目标"的具体内容。

作为传统文化和文学反动的现代主义文学思潮，从 1895 年到 1915 年间，张扬着反传统的旗帜，在现代语言学的引导下，从事艺术形式和结构方面的实验和革命，建立了一套艺术形式新传统，包括"诗歌句法支离破碎、小说叙述的意识流、油画画面的多样性、音乐中的无调性音乐的兴起、时间表现中顺序的消失，以及绘画空间表现时前景和背景的消失。"[①] 旨在越来越远离日常生活，宣称艺术与日常生活无关的思想背景下，象征主义诗歌、印象画派、形式主义理论、意识流小说和结构主义理论造就了艺术精英主义的倾向，远离和放弃了对日常生活的深刻关注。30 年代，为了表明真正的艺术精神与中产阶级的庸俗趣味无关，英国产生了早期文学新批评流派。他们强调英语文学的伟大传统，反对大众文化的低级趣味，形成了文化上的利维斯主义。现代主义的精英主义倾向固然具有批判大众文化的平庸、低劣和消费主义意图，但是它混杂了作为消费、娱乐产业的大众文化与作为健康审美生活的大众文学需要之间的差异，简单地抛弃了现实主义文学的反映论审美倾向，一方面，简单地把文学创作与大众隔离开来，使文学脱离大众变成精英化的象征；另一方面，粗暴地把大众文化和大众文学等同于消费、娱乐甚至低级趣味。这两个方面导致了 20 世纪 20—30 年代欧美文化生活中审美性缺失和娱乐性流行。"纯文学"进入象牙之塔，不仅对大众审美趣味的培育无所作为，而且还对大众消费娱乐文化（电视、流行歌曲、广

---

① 丹尼尔·贝尔：《资本主义的文化矛盾》，赵一凡等译，三联书店 1989 年版，第 170 页。

告、类型电影、侦探小说等）中盛行的庸俗价值观念无所作为。现代主义艺术在拒人千里之外的艰涩的形式下继续着从柏拉图到尼采的哲学和宗教批判，而与大众流行艺术隔岸对应，老死不相往来。因为，在精英主义者看来，伟大的艺术应具有道德的严肃性和审美价值；在文化上就是个人之完美的成就，是象征性的形式领域，显然，大众文化表现为文化的缺失，因为它毫无形式创新和个性色彩，还带有明目张胆的道德享乐主义。现代主义的这一文化观念，实际上不仅否定了代表着中产阶级的享乐主义和消费倾向的大众文化的文化价值，同时也否定了处于低层的工人阶级文学艺术形式的文化价值。这是文化研究兴起的最直接的对象。

2. 文化研究的时代性，包括制约它的社会政治经济文化教育环境因素。大众文化的各种形式具有一种天然的伪饰，即它表示为全体市民共同接受的艺术形式，似乎是意识形态渗透的死角。而恰恰在战后的 50 年代，中产阶级迅速扩大，工人阶级队伍严重分化，整个欧美社会的结构发生了巨大的变化，形成了这样的局面：社会结构的顶端是一小部分富裕群体，中间是庞大的中产阶级群体，下层是工人为主体的无产阶级群体。这个社会结构的变化，造就的直接疑问就是资产阶级与无产阶级之间的冲突和斗争是否还存在？工人阶级是否还能作为一个独立的政治势力存在？正是在这样的社会背景下，赫鲁晓夫大谈国际关系缓和、法国知识分子雷蒙·阿隆（Raymond Aron）则在 1955 年 9 月的一次集会中宣布"在大多数西方社会中，意识形态之争正渐趋平息"，直接引发了"意识形态终结论"。他们认为，"西方社会尽管存在许多不完美和不公正的地方，但是它业已取得长足的进步……因此，同暴力和出人意表的无序相比，改良显得更有前途。"纯粹的资本主义已经一去不复返了；自由主义和社会主义不再是纯粹的教义或者纯粹的对手。"当今的西方'资本主义'社会包含了许多社会主义的制度。"那么，过去建立在两种社会制度对抗基础上的意识形态就已经没有存在的必然了。① 一时，舆论界风行对"左派知识分子的""终结""激进主义的终结""政治意识形态的终结"等一系列终结的预言，直到1989、1996年弗兰西斯·福山（Francis Fukuyama）提出的"历史终结论"。

"意识形态终结论"具有一定的理论根据。众所周知，马克思主义学说强调在一定的经济基础上有适应着它的上层建筑以及建立于其上的意识形态，一般的表述就是经济基础决定上层建筑和意识形态。依据这个理论，18—19世纪自由竞争时期的资本主义拥有适应它的上层建筑及其意识形态，贫富悬殊，阶级之间的严峻对抗，冲突不断；国家机器具有明显的阶级工具论性质；党派纷争基础上形成的意识形态具有鲜明的阶级对抗性。那么，20世纪50年代，西方资本主义在社会结构上体现出来的如上巨大变化，是否可以认为资本主义经济基础已经发生了变化呢？假如可以，是否可以得出这样的结论：既然它内部已经"包含了许多社会主义的制度"，那么，自由资本主义的上层建筑及其意识形态中必然具有的对抗与不可调和的矛盾，是否就业已消泯了呢？问题显然不是这样简单，但是如何从理论上去说明它呢？

文化研究的早期学者质疑简单化处理经济基础与上层建筑及其意识形态之间关系的做法。他们认为，斯大林主义的苏联模式的破产，在很大程度上，源自他们把经济基础看成决定一切并且普遍存在的因素，把社会、政治、道德、艺术等维度径直对应到经济基础和阶级结构。他们批评旧的决定论，要求用一种更为复杂的方式来处理诸如文化与经济之间的关系。意识形态问题作为最关键的问题，进入了文化研究者的视野中心。在这一方面，阿尔都塞和葛兰西的学说对文化研究影响巨大，简而言之，对于经典马克思主义作家提出却未能予以深刻阐述的意识形态理论，给予了重点研究，包括意识形态国家机器学说、主体性学说、

---

① 拉塞尔·雅各比：《乌托邦之死》，姚建彬译，新星出版社2007年版，第5页。引文为雷蒙·阿隆《知识分子的鸦片》，纽约：诺顿出版社1962年版，第309、xiii、xv页。

文化领导权学说等。他们的理论成果成为文化研究学者的坚实基础。

正是受一系列理论研究成果的启发，在 60—70 年代，面对"意识形态终结论"产生了一大批研究工人阶级意识产生、发展以及解剖大众文化的著述，构成了 20 世纪下半期最重要的理论对话。可以说，正是 50—70 年代欧美这场具有现实针对性和理论挑战性的对话，刺激了文化研究学者的研究欲望，成为它的一个有力的动机；同样，也正是文化研究有力地回答了这个时代提出的重要的理论问题，对产生的新的现实问题在理论上予以深刻的回应，它才成为席卷欧美社会的重要的思想潮流。

3. 作为面向意识形态终结论的文化研究，它必须回答意识形态问题。因此追寻文化研究的理论基础，首先应该指出西方马克思主义关于意识形态的学说。关于这个问题，学术界一般比较重视阿尔都塞的意识形态国家机器学说和葛兰西的市民社会理论。的确，阿尔都塞和葛兰西的学说对于 50—60 年代以来的欧美学术界和思想界产生了比较广泛的影响，尤其对文化研究的扩张发生了较大影响，但是，阿尔都塞和葛兰西的学说仅仅是西方马克思主义关于意识形态理论探索过程中的一个环节，也许是比较重要的、突出的环节，却不能说是唯一的成果。我认为，对于欧美学术界产生比较重大影响的，仍然应该说是从卢卡奇到哈贝马斯整个学术体系。在这个学术体系里，卢卡奇处在最重要的位置，其他人包括科尔施（Karl Korsch，1886—1961）、葛兰西（1891—1937）、曼海姆（Karl Mannheim，1893—1947）、阿尔都塞、哈贝马斯……实际上，判断谁的影响巨大的问题，关键在于什么影响到了 60 年代的文化研究思潮？在这个问题上，核心术语还是"意识形态"。围绕文化研究所关注的主题，可以看到，西方马克思主义基本上都有所关注，例如卢卡奇提出的"历史与阶级意识""主体性"，科尔施对"资产阶级社会的精神结构"的批判，葛兰西提出"文化领导权""市民社会理论"，曼海姆提出"知识社会学""意识形态与乌托邦"问题，包括阿尔都塞的"意识形态国家机器学说"……在主题、理念、立场等方面，强调社会学研究理路的法兰克福学派，几乎可以看作文化研究思潮的前身。的确，在霍加特、威廉斯、霍尔等文化研究大师们的学术实践中，可以看到意识形态研究理论的影子。

但是，"文化研究"之于法兰克福学派和意识形态学说、之于社会批判理论的关系，并非简单的延续。它创造性地把"日常生活""制度"和"精英文化"的社会学研究、意识形态研究与文化历史研究结合在一起，形成一个解构性和建构性相结合的局面。

为什么这样说？

文化研究作为一套理论话语，最鲜明的特征是解构性。文化研究的理论基础和学术趣味，建立在对结构主义和精英文化概念颠覆的基础上。这是它产生的时代思想背景决定的。50年代到60年代，西方结构主义思潮在西方走完了流行和终止的历程，它很重要的思想特征是封闭在"结构—功能"内思考问题，形成了对于范围广泛而具有蓬勃生命力的非主流文化的霸权。里维斯主义和新批评文学理念，具有非常强烈的精英主义价值倾向，而结构主义更是强化了这个倾向；非主流文化、通俗文化、流行文化和亚文化等，在结构主义思潮的视野里处在边缘化和被述说的位置。而文化的性质，与处于文化圈内的群体具有对应关系。我理解，文化研究思潮的产生，在思想渊源方面与1968年法国风暴具有思想上的紧密联系，或者至少具有表里关联。结构主义思想的破产，在相当程度上与一种文化趣味和文化价值的主宰地位的失去具有密切联系，因而也与一种新的文化趣味和文化价值观念的崛起有直接的关联。在这个意义上，文化研究具有鲜明的批判性，实际上表现为鲜明的解构性，即对主流文化和精英主义文化价值观的解构。

同时，文化研究作为一种学术行为，也表现为明显的建构性。从学术话语理路来说，无论是法兰克福学派还是整个西方马克思主义学说，以及伯明翰学派代表的文化研究思潮，它们与经典马克思主义的思想理路具有密切关联。联系之一是批判性：它们共同建立在对现存社会制度批判的基础上。联系之二是阶级倾向：它们的阶级基础是工人阶级。联系之三是理想色彩：对于理想社会的追求是它们共同的特征。但是，无论是法兰克福学派、西方马克思主义以及伯明翰学派，对于经典马克思主义都有所超越，都在一定的理论领域有所创建。具体而言，文化研究对于经典马克思主义的建树，表现在它是在文化生成的历史、具体环境中来描述工人阶级文化状态，使其成为具有历史意识和时代性的阶级文化。而关于这一点，在经典马克思主义作家的著述中，是没有形成体系的。当然，这不是说，经典马克思主义对"文化"之为意识形态因素缺乏理性的研究，而是如恩格斯所说，他和马克思那时专注的是强调经济基础对上层建筑的决定性作用，而对上层建筑和意识形态之间的多样性、复杂性关系，关注得不够。而他们的继承者，如考茨基、梅林以及俄国马克思主义理论家普列汉诺夫等，在关注复杂的思想论争和现实斗争的同时，对于文化之于意识形态之间的复杂关系，也缺乏自觉的理论建树。例如，普列汉诺夫研究原始文化的过程中，曾经系统阐述了文化在其生成的过程中所包含着的各种意识和利益关系；在研究意识起源的过程中，他也特别提出了功利因素在形式生成中所起到的作用。不过，他的论述仍然保持在经典马克思主义的决定论前提下。文化研究恰恰在反对决定论这个问题上与经典马克思主义理论家判若两样。雷蒙德·威廉斯以英国工人阶级文化生成为文本，情调的是在资本主义生产关系和生产力条件下的无产阶级意识的成长，他要反对的就是决定论理论条件下对资产阶级意识形态的原宥。这不属于简单的反其道而行之，而是对现代西方资本主义国家制度的广泛适应性的否定，是在整体上解除西方制度和意识形态永久神话的思想实践。

三、文化研究的兴起与欧洲学术流派之传统

我还应该从另一个角度谈谈文化研究兴起的针对性。

正如"西方"主要国家存在着大陆欧元社会与英伦英镑圈子一样，从欧洲学术传统的结构上看，文化研究的兴盛还可以看作英国传统对德—法传统的反动、英伦经验主义学术传统对大陆理性主义传统的挑战。

欧洲学术传统，自古代希腊以来，就存在着形而上学与经验主义两个学派。柏拉图、亚里士多德所开创的以演绎推理为主体、归纳推理为辅助的思维方式，建立起西方古代的学术传统。这个传统在中世纪缩小并体现为演绎推理的形而上学抽象模式。文艺复兴时期以后，以笛卡尔所代表的大陆理性主义传统与休模为代表的英国经验主义传统，分别交替主宰着欧洲的学术传统。18 世纪末期到 19 世纪初期德国古典哲学的兴盛，开创了一个新的学术时代，这个学术时代把古代学术的形而上学传统推上了顶峰。一个理性主义世界和以人的价值判断为核心的世界模式，对于欧洲学术研究具有前提、方法论和世界观的意义。自此以后，无论是继承这一传统，还是抵抗这一传统，都无法避免它的影响。

理性主义哲学在 20 世纪初期以来遭受到的挑战，也就是理性主义学术遭受到的挑战。这个挑战的政治、社会、历史原因暂且不论，从学术研究的理路来看，以理性主义为核心的欧洲学术，在不断更选中维持着否定与自我否定的发展规律，它有两个维度：一是通过对它的质疑、检讨，提升它现有的深度和高度；二是通过对它的质疑、检讨，探索学术研究的另一种可能。结构主义、法兰克福学派是前一种维度，文化研究思潮和各种"后主义"则属于后一个维度。值得注意的是，文化研究和各种"后主义"具有两个共同点：第一，它们大都生成于欧洲大陆之

外，例如英美；第二，它们都反对形而上学纯粹思辨传统，即反对德国古典哲学所代表的学术传统。众所周知，文化研究受惠于结构主义学说及其法国代表阿尔都塞甚多。把文化作为意识形态来研究，关键人物之一就是阿尔都塞。"在整个 70 年代，阿尔都塞对文化研究的影响超过任何一位近代欧洲思想家，只有意大利马克思主义者葛兰西可能是一个例外。"① 本·卡林顿在《解构中心：英国文化研究及其遗产》里说："他（指霍尔），连同一些年轻聪明的学生，阅读了许多法国社会理论和葛兰西的著作。"② 但是，还应该看到另一方面，文化研究的首倡者们最初激烈反对的，也正包括以阿尔都塞为代表的结构文化主义。霍尔在《文化研究：两种范式》里就针对列维-斯特劳斯、阿尔都塞的结构主义文化研究范式提出了批评。他们过于强烈的"结构的整体"和这个"整体"的决定作用，牺牲了过程和具体经验的复杂性，牺牲了人的主观能动性，带有强烈的决定论色彩。

实际上，从这一点来反思欧洲的学术传统，我们可以清晰地看见，自文艺复兴以来，英国学术传统与德国、法国所代表的大陆欧洲的学术传统具有天然的对立性（对应性）或互补性。无论是伏尔泰拒绝莎士比亚，英国的实证主义对抗德、法的理性主义，还是文化研究抵抗结构主义，应该看作欧洲学术的两种传统的对抗性（对应性）或互补性运动。这一点，只要我们对照两者关注的对象、所提出的命题和典型的思维模式就可以看出。英伦学术界对产业工人作为一个阶级的关注具有悠久的历史，这一点，无论是法国知识阶层还是德国知识界，都是不可能达到的。从历史上看，当法国人还醉心于贵族和暴发户的心灵史时，当德国文学还在《浮士德》那样的文本里遨游时，英国文学里就有了宪章文学运动。法国人可以有先锋运动式的巴黎公社，但是，对"产业工人阶

---

① 罗钢、刘象愚：《文化研究读本》前言，中国社会科学出版社 2000 年版，第 11 页。

② 陶东风主编：《文化研究精粹读本》，中国人民大学出版社 2006 年版，第 13 页。

级"这个命题的任何学术研究和文化考究，在那里都是不可能的。而这一点，恰好是英国学术界的优势。这就是为什么马克思和恩格斯能够在英国生存的原因。文化研究的首倡者们，之所以强烈反对结构主义文化研究，根本原因之一是对文化生产的过程的注重、对个人在文化生产过程中的经验的注重。

雷内·韦勒克在《近代文学批评史（1750—1950）》第五卷和第六卷的前言里写道："愈益明显的是：20世纪初期，英美世界已脱离了它同欧洲大陆——实际上是同法国——早先那种联系，彼此间的交流也已微乎其微。当然，法国、德国、意大利、俄国和西班牙的批评界，也几乎全然无视英美人士。英吉利海峡和大西洋彼岸的情况倒并非完全如此暗淡。欧洲大陆的作家、哲学家、美学家，而不是批评家，开始左右英国和美国的文学批评。"① 作为保守主义的坚强堡垒，英国文化研究界在面对大陆欧洲学术传统的强有力冲击时，提出了具有鲜明解构主义倾向的学说，可以说，正是这个民族性格的表现，也是调整大陆欧洲学术走向的适时之举——曾几何时，人们在提及欧洲文化的研究进展时，基本上不提英国，而仅仅指的是大陆欧洲？

四、文化研究的未来

我知道，当写下这个标题时就必须回答：对于中国人文科学研究界来说，目前到了提出"文化研究向何处去"这一问题的时候吗？事实上，保罗·史密斯在《文化研究的回顾与前瞻》一文里写道："没有任何人真正懂得文化研究是什么，它将成为什么，乃至它在何处。"我感

---

① 雷内·韦勒克：《近代文学批评史（1750—1950）》第五卷，章安淇、杨恒达译，中国人民大学出版社1991年版，第1页。

觉到，必须由回答这个问题开始我的工作。同时，也清楚地意识到，提出"文化研究向何处去"的问题，乃是出自一种习惯性思维。实质上不是为文化研究提供一套方案，而是密切关注实践中产生出的新动向。但是，一旦提出这个问题，实际上标明了几个方面的信息。一是表明了一种立场，即文化研究是在一定的时代语境下、在相对的时间和空间下产生的特定思潮，它从伯明翰研究中心一直存在到了今天，是否仍然还保持有鲜活的生命？二是一种态度，即对于中国人文科学的理论建设，文化研究发挥了怎样的作用？在日益变化剧烈的时代，文化研究的时代作用还能够延续吗？

对于前一个问题的回答，我的基本立场是：人文学科领域的所谓方法问题，一般属于累积性，不存在绝对过时的方法。文化研究作为人文科学研究领域的一种方法，从 20 世纪 60 年代到今天，无数的案例已经证明它存在的理由，当然证明它存在的机遇。很难假设，在 20 世纪下半期，西方学术界如若缺少像解构主义、后现代主义和文化研究这类具有颠覆性质的学术话语，将会呈现出怎样的局面。而在 21 世纪的最近几年，伊格尔顿已经早就预言"文化理论已经过去"，现在的问题是"理论之后"怎么样？我以为，断定文化研究之后仅仅是从思潮在西方话语界的角度上说，从全球化的角度则未必；而从具体的可适用的方法上说，则是没有什么道理。因为，我以为，一是全球人文学科研究各地区具有不平衡性和非同时性，在西方中心文化区域，文化研究思潮或许业已进入休整阶段，而在西方的东方、南方则未必休整了。简单说，英国 60 年代开始的文化研究思潮，发展到席卷西方，已经到 70、80、90 年代，而影响到中国大陆，则是 80 年代后期，到 90 年代和 21 世纪初期，才成席卷之势。而对于其他地区，恐怕还处于接受、解释阶段。二是从方法的角度说，很难断言从古到今哪一种人文科学研究方法过时了，文化研究方法对于人文科学来说也是这样。60 年代以后，西方学术界曾经做过这样一项工作，把世界上好的大学学科建设做了一个调研，结果是：与第二次世界大战前的学科相比，这个时期的学科呈现出明显的相互交叉、交融的局面，它被名之"后学科现象"。其实，"后学科"就是传统学科的解构，也属于新型学科存在状态。在人文学科群里，几乎所有学科前沿都存在着文化研究的视野；文化研究对传统人文学科产生了广泛渗透和深刻影响。这并不是说，所有学科的性质都被改变，都变成了文化研究，而是说，几乎所有人文学科都吸纳了文化研究的研究思路、方法、视野，把它融入自己的学术研究理路里。值得注意的是，反观学术史，可以看出，不仅仅文化研究思潮，而且是所有思潮的巅峰过去后留下的共同印记。

对于第二个问题的回答，首先取决于对当下中国文化实践现状的判断；其次，取决于对中国学术界研究理路的判断。

我个人认为，长期以来，中国文化实践的丰富多样、复杂与中国文化研究理论界理念与方法的单一，构成了尖锐的对立。无比丰富的文化实践被理论界、学术界无情地忽略，成为被忽略的和被牺牲的智慧，甚至悲剧性地扼杀。这一现象不仅仅属于近50年，还属于整个中华文化传统。放远鸟瞰近两千年中华文化传统，越近看，经学印记越深刻，直至变成吃人的冷兵器。从"五四"往上溯，只有在先秦的文化思想渊源源头上存在着思想的多元形态和价值多元性样态。民间文化、非官方文化形态、经学以外的其他思想和学术文化实践活动被蔑视、践踏、边缘化，甚至被扼杀。我们是农业大国，但没有关于农民生活自身的叙述；我们商业历史也悠久，商人烛之伍退秦师的故事脍炙人口，但是我们的历史里没有商人的文化地位；我们还有长期的城市存在历史，但是却没有城市文化的叙述，更没有系统的研究。简单说，我们只有文人、更多的是儒生对世界和自我的叙述。假如放远看，在深远的中国文化实践里实际上存在丰富的多样的文化，被无情地遮蔽了，埋没了，我们没有可能借助其他学术思想阐发它，使它呈现出生命，包括在绝望或乐观中对抗呈现的生命。只有文化研究的思想能够做到这一点，能在揭示文化内部多样声音的对话中给予各种文化以平等性。必须放宽文化的视野颠覆儒学—经学独霸权威，必须建立二元对立、甚至多元对立的文化存在模式，让被边缘化、被埋没的异类文化破土而出，挺出长矛！

中国文化实践的多样性形态、多元性价值以及深刻复杂性仍然在延续，其中要义还没有被比较令人信服地全面揭示，我们仍然存在着边缘化其他形态和价值的文化的心态，这样的状态使文化研究具有长期存在的必然。在这个意义上，文化研究的建构性和解构性双重功能更其鲜明。

从中国学术界接受文化研究的特点上看，我们更多的是在观念、术语和思想阐述层面接受文化研究的，这种接受至少缺乏两个维度：一是从历史反思层面上接受文化研究；二是从实践操作层面上接受文化研究。我认为从这两个层面上重新接受文化研究更其必要。显而易见，文化研究为西方文化带来了生命力，把西方文化从单一的文化精英主义思维的局限里开放出来，学科开放、思想开放、价值开放、学术开放等等，它与后结构主义、后现代主义的相互呼应，明显地调整了西方文化发展节奏。用一个比喻，西方文化这条在现代主义的航道里流淌、渐渐狭窄的河流，经历了文化研究的汇聚工程，重新拓宽了河道，容量增大了，气势重新宏伟。这个整合过程是一种胸怀，有这种胸怀方有自我优化。中国文化领域仍然需要这样一个自我优化的过程。这个历史反思环节不可省略。二是在操作层面上，即在文化实践的层面上，我们还有待发生。换句话说，就是我们目前还处在"坐而论道"的程度，还没有充分认识到文化研究对于中华文化的实践价值。关于这个问题应该多说几句。文化研究首先是一种实践，然后是一套方法，最后才是一个"后学科"。实践性是文化研究最鲜明的特色。伯明翰当代文化研究中心的显著特点是对文化案例的介入和剖析，例如对英国工人阶级的文化生活研究，就广泛介入到并反馈到工人自身。关于酒吧、足球、迪斯科、斗牛、肥皂剧……与当下文化各种形态的实践性介入，是伯明翰学派的显著特点。而关于这个环节，中国学术界还有很长的路要行走。理由是：我们的各种文化形态仍然呈现出明显的"向日葵样式"，它们的内在规定性（而不是外在被规范性）还没有充分显示出来。例如民间的表演性节目，二人转、相声、小品、双簧等，自然形态的个性渐渐被消泯，在被大众化的同时，呈现出两个走向：一是价值趋同，二是形态趋同。自身的内在规定性被外在的规范性所掩盖。这是非常普遍的现象，也是非常令人痛惜的现象。关键在于：在价值层面上，我们缺乏对文化多样性的尊重。正如戴安娜·克兰所说的"文化观念强调文化的一致性和连贯性，但这种一致性和连贯性与其说是一种现实，还不如说是一种虚构或意识形态。"① 我认为，只有批评实践层面上的文化研究能够帮助揭示多样形态的文化现象的内在规范、个体价值。对于中国文化的多样性、健康性发展，具有重大意义。在这个意义上，文化研究在中国还有比较长时期的使命，这也就是它继续存在的前提。

　　正如文化研究学者历来所强调的，文化研究没有惯常所说的边界，也不受一般学科化、理论化的局限，我们自知不能穷尽文化研究的理论全部，就自觉地把目光聚焦在它的这五个基本点上。《文化研究简史》的作者约翰·哈特利（John Hartley）在为中文读者写的序言时，题目是"未来是开放的未来"。② 我以为，这就是对文化研究的未来而说的，更是中国文化研究的未来所言。

---

① 戴安娜·克兰主编：《文化社会学——浮现中的理论视野》，南京大学出版社 2006 年版，第 3—4 页。

② 约翰·哈特利：《文化研究简史》，季广茂译，金城出版社 2008 年版。

【俄国文论研究】

构建俄国文学思想史的独立话语[①]

——研究俄国 19 世纪文学思想史的几个问题

对俄国 19 世纪文学做整体研究，在国内学术界近 20 年成果比较少，特别是 90 年代学术风气陡转，避开了整体研究的命题，纷纷发表种种个案研究的成果，发展到今天，甚至存在着极其边缘的意见之说，无法展开学术讨论。文学发展的整体研究仿佛等同宏大叙述，学者避之唯恐不及。究其原因，大致可以归结为对整体研究的方法论的恐惧。从 20 世纪初期俄国 19 世纪文学发展的整体研究，国内学术主流是阶级分析研究为主体，鲁迅《摩罗诗力说》和瞿秋白、茅盾、耿济之、巴金等老前辈的成果强调反抗者的文学，为受压迫者呼吁的文学，一直影响着 20 世纪上半期的中国学术界。1949 年以来，除了上述主流，整体研究还处在两种方法论的影响之下：其一，列宁的《俄国工人报刊的历史》所阐述的"俄国解放运动发展的三阶段说"，其二是马恩的"经济基础—上层建筑—意识形态"关系说。前者"内在地"规范了文学发展与社会历史发展阶段之间的必然关系，一阶段有一阶段的文学，则在研究文学发展的阶段性特征时，必然征引列宁的解放运动发展的阶段论。马恩的学说则从"外在"方面规定了研究文学整体发展的理路：任何一

---

① 本文最初发表于《俄罗斯文化评论》第 4 辑，首都师范大学出版社 2014 年版。

个民族、一个时期的文学（其发展规律、其特征、其主题甚至其手法等等），均必然从经济基础与上层建筑、意识形态之间的关系中获得，由此演化出一种僵化的思维套路，直至转化为一种庸俗社会学，简单地摒弃了对象自身的内在规定性，而直接化为一套思想意识形态话语的手术对象。因此，越是在解释文学艺术自身的创作特征时，就越是显得牵强呆板。上述整体研究的思路解决了文学发展整体趋势的一些问题，但是，却并非一劳永逸地从文学本身、从学术立场上解决了根本的问题，因为上述理论的出发点原本在于社会学、政治经济学并非文学。

近十年来的文学研究大势逐步走向文学研究自身，完成了文学研究与文学社会学、文学政治学等领域的廓清，特别是完成了文学研究与文化研究、思想史研究、学术史研究之间关系的廓清，使得对一个时期文学进行新的整体研究（无论是文学思想史研究，还是文学学术史研究，抑或文学文化学研究）成为可能。

一、文学思想史研究方法论问题

本文采取文化发展阶段论的视角研究 19 世纪俄国文学思想史。这里面暗含着两个层次的内容：一个层次是社会文化视野，即确认 19 世纪俄国文化从古代形态向现代形态的转型，是文学整体发展的基础；另一个层次是文学创作与文学思想互动视野，即 19 世纪俄国文学创作与思潮构建的文学思想主题。

总体来看，19 世纪俄国文学所建立于其上的文化类型，属于典型的社会演变剧烈、思想论争激烈和文化形态发展进化的文化类型，因此，无论采取社会发展为基准的方法、文化发展阶段论的方法、文学创作思潮变化的研究方法，都可以发现其中特定的发展演变规律。根据俄罗斯学者叶·米·斯科瓦尔佐娃的"文化动力说"观点①，社会文化的变革是阶段型文化动力说的基础，而这种变革呈现出三种形式：改革、演变和革命。"把社会生活中某一方面所发生的、不打破现存制度的变化或改造叫作改革。""采用非暴力方式将社会文化体系分阶段转变为一种全新的形式，这种现象和过程就叫演变。""革命则是事物在发展过程中发生的一种深刻的质变。对于社会文化环境来说，革命一般指的是强制打破主要的传统价值和模式（行为模式、意识模式、思维模式），更换思想体系（改变意识形态），国家文化政策的急剧转变和知识界社会成分的根本性变化。"② 她把俄罗斯文化的发展分为四个发展阶段：国家前时期、国家形成时期、近代化时期和终结阶段，其中近代化时期即罗曼诺夫王朝时期（17—20 世纪初），这个时期的总体文化特征是"走向世俗化和大众化，分成了纯文化（非宗教的）和信仰文化（教会生活）"；③ 终结阶段则指 1917 年至今。

仔细审视 19 世纪俄国社会文化的发展，特别清晰地呈现出改革、演变和革命这三个层面的印记，而这三个层面的印记也特别深刻地显现在文学思想发展的若干阶段上。其中，最典型的事件是 1861 年农奴制度改革、1917 年的二月革命和十月革命。但是，文学思想发展和演化的核心事件，与社会文化阶段性事件却非完全等同。严格说来，文学思想史上的重大事件是具体体现社会文化事件的表征，而不是社会文化事件本身。

另一个层面，即文学思想史与文学创作、文学思潮的关系，也在这个视角中获得解释，不过，它们之间的关系更为复杂和更为辩证。文

---

① 叶·米·斯科瓦尔佐娃：《文化理论与俄罗斯文化史》，王亚民等译，敦煌文艺出版社 2003 年版。

② 叶·米·斯科瓦尔佐娃：《文化理论与俄罗斯文化史》，王亚民等译，敦煌文艺出版社 2003 年版，第 116 页。

③ 叶·米·斯科瓦尔佐娃：《文化理论与俄罗斯文化史》，王亚民等译，敦煌文艺出版社 2003 年版，第 153 页。

学思想史作为文学创作和文学思潮的抽象，这个关系比较明确；另一个方面，文学创作和文学思潮也同时借助文学思想作为源泉，在创作中呈现这种源泉，例如陀氏创作与文学思想环境（根基派）之间的关系。因此，处理文学思想史上的具体问题更需要小心求证。

作为社会文化发展的"近代形态"这个判断，本身蕴含着进化论的背景。近代文化形态表现在具体的思想层面，反观西欧文化的近代过程，有三个普遍性特征：理性主义、民主性、人本主义，具体说，就是以理性主义祛魅宗教愚昧，以民主性反抗专制制度，以人本主义反对神本体和践踏人性。但是，具体到俄国 19 世纪文学思想，则要复杂得多。俄罗斯民族惯常的聚议性心理和两极性思维模式，经常把矛盾的双方融合在一个整体，在这个意义上，拉吉舍夫、普希金或者十二月党人都未必可以称得上俄国社会文化近代化进程的开端。假如把拉吉舍夫的命运看作一个象征的话，我们可以看到专制政治、宗教传统在他的命运中所占的地位，而近代性特征却很微弱甚至虚幻；俄国社会文化的近代性特征在普希金身上的显示，多少带有非系统自发性天才的性质，而与自觉的思想建构无关，因此，普希金作为一个社会文化现象说明的是一个民族天性的成熟程度，而不是这个国家的社会文化发展程度。十二月党人事件具有标志性特点。认真研究起义者的材料，我们发现这一运动的南社、北社组织者在思想上都具有近代性特征，例如民主性、非宗教性和人本主义特点，尽管是非体系性的，例如彼斯捷利、雷列耶夫、别斯图舍夫、丘赫尔别凯、拉耶夫斯基等，他们或者歌唱自由、公民等主题，或者反抗专制、歌唱英雄主义，或者歌唱自由浪漫的异域文化和生活方式，但是，毕竟这批军人政治活动家的文学创作实践和思想主题，诉诸思想史的很微薄，其丰富性和复杂性程度很难作为俄国 19 世纪文学思想的开头。

俄国 19 世纪社会文化的近代性进程，其理性主义、民主性和人本主义思想体系的全部复杂性和丰富性的充分展开，是一个艰难、漫长、曲折的过程，也是一个复杂、多变、包容的过程。其中，最大限度显示出俄罗斯民族的文化气质，特别是宗教文化气质、两极性精神特征和聚议性心理结构，这个开端，我认为出自恰达耶夫《哲学书简》。而关于这一思想特征的充分展开，霍米亚科夫的聚议性观点具有方法论意义，它成为后来俄国学者研究俄罗斯社会、历史和文化的基本观点。哲学家H. 洛斯基说："聚议性意味着将许多人的自由和统一结合在一起，其基础是他们对某些绝对价值的共同的爱。这一思想可以用来解决社会生活中的许多难题。霍米亚科夫指出，它既适应于教会，也适用于村社。"[1]利哈乔夫院士甚至扩大地认为："聚议性……是对欧洲文化极为重要的欧洲文化三大原则的形式之一。"[2] 俄国文学思想虽然可借助西欧近代性思想之理性、民主和人本三大普遍特征座位参照，但是在其展开的具体过程中却裹挟着、融会许多相似相反相悖彼此矛盾的思想，它们共同聚集在近代性的观念下。

二、俄国文学思想史研究的核心问题

影响着俄国 19 世纪文学思想进程的关键问题界定，需要仔细求证，什么样的问题可以称为关键问题？本文认为，成为 19 世纪俄国文学思想近代化进程驱动力，就是关键问题；关键问题一般都有文化社会事件作为基础；关键问题在理性主义、民主性、人本主义三个特征上都有鲜明而复杂表现。因此，本文把影响 19 世纪俄国文学思想进程的问题归纳为下列五个：恰达耶夫《哲学书简》（含《一个疯子的辩白》）及其思想史价值、斯拉夫派与西方派之争及其影响、别林斯基的文学思想评

---

[1]　H. 洛斯基：《俄国哲学史》，贾泽林等译，浙江人民出版社 1999 年版，第 42 页。

[2]　利哈乔夫：《解读俄罗斯》，吴晓都等译，北京大学出版社 2003 年版，第 18 页。

价、农奴制度改革后文学思想发展方向问题、宗教文化思想对文学创作的影响。

（一）恰达耶夫《哲学书简》及其思想史价值。19世纪俄国文学的内在驱动力是什么？就是恰达耶夫在《哲学书简》里提出西方社会与俄国社会、西方理性思想与俄罗斯民族的野蛮信仰之间的巨大反差，以及这个命题造成的进步观和反进步观之间的斗争。《哲学书简》是思想母体，而文学思潮和思想流派都是支流。在他的理性观点和雄辩思想面前，拉吉舍夫的作品、普希金的作品、果戈理的作品仿佛成为感性的注解，而西欧派和斯拉夫派也仅仅是各执一端的偏激者。"西方抑或东方"成为19世纪上半期文学思想无法超越的话题。直到索洛维约夫提出俄罗斯思想的独特性，才一举破解这个谜一样的命题。但是，关于恰达耶夫思想本身的研究并未深入下去，例如，恰达耶夫在何种程度上参与构建俄国社会文化的近代性（例如理性主义、民主性、人本主义观念）？他对文学思想的影响具体体现在哪里？

（二）斯拉夫派与西方派之争及其影响。这个问题是由前一个问题引发而来的，但它既存在于文学创作和文学思潮之中，又存在于社会文化思潮之中，横亘在30—40年代俄国文学思想界，无法回避。文学界所有成员几乎都在两者面前分别站队，或者属于西方派，或者属于斯拉夫派。这个属性具体体现在文学创作之中，例如作家果戈理创作里的斯拉夫派思想取向、他的《与友人书信选》《作家自白》的直接思想表白；屠格涅夫创作里的西方派思想取向和价值观，他的六大长篇小说对理性思想和社会进化论的认可；批评家别林斯基的强烈批判现实的思想、他的西方社会理想等。这个区分延续到50年代。两个派别具有不同的思想资源，但它们改变现实的取向是一致的。近期有学者刘文飞教授出版了研究这个问题的专著①，值得一读。斯拉夫派和西欧派在俄国文学思

---

① 刘文飞：《伊阿诺斯，或双头鹰》，中国社会科学出版社2006年版。

想史上具有重要的地位，在相当大的程度上，说清楚了斯拉夫派和西欧派之间的争议，就说清楚了 19 世纪上半期的俄国文学思想。

（三）别林斯基的文学思想研究。别林斯基影响着甚至决定着 19 世纪 30—40 年代文学的走向，他的文学思想向来被简单化成典型论、人民性、情感说和现实主义主张等几个条条框框，而丰富的思想渊源和构成却殊有论述。《文学的幻想》、1846—1848 年俄国文学概述、《致果戈理的信》是一个组成部分，论普希金是另一个部分，他与纳杰日金、阿克萨科夫一家、与自由派美学家和文艺学家的思想交往，以及论述俄国思想和历史的论文或书评是第三部分。俄国社会文化的近代化进程所体现的民主性、理性主义、人本主义特征，在别林斯基这里表现得最为充分，对此，普列汉诺夫作了专题研究。[①] 但是，别林斯基思想复杂性却未能像果戈理、陀思妥耶夫斯基、托尔斯泰那样被思想史充分揭示。作为叱咤风云的文学理论家、文学思想家，他仅仅被理解为思想史上的"单面人"，这是不可思议的，也是不能接受的。以往的文学史概述，多多少少隐去了有碍主题的思想成分；长期的现实主义文学观的主流意识，也妨碍别林斯基思想全貌和发展轨迹被全景展示。只有达到这一点，思想史的书写才是可能的，否则就仍然是文学创作的简单注解。

（四）农奴制度改革后文学思想发展的方向问题。农奴制度改革的酝酿到法令颁布，是 19 世纪俄国社会一件大事，其影响是空前的，它可以说彻底改变了俄国传统社会的阶层关系，也正由于农奴的解放，贵族阶级作为一个统治阶级逐渐淡出政治舞台，被暴发户、工厂主、银行家和各级政客所取代。解放农奴，使得 30—50 年代思想界的论争告一段落，但思想主题如何迅速转向到民粹主义、形成民粹派，却是值得认真研究的。车尔尼雪夫斯基的被捕造就了他如日中天的声望，却如何迅

---

① 普列汉诺夫：《别林斯基的文学批评》，见《普列汉诺夫哲学论著选》第五卷，三联书店1959 年版。

速成为民粹主义者推崇的思想领袖？民粹派的文学实践是否能够回答这个问题？在尼·米哈伊洛夫斯基抑或还是在陀思妥耶夫斯基和托尔斯泰的创作里寻求答案？从 50 年代思想启蒙到 60 年代的民粹运动、到 70 年代俄罗斯斯拉夫民族精神自我塑造，文学思想史缺少中间转换机制和根本核心的交代。它不似陀思妥耶夫斯基从《穷人》转到《地下室手记》，有一个苦役的十年作为中介，也不像托尔斯泰从早期到晚期，有一个 20 年的忏悔期可以说明转移的秘密。俄国文学思想从 50 年代经由 60 年代、到 70 年代的历程，目前的学术研究成果，尚未接触这个时期的思想史具体进程。

（五）宗教文化思想对文学创作的影响。对俄国文学作宗教文化批评，时下成为时尚，仿佛提及俄国文学而仅仅从社会历史批评、审美批评、政治批评角度出发，就是浅薄的、皮相的，而真正触及灵魂深处的则是宗教文化批评。实际上，每种批评方法都有自身观照的对象。宗教文化批评既然已经成为显学，那么它是如何成就这一名声的？ 30、40 年代斯拉夫派文学批评里面就透露出宗教文化的信息，老派斯拉夫主义者如霍米亚科夫、阿克萨科夫一家，都是文学批评家，不过那一代人受启蒙进化思想影响很深，不能彻底皈依俄罗斯式的思维方式。及至索洛维约夫思想出笼，导致了俄国文化精神深度变化。世纪末，罗赞诺夫、梅列日科夫斯基、布尔加科夫、别尔嘉耶夫、舍斯托夫等崛起，或抛弃马克思主义观点，或抛弃纯粹诗学观，或抛弃社会历史批评观，聚集在东正教神学的旗帜下，构建起以俄罗斯东正教教义和精神为核心的文化批评。关于这一思想进程，在别尔嘉耶夫《认识自我》、洛斯基《俄国哲学史》里有清晰的表述。现在的问题是：宗教文化批评与俄国社会文化的近代性是什么关系？近代化进程中例如理性主义思想传统与东正教神学思想体系如何自洽？假设东正教神学为主体的宗教文化批评是俄国社会文化近代性的内容之一，那么，如何看待这一近代性的性质？事实上，若是把东正教神学的理论体系作为俄国近代化的成果，那么俄国社会文化就与欧洲其他国家的文化判然不同，这就是俄国社会文化特殊论的根据。

三、材料问题

俄国文学思想史研究必然涉及材料问题。事实上，文学思想史研究的材料具有双栖性，上下分别接续文学创作和哲学美学，这使得它的材料十分驳杂。一般来说，文学思想史研究的材料应有以下五类：

第一类研究材料是文学批评文献，例如作家、批评家的理论著述，屠格涅夫在普希金铜像落成揭幕仪式上的讲演、《哈姆雷特与堂吉诃德》，果戈理《与友人书信选》和《作家自白》，托尔斯泰《论艺术》《忏悔录》《论莎士比亚戏剧》，高尔基《俄国文学史》等，属于前者；别林斯基、车尔尼雪夫斯基、杜勃罗留波夫、皮萨列夫、普列汉诺夫等批评家的文献属于后者。两者互为印证、互相阐发。

第二类研究材料是哲学、美学、宗教学和历史学文献。霍米亚科夫、车尔尼雪夫斯基、维谢洛夫斯基、索洛维约夫、别尔嘉耶夫、舍斯托夫等人的著作，其中，包括梅列日科夫斯基《托尔斯泰与陀思妥耶夫斯基》（华夏出版社 2009 年版）、洛斯基《俄国哲学史》（浙江人民出版社 1999 年版）、普列汉诺夫《俄国社会思想史》（商务印书馆 1988 年版）、别尔嘉耶夫《俄罗斯思想》、M. 奥夫相尼科夫《俄罗斯美学思想史》（中国人民大学出版社 1990 年版）、米诺洛夫《俄国社会发展史》（山东大学出版社 2006 年版）、米尔斯基《俄国文学史》（人民出版社 2012 年版）、森科夫斯基《俄国哲学史》（人民出版社 2012 年版）等著述。

上述材料的类型，不仅于俄国文学思想史研究具有典型意义，对于其他国度的文学思想史研究，也同样具有典型意义。然而除了上述材料，对于俄国文学思想史研究来说，还有三类材料需要认真对待。首先，是文学作品对于文学思想史研究具有重要地位，特别是一些经典作家同时又具有思想领袖地位，例如果戈理、托尔斯泰、陀思妥耶夫斯基、梅列日科夫斯基、高尔基等。文学思想史上常常引述果戈理《死魂灵》关于俄罗斯民族就如同飞驰的三套马车的隐喻；陀思妥耶夫斯基《卡拉马佐夫兄弟》里"关于宗教大法官故事"、《双重人格》对人格的分裂和白日梦的迷恋、《地下室手记》里讨论人类社会发展理想问题、《死屋手记》关于人类生存问题的讨论等；托尔斯泰主义在各个时期重要作品的体现；梅列日科夫斯基的《基督与敌基督》长篇小说三部曲等等。文学作品作为思想史研究的材料是俄国文学的一个重要特征，这与俄国文学具有浓郁的知识分子属性有关。①

其次，是国外研究者对俄国文学的研究成果，例如以赛亚·伯林《苏联的心灵》、韦伯《论俄国革命》，冷战时期的成果赫德里克·史密斯《俄国人》② 等，包括中国学者的研究成果。

第三类是同时代人回忆录、杂志文献。巴纳耶娃《文学回忆录》、巴纳耶夫《群星璀璨的时代》、赫尔岑《往事与随想》、屠格涅夫《回忆录》，柯罗连科《同时代人的故事》，高尔基《文学写照》等，以及《现代人》《望远镜》《北极星》《俄国财富》等期刊。

四、形成文学思想史的话语

文学思想史研究对于俄国研究来说是一个新的角度，我认为也是一个适时的新领域。这个"适时"，我认为，较之于整个 20 世纪文学研

---

① 参见米尔斯基《俄国文学史》，刘文飞译，人民出版社 2013 年版。

② 赫德里克·史密斯：《俄国人》，上海《国际问题资料》编辑组译，上海人民出版社 1977 年版。

究来说，目前出现了形成文学思想史独立话语的时机。这与俄国文学研究的传统及其 20 世纪走向相关。

首先，20 世纪展开的俄国文学整体研究，主要成果集中在文学史研究和作家研究上，于文学思想史的研究甚微。这种倾向是对 19 世纪俄国文学研究传统的继续，西方俄国文学研究的代表例如法国外交家兼作家德·沃盖（Eugène-Melchior de Vogüé）的《俄国小说》（*Le roman russe*，1886）、西班牙女作家艾米莉亚·巴赞（E. Pardo Bazan）的《俄国的革命和小说》（*La Revolucion y la movela en Rusia*，1887）、德国柏林大学教授勃鲁克纳（A. Brückner）的《俄国文学史》（*A Literary History of Russia*，1908）等人的相关著作，基本上局限在文学研究"本身"。其次，在涉及文学现象的思想渊源问题上，现有成果的解释路径集中在"经济—政治—社会历史—宗教"等领域来解释，特别是东西冷战时期的文学研究，东方学术界集中在"经济基础—上层建筑"之间的辩证关系来解释，而西方学术界则集中在"政治制度—意识形态"之间的制约关系来解释，两者对于文学比较切近的"思想史"领域都比较少见。国内近期出现的专题研究成果，例如关于西方派与斯拉夫派研究、关于民粹派文学研究，已经具有初步思想史研究性质。第三，展开文学思想史研究，对于俄国研究来说，恰是很好的时机。20 世纪俄国研究包括俄国文学研究大致有一个这样的"版图"：苏维埃社会主义共和国联盟成立至斯大林去世，国内的俄国文学研究基本上是马克思主义思想立场观点占统领地位，文学社会学研究成果为唯一研究视角；一些另类思想家的研究成果处在被压制的处境，例如巴赫金的学术研究。而同一时期西方的俄国文学研究则建构了一个文学思想传统的"俄国—苏联"对立的思维模式，在一些优秀的学术成果例如米尔斯基《俄国文学史》（刘文飞译，人民出版社 2012 年版）、斯洛宁《苏维埃俄罗斯文学》（浦立民、刘峰译，上海译文出版社 1983 年版）和《现代俄国文学史》（汤新楣译，人民文学出版社 2001 年版）等则比较客观地表现"新与旧"

对立。冷战开始到 90 年代初期，俄国文学研究也基本上处在对抗状态，各自叙述，彼此交锋。苏联解体后，俄国国内文学研究逐步走向开放，阿格诺索夫的《20 世纪俄罗斯文学史》（中国人民大学出版社 2003 年版）在中国翻译出版后反响很好，同时，西方学术界的俄国文学研究以赛亚·伯林《苏联的心灵》为代表，而埃娃·汤普森《帝国意识：俄国文学与殖民主义》（北京大学出版社 2009 年版）则开始了文化研究的视野。相对于俄国和西方，中国学术界在回归传统文化研究的背景下，凸显出思想史研究的核心地位，开始走向一种相对多元的研究态势，思想史研究获得了比较广泛的认同。实际上，在中国学术研究的领域，基本上形成了"学术史—思想史—文学史"三个层面彼此交融的态势。

俄国人习惯于声称自己属于俄罗斯而不是欧洲或者亚洲，俄国文学由于其独特的艺术品格和鲜明的思想特征，获得一套自我表述的独特话语。研究 19 世纪开始的俄国社会文化近代化的进程在俄国文学思想史上的表现，则赋予这个独特话语实践一种可能。但是，构建出俄国文学思想史独立的话语体系，需要解决一个问题，即文学思想史的话语体系，特别是在走向近代化的社会文化语境下的文学思想史话语体系，需要客观反映形成这套体系的话语语境全貌，陈述各种意见领袖的声音，如实评价他们在构建这套话语体系的价值和地位，而不能简单地以某种意见和倾向为宗，其他思想和立场要么作为批判的对象，要么作为证明其正确的材料，以至于把文学思想史话语体系直接转变为某种意识形态的工具。在这个意义上，还原和评价 19 世纪俄国文学思想史的话语建构的场景本身，比话语评价的结论，更其关键，也更其重要。

高尔基学的形成（1900—1930）及其问题域①

一、作为学术史研究对象的高尔基学

"高尔基学"（Горьковедение 或者 наука о горьком）在俄罗斯文艺学研究领域长期以来都是一门"显学"，后来逐渐影响到了世界一些重要国家的文学研究。"高尔基学"意指有计划地、科学地和系统地对高尔基的生活、思想、创作和社会活动进行研究。一般认为，作为文学研究中的一个领域，它早在 20 世纪的 20—30 年代就出现在俄罗斯文艺学领域了。到 1928 年高尔基再次回到俄罗斯国内时，一股研究高尔基的热潮在俄罗斯文艺学界有规模地兴起，造就了"高尔基学"的基础。

其实，早在 19 世纪末期、20 世纪初期，对高尔基创作的研究，就已经吸引了文艺学界有经验的研究者。他们凭借高尔基的早期创作中所显示出来的特色，捕捉到了他对于俄罗斯文学的意义和价值。一些有远见的政治家，在高尔基的创作中看到了俄罗斯工人阶级愿望和情绪的艺术表现，看到了他的创作对于无产阶级伟大事业的价值，也纷纷写作了对他作品的评介，例如普列汉诺夫（Г. В. Плеханов）、列宁、卢纳察

---

① 本文最初发表于《东吴学术》2012 年第 3、4 期。

尔斯基（А. В. Луначарский）、沃罗夫斯基（В. В. Воровский）等，他们的评论文章的确对"高尔基学"在 20 世纪大部分时间的进行，起到指导作用。而到了 20 年代，卢纳察尔斯基就写作了将近 20 篇评论高尔基的文章；1932 年，俄罗斯文学所（"普希金之家"）成立了以杰斯尼茨基和巴鲁哈德伊为首的高尔基研究小组，高尔基向这个小组赠送了自己部分文献资料，即他在 1890 年到 1900 年间与蒲宁（И.Бунин）、安德烈耶夫（Андреев）、奥夫相尼科 – 库里科夫斯基（Д.И.Овсянико-Куликовский）等作家和批评家的通信。研究组在整理、分析、研究这些资料的基础上写出了第一套评价高尔基的创作和文学社会活动的论文集（也包括作品、资料）《高尔基·资料与研究》（1—4 卷，1934—1951）。以后，苏联的高尔基学逐渐发展起来，涌现出了一大批卓有成就的研究成果，成为文学研究领域的显学。

　　关于高尔基学形成问题，学术界比较一致的看法是：高尔基学开始于 20 世纪 20 年代末至 30 年代初。[①] 这个观点比较符合学术界的一般规范。的确，当我们要明确一个学术研究领域确定的研究对象、历史和边界的时候，必须具有四个基本条件：研究对象的确定性、研究队伍的规模、研究问题的格局形成和研究的一般历史。认为 20 世纪 30 年代标志着高尔基学的基本形成，在这四个方面具备了基本条件。一是研究对象的确定性。作为研究对象的高尔基，在他活着的时候，无论如何具有相当程度的不确定性，他的政治信仰、创作活动、艺术表现力等，都可能发生新的变化，作为研究对象来说，就是不确切的。1936 年，高尔基去世了，这一切划了个句号。无论是政治态度、立场，还是文学创作活动、艺术表现等一切都确定了，不再有变化的可能。而关键的是，作为一个单个的个人，他的生、他的死确定了。在 1868—1936 年之间，

---

① 谭得伶：《俄罗斯和中国的高尔基学简论》，见《谭得伶自选集》，世纪出版集团、上海人民出版社 2007 年版，第 126 页。

高尔基的生活、创作空间被固定下来，作为研究对象被确定下来，成为学术研究的关键前提。二是研究人员的基本规模。高尔基的去世，造就了学术研究领域的一个方向，即高尔基的创作、生活成为学术研究的一个重要问题，包括他的文学创作体现出来的基本规律，这个规律对人类业已掌握的文学创作基本规律的关系和意义、对俄国文学和世界文学的价值；他所创作出来的著名文学作品具有的思想价值和艺术价值；高尔基本人在俄国历史各个时期的文学活动和政治活动，与俄国社会进程之间的关系等等，这一系列问题，成为俄国学者迫切希望明确了解的，对于文学研究这个领域的专业人士来说，假如不为国人提供明确的解释，确实难以接受。所以，在高尔基去世之际，也是学者们普遍关注与高尔基相关的问题的开始，也是高尔基作为一个研究对象成立的时候。这个时期，苏联文学研究所成立了高尔基研究室，吸引了一批优秀的学者对高尔基相关的上述问题进行专门研究，形成了最初的专业研究队伍。三是基本研究问题格局。高尔基学的问题格局在30年代基本形成。例如作家传记研究，专注于高尔基各个时期的文学活动、社会活动、政治活动研究，帮助形成一个完整的高尔基生活史；经典作品解读，包括经典作品创作过程、传播过程、意义阐释、接受历史；文学关系学研究，包括高尔基对俄国文学、对世界无产阶级文学的关系，高尔基与苏联各民族文学之间的影响与被影响的关系等。一时期有一时期的学术，对于高尔基学也是如此。高尔基学的问题格局与20世纪30年代的学术氛围、思想氛围密切相关。严格说，高尔基学的整个格局和方向是在这个时期的政治气氛下形成的，唯有这样的环境，能够造就这样的问题格局。但是，问题涉及第四个方面时，出现了困难的局面。

二、高尔基学的特殊性

我们研究的对象具有一种特殊性，一旦我们理解了这个特殊性，似乎就可能放开自己的视野，脱离学术界的一般规矩来重新定位高尔基学的形成问题。在这个基本认识前提下，我们不妨加以补充：尽管大规模的高尔基系谱、传记、索引、目录、创作史等研究在 20 世纪 30 年代展开，但是，高尔基作为一位著名的文学家、社会活动家早在 19—20 世纪之交就引起了社会各界的广泛注意，不仅文学研究者在关注他、界说他、评论他，政治家、社会学家、文化学家也都在试图在各自的思想框架下来阐述他。与 1900 年代最初几年相比较，例如 1901—1904 年，在各类报纸、杂志上，几乎每天都有评论文章发表。据统计，从 1902 年 9 月到 1904 年 12 月，各类俄文和外文出版的描述高尔基的书籍达到 100 多种。因此，把这个高峰值定在 1898—1910 年之间是合适的。与一般的学术史研究对象（例如但丁学、莎士比亚学）的确定方式不同，高尔基学的研究对象——不仅是文学研究的对象，而且是全社会关注的对象；不仅是后代学者关注的历史存在（学术史的研究对象往往如此），而且是当代各领域学者、艺术家和政治家、社会活动家关注的现实存在（这是它的特殊性所在）。因此，笔者倾向于提出：高尔基学在 1898—1910 年间就产生了。

在此，应该予以补充的第一个观点是：从时间上来说，对高尔基的研究实际上从 19 世纪末期就开始了。例如，明斯基（Н.М.Минский）1898 年发表的评论《苦闷的哲学和意志的渴望》、波什（В.А.Поссе）同年发表的评论《抗议者的苦闷的歌手》、斯卡比切夫斯基（А.Скабичевский）同年发表的述评《高尔基：特写和短篇小说》和后来发表的《高尔基才华的新特点》等，特别是沃罗夫斯基、米哈伊洛夫斯基（Н.Михайловский）、费罗索菲（Д.В.Философов）、梅列日科夫斯基（Д.С.Мережковский）发表了一系列论文（1898—1910年间），都在世纪之交完成，并产生了重要影响。

要补充的第二个观点是：高尔基研究的一些基本问题、一些关键问题的基本立场，在这个时期就已经形成，成为整个世纪的学术定论。例如，高尔基创作的基本性质、高尔基经典著作的思想内涵和艺术创新、高尔基与俄国社会各个时期基本问题（与1905年革命、与二月革命、与十月革命、与苏维埃政府，他之出走西欧等）之间的关系等、高尔基的宗教观和文化观、高尔基与无产阶级文学运动之间的关系等，这一系列问题，在30年代之前得到比较系统的研究，基本结论确定后在后来半个世纪得到学术界的认可。

必须补充的第三个观点是：高尔基研究的重要代表在30年代之前就确定了自己的学术地位。我们后来接受并作为其他问题研究前提的一系列观点，基本上来自于列宁、普列汉诺夫、沃罗夫斯基、卢那察尔斯基、梅林等人的研究成果，一些重要的研究史料，来源于蒲宁、科罗连科、米哈伊洛夫斯基、费罗索菲、契诃夫、梅列日科夫斯基、列夫·托尔斯泰、扎伊采夫、霍达谢维奇、安年科夫、楚科夫斯基、列米佐夫、明斯基等人。上述人员实际上成为高尔基学的第一批学者。他们提出的观点、提供的研究史料，成为以后研究的依据，有的观点影响了整个高尔基学，至今被沿用。沃罗夫斯基和鲍恰洛夫斯基（В.Боцяновский）的研究工作特别值得注意。前者确定了高尔基1910年前创作分期问题，后者1901年编订了高尔基早期文学系年。

因此，笔者明确把高尔基学产生的时限提前到1900年代前后，把清理好这个时期的学术研究成果作为学科基础来把握。笔者理解，从1900年代到30年代，高尔基学构成了下列基本特点：

第一，把高尔基的创作和思想与俄国社会运动密切联系在一起的研究方法；

第二，以意识形态批评为主体的研究路径；

第三，产生了一批介入高尔基研究的理论家，他们不仅是政治家、思想家，而且是素养很高的文学鉴赏大师，这个队伍的特点决定了高尔基研究一开始就摆脱了学究式的研究层次，成为高层次的研究领域。

第四，提出了一系列对后代高尔基研究有重要意义的命题，这些命题不仅是高尔基研究领域，而且也关联到文学艺术创作和研究的一般规律，所以，它们具有世界观和方法论的意义。

关于这一时期的研究态势，应该注意以下几位学者的研究成果：明斯基、波什、斯卡比切夫斯基、鲍恰洛夫斯基、普列汉诺夫、列宁、沃罗夫斯基、卢那察尔斯基、梅林等。

三、1900 年代之交的高尔基研究：语境和重要代表

（一）1900 年代高尔基研究的语境

19—20 世纪之交，俄国社会进入了一个新的发展时期。1861 年 2 月，俄国农奴制度改革后，统治俄国社会 400 年的陈旧制度退出了政治舞台，资本主义社会关系得到了迅猛的发展。从 1861—1895 年这个历史时期，俄国社会处于一个复杂的社会发展阶段。列宁把 19 世纪俄国历史称作解放运动的历史，它"经历了三个主要阶段，这是与影响过运动的俄国社会的三个主要阶级相适应的，这三个主要阶段就是：（一）贵族时期，大约从 1825 年到 1861 年；（二）平民知识分子或资产阶级民主主义时期，大致上从 1861 年到 1895 年；（三）无产阶级时期，从 1895 年到现在。"① 根据这个描述，高尔基作为文学新星崛起并被社会各

---

① 列宁：《俄国工人报刊的历史》，见《列宁论文学与艺术》，人民文学出版社 1983 年版，第 160 页。

界广泛注意的时期，正好是 1895 年之后，是俄国解放运动的"无产阶级时期"。这个时期的社会历史特征，决定了高尔基的创作内容，也决定了高尔基被接受、被解释的历史语境。

俄国解放运动发展的无产阶级时期，在社会力量方面存在着此起彼伏的变化格局。贵族作为一个阶级已经分崩离析了，他们已经退出社会政治舞台，但是，在广大的农村尤其边远的农村，它的残余还存在着；农民阶级由于农奴制度解体也处在大规模分化时期，大部分农民受新的劳动关系制约，仍然被土地束缚在农村，其中一部分发达了，成为土地的新主人或商人、工厂主、资产者；一部分沦落了，再次失去了土地，成为佃农或者流落到城市，成为流浪者；还有一部分同样失去了土地，进入城市、工厂，成为工人阶级的成员。大致可以表述为：迅速衰落的贵族阶级，急剧分化的农民阶级，不断壮大的工人阶级，野心勃勃的资产阶级。19—20 世纪之交俄国解放运动的特征在于，它的重心和中心不是在广阔农村，而是在中心城市。这决定了俄国社会解放首先是在城市进行，再推广到广大农村去。同样，这也决定到参与解放运动的基本力量是城市市民：工人、平民、士兵、知识分子，农民是这支队伍的后备力量。

但是，另一个问题也必须得到注意。实际上，俄国社会发展还有另一个不同的方向。假如说，以工人阶级、城市平民、农民出身的士兵和进步知识分子为一方价值取向的话，那么，以工厂主、商人、官僚、小市民等为主体成为另一个发展取向。二月革命之前，上述两种力量联合起来，推翻了罗曼诺夫王朝；二月革命后，他们之间开始争夺俄国社会的未来。

高尔基作为文学界迅速崛起的新星，吸引了俄国社会各种力量的注意。这个年轻的文学国度以对文学的特殊敏感，很快把高尔基变成各种话语的战场。各种社会力量纷纷发表对他和他作品的阐释，极力把他纳入自己的话语权力之内。这样，社会民主党、自由民主派、宗教文化派等派别都按照自己的话语惯例阐释高尔基，有人在他那里看见了尼采，有人读出了流浪汉，有人读出了马克思主义……

1900 年代之交，高尔基正是在这个语境下被接受、被阐释着。高尔基学所凸显出来的，也是在上述话语权力支配的基本问题。

（二）高尔基学重要的代表

1.尼古拉·米哈伊洛维奇·明斯基（1855—1937）被认为是最早发表高尔基评论文章的人。明斯基是个诗人、哲学家、杂志编辑，也是社会活动家，与革命团体社会主义者、革命者过从甚密。1905 年出版了布尔什维克的报纸《新生活报》，此后便长期流亡法国。他提出美学的原因是"生命力"的观点，著作《在良知的光芒下：关于生命目的的意义和幻想》发展了这个学说；它是"新艺术"形成最终"标志"之一。1898 年，他在《新闻》138 期批评栏（第 17—26 页）里发表了《苦闷的哲学与意志的渴望》一文，最早系统评论高尔基的生活与创作。他表示，"高尔基刻画的不是普通的流浪汉，而是那些高级流浪汉和无业游民，是某种新的外省的尼采学说和亚速海的恶魔思想的宣传者。"① "几乎在高尔基的每一部作品中都能找到这一哲学思想的痕迹。生活的苦恼和对自由的渴望，这个自由是自发性的自由，而不是理性上的自由——高尔基从没有停止过弹奏这两个旋律，从没停止过拨动这两根琴弦，因此他的作品具有众所周知的完整性，但同时也存在着过于千篇一律的问题。我承认，我不能确定高尔基的哲学观念是对尼采学说和易卜生式个人主义的映射。如果这些学说确实在年轻的小说家的世界观中反映出来，也是以改头换面的形式，未必有一个查拉图斯特拉的拥护者会同意用俄罗斯式的勇气来代替那种超人的自由，用奔逃到库班来替

---

① Максим Горький: за или против.изд. "хрестьанство—гуманидарный институт", Санкт.., 1997, стр.309.

代在善与恶之间的求索。但是，尽管如此，高尔基的文集依我之见仍是严肃的文学现象，至少年轻的作家敢于独立地看待生活，没有受到那些警惕地限制俄国知识分子眼界的教师和家庭教师的影响。高尔基是个有勇气的人，这种勇气——代表着杰出的力量。"① 明斯基还对高尔基早期创作里的"忧郁""苦恼""悲伤"等与时代不适应的情绪做了深入研究，认为，这个情绪的内涵是独特个性和生活对社会的抗议。

2. 高尔基研究史上，最先对作家发表评论之一的，还有弗拉基米尔·亚历山大洛维奇·波什（1864—1940）。他在 1898 年主编《生活》，吸引高尔基进入编辑部，1901 年 4 月，高尔基发表《海燕之歌》后被逮捕。他曾经尝试在伦敦编辑出版杂志。留有回忆录。他在 1898 年 11 月号的《启蒙》上发表题为《抗议者的苦闷的歌手》一文，对高尔基最初的两卷集《特写和短篇小说》予以集中评述。他盛赞《切尔卡什》《心痛》等小说，称："作者是下层阶级出身，这个人一定饱受穷乏的围困，也许目前仍在穷困潦倒的困境里挣扎。"他断言："高尔基未必不是第一个在作品里直接反映了工人群众的心灵、反映了俄罗斯流氓无产者的心灵的天才作家。我们许多优秀的作家，即使他们反映人民的生活的时候，也只是贵族、资产阶级和知识分子的俄罗斯的代表；而高尔基即便在刻画商人、平民知识分子和一般知识界人士时，也仍然是无产者作家、流浪汉作家。"② 这个判断影响了学术界对高尔基的定位。长期以来，他就被作为无产者、流浪汉作家存在，被学术界从这个角度阐释。

3. 契诃夫是高尔基早期很关键的批评者。他的批评很经典。在1898 年 11 月，高尔基把自己新出版的书寄给他，12 月 3 日，他回复一封信说："你问我对你所著的小说有何意见。我的意见吗？我以为你在

---

① Максим Горький：за или против.изд. "хрестьанство—гуманидарный институт"，Санкт..，1997，стр.314.

② Максим Горький：за или против.изд. "хрестьанство—гуманидарный институт"，Санкт..，1997，стр.226.

这方面是具有无可怀疑的天才，一种真正的、伟大的天才。例如在你的《在草原上》'On the Steppe'那篇小说里，写得那样的有声有色，我看了恨不得这篇东西是我自己写的，竟怀着不胜妒羡的意思。你是一个艺术天才，一个具有聪明眼光的人；你对事物能有敏锐的感觉，你是个写生能手，再说得具体些，当你描写一物的时候，好像你看见，并用你的手去接触它似的。这是真正的艺术……我开头要说的是依我的意见，你在文章里缺乏自制的能力。你好像戏院里的一个看客，他看得手舞足蹈的喧嚷着，一点不稍隐藏地表现他的快乐，以致使他自己及别人都听不见舞台上的声音。在你的作品里，这种自制力的缺乏，尤其显然的是你对于自然的描写，你往往用这样的描写穿插打断了谈话。读者看到你这样描写，每觉得冗长，以为还是紧凑些，短些来得好，例如只需两三行就够了……""你唯一的缺点是缺乏节制，是'精炼'的缺乏。一个人对于某种准确的动作，能用最少数量的活动来表现，那便是'精炼'。看你小说的人，感觉到你有辞费的地方……"① 契诃夫的这个评价，虽然不是首先见诸报刊，但却是对高尔基早期文学创作的准确评价。他的简要评述切中了高尔基早期创作的特点（也许是缺陷？），也许只有像契诃夫这样的伟大作家才可能提出。

4. 亚历山大·米哈伊洛维奇·斯卡比切夫斯基（1838—1910）于1898年《祖国之子》第116、123、219期批评栏上发表短评《高尔基。特写和短篇小说集，两卷集》。在1899年219期《祖国之子》批评栏上发表《高尔基才华的新特征》。斯卡比切夫斯基是俄国著名的文学批评家和文学史家，著有《新文学史（1848—1890)》一书，70年代转向民粹派。斯卡比切夫斯基对高尔基的才华性质作出了断然的界定："高尔基是为无家可归的赤脚乞丐写作的诗人，是为在城市间流浪的勇敢的流

---

① 转引自邹韬奋《革命文豪高尔基》，上海三联书店1987年版，第175—176、176—177页。

浪汉们写作的诗人，是为那些把昨天挣来的钱全部用来喝酒的人写作的诗人，这些人像天空中的鸟儿一样，并不考虑明天他们将要面对什么。"他否定了高尔基具有马克思主义思想的可能性："我相信有的读者已经发现在高尔基作品中，有些主人公鄙视农民且义愤填膺地对待他们，以为自己在道德方面高于这些农民，——同时这些读者认为，高尔基的信仰可能是类似于新马克思主义的东西。"同时，也否定高尔基对工人阶级的倾向性："但这是个很大的误解，高尔基要是马克思主义者，我们就能从他的作品中体会到其较农民而言，工人阶级特殊的理想化；但在他的小说中，我们并没有看到类似的内容。高尔基完全没有接触过工厂的生活。据他称城市中的手艺人为被摧残的并受劳动奴役的人，与农民是一样的，想必他不会对工人有特别高的评价，因为在他眼中，他们同样无非是受机械劳动支配的奴隶。在高尔基的小说中，没有特别讨人喜欢的主人公。他们完全脱离了政治经济理论范围，他们并没有西方的无产阶级思想，他们身上并没有表露出受西方无产阶级思想影响的特征。"[1] 他认为，高尔基就是俄国社会独特的群体——流浪汉的艺术表现者，就是"对流浪的热爱"的群体。

5. 弗拉基米尔·费奥菲罗维奇·鲍恰诺夫斯基（1869—1943）《追问生活的意义》（1900）发表在 1900 年第 8 期《世界历史快讯》上。他是一位批评家、戏剧家、文学史家。他整理出版了高尔基生活年谱、评论文章索引目录，对早期高尔基研究作用很大。据他私下承认，高尔基的出现一举对他文学趣味的形成给以决定性影响，从 1900 年开始，鲍恰诺夫斯基专注于研究高尔基等新现实主义团队的批评、政论活动，编辑出版过安德列耶夫和魏列萨耶夫年谱。鲍恰诺夫斯基强调高尔基对人物个性、个人意志的看重："高尔基是一位勤勉的宣传者、斗士，不仅

---

[1]　斯卡比切夫斯基：《高尔基。特写和短篇小说集，两卷集》，1898 年《祖国之子》第 116、123、219 期批评栏。见 Максим Горький：за или против.изд. "хрестьанство-гуманидарный институт"，Санкт..，1997，стр.262-272。

仅用文字来斗争，他是在用整个生命斗争，为了捍卫个性的自由而战斗。"他们永远是周围庸俗环境的敌人："高尔基笔下的主人翁是忧国忧民的，他们渴望什么？他们有什么理想呢？首先，这些人物都比周围的环境要好，他们非常厌恶小市民的幸福感，他们永远在寻找更高的境界、寻找自己的位置。"① 实际上，他笔下饥饿苦恼的人物群像，正是在庸俗的环境包围下无所适从、无所事事，他们的酗酒、放荡、流浪，多半正是对周围的抗议。

6. 尼古拉·米哈伊洛维奇·米哈伊洛夫斯基（1842—1904）。米哈伊洛夫斯基是俄国著名的社会活动家、政论家、民粹派重要的思想家，曾长期主编《俄罗斯财富》，科罗连科和高尔基都在上面发表过重要作品。他是高尔基最早的、也是最重要的评论家之一。1898年，他在《俄罗斯财富》第9、10月号上连载了长篇论文《论马克西姆·高尔基和他的主人翁》。他写道："我感觉到，高尔基被某种对他而言还不完全明了的思想所俘虏了；尽管不清晰，却将他俘虏了，可能正是由于不清晰才战胜了他。只有当他摆脱了这一思想的压迫从中解放出来——或是将它完全抛弃、或是掌控住它的时候，我们才有可能去最终评判他的文学成果的规模和意义。他十分了解他所描写的世界，这一点毫无疑问，但是我们还是觉得一些主题的反复出现令人生疑（尽管，这些主题是有趣的），甚至一些话语和表达方式也是反复出现；更为可疑的是，高尔基不是让流浪汉，或是传说中的寓意性的人物说出这些话语，而是让两个疯子说的。我想，这证明，高尔基在作品当中加入了一些他并没有看到、但却十分令他感兴趣的东西。这也许不是什么大不了的事情，但是，恕我直言，可能，这也完全不是成功的描写，高尔基还没有完全掌握这个吸引他的东西，还没有熟悉到能把这个思想转化为形象和画面。吸引作家的思想没有和他的观察融合成一个有机的整体，作者只是把思

----

① 　鲍恰诺夫斯基：《追问生活的意义》，《世界历史快讯》1900 年第 8 期。

想硬塞给了他的人物，从此就造成了艺术分寸感的缺失……"① 米哈伊洛夫斯基的这个评论很有代表性，也很有远见。在 1898 年出现的第一批高尔基研究者里，米哈伊洛夫斯基的观点以深远的文学历史感、高雅的艺术品位和准确的判断力，对 1900 年代最初十年的高尔基学具有重要价值，特别是高尔基创作中的"思想力"的性质和作用问题。

7.普列汉诺夫（1856—1918）在高尔基学领域的学术贡献是特殊的，具有标志性意义。他以当时马克思主义文学批评的最高水平研究了高尔基的新创作，树立了意识形态文学批评的榜样。普列汉诺夫的高尔基研究表现在《论工人运动的心理》（1907）、《谈谈俄国的所谓宗教探寻》《再论宗教》《黑帮》（一译《黑色百人团》）和致高尔基的三封信件里。他对高尔基学的建立具有重要贡献。他的贡献主要体现为三点：（1）独具只眼对高尔基发表的中篇小说《母亲》给予了专门的评论；（2）对高尔基代表戏剧作品《仇敌》给予了专门的高度评价，对小说《马特维·克日米亚金的一生》、剧本《太阳的孩子》等也给予了高度的评价；（3）结合社会政治运动，对小说《忏悔》和高尔基参与所谓"宗教探寻运动"给予了尖锐批评。

（1）对小说《母亲》的批评。《母亲》在俄国国内公开发表是1907—1908 年《知识》文集第 16—21 卷。在相当长的时期内被认为是高尔基的代表作，也被认为是世界无产阶级文学的最高水准的代表，好评如潮，佳评如潮。细细品味这个地位的获得，有三个方面的原因：一是在俄国工人阶级运动渐次达到高峰的世界背景下，《母亲》表现俄国工人的思想成熟和人格成长历程，为国际工人运动的开展提供了一个学习的榜样。二是列宁对这部作品有一句间接的酷评："这是一部及时的书。许多工人都是不自觉地、自发地参加革命运动，现在他们读一读

---

① Максим Горький：за или против.изд. "хрестьанство—гуманидарный институт", Санкт.., 1997, стр.379-380.

《母亲》一定会得到好处。"应该说，在 1905 年的俄国社会背景下，表现工人运动是文学界的时尚题材，整个世界被如火如荼的工人运动吸引住了眼球，高尔基创作并出版《母亲》应该说是一种时髦之举。高尔基回忆，列宁在与之见面时首先谈到了"书的某些缺点"，至于这些缺点是什么，至今我们没有见到相关文献。① 列宁接下来对小说的评价基本上是以教科书的标准来进行，谈不上什么文学性评价。为什么说列宁的这个评价是"间接的"呢？因为这个评价只是出现在高尔基自己的《回忆录》里，而不是列宁本人发表的文献里，但长期以来学术界把它作为列宁本人的观点。这是耐人寻味的。三是除去上述两点，《母亲》表现出来的浪漫主义精神，对于这个时代追求艺术现代性的俄国读者来说，是一种流行风格。关于这个提法，长期以来流行的观点认为，《母亲》体现出很强的现实主义和浪漫主义相结合的风格；而在回答沃罗夫斯基对母亲形象的著名评论时，高尔基本人倾向于强调这部小说的现实性、实在性。但是，放在 1900 年代的俄国文学艺术界，《母亲》既不是现实主义的，也不是浪漫主义的，认为它是现实主义的风格，是为它的题材所迷惑，似乎取材于工人生活、罢工、党派等，难道不是现实主义性所强调的吗？但是，回到现场去听当时的文学批评家的声音："四年前高尔基创造了一个无产阶级老母亲尼洛夫娜的形象，母爱的力量使她从一个畏缩、可怜的村妇变成了她儿子在为工人事业斗争的艰苦道路上一个自觉而理智的助手。诚然，尼洛夫娜的形象是罕见的、理想化的，与其说是在日常生活中常有的人物，倒不如说是可能有的人物；正因为这样，所以跟儿子并肩斗争的尼洛夫娜就显得是一个虚构的、难以令人信服的典型。"② 高尔基曾经辩解说，在现实生活中他认识很多和儿子一起被法庭判有罪的母亲。正如理论家所说，现实中的个数并不是典型的

---

① 见吴元迈《探索集》，外国文学出版社 1986 年版，第 247 页。

② 沃罗夫斯基：《两个母亲》，见《沃罗夫斯基论文学》，人民文学出版社 1981 年版，第 350 页。同样的观点还体现在《马克西姆·高尔基》，版本同上，第 284 页。

唯一依据。《母亲》也不是浪漫主义的。作为一种历史上曾经存在过的文学思潮，卡拉姆静、普希金的浪漫主义文学作品曾使洛阳纸贵。但是，时过境迁，在1900年代的文学，即使使用的技术手段是浪漫主义使用过的，也不能因此被认为是浪漫主义的。这个时期文学作品的浪漫主义技术手段反倒像障眼法，具有相当程度的现代性迷惑色彩。《母亲》被认为是现实主义与浪漫主义相结合的典型，是30年代理论环境，应该注意《母亲》文本的多变性。米亚斯尼科夫注意到，"《母亲》每次再版，一直到1920—1927年出版文集时，高尔基都做了大量修改。这位要求严格的艺术家十分重视对语言的加工。在修订过程中高尔基对人物的性格也做了相当多的改动。例如，在最早的版本中，母亲是个老太婆，而现在则是个四十岁的妇女；艺术家从小说中删除了尼洛夫娜关于宗教内容的许多议论，他还去掉了安德烈·那霍特卡的抽象人道主义的议论，减少了偶然出现的人物，特别是缩小了法庭上辩护人的作用，加深了巴威尔的心理描写。这一切都使得作品变得更好，加强了它对群众的思想影响。"[1] 但是，假如我们打开的文本里，尼洛夫娜是个老太婆，她满口是宗教言辞，那会怎样呢？所以，我认为，现实主义和浪漫主义风格同时在这个作品里出现，显得有些怪异，把它们看作两结合可能有点简单化；把它们看成是现代主义风格的两个因素可能更合适。宗教话语、人道主义抽象议论、写实风格、浪漫手法——这就是高尔基《母亲》里体现出来的时尚，它似乎有些诡异呢。

普列汉诺夫对高尔基的这个"代表作"提出的意见，具有前瞻性。作为一位马克思主义文学理论家，他强调文学作品里表现出来的艺术性和思想性、艺术家与思想家之间的辩证关系，"对一个艺术家，即一个主要用形象的语言说话的人来说，充当一个宣传家，即一个主要用逻辑

---

[1] 米亚斯尼科夫：《论高尔基的创作》，陈寿朋、孟苏荣译，内蒙古人民出版社1983年版，第242—243页。

语言说话的人的角色是多么不合适。"① 作为一个著名思想家，普列汉诺夫基本上否定了高尔基《母亲》里所力图表现出来的所谓"马克思主义"（实际上是列宁主义）地理解俄国工人运动的实质，认为《母亲》乃是"乌托邦主义"："看来高尔基先生已经认为自己是一个马克思主义者：他在自己的长篇小说《母亲》中表现出是一个马克思观点的宣传者，但是小说所表现的是，对扮演这些观点的宣传者这个角色来说，高尔基是完全不适合的，因为他完全不理解马克思的观点。"② 当然，像列宁一样，普列汉诺夫也仅仅从思想内容层次上评价高尔基，没有从文学艺术的角度来评价，但是，假如我们把他和列宁看法之间的差异简单地局限在政治立场之间，就不够了。普列汉诺夫对《母亲》的批评还有一点，就是批评高尔基把马克思主义思想宗教化理解，须知，出版这部作品之后不久，高尔基发表了中篇小说《忏悔》。后者狂热地鼓吹寻神主义、造神思想，是高尔基参与波格丹诺夫、卢那察尔斯基领导的相关团体的思想产物。仔细检索《母亲》，我们可以发现母亲形象与马特维形象的神似之处，在他们身上，马克思主义学说与宗教所造之神具有相同的功能，在他们的人格发展道路上所起的作用是一样的。注意到这一点很关键。普列汉诺夫认为《母亲》和《忏悔》具有一致性，是"政论式创作"路线的结果。他评论道："我们应该承认，高尔基的宗教思想所给人的印象正似乎是从别人的菜园里摘来的一些黄瓜，它们完全不是在现代社会主义思想所赖以生长和成熟的那种土壤上长出来的。"③ 这个观

---

① 米亚斯尼科夫：《论高尔基的创作》，陈寿朋、孟苏荣译，内蒙古人民出版社 1983 年版，第 244 页。

② 普列汉诺夫：《再论宗教》，载《普列汉诺夫论文学与美学》第一卷，苏联文学出版社 1958 年版，第 132 页。译文引自吴元迈《探索集》，外国文学出版社 1986 年版，第 248 页。

③ 普列汉诺夫：《论俄国的所谓宗教探寻》，见《普列汉诺夫文集》俄文版，第 17 卷，第 260 页。译文引自米亚斯尼科夫《论高尔基的创作》，陈寿朋、孟苏荣译，内蒙古人民出版社 1983 年版，第 282 页。

点是在评论《忏悔》里提出的，但可以用在他评论《母亲》的立场上。

（2）普列汉诺夫对戏剧作品《仇敌》作了高度评价。普列汉诺夫认为，这个作品"内容异常丰富，谁要是不想看到这一点，谁就是闭着眼睛说瞎话。"在这个肯定的总前提下，普列汉诺夫着重讨论："描写阶级斗争的艺术家，应该向我们表明，剧中人物的精神状态时是怎样受阶级斗争的支配的，阶级斗争是怎样决定他们的思想和感情的。总之，这样的艺术家必须同时又是心理学家。高尔基的这篇新作品之所以出色，正是因为它在这一方面已经符合了严格的要求。《仇敌》恰好在社会心理方面是很有意思的。我很愿意把这个剧本推荐给一切对现代工人运动的心理感到兴趣的人们。"[①] 应该说，普列汉诺夫用《仇敌》里的人物作为例证，很有力地说明了现代工人运动中群众心理——觉悟了的工人阶级是如何对待阶级命运、个人命运、金钱、道德等这个时代不能回避的问题："'上等阶级'的道德家说：你要避开恶，创造幸福。无产阶级的道德说：'纵然你避开了恶，你终究还是在维护它的存在；要创造幸福，就必须消灭恶。'道德的这个差别根源在于社会地位的差别。马克西姆·高尔基通过列夫欣给我们鲜明地描绘了我所指出的无产阶级道德的这个方面。单凭这一点就足以使他这个新剧本成为杰出的艺术作品。"[②] "最有学问的社会学家可以从艺术家高尔基那里，从已故的艺术家格·伊·乌斯宾斯基那里学到很多东西。他们那里有很多发人深省的东西。"[③]

他的逻辑很清楚：好的文学家是应该通过自己的艺术眼光抓住社会生活中本质的东西的；20世纪初期俄国社会生活的本质就是工人运动如火如荼地开展、工人阶级作为一种社会历史力量已经成熟，他们的阶级意志在社会生活的各个方面都表现出来了；作家在表现这个社会趋势时必须处理好艺术性和思想性之间的矛盾，让思想性的东西在艺术表现

---

① 《普列汉诺夫美学论文集》，曹葆华译，人民出版社1983年版，第591页。
② 《普列汉诺夫美学论文集》，曹葆华译，人民出版社1983年版，第614页。
③ 《普列汉诺夫美学论文集》，曹葆华译，人民出版社1983年版，第615页。

中自然而然地流露出来，而不是去做某种思想的宣传家；在高尔基的创作中，《仇敌》比《母亲》更好地处理了这个辩证关系。

普列汉诺夫对高尔基《仇敌》的研究，开辟了一种意识形态文学批评的基本模式：从主人翁身上所体现出来的突出品质，与社会历史运动产生的新生事物相比较，结合工人运动的要求，对文学形象、主题作出精辟的评价。这种研究模式也体现在他研究《忏悔》《马特维·克日米亚金的一生》等一系列作品中，这也与他在《亨利·易卜生》《从社会学观点论十八世纪法国戏剧文学和法国绘画》等文学批评文献里的立场、观点、方法是一致的。

（3）普列汉诺夫对《忏悔》和高尔基参与宗教探寻的批评。高尔基参与1900年代初期俄国知识界一批人的宗教探寻运动，受到了进步社会尤其是列宁和普列汉诺夫的尖锐批评。列宁对高尔基的批评，我们另外行文论述，这里着重叙述普列汉诺夫的批评。

普列汉诺夫对高尔基文学生活中的宗教情结一直持批评态度，在这方面发表的专门著述是《谈谈俄国的所谓宗教探寻》《再谈宗教》《黑帮》等。作为一个马克思主义者，普列汉诺夫对于宗教在古代民族生活中发挥的重要作用具有清醒的认识，在《没有地址的信》《艺术与社会生活》等著述里有专门的研究，其结论仍然没有过时。总的观点是：宗教是古代民族为了生存与自然（气候、环境、动物）、与他者（其他部落）竞争的智慧结晶，原始民族的图腾都与社会生活、经济活动有密切的关系，随着这些社会生活因素、经济活动在民族生活中逐渐消逝，原先可以看得很清楚的那种联系，现在模糊了、消逝了，图腾和宗教活动就只剩下了形式。这时人们产生了一种错觉，似乎宗教生活与人们的社会生活无关。实际上，只要我们把特定民族的宗教与其社会生活和经济活动联系起来做历史考察，就会清晰地看到这个联系。但是，普列汉诺夫对当代社会中的宗教探寻却执激烈的反对意见，对高尔基附和波格丹诺夫、卢那察尔斯基等"前进派"搞寻神运动、造神运动，提出了尖锐的批评。"我不打算分析中篇小说《忏悔》。谈到这篇小说时，我要谈的不是作为艺术家的高尔基，而是作为宗教宣传家的高尔基。他和卢那察尔斯基先生宣传着同样的东西。但是，他知道得更少（我不想因此说，卢那察尔斯基知道得很多）；他更幼稚（我不想因此说，卢那察尔斯基先生不幼稚）；他更不了解现代的社会主义理论（这决不是说，卢那察尔斯基先生很了解这种理论）。因此，他想给社会主义披上宗教法衣的企图失败得更惨。""高尔基的宗教思想给人留下的印象正是别人菜园里的黄瓜，这种黄瓜根本不是在现代社会主义思想赖以生长和成熟的土壤上生长起来的。高尔基想给予我们宗教哲学，而实际上他给予我们的……只是一种想法；他多么不了解这一哲学啊！"[1] 他把卢那查尔斯基比作干草堆，把高尔基比作勃朗峰，那么，为什么高尔基这个勃朗峰会受卢那查尔斯基这个干草堆的第五宗教的影响呢？普列汉诺夫说："高尔基在俄罗斯文学中的意义在于，他在适当的历史时机在许多富有诗意的特写中贯穿着他笔下的老太婆伊则吉尔所发表的思想：'要是一个人喜欢功勋，他总可以建立功勋，而且也会找到能够建立功勋的地方。你知道吧，生活里总有让人建立功勋的地方。'但是，如此有力地激动俄国读者心灵的这位富有诗意的歌颂功勋的歌手，却不大了解现代俄国的先进人士建立功勋的历史条件。在理论方面，他落后于时代太远了，说得好听点，他还没有赶上时代。因此，他的心灵中还有神秘主义的地盘。他的勇敢的马尔华迷恋于神人阿历克赛的生活。高尔基像他自己的马尔华。他赞颂功勋的美，同时又不反对从宗教的角度来看功勋。这是令人遗憾的重大弱点。正是由于这一令人遗憾的重大弱点，小小的干草堆才能使巍巍的高山受它的影响。"[2] 这个结论对于高尔基学的意义是永

---

[1] 普列汉诺夫《论俄国的所谓宗教探寻》为标题的三篇文章，选自《普列汉诺夫哲学著作选集》第三卷，生活·读书·新知三联书店 1962 年版。

[2] 普列汉诺夫：《论俄国的所谓宗教探寻》，选自《普列汉诺夫哲学著作选集》第三卷，生活·读书·新知三联书店 1962 年版。

久的，也许，在后来的斯大林时期直至 80 年代，高尔基学都回避着这个观点和它涉及的现象，但是，它却存在着，让研究者不能忽视它，给予研究者一个限度……

8. 列宁（1870—1924）在高尔基学中的地位。列宁在高尔基的思想和文学创作中占有重要的地位。20 世纪贯穿高尔基学的一些基本问题，与列宁的论述有着密切的关系。作为高尔基生活中的好友和给予重要思想影响的人，列宁一直影响着高尔基，以至于在列宁去世后，高尔基写下了他最动情的回忆录。

列宁在高尔基学的确立过程中，有三个事件值得注意：第一，对小说《母亲》的肯定；第二，对高尔基参与"寻神—造神"运动并在文学创作、思想上反映的批评；第三，围绕十月革命和《不合时宜的思想》，列宁与高尔基的争论及其影响。这三个事件确定了列宁在高尔基学中独特的、甚至任何人不能取代的地位。

小说《母亲》出版后，在读书界产生了广泛的影响，这个影响的方向并非作者所预料。关于作者创作力衰竭和毁灭的意见，《母亲》不是艺术作品而是政论、是马克思主义思想的宣传物等意见，影响很广，甚至一直对作者极为肯定的马克思主义文学批评家也对高尔基的创作方向提出质疑。列宁虽然没有撰写专门的文章阐述自己对这部作品的看法，但是，在与高尔基的交谈过程中，他表达了一个很有意思的见解，这个见解为高尔基所接受，记载在回忆录里："这是一部必需的书，许多工人都是不自觉地、自发地参加了革命运动，现在他们读一读《母亲》，一定会得到很大的益处。"高尔基回忆道："'一本非常及时的书'。这是他对我的唯一的然而极其珍贵的赞语。"[①] 实际上，列宁没有回应读书界关于高尔基的天才、创作力的质疑，也没有就这个作品的艺术方面说什么独到的话，他只表达了一个方面的意见：《母亲》具有非常及时

---

① 高尔基：《列宁》，见《列宁论文学与艺术》，人民文学出版社 1983 年版，第 411 页。

的教育价值，而这个意见一直影响到学术界的评价趋向。

对高尔基参与"寻神—造神"运动并在文学创作、思想上反映的批评，是列宁给高尔基学留下的另一个遗产，即批评高尔基"离开无产阶级的观点而去迁就一般民主的观点。"① 在 1913 年 11 月 13 或 14 日的信里，列宁批评了高尔基对造神论的迷恋，指出："基督教的幻想同对于无产阶级和共产主义思想十分危险而有害的资产阶级民主的幻想交织得何等紧密！"②"您却拿最甜蜜的、用糖衣和各种彩色纸巧妙地包着的毒药来诱惑他们的灵魂！！真的，这太糟糕了。"③

围绕十月革命和《不合时宜的思想》，列宁与高尔基的争论产生了重大影响。高尔基在《新生活报》上发表了一系列文章，显示出与新生的布尔什维克政权严重分歧。列宁在 1919 年 7 月 31 日给高尔基写了一封信。这封信的中心问题是艺术家对现实的理解中的情感与理性之间的相互关系，涉及政治家与艺术家之间的差异。他说："您使自己处于这样的地位，在这种地位上您不能直接观察工人和农民，即俄国十分之九的人口生活中的新事物；在这种地位上您只能观察故都生活的片段，那里工人的精华都到前线和农村去了，剩下的是多得不合比例的失去地位、没有工作、专门'包围'您的知识分子。……一个政治家可以在彼得堡工作，但是您不是政治家。"④

尽管与高尔基在许多问题上发生冲突，但是，列宁始终表达了这样一个见解："毫无疑问，高尔基是一个伟大的艺术天才，他给全世界无产阶级运动作出了而且还要作出很多贡献。"⑤"高尔基同志用

① 《列宁论文学与艺术》，人民文学出版社 1983 年版，第 295 页。

② B.B. 诺维科夫：《列宁的方法论的历史威力》，见《列宁文艺思想论集》，中国社会科学出版社 1986 年版，第 514 页。

③ 《列宁论文学与艺术》，人民文学出版社 1983 年版，第 294 页。

④ 《列宁论文学与艺术》，人民文学出版社 1983 年版，第 310 页。

⑤ 列宁：《远方来信》，见《列宁论文学与艺术》，人民文学出版社 1983 年版，第 305—306 页。

他的伟大的艺术作品把自己同俄国和全世界的工人运动结合得太牢固了……"① 列宁的这个基调决定了十月革命后高尔基研究的基本路径。

十月革命前后，高尔基发表题为"不合时宜的思想"的政论文章，对列宁和俄国时局发表了尖锐批评，这是另一个维度的问题。

9. 沃罗夫斯基（1871—1923）确立的高尔基学基本命题和框架。沃罗夫斯基的著述在高尔基学历史上具有很高的地位。原因有三：第一，他第一个对高尔基的文学创作和思想发展做了历史分期；第二，他发表了一系列高质量的文学批评文章，其观点一直影响到整个 20 世纪高尔基学；第三，他对高尔基创作中的一些特殊现象（《母亲》及其以后的创作）所做的研究，具有相当高的理论水平，有的观点至今仍然值得深思。

沃罗夫斯基的高尔基研究代表著作有：《马克西姆·高尔基》（1910年）、《论马·高尔基》（写作于 1901 年）、《"黑暗王国"里的分崩离析》（约写于 1903 年）、《再论高尔基》（1911 年）、《两个母亲》（1911 年）。

沃罗夫斯基《论马·高尔基》成稿于 1902 年年底，是为评论叶甫盖尼·良茨基发表在《欧罗巴导报》（1901 年 11 月号）上的评论《马·高尔基及其短篇小说》一文而写的。但是，本文在作者生前没有获得发表，批评家去世后发表在《红色处女地》1929 年第四期上。

批评家叶甫盖尼·良茨基评论文章的基本立场是道德批评的，但是，显然是站在特定立场上的道德批评。他认为，高尔基出生下层阶级，"他，这个在昨天还被社会唾弃的人，现在已经率领了一大群也是社会所不齿的人，而且还是社会永远唾弃的人——小偷、杀人犯、职业暴徒、强盗、淫棍、酒鬼和其他下流坏，可是，他不仅没有表示任何轻蔑的或者厌恶的感情，反而用迷人的艺术力量，甚至是用狂喜的感情来

---

① 列宁：《资产阶级报纸关于高尔基被开除的无稽之谈》，见《列宁论文学与艺术》，人民文学出版社 1983 年版，第 268 页。

讲述他们这些人所生活着的肮脏的世界，讲述由于这种在所有的意义上说来都是罪恶的、乌烟瘴气的生活，他们思想上和内心里产生了什么东西。"① 这里，表达出批评家对于高尔基作品的两个看法：一是对其中人物世界的归纳，二是对作家与作品里的人物之间的关系。

良茨基认为，高尔基文学世界里的人物的身份与社会的道德观点不一致，甚至属于天壤之别，把他们引入文学世界是不道德的。同时，在处理作家与其笔下的人物之间的思想关系这个问题时，他把作家高尔基与他笔下的人物（例如切尔卡什、叶美良·皮里雅依、科里瓦洛夫和叙述者"我"）的思想观念混同起来，认为高尔基破坏了自由原则和伟大的劳动原则，侮辱了农村和人民，具有反社会、反人民的思想倾向。

实际上，这种观点具有一定的代表性。高尔基作为一个全俄作家进入莫斯科、彼得堡的读者世界，是19—20世纪之交的两三年，一般的读者对高尔基并不了解，当然更无法了解他的世界观、政治态度。他们之了解高尔基，主要是通过他的文学世界，换句话说，高尔基就是他文学世界的那些人物。在这一点上，业余读者是不能被责备的。但是，对于有经验的专业读者和批评家来说，就应该慎重了。毕竟，作家与自己文学世界的人物关系远不是对等的、等同的。所以，假如说，在前一个问题上，良茨基还可以理解的话，那么在后一个问题的处理上，他可以说是犯了一个简单化的常识性错误。

沃罗夫斯基的论文是直接回答良茨基的。他的基本方法是把高尔基的文学人物放到社会关系和环境里去理解、评价。他认为，高尔基笔下的人物"是鲜明的个人主义的，他痛苦地感到自己是受了社会的排斥，因为把社会当作监狱加以蔑视和憎恨，这种典型根本不把共同的幸福当成自己的理想，而作为他的理想的仅仅是个人——首先当然是他自

---

① 叶甫盖尼·良茨基：《马·高尔基及其短篇小说》，发表于《欧罗巴导报》1901年11月号，转引自沃罗夫斯基《论文学》，人民文学出版社1981年版，第2—3页。

己个人——的自由与不受约束。按其心理气质来讲，这是一种反社会的、无政府主义的典型。这种典型在生活实践中简直发展到非常极端的地步。……高尔基先生短篇小说里的那些'流浪汉'人物都是从这种典型所在的环境里来的。"①

沃罗夫斯基的论文的主要学术贡献，在于他鲜明提出了高尔基短篇小说里的"流浪汉"人物形象问题，并首先开辟了从社会历史环境的角度予以认识的路径。他写道："要了解切尔卡什、普罗蒙托夫等人的那种'豺狼的'性格，就必须仔细地研究他们这些人是怎样地落到那种地步的。为此，就应该研究他们出身的那个环境，以及他们所不得不经历的那些过渡的阶段。"② 他提出，要"去掉所有那些属于个人的、偶然的特征，把所有共同的、具有代表性的东西抽出来。"③ 他特别以奥尔洛夫形象为代表做了细致的分析，把他的苦恼的发生、被救死扶伤工作激发出来的热情，以及熄灭这个热情的原因，阐释得清清楚楚，结论是：奥尔洛夫"能够干出英雄主义的事业来，但是有规律的日常工作他却干不了，尽管对于这样的工作他也是十分看重的。像他这样极端的个人主义者、社会形式的否定者，在否定了一定社会形式之后也是不可能同另一种社会形式相协调的，可是任何一种有规律的工作却都少不了一定的社会形式、一定的制度。"④ 这个观点很关键。它表述出来的是对流浪汉本质的一种认识：流浪汉之反抗社会，是针对所有社会形式的，而不仅仅针对这个社会形式。对流浪汉的这个观点影响到了学术界的基本观点，直到现在，学术界一般认为，流浪汉的本质仍然是反社会的，而不仅仅是反俄国资本主义社会的。

沃罗夫斯基的论文的主要学术贡献还体现在：他对高尔基与其笔下

---

① 沃罗夫斯基：《论文学》，人民文学出版社 1981 年版，第 13 页。
② 沃罗夫斯基：《论文学》，人民文学出版社 1981 年版，第 13 页。
③ 沃罗夫斯基：《论文学》，人民文学出版社 1981 年版，第 13—14 页。
④ 沃罗夫斯基：《论文学》，人民文学出版社 1981 年版，第 19 页。

人物形象思想之间的关系做了清晰的辨析。

沃罗夫斯基的另一篇论文《"黑暗王国"里的分崩离析》写于1903年，生前没有发表。这篇论文主题是在俄国社会"父辈"与"子辈"之间矛盾话题下，研究高尔基的戏剧作品《小市民》里所体现出来的1900年代俄国商人家庭的父与子之间的典型矛盾。作者对尼尔、彼得、塔基亚娜三个形象的理解，至今仍然被学术界所沿用。对于尼尔，他写道："虽然在这个家庭里被当作亲儿子看待，但他还是感到他不是亲儿子。尽管他也同别斯谢苗诺夫那几个亲生儿子一样受教育，但他还是不得不过早就出去干活挣钱了。这种具有全盘否定因素的体力劳动、劳动者的社会、同资本卖命和同家庭里的权威成天发生的冲突——这一切才是具有奇迹般的教育力量。"① 所以，在尼尔身上，"他的看法和判断都不是从政治经济学家教科书或者其他什么指导读物上搬来的，而是从他身上自发地、在周围生活的压力下产生出来的。"② 而彼得、塔基亚娜形象明显"具有分裂心理"，"他们身上的小市民因素同正在消失的旧知识分子典型身上那些特点混合在一起。"作者表明，"我们加以研究的所有这些典型，不光在于他们是某个剧本中的人物，作者使我们对他们的命运感兴趣，而恰恰因为他们是社会的典型，是社会过程的产物。现在遍及整个俄国的旧时这个旧式小市民商人阶层的分化历史过程，不管在什么地方，这一过程都产生大致相同的结果，因为正在分化的阶层也还是同一个阶层，而分化的外部条件和内在的各种因素，又都是相同的。由于过程的这种共同性是通过它的各种典型表现出来的，所以，这些典型也就是社会的典型。同时，这些典型又因受社会引力的作用，而结成了集团，并力图阐明他们的共同要求、概念和趣味，总之，就是要形成他们的世界观，以及在他们的共同心理和'典型心理'的基础上形成他们

---

① 沃罗夫斯基：《论文学》，人民文学出版社1981年版，第47页。

② 沃罗夫斯基：《论文学》，人民文学出版社1981年版，第48页。

这个集团的自我意识。"①

沃罗夫斯基论高尔基《小市民》的价值，在于他把高尔基的创作与19世纪俄国民主文学的主旋律联系在一起，把其中的核心人物、性格、心理、感情与普希金、果戈理、屠格涅夫、陀思妥耶夫斯基、托尔斯泰、契诃夫的传统密切联系起来，赋予理解和阐释他的一个广阔思想史背景。

代表20世纪初期高尔基学最高水准的，是沃罗夫斯基的代表作《马克西姆·高尔基》。这篇论文是作者写作的《现代俄国小说史略》一书的第一章，初次发表于1910年环球出版社出版的《现代俄国文学史略》文集里。论文的主题是对高尔基十七年（1893—1910）文学创作进行梳理，提出三个创作时期划分观点，并对各个时期的创作做宏观的描述。这是高尔基研究史上第一次对作家的分期划分，而难能可贵的是，沃罗夫斯基提出的这个分期法一直沿用到现在。对高尔基早期创作的浪漫主义方法的研究结论、对流浪汉形象的社会学分析、对知识分子形象塑造的认识、各个时期工人艺术形象的理解，以及《母亲》所表现出来的具有争论性的观点、关于《忏悔》里外体现出来的宗教和文化问题等，沃罗夫斯基的真知灼见是显而易见的。一个天才的文学理论家在高尔基学领域留下了值得珍惜的思想财富。

论文对高尔基十七年的文学写作作出了总体评价："高尔基的活动，不论是作为艺术家，也不论是作为政论家，总是一贯地在探求真理，即探求一种能够说明人类的日常生活，并使人们生活变得合理与幸福的道德原则。"② 从文学史的连续关系上，"高尔基既是契诃夫的否定者，同时又是他的继承者。"③ 作为否定者的高尔基，却是尚在形成过程中的无产阶级审美的意识形态的反映者，"所以不必奇怪，高尔基作为尚未壮

---

① 沃罗夫斯基：《论文学》，人民文学出版社1981年版，第51页。

② 沃罗夫斯基：《论文学》，人民文学出版社1981年版，第259页。

③ 沃罗夫斯基：《论文学》，人民文学出版社1981年版，第269—270页。

大的无产阶级群众的代表，会打着浪漫主义的旗号出现。虽说《马卡尔·楚德拉》问世后十七年来，无产阶级的迅速发展已经根本改变了高尔基的创作的内容，使他变成了工人阶级公开的思想家，直到今天在他的诗里还保留着浪漫主义的色彩。"沃罗夫斯基科学地解释了文学创作的风格与时代发展的社会历史内容之间的辩证关系，足资训诫。

论文把高尔基十七年创作划分为三个时期："第一个时期是所谓'流浪汉'小说时期；他早期的几部长篇小说（《福马·高尔捷耶夫》《三人》）也应该归入这个时期，因为它们在基本的心理状态上与早期的短篇小说是一样的。在这些作品里贯穿着个人对于不公正的、混乱的和荒谬的现存社会制度的抗议。（其公式是：'生活这么狭隘，我却这么宽广。'）在作者看来，人的个性就是一切，而当代社会制度却总是迫害、压抑和摧残这种个性。作者自然就要去寻找可能有助于安排生活和解放个性的力量。可是他无论在被排斥的人们（流浪汉）或者资产阶级（《福马·高尔捷耶夫》）中间，都没有找到这种力量。他转而瞩目于知识分子，结果也是枉然，——这是他的创作的第二个时期。于是他就无情地鞭挞意志薄弱的、可怜的、不能大胆地振作起来的知识分子，他们虽然标榜关心民困，可是并不理解人民。第二个时期主要包括作者在写作剧本《敌人》以前的一些剧作。从《敌人》开始，就有了转变，这转变后来特别鲜明地表现在长篇小说《母亲》和《忏悔》中。这就是第三个时期：作者在工人阶级中间找到了生活的建设者。这就是孜孜不倦地探索真理的高尔基创作发展的一幅略图。"① 这种教科书式的分期描述，在学术界是常见的，但那一般是面对已经成为经典的文学家，而在 1910 年，高尔基虽然具有很高的文学声望，但是，显然还不能说已经成为文学经典。沃罗夫斯基把高尔基的创作看得如此之高，显然并非从阶级感情出发。这表现了他相当高的文学鉴赏力。单从时期划分的依

---

① 沃罗夫斯基：《论文学》，人民文学出版社 1981 年版，第 272—273 页。

据看，沃罗夫斯基依据的是作家的真理探索的阶段性，毋宁说是题材的阶段性。流浪汉——知识分子——工人阶级：这可以说是高尔基不同时期专注的社会力量，唯一值得注意的是，高尔基对知识分子生活的表现问题。他究竟在哪些作品里对知识分子生活作了集中的、特殊的表现？《底层》《小市民》《太阳的孩子们》都有知识分子形象，但是，这些形象与契诃夫的知识分子有多大的区别，以至于构成了高尔基探索的一个独立的阶段呢？

沃罗夫斯基对流浪汉题材小说的论述具有独到之处。他认为高尔基流浪汉题材的小说可以分为两组："一组主要写的是自豪、粗狂、勇敢，另一则描写的是善良、温顺和人情味。"值得注意的是，作者的结论："高尔基不得不把他自己的情绪通过流浪汉世界表现出来这个事实本身，不能不在作者的心理及这种心理的发展上反映出来。这一方面是我们已经指出的他思想上存在着的某种无政府主义，另一方面就是与无政府主义的流浪汉世界的这种创作关系，这两个方面构成一个迷魂阵，而高尔基的思想没有一下就从迷魂阵里摆脱出来。诚然，不必否认，正是由于这种情况，在作者的艺术感受和他所描写的人群之间才建立起了稳固而和谐的关系，并使高尔基攀上了他后期作品中再也没有达到的艺术高峰，固然高尔基的后期作品的意义往往更为深刻，在社会学方面也更为有趣。"① 从学术史的梳理角度来看待这个结论具有极大的诱惑力。是否高尔基早期的流浪汉作品较之于后期（沃罗夫斯基所谓后期乃是他所说《敌人》之后到 1910 年）在艺术上更高？这个结论到 2000 年代左右才有学者渐次提出！在高尔基被无产阶级运动推上高峰的时刻，作出这样的价值判断具有怎样的意义？

沃罗夫斯基对《母亲》的评价也具有学术史价值。作者承认，这部小说的最显著的特点，就是作者没有把运动中最直接的积极活动者

---

① 　沃罗夫斯基：《论文学》，人民文学出版社 1981 年版，第 276—277 页。

弗拉索夫、维索夫希诃夫等人、而是把母亲弗拉索娃当作小说的主人翁。沃罗夫斯基认为，在母亲心里苏醒的是母爱，正是母爱，使她在儿子被捕后把他的事业继续下去，"因为那是他的事业，而不是社会的事业。"论者的结论："由于这样，小说在很大程度上已不是一本描写正在觉醒的工人的思想、感情和事业的小说，而变成了描写一个母亲的内心的故事。社会因素服从个人因素。""这样的母亲作为个别的现象可以存在，但却不是典型的现象。"[①] 同时，沃罗夫斯基提出，在高尔基创作中出现了一种新的现象，他常常把主人翁身上的"一切细小的、庸俗的和可笑的东西，把一切凡与真正的人格格不入，可以这样说，把凡是与现实中的尼洛夫娜格格不入的东西都通通剔除干净。……为了色彩统一，还必须把'真理'的体现者如巴威尔弗拉索夫、霍霍尔、尼考拉伊万洛维奇、雷宾、娜塔莎等人物身上所有那些微不足道的、庸俗的东西也去掉。这一串连环扣似的东西，结果便造成了理想化的描写，同时它还影响到了语言，从而使小说完全失去了健康的、现实的色彩。""诚然，由于作者这种理想化的片面性（有时候叫作倾向性），这部小说是一个很好的宣传材料，可是宣传价值还不能作为一部文艺作品的凭证。"[②] 在本文的最后，沃罗夫斯基说："自从高尔基不再光是描写，而开始把一定的社会任务提给自己的创作去解决的时候起，艺术形式在社会内容面前就越来越退居次要的地位。他成了艺术中的政论家。"[③] 这个结论很有见识，更具有相当大的胆识。似乎是为了强调自己的这个观点，在1911年发表的另一篇论文《再论高尔基》里，作者再次集中阐述了这个观点。如果把这个观点与普列汉诺夫的观点相比较，可以从中看出与后来的斯大林时代文学批评家完全不同的品格。

关于《忏悔》，沃罗夫斯基说了一句很有分量的话："我们有很多理

---

① 沃罗夫斯基：《论文学》，人民文学出版社1981年版，第284页。

② 沃罗夫斯基：《论文学》，人民文学出版社1981年版，第284—285页。

③ 沃罗夫斯基：《论文学》，人民文学出版社1981年版，第292页。

由认为，作者在主观上是把《忏悔》看着那条路线（即《敌人》—《母亲》的路线——引者）的延续的。"① 事实上，作者认为，《忏悔》背离了工人阶级的立场。

在高尔基的创作里，戏剧《瓦萨·日烈兹诺娃》很少为学术界所研究，围绕它发表论文也不多。沃罗夫斯基1911年发表的《两个母亲》从形象比较的角度分析了《母亲》里的尼洛夫娜和本剧本里的主人翁瓦萨·日烈兹诺娃，结论是："两个母亲，有着同样的出身，带着相似的精神气质，充满着同样的母爱之情，可是一旦落入不同的社会环境，就会彼此截然相反，成为永远不能调和的死敌。"② 文章所运用的方法具有新鲜性。

沃罗夫斯基的高尔基研究成果，集中在1900年代的最初10年。这实际上是高尔基研究的起步，但是他的研究成果却并不稚嫩，而是具有文学理论大师的气质。他提出了后来高尔基研究普遍关注的问题，对一些敏感的问题，他显示出了先见之明，奠定了世纪初期最重要研究者之一的学术地位。

10. 德米特里·弗拉基米罗维奇·菲拉索菲（1872—1940）的高尔基评论。德米特里·弗拉基米罗维奇·菲拉索菲是20世纪初期俄国有名的政论家、文学批评家和社会活动家，是作家梅列日科夫斯基的密友，也是普列汉诺夫批评的所谓"俄国的宗教探寻运动"的代表人物之一、俄国著名的宗教哲学团体的积极参与者。他关于高尔基创作和思想的论文集在当时的文学团体里是关注的中心，曾激起了尖锐的论战。他的主要论文有《明日的市侩习气》（1909）、《高尔基的终结》（1907）、《高尔基谈宗教》（1907）、《唯物主义的分化》（1907）等。菲拉索菲的核心观点体现在《高尔基的终结》一文里。在这篇文章里，他认为，"作为

---

① 沃罗夫斯基：《论文学》，人民文学出版社1981年版，第286页。
② 沃罗夫斯基：《论文学》，人民文学出版社1981年版，第355页。

艺术家，他是个无意识的无政府主义者，可作为俄罗斯的一个公民，他却是个坚定的社会民主主义者。他的公民觉悟越高，抗议一切公民意识的所有艺术力量就越弱。在这方面列奥尼德·安德烈耶夫比他的朋友高尔基要强得多。"这个观点的实质是认为高尔基的政治观点与他的艺术力量相矛盾，换言之，就是高尔基缺乏足够的艺术能力解决他面对的政治问题。所以，菲拉索菲继续说："高尔基是一个愚昧落后的人，他竟然都搞不清楚无政府主义和社会主义那么显而易见的事。艺术家高尔基首先是个个人主义者。如果说在他身上存在什么有价值的东西的话，很明显那一定是个人对社会的反抗，还有'自我'对'非自我'、世间万物以及上帝的反抗。他是一个易怒的无政府主义者。从这方面来看，他笔下的那个社会经济学中典型的流浪者上升到了一个绝对个人的高度，达到了反抗上帝的程度。这种反抗并没有被包含在社会范围内，也没有被容纳在阶级斗争理论中等等。当高尔基去西方看见那个黄色魔鬼的庸俗王国，看见被黄金控制的'白色野人'那隐藏的愚蠢的苦闷时，他本能地反抗生活中的惨状。在他的心中一个过时的，正在反抗的'个人主义流浪汉'被唤醒了。然而这次造反没有任何结果。意识，准确地说是半意识，还有最庸俗的拥有着社会主义知识分子普遍世界观的高层组织，这些都扼杀了他那并不突出的艺术才能。艺术家高尔基渴望的个人光辉在原始的唯物主义世界观的压力下逐渐衰退。"他的结论是："高尔基无法理解自己个人主义的意义。单纯从表面看，他机械地和普通唯物主义结合在一起，陷入了最低俗的境遇。作为一个艺术家，在他身上曾经存在的一切卓越和刚毅都已经消失了。不满，谄媚，叛乱——他用自负的语调代替了平凡的蛊惑。他最开始那生动有力的语言已经变得很空洞，很虚伪，还有些中学生般的无助。……如果一个艺术家不能用自己真实的感觉去照亮作品的话，那么最好让他只去倾听自己的艺术本能。极度的半意识状态破坏的正是创作的源泉。一个不存在更多疑问的人，一个用廉价的唯物主义淹灭自己灵魂火焰的人不可能变成一个自我满足的中等资产阶级。"

在 20 世纪初期直至 20 世纪 90 年代的高尔基研究历史上，菲拉索菲的观点都招致了普遍的批评，直到 90 年代后，人们开始意识到，或许其中还是包含着部分真理呢？

11. 卢那察尔斯基（1875—1933）论高尔基。在老一辈文学批评家里面，尤其在马克思主义文学理论家里面，对高尔基及其文学创作做过系统而专题研究，卓然成家的，当属卢那察尔斯基。他在 1900 年代初就注意到高尔基创作的崭新价值，一直延伸到 30 年代。卢那察尔斯基对高尔基的研究具有三个重要特点：一是注意把高尔基的创作与俄国文学的优秀传统密切联系起来，强调在社会历史生活中发展变化的力量性质中定位高尔基的创作，特别注意他与列夫·托尔斯泰的创作相比较，在比较中发掘高尔基创作的时代意义。二是注意把作家创作个性的研究与文学基本规律联系起来，不孤立地就作家谈作家、就作品谈作品，具有理论家的风范。三是在学术史上，他比较早、也比较准确地集中研究了高尔基后期的长篇小说《克里姆·萨姆金的一生》，对学术史定位这部作品、理解萨姆金这个人物形象，起到了重要引导作用。围绕这个重要作品，他提出了"萨姆金主义"和"萨姆金性格"，都具有示范价值。

卢那察尔斯基的主要著述有：《艺术家总论与艺术家专论》（1903）、《避暑客》（1905）、《野蛮人》（1906）、《市侩与个人主义》（1909）、《社会民主主义艺术创作的任务》（1907）、《现代俄国文学概论》（1908）、《谈〈知识〉文集第二三集》（1909）、《艺术家高尔基》（1931）、《高尔基（创作 40 周年纪念)》（1932）、《作家和政治家》（1931）、《萨姆金》（1932）等。

在这些著述里，《避暑客》（1905）和 30 年代发表的几篇研究成果具有重要地位。论文《避暑客》（1905）结合高尔基的剧本《小市民》《底层》的梳理，提出：这个作品（指剧本《避暑客》）是高尔基新的思想艺术高涨的体现，"这不仅是写知识分子社会分化的剧本，也是高尔基同知识分子习气彻底划清界限。"① 它表现了俄国革命处于低潮时期知识分子的两极分化，揭示了他们的市侩心理。论文《艺术家高尔基》（1931）着力探讨高尔基创作的本质问题。卢那察尔斯基提出，"就时间来说，高尔基是世界第一个无产阶级作家，就等级来说，他也是第一个无产阶级作家。"② 他回应了高尔基的批评者们的种种意见、质疑，也梳理了高尔基创作和思想上的种种缺陷，旗帜鲜明地说："我们直截了当地说，历史地看，甚至从绝对艺术价值的观点看，《敌人》和《母亲》这类作品都属于高尔基艺术创作的顶峰之列。"③ 卢那察尔斯基作出这个判断时，已经读到了高尔基后期出版的《阿尔达莫诺夫家的事业》《克里姆·萨姆金的一生》等小说，也对其中的重要篇章进行了专门的评议，在这个时候提出这个判断，充分说明了他已经形成了完备的无产阶级文学价值观。继而，他对高尔基创作的本质做了一个评价："高尔基写作不是为了招人喜欢，而是为了影响人们的意志，影响他们的意识，使他们为较高级的社会制度作斗争。"④ 这个意见一举超越了有关政治家与小说家之间的界限说，在一个更高的层次来理解文学家的事业。在论文《高尔基（创作40周年纪念）》（1932）里，卢那察尔斯基采取比较的方法，把列夫·托尔斯泰与高尔基的创作进行了细致的分析，认为，前者表现了资本主义胜利后俄国农村的变革、俄国农民的遭遇；后者表现了资本主义进一步发展过程中俄国各社会的分化，尤其是市民阶层的分化的残酷结果。高尔基从流浪汉入手、经过小市民、最后抵达资本主义这件衣服的"衬里"——无产阶级。论文从三个方面比较两位大作家的差异：对自然的态度、对人的态度、对进步文明的态度，提出了高尔基创作的时代色彩和阶级性质。长篇论文《萨姆金》（1932）是卢那察

① 《卢那察尔斯基文集》第 2 卷，（莫斯科）苏联文学出版社 1964 年版，第 11 页。
② 《卢那察尔斯基论文学》，人民文学出版社 1978 年版，第 291 页。
③ 《卢那察尔斯基论文学》，人民文学出版社 1978 年版，第 303 页。
④ 《卢那察尔斯基论文学》，人民文学出版社 1978 年版，第 305 页。

尔斯基研究高尔基创作的重大成果。在高尔基学术史上，针对萨姆金形象最早作集中研究并取得令人信服的结论，卢那察尔斯基当之无愧。针对萨姆金形象，卢那察尔斯基的研究方法仍然是社会历史研究路径，他首先把高尔基的创作背景定位："产生那些同高尔基的创作息息相关的矛盾及其解决办法的社会时代，高尔基的艺术和高尔基的人生哲学借以吸收养分的茁壮根子所扎进的那个社会时代，是俄国资本主义取得胜利的时代，大致说来，就是十九世纪九十年代和二十世纪最初十年。"[①] 继而，他提出，这部小说是用"集中法"——也就是让各个事件汇集在特定的中心人物即主角周围的方式——写成的，同时，这部小说在文体上属于欧洲"成长小说"（Bildungsroman）的反讽模拟，中心人物没有获得作者的好感，他在各个方面同作者的个性恰恰相反。作者花了很大的功夫，目的就是塑造一个精神空虚的知识分子典型形象，他们精神空虚却力图使自己享有威望或出风头。卢那察尔斯基认为，"高尔基用萨姆金主义来谴责知识界相当大一部分人和某种普遍存在于知识界的特殊因素"，"萨姆金主义的一切最典型的组成部分，可以说差不多都决定于作为一个社会集团的知识界的基本社会生活方式。"[②] 这个看法在学术界仍然沿用着。

四、高尔基在异国文化的接受和阐释

1900 年之际，高尔基成为欧洲文明社会和激进知识分子阶层关注的重点，既有政治态度的关注，也有文学艺术方面的关注，当然更多的是出自政治立场和社会观点的关注。在这些关注里，能够把政治态

---

① 《卢那察尔斯基论文学》，人民文学出版社 1978 年版，第 339 页。
② 《卢那察尔斯基论文学》，人民文学出版社 1978 年版，第 378 页。

度、社会立场与文学艺术关注融合得比较恰当的，是德国马克思主义者梅林。

（一）弗兰茨·梅林（1846—1919）的论文《高尔基的〈夜店〉》

高尔基的戏剧作品于 1900 年代初期在柏林上演，获得了广泛的注意，但是，德国的观众显然更加关注《底层》（即《夜店》），而不是其他著作。梅林《高尔基的〈夜店〉》发表于 1902—1903 年《新时代》第一卷上。论文发表标注时间是 1903 年 1 月。这是戏剧界研究高尔基《底层》最早一批评论的代表作。论文有四个方面的标志性价值：

第一，它描述了 1 月 23 日德国小剧院上演四幕话剧《夜店》获得了"今冬最巨大、最应得的成功"。这个剧本由奥古斯特·舒尔茨翻译成德语，由慕尼黑专门出版斯拉夫文学和北方文学的出版社——J. 玛尔赫列夫斯基博士公司出版，"装潢得很漂亮"。

第二，它最早为研究界阐释剧中的重要角色鲁卡（文中译为啰假）奠定了基调："只有一个人物在这种龌龊的背景中显得色彩鲜明，这就是年老的游方僧啰假，他是在第一幕落幕前出现的，消失在第三幕的结尾。这完全不是一个值得仿效的人，甚至也可以说他与一个流浪汉没有什么不同，不是一个热心的说教者，却算得上是一个部分的哲学家，他知道在那些变成非人的人身上去找寻最后那一块人的部分。他知道去安慰垂死的人和绝望的人，尽管这仅是用一种好心的谎言。"① 这个判断的思想价值和学术价值很高，为后来研究鲁卡形象的观点的起点，尤其对他表现出来的两个特点——安慰哲学和"在那些变成非人的人身上去找寻最后那一块人的部分"——提出了具有认识论的观点。这也是后面的第四点的依据。

---

① 梅林：《高尔基的〈夜店〉》，见《梅林论文学》，张玉书、韩耀成、高中甫译，人民文学出版社 1982 年版，第 331 页。

第三，梅林提出了高尔基这部戏的形式和风格上的鲜明特点，并对它做了高度肯定。"一个天生的剧作家绝对不会像高尔基在这部《底层》中那样彻底，不仅把亚里士多德的规则，而且也把所有戏剧创作规律都弃置不顾。……如果要把《夜店》一般地列入戏剧一拦，那么从其极端强烈的效果、一种空前绝后的效果来看，它是环境剧（Milieudrama）。高尔基这部戏剧不得不同梅特林克的《莫娜梵娜》和豪普特曼的《可怜的海因里希》分享今冬柏林舞台的文学荣誉。"① 梅林认为："同豪普特曼和梅特林克的转向截然不同，高尔基以锲而不舍的努力开创了环境剧——无动作的情调剧（das Milieu—das Handlungs lose Stimmungsdrama）；如果说《夜店》在艺术内容上远远超出了《莫娜梵娜》和《可怜的海因里希》，那么似乎也可以说，高尔基比豪普特曼和梅特林克更忠于现代戏剧这面旗帜。"② 这个评价对于高尔基的这出戏剧来说，应该是恰当的。在欧美戏剧发展历史上，亚里士多德确立下来的戏剧创作规范，以古希腊、罗马的戏剧创作为基础，受到莎士比亚、莫里哀的戏剧创作的沿袭，虽然在文艺复兴时期和浪漫主义戏剧创作中受到挑战，但是并没有得到根本的改变。19 世纪末期、20 世纪初期的欧洲戏剧创作大师们如易卜生、斯特林堡、契诃夫，多多少少在这个清规戒律指导下进行创作。高尔基的《夜店》的确带有非常明显的反亚里士多德倾向，尤其是反"戏剧是行动"这个普遍规律的思想。对高尔基这个戏剧思想的认识，在梅林以后成为高尔基学的共识。

第四，论文的末尾，梅林提出这样一个观点："正因为德国工人们渴望欣赏这部奇妙的剧作，这才更其令人感到遗憾呢。"这是什么意思呢？应该说，像梅林这样具有很好的艺术趣味的批评家，不会说出没有

---

① 梅林：《高尔基的〈夜店〉》，见《梅林论文学》，张玉书、韩耀成、高中甫译，人民文学出版社 1982 年版，第 333 页。

② 梅林：《高尔基的〈夜店〉》，见《梅林论文学》，张玉书、韩耀成、高中甫译，人民文学出版社 1982 年版，第 335 页。

头脑的话，特别在论文的结尾，不会说前面的文字欠缺铺垫的话。那么这句话的意思就费琢磨了。原因在于两点：首先，这个戏剧作品的特点是"俄罗斯人民缺少历史行动"，这个特点导致它"在持续的演出中却无法保持经久不衰"。其次，梅林站在马克思主义文学批评家的立场上，从渴望"历史行动"的工人阶级的立场出发，提出了"正因为德国工人们渴望欣赏这部奇妙的剧作，这才更其令人感到遗憾呢"的观点。

（二）意大利对高尔基的接受

高尔基在意大利出名很早。高尔基的作品被翻译成意大利语相比翻译成德语要稍晚些，而与被翻译成法语几乎同时。第一部用意大利语出版的高尔基文集是《港湾的戏剧》（*Драма в порту*），这部文集 1901 年在利沃诺（Ливорно）由别尔佛罗杰（С.Бельфорте К）出版社出版。文集中的两篇短篇小说《切尔卡什》和《叶美良·皮里雅依》都是由当时著名的俄国作家兼翻译家奥列格·巴热斯翻译的。天才的意大利女作家格拉季亚·捷列达为文集作了序，其作品曾被高尔基给予了很高的评价。①

在这之前，高尔基的名字就已经开始频频出现在意大利的报纸和刊物上。1901 年初，意大利最著名的文学和社会政治杂志《努瓦·安东洛日阿》发表了高尔基的短篇小说《阿尔希普爷爷和廖恩卡》。同年6 月在这本杂志上发表了拉乌雷·格拉巴罗的长篇文章《马克西姆·高尔基》。② 文章分析和肯定了长篇小说《福马·高尔杰耶夫》和短篇小说《切尔卡什》《柯诺瓦洛夫》《我的旅伴》《马尔华》《沦落的人们》。

同时，1901 年罗马报纸《插画论坛》刊登了长篇小说《三人》的译本，这是从法文转译而来的，同时附带高尔基的简短生平介绍。1901

---

① М.Горький.Собрание сочинений в 30 томах，т.29，М.，Гослитиздат，стр.117.

② Перевод статьи Грапполо приведен в книге «Иностранная критика о Горьком»（М.，1904）.

年的 12 月，在意大利一家大型报纸上出现了关于高尔基作品的长篇介绍，这是由著名的文学评论家基诺·曼多万尼所著。

在意大利，如同在法国、英国、德国一样，高尔基的作品具有轰动性的成就。高尔基在意大利的"成功"并不仅仅指人们接受了一位俄国作家。关于这一点，著名的女诗人、最初在意大利介绍高尔基作品的希必拉·艾列拉玛说得很好，"在普希金和果戈理之后，在陀思妥耶夫斯基和托尔斯泰之后，在契诃夫之后，俄国在新世纪之初在我们面前展示了自己心灵的另一个方面，这种心灵在 19 世纪时还以自己无尽的财富掩盖在西欧面前，但是现在可以感受到巨大的人民性。这是俄国极端贫困、忍辱负重的一群人发出的声音，他们经历了非人的磨难，从乡村到城市，从城市到乡村，不停地流浪，永远在寻找食物，永远在渴望着自由。"①

20 世纪初期，高尔基毫无疑问的是意大利最著名和拥有最广泛读者的作家之一。按照《努瓦·安东洛日阿》杂志社评论员的话来说，那些真正对文学和艺术感兴趣的人们这时期都在读高尔基、托尔斯泰和陀思妥耶夫斯基的书。评论员尤其对高尔基特别关注："我刚刚读了他那本了不起的著作《三人》。在这本书里并没有十分清晰的情节线条，它似乎是草草结束，但是书的内容却是直接的、不加任何粉饰的生活再现，它让人们理解了文学中自然与虚伪的分别。"② 长篇小说《三人》的单行本于 1902 年初在意大利米兰的一家杂志社发行。

此后，高尔基的作品被接连不断地翻译成意大利文。1902—1906年间，在意大利出版了高尔基的 23 部作品（其中，并不包括当时发表在报纸和杂志上的短篇小说、中篇小说和剧本）。翻译高尔基作品的都是一些著名的翻译家，例如费杰里国·未尔基努、多缅尼科·洽姆勃

---

① Sibilla Aleramo.Rievocando Massimo Gorki. «Rinascita»，1951，№6，p.318.

② «Nuova Antologia»，1902，p.726.

里、切扎列·卡斯杰里，还有不久以后也加入其中的艾尔玛·卡杰和艾托洛·罗·卡托。他们当中的一些人（未尔基努、洽姆勃里、罗·卡托）同时也是俄国作家作品的研究者。

意大利批评界在 1901—1905 年期间对高尔基作品的关注程度是前无仅有的。正是在这些年里形成了对高尔基作品的评论的基本观点，这种观点甚至一直保持到 60 年代。1901—1905 年间，意大利批评家们把高尔基称作"流亡诗人"和"伟大的流浪者"。他们很片面、狭隘地评价高尔基的创作，对高尔基作品的革命性一面视而不见。有特点的是，没有一位评论家注意到高尔基的浪漫主义。格拉巴罗、曼托万尼、洽姆勃里在作品《切尔卡什》和《我的旅伴》里看到的是生活中悲伤失望的情绪，并试图以充满幻想的假说（洽姆勃里的话）①来解释高尔基所谓的"悲观主义"。

1905—1907 年间，俄国革命打破了"伟大的流浪者"的说法。1905 年，一些意大利知识分子代表联名上书抗议反对沙皇政府逮捕高尔基。1906 年，当高尔基抵达意大利之时，不是作为一位著名的俄国作家，而是作为俄国社会民主党派的一名代表得到了那不勒斯劳动人民的热烈欢迎。在意大利，正如在全世界一样，高尔基的名字与俄国革命解放运动紧紧地联系在了一起。这一点对于随后的意大利评论界对高尔基的评价起到了决定性的作用。1906 年之后，在意大利论高尔基的作品变得越来越少。1906—1913 年间，高尔基的名字在意大利的评论界被列昂尼德·安德烈耶夫所代替。关于此我们可以在意大利文学评论家汝杰别·安东尼奥·鲍尔热杰论俄国文学的一篇文章中读到。②

1906—1913 年间高尔基作品在意大利的出版明显减少，但《忏悔》几乎是立刻被翻译过来的。然而，意大利评论界对高尔基的关注并不代

---

① D.Ciampoli.Saggi critici della letteratura straniera.Lanciano，Carabba，1904，v.1.

② G..A.Borgese.La vita e il libro.Saggi di letteratura et di cultura contemporanea，ser.Ⅰ—Ⅲ. Torino-Roma. 1910—1913.

表着广大读者对高尔基的欢迎程度。在意大利，阅读高尔基作品的人总是比研究其作品的人多得多。

关于高尔基对意大利社会的非文学的影响问题，是非常有趣的。要注意到，在1901—1913年间，高尔基的作品都是在几家最受欢迎的出版社出版的，这些出版社深受热爱民主的读者的欢迎。阅读高尔基作品的人大多是一些进步青年以及介于无政府主义和社会主义之间的小资产阶级知识分子，这其中包括柔万尼·巴比尼①和马希莫·班杰别里。

回忆起高尔基作品的影响，马希莫·班杰别里在1951年写道："高尔基之所以给予当代人以深刻印象，首先是因为其作品完全符合那时代年轻人的趣味和追求……五十年以前，我们——这些学校的学生和热血青年，初次从一些小册子那接触到了马克思；我们曾如饥似渴地传阅着这些小册子，甚至当中的一些人参加了秘密集会；一到晚上，大家分头散发着那些进步刊物。正是这样一些人成为高尔基在意大利的首批读者：他们出身于资产阶级阶层，自己却万分痛恨并羞于属于此阶层，在他们看来，这必将属于过去的历史，他们虽然没有看到这一阶级的彻底崩溃，但似乎已经听到他们垂死前的最后呻吟。"②

马希莫·班杰别里这里指出的是世纪初意大利青年的情绪，然而，他所说的内容在很大程度上也代表了意大利小资产阶级知识分子后期对待高尔基的态度，尤其是在法西斯时期。从这个意义上说，比较有代表性的是年轻的马里奥·布奇尼。③

法西斯时期，高尔基与意大利文化并没有完全隔绝，但是联系不十分明显，似乎转入了地下活动。法西斯主义者对待高尔基的态度是非

---

① Реакционный писатель，клерикал（1881—1956）.

② M.Bontampelli.Le origini letterarie di Massimo Gorki «Vie nuove»，1951，№27，p.18.

③ «Ambrosiano». Milano，1928，12 ottobre. Мариц Пуччини（1887—1957）—итальянский романист реалистического направления，переписывавшийся с Горьким（см.：«Переписка А.М.Горького с зарубежными литераторами». «Архив А.М.Горького»，т.Ⅷ. М.，Изд—во АН СССР，1960）.

常强硬、不可调和的。还是在 1917 年，在意大利流传一种说法，认为高尔基在第一次世界大战期间发表了一些诽谤意大利以及意大利人民的言辞。接着，在很多意大利刊物上刊登了简讯，称有人揭露了高尔基并说他是"德国间谍"。1917 年，罗别德·布拉克① 发表文章捍卫高尔基。意大利小资产阶级知识分子轻易相信任何一种诬蔑，显然对待高尔基的态度也是恶毒的。1924 年，法西斯主义者也试图扮演同样的角色，在反驳高尔基抵达意大利所作的文章时，一家报纸发表了一篇题为《他还是沉默为好》的文章，大肆侮辱了这位伟大的俄国作家，并要求立刻把他从意大利驱逐出去。

在法西斯统治的年代，要使广泛的读者结识高尔基的作品变得越来越困难了。"从 1920 年起，高尔基的作品渐渐地从市面上消失了"，别·茨维杰列米奇在一篇文章中提到："1930 年，高尔基的作品还可以在一些小书摊上看到，而 1935 年之后，甚至在那里也很难找到。"②

尽管如此，高尔基的作品还继续被传阅着。某些作品还在出版，这些作品包括：《童年》和《在人间》，《剧作集》（1926 年），《三人》（1929 年），《过去的人》（1932 年），《忏悔》（1932 年），《阿尔塔莫诺夫家的事业》。1931 年，出版了《科里姆·萨姆金的一生》的第一卷。1933 年，米兰的一家出版社出版了《母亲》。

尽管与阿尔齐巴舍夫、列昂尼德·安德烈耶夫的剧本相比较少，高尔基的戏剧这一时期也在上演。1927 年，达齐亚娜·巴甫洛娃的剧团在米兰剧院表演了《在底层》，著名的导演兼戏剧评论家雷纳托·西蒙尼就此发表了文章，大加赞扬。他谈到了高尔基戏剧的创新，认为"在这部剧里现实的残酷性表现得真实而又富有诗意"。③

---

① Известный итальянский драматург и прозаик（1861—1943）, друживший с Горьким во время его перкого пребывания в Италии.

② P.Zveteremich. La vita di Klim Samgin. «Calendario del popolo», 1956, No 136, p.2214.

③ R.Simoni. Trent'anni di cronaca drammatica.Torino, 1955, v.Ⅲ, p.34.

1924 年，艾特罗·洛·卡托在罗马发表了研究性著作《马克西姆·高尔基》，这位著名的意大利斯拉夫学家为俄国古典文学在意大利的流行作出了很多贡献。意大利文艺学和批评继续关注高尔基的创作。当时评论的文章尽管表面看来具有某种客观性，但还是很片面的。意大利的评论界，可以这样说，试图减少高尔基的影响力。他们一方面试图把高尔基从俄国文学剥离开来，另一方面又完全反对高尔基——"伟大的流浪者"——社会主义现实主义的奠基者。在小说《母亲》和剧本《敌人》之后所有高尔基的作品（除了《在童年》和关于托尔斯泰的回忆）都被他们解释为"纯粹的宣传品"，他们认为那些作品毫无诗意可言。

这样的观点甚至可以在一些著名学者，如艾特罗·洛·卡托的作品中读到。1937 年，在其发表的《俄国戏剧史》中，艾特罗·洛·卡托写道："《敌人》毫无争议地证明，即使不是像某些评论所说的那样'高尔基的终结'，也代表着其创作能力的降低。"在法西斯年代，只有列昂·基兹布克于 1931 年 8 月发表的论《克里姆·萨姆金的一生》的一篇文章中试图证明，作为艺术家的高尔基与作为"革命的鼓吹者"的高尔基之间的联系与区别。①

尽管允许高尔基的部分作品出版，意大利的法西斯主义者们显而易见地，还是试图把意大利的人民大众同文学和文化隔离开来，在墨索里尼黑暗统治的 20 年里，采取了严酷的制度。意大利的法西斯们设法不让高尔基的声音传到意大利的人民那里。然而，他们没有估量到高尔基作品的社会影响。

意大利的批评家罗别尔特·班基奥说道："在意大利，高尔基的作品总是拥有忠实的读者。对于某些年代的人来说，这些作品起到了重要的教育作用，特别是在我们历史上那黑暗的二十年里。在法西斯年

---

① Эта статья «Сорок лет» вошла в кн.: L.Ginsburg.Scrittori russi.Torino，Einaudi，1947.

代，像《母亲》这样的作品，几乎是使我们萌生社会解放思想的唯一源泉。"①

意大利批评家和社会活动家马里奥·斯必奈拉也表达了同样的意思："当我出外授课时，经常同工人或者学生聊天，令我感到吃惊的是，那些在他们年轻时代所读的书对其影响之大，首当其冲的要数高尔基的《母亲》。谈话之后我明白了，这些艺术作品为大部分年轻人打开了世界之窗，简单而直接地向他们展示了所受到的社会压迫制度是如何的不合理。"②

茨维杰列米奇写道："几乎是秘密出版的小册子小说《母亲》在工人和反法西斯主义者们的手中争相传看。在法西斯年代，这部小说似乎成为阶级斗争的教科书……"③

这一点毫无夸大。在法西斯时期，小说《母亲》培养了千万个意大利工人的阶级意识。马克西姆·高尔基在意大利人民为民族解放、为真正的自由而同法西斯进行的斗争中作出了巨大的贡献。意大利共产党也曾高度评价了高尔基的这个作用。1936年7月，在共产党秘密发行的一家杂志上刊登了一篇评论性文章。在这篇文章中，遗憾地指出，作家的死使得意大利的劳动人民无法向作家本人表示深厚的爱戴和崇高的敬意。④

---

① R.Bonchio. Nelle pagine di Maxim Gorki il fermento della Russia prerivoluzionaria. «L'Indicatore», 1956, №8, p.12.

② M.Spinella.Torna «La Madre». «L'Unita», 1958, 12 luglio.

③ P.Zveteremitch. «La vita di Klim Samgin». «Calendario del popolo», 1956, №136, p.2214.

④ «Massimo Gorki». «Lo Stato Operaio», 1936, №7, pp.443-444.

外位性理论与巴赫金文艺学
研究的方法论问题①

　　在当下的文艺学研究领域，巴赫金的文艺学研究（他的对话观念、复调理论和文化诗学等）已经成为学术界经常引用甚至作为方法论基础。目前所见对巴赫金的研究著作中②，对巴赫金文艺学研究的各个方面做了广泛深入的研究，然而，很遗憾的是，关于巴赫金自己从事文艺学研究的方法论基础，却鲜有论述。我认为，在巴赫金的文艺学研究活动中，最核心和根本性的理论乃是外位性（вненаходимость，也有翻译为"外在性"）理论。可以说，外位性理论既贯穿了他的学术活动全过程，又渗透在他最具代表性的研究著述中，成为其中的基本观点和研究方法的出发点。例如，对陀思妥耶夫斯基小说诗学的研究，作为这个研究核心和基础的理论观点对话学说和复调小说理论，就是建立在外位性

---

① 本文的主体部分发表于《外国文学评论》2006年第3期，限于篇幅删去一部分，现予以补上。

② 见程正民《巴赫金的文化诗学》、董小英《再登巴比伦塔：巴赫金与对话理论》、王建刚《狂欢诗学：巴赫金文学思想研究》、刘康《对话的喧声：巴赫金的文化转型理论》、张杰《复调小说理论研究》、夏忠宪《巴赫金狂欢化诗学研究》、张开焱《开放人格：巴赫金》等，包括曾军《接受的复调：中国巴赫金接受史研究》，以及托多洛夫《巴赫金、对话理论及其他》和《批评的批评》等著作。应该说明一点，凌建侯的博士后出站报告《巴赫金哲学思想研究》（未出版）已经涉及哲学基础问题。

理论基础上；对拉伯雷《巨人传》的研究所强调的狂欢化特征，最广义上的对话观点，就是建立在对充分多样化的特者话语的肯定基础上。在这两部重要著作中作为根本的历史体裁诗学理论，也包含着这个思想。从巴赫金理论阐述的理路来看，外位性理论在他早期的著作《审美活动中的作者和主人翁》这部大型理论著作，到他晚期的论文《答〈新世界〉编辑部》……都有比较清晰的论述。因此，我认为，有必要对这个理论进行全面和系统的梳理，以便揭示巴赫金文学研究的哲学前提和方法论基础。

研究者对巴赫金外位性理论的评论

随着巴赫金在东西方思想界和学术界声誉鹊起，外位性就成为研究者关注的重要对象。

刘康把外位性看作巴赫金美学理论的建立（作者与主角的对话）中的一个环节。他说："美学在主体建构论中起了什么作用？巴赫金主要是从个体意识之间的关系角度来考虑的。他把这种关系分为四类：1.伦理的事件；2.认知的事件；3.宗教的事件；4.审美的事件。在伦理事件中，两个意识是同一的，作者就是主角，或者说我即是我，我的行为即我自身。在认识事件中，作者要获得的是抽象真理，而不是另一个意识，因此主角的意识是无足轻重的。在宗教事件中，两个意识同时存在，但他们的关系是不平等的，一个君临一切，一个俯首听命。只有在审美事件中，作者和主角的两个意识才能在平等的价值交换位置上同时存在。"① 他的这个理解基本上抓住了巴赫金审美理论在"我与他人话

---

① 刘康：《对话的喧声：巴赫金的文化转型理论》，中国人民大学出版社 1995 年版，第64 页。

语"这个问题上与其他人文科学之间的差别。但是，刘康对外位性的理解，我以为有不确切的地方。他这样说："审美活动中的主体（作者）却力图克服这种生活中的主体在伦理和认识意义上观察别人、观察自我的片面性。审美主体（作者）力求全面、整体地把握主体的各个方面，在不同的层次和侧面把握生活主体（主角）的全部，从而把握自己，在与主角的价值交换——对话——中创造、建构出完美的主体。作为审美主体的作者怎样才能全面把握主角呢？这要通过主体的'视域剩余'、'外在性'和'超在性'三个条件来实现。"① 在这里，刘康对外位性理解有些偏差。1. "视域剩余"是外位性的前提：正因为存在着"我"和"他人"的不完整性，我不是完整的我，他人也不是完整的他人，所以，走出我（他人）的局限，用他者的眼光来看我（他人），外位性才成为必要。2. "视域剩余""外在性"和"超在性"（трансгредиентность）具有一种逻辑上的先后关系；"超在性"（трансгредиентность）也就是外位性立场。3. 刘康以"视域剩余"作为外位性的原因：假如我们希望完整地看到对方看不到的地方，那么，就必须借助他人的眼光，"视域剩余构成了主体观察世界时的外在性（即外位性——引者）。"② 刘康界定说，"外在性是指主体的自我对于他者在时间和空间两个层面上的外在。……外在性是审美过程之中作者创造主角的根本条件。"③ 不是"主体的自我对于他者"，而是主体跳出自我，用他者的眼光来反观自己，用"世界的眼睛""别人的眼睛"来观察自己。关于这一点，巴赫金在《镜中人》（1943）里说："在自己与自己的相互关系中，不可避免地会透露出虚伪和谎言。思想，感情的外化形象，心灵的外化形象。不是

---

① 刘康：《对话的喧声：巴赫金的文化转型理论》，中国人民大学出版社 1995 年版，第 65—66 页。

② 刘康：《对话的喧声：巴赫金的文化转型理论》，中国人民大学出版社 1995 年版，第 66 页。

③ 刘康：《对话的喧声：巴赫金的文化转型理论》，中国人民大学出版社 1995 年版，第 66 页。

我用自己的眼睛从内部看世界，而是我用世界的眼睛、别人的眼睛看自己；我被他人控制着。这里没有内在和外在相结合的那种幼稚的完整性。窥视背靠背构建的自身形象。在镜中的形象里，自己和他人是幼稚的结合。我没有从外部看自己的视点，我没有办法接近自己内心的形象。是他人的眼睛透过我的眼睛来观察。"① 当我"用世界的眼睛、别人的眼睛看自己"的时候，我的主体性并没有消失。做到这一点，在伦理事件和认知事件中都是没有意义的，而恰恰在审美事件中具有本质的价值。

在凯特琳娜·克拉拉和迈克尔·霍奎斯特的《米哈依尔·巴赫金》一书里，他们是这样理解的："……作为独特的变易者，我的自为的我总是不可见的。为了观察到这个自我，必须找到能够确定它的表现范畴，这只能得自于他人。因而，当我完成了他人，或当他人完成了我之时，他与我实际上便交换了一个可见的自我。这就是巴赫金的观点，他争论说，我们从他人那里得到自我；我得到一个我可以看到、把握和运用的自我，方法是将我本来不可见的（不可把握的、不可利用的）自我置于完成的范畴中，这些范畴我得自他人关于我的认识。与拉康相反，巴赫金认为镜像阶段与意识共始终；它没有结束，只要我们仍处于创造自我的过程中，因为我们用以观看自我的镜子不是被动的反射镜，而是他人的主动折射的棱镜。为了成为我，我需要他人。这样，完成又可以是好事。"② 这个理解，可以说抓住了外位性的基本原理。他人成为自我完整存在的先决条件；同样，我也成为他人完整存在的先决条件。人的完整存在是在意识的把握中的，但是，这个意识要把握主体自我，却必须换位为他人，利用他人的视野（既可能是一个他人的视野，例如主人翁；也可以是整个世界的视野，例如一种文化语境）。不过，凯特琳

---

① 巴赫金：《镜中人》，见《巴赫金全集》第四卷，河北教育出版社1998年版，第86页。

② 凯特琳娜·克拉拉、迈克尔·霍奎斯特：《米哈依尔·巴赫金》，语冰译，中国人民大学出版社1992年版，第101页。

娜·克拉拉和迈克尔·霍奎斯特把这个问题的思想根源归结于宗教和神学因素，我以为则未必。"他是我的你"——这种共识只能看作文化上的呼应，而不具有宗教神学理论直接原因关系。

相比之下，孔金和孔金娜的看法是接近本质的。他们认为，《审美活动中的作者与主人翁》是与《论行为哲学》的思想联系在一起的："作者从作为一个与之相关的负责任的人这样一个角度来审视艺术创作活动。"[1] 在后一部作品里，巴赫金就得出了"我与他人"之间道德关系的思想，并以之来批判现实行为。他说："现实的行为世界所遵循的最高建构原则，就是在我与他人之间在具体的建构上有着至关重要的区别。生活中存在原则上不同却又相互联系的两个价值中心，即自我的中心和他人的中心，一切具体的生活要素都围绕这两个中心配置和分布。内容不变的同一个事物，生活的同一个因素，视其同我或他人相联系而获得不同的价值。内容统一的完整的世界，视其同我或同他人相联系而获得完全不同的情感意志语调，在自己最积极最重要的含义中表现出不同的价值。这并不破坏世界在含义上的统一性，却可使含义的统一性提高到事件的唯一性。"[2] 他强调，"审美观照正意味着把事物投入他人的价值层面中去。""世界在价值上通过建构而如此一分为二，区别开我同我眼中之一切他人，这并非是一种消极的偶然性的区分，而是积极的应有的区分。……每一个有道德的行为，无不在实现着这种建构上的区别，这种区别甚至连起码的道德意识都可以理解。"[3] 我以为，这段论述中，体现了巴赫金外位性理论的真实动机。当然，孔金、孔金娜的传记并非专门的理论研究著作，不可能继续集中研究这个问题，不过，他们

---

[1] 孔金、孔金娜：《巴赫金传》，张杰、万海松译，东方出版中心2000年版，第85页。

[2] 巴赫金：《论行为哲学》，见《巴赫金全集》第一卷，河北教育出版社1998年版，第73页。

[3] 巴赫金：《论行为哲学》，见《巴赫金全集》第一卷，河北教育出版社1998年版，第74页。

把"我与他人"的价值的区分放在巴赫金哲学的前提来考虑，则应该说是独具慧眼的。

王建刚承认，"作为对世界本质的界说，对话性以他者的存在为前提。"① 这当然是正确的。他在论述巴赫金狂欢化诗学的理路时，建立了对话与狂欢之间的理论联系，具有相当的理论严密性。但是，在总结"他人"理论的渊源后，却得出"对他人的发现是资本主义在文化上的一大杰作。"② 这不能不说是一个遗憾。"自我"与"他人"既具有宗教神学上（例如犹太教文化）的渊源，也可以索隐到柏拉图对话中的叙事学因素存在的必然要求。无论如何，它不能简单地归结为资本主义或者存在主义的唯一资源。另外，外位性问题并没有作为一个主要理论资源为王建刚著作所注意。

董小英在讨论巴赫金对话理论的著作中，把对话的基础归结为"他者与他人话语"，并认为巴赫金是把这个问题放在"哲学的角度、从审美过程切入到对话性的本质"的，这毫无疑问是正确的。③ 她由镜像理论进入到话语理论，对巴赫金的对话思想作了比较全面的解读。但是，面对我们所提出的外位性理论，她并没有做更多的阐释；也没有把外位性理论与巴赫金文学研究的方法论问题纳入到自己的研究视野。

程正民先生的著作虽然研究的主题是巴赫金的文化诗学问题，主要以个案研究带动理论阐释，但是，其中也涉及对话作为生活、思想、艺术和语言的本质性意义等问题。

在研究论文方面，凌建侯博士的出站报告具有启发意义。凌建侯先生认为，巴赫金的"学术思想的影响力，主要来源于由他发现并论证的对话论（dialogism）"，因此，他是在对话论的基础上讨论人文科学的方法论问题。不过，在其中一部分"文化间对话"里，他谈到了外位超

---

① 王建刚：《狂欢诗学：巴赫金文学思想研究》，学林出版社 2001 年版，第 44 页。
② 王建刚：《狂欢诗学：巴赫金文学思想研究》，学林出版社 2001 年版，第 49 页。
③ 董小英：《再登巴比伦塔：巴赫金与对话理论》，三联书店 1994 年版，第 19 页。

视问题："外位超视是文化间对话最强大的推动力。"这个思想来源于《答〈新世界〉编辑部问》，是外位理论中的一个有机组成部分。不过，很显然，凌建侯没有把外位性理论放在方法论的层次来讨论。①

吴晓都强调巴赫金的"文艺学研究方法论很早就呈现出一种多维综合的特征"，在梳理了巴氏的意识形态批评学说、对形式主义文学研究方法的批评理路以及文化理论介入的实践后，他把"对话主义"（диалогизм）看作"巴赫金文艺学方法论最显著的特征"。他这样概述这个问题："人与人的对话和人与自我的对话。具体到文学研究，它们表现为研究者与作者及作品中诸多'说话者'的不同层次的对话，揭示作品中诸多主体之间乃至主体内部的对话关系。当然，研究者还面对着更大的'对话者群'，即作品诞生以后的永无止境的阅读者。"② 的确，对话主义是巴赫金文学研究中最具有特征的方法，甚至它超越了简单方法的层面，具有了很高的思想价值。但是，我以为，对话主义仍然还有其哲学根源。假如就这个方向继续深究原因，那么，对话主义就不具根本性。换句话说，对话主义就还属于方法层而不具有方法论的性质。

钱中文先生在一系列论述巴赫金的研究成果中，非常精到地全面地阐述了巴氏学说的各个方面，但对外位性作为方法论的根本这个问题，他是从巴赫金确立了新的主体观这个哲学立场上来说的。在为《巴赫金全集》写的序里，他这样写道："在《审美活动中的作者与主人翁》的长文里……巴赫金从伦理学角度设定的我与他人这一建构，转向了美学的'作者与主人翁'这对著名的范畴。"③ 钱先生这个论述角度显然抓住了巴赫金外位性理论的一个根本立足点，是正确的。他还提及了巴赫金对这个理论的几种不同论述。不过，也许限于篇幅，钱先生未能全面

---

①　凌建侯：《对话论与人文科学方法论：巴赫金哲学思想研究》，载《天津社会科学》2001年第3期。

②　吴晓都：《巴赫金与文学研究方法论》，见《外国文学评论》1995年第1期。

③　钱中文：《巴赫金全集》第一卷，序，见河北教育出版社1998年版，第23页。

展开对这个问题的论述，个别细节的详细陈述就有所不详。在另一篇《论巴赫金的交往美学及其人文科学方法论》① 论文里，钱先生在交往——对话和超语言学的背景下讨论巴赫金的人文科学方法论问题，也未详细论述外位性，似乎可以这样理解：钱先生虽然注意到外位性理论在巴赫金建构交往和对话美学过程中的哲学意义，但是，究竟如何理解它对巴赫金文艺学研究方法论的价值，他并没有集中时间予以注意。

综合以上的研究成果，我以为，现有的研究成果给我们明确了：1. 巴赫金在学术活动之初的著作里就基本上确立了对"我的话语和他者话语"充分关注的外位性理论，并赋予了坚实的哲学基础；2. 外位性理论与对话理论、狂欢化诗学之间的关系；3. 与外位性理论相关的几个基本概念，例如视域剩余、超在性等。不过，也提示了还有一些关键环节需要更进一步研究，即：1. 外位性理论的基本内涵及其哲学前提，目前学术界理解各异；2. 外位性理论自身的基本结构，它的核心概念有哪些？它们内在联系怎样？ 3. 外位性理论作为巴赫金文学研究的根本方法论，是如何表现在他的具体研究过程中的？我们把以上三点作为本文的任务。我以为，理清楚这三点，对于我们从根本上把握巴赫金文学研究及其方法论本质，具有重大的理论意义。

外位性理论的表述贯穿了巴赫金的全部学术活动

外位性理论一开始就是作为一种基本成熟的理论出现在巴赫金的理论著述之中，并且，这个理论的基本思想从开始提出一直沿用到他晚年的理论阐述中，并没有发生根本的变化。这对于巴赫金这样的理论大家来说，是非常令人惊讶的事情。可以作出这样的判断：巴赫金的外位

---

① 钱中文：《论巴赫金的交往美学及其人文科学方法论》，见《文艺研究》1998 年第 1 期。

性理论要么是借助一个成熟的哲学思维方式现有的成果，要么是通过自己思考已经成熟的结论。① 实际上，巴赫金作为一个成熟的理论家，无论其成果的完成还是理论本身的完成，在 40 年代就已经成型。我们把他研究陀思妥耶夫斯基诗学问题和拉伯雷《巨人传》的成果作为标志性代表作的话，可以看到，前者初版于 1929 年，后者完成于 1940 年。也就是说，战争和战后 35 年颠沛流离的生活，对于学者巴赫金来说，是可悲的 35 年——他几乎无法进行完整的学术活动，以期更多的学术发现。他只在不住强调自己在 40 年代之前所做的工作依据的原则、方法。关于外位性理论的来源，应该看到，它与俄罗斯哲学传统尤其是彼得堡学派的代表之一韦坚斯基教授有着密切的联系。H.K. 鲍涅茨卡雅在《巴赫金与俄罗斯哲学传统》一文里认为：韦坚斯基和他的学派的范畴——"我"和"非我"，更确切地说发端于费特，而不是康德。重要的是我们在韦坚斯基那里找到了巴赫金特有的直觉主义——存在深处的"未完成性"。"我"不可避免地要求自己的"非我"。在这种意义下，巴赫金的"作者"和"主人公"相关联。接下来，韦坚斯基坚持别人意识与"我"关系中的不同性、非一致性。"非我"无论如何不能与"我"相交合，而这是相对论逻辑上的通常情况。在此，韦坚斯基与自己形而上学主义者学生们的意见发生了分歧。这些学生就是洛斯基和弗兰克。但是巴赫金却和他的老师一样，坚信这一点。巴赫金在外位性思想的基础上建立

---

① 凯特琳娜·克拉拉和迈克尔·霍奎斯特认为，巴赫金的这个思想源自马堡的新康德主义者，并引用柯亨的著作说明其与犹太民族传统思想的关系。我认为这两者具有一定的相似性，巴赫金也的确受到了柯亨哲学的一定影响，但是，这仅仅是巴赫金思想来源之一，而不可能是全部（见凯特琳娜·克拉拉和迈克尔·霍奎斯特《米哈依尔·巴赫金》，语冰译，中国人民大学出版社 1992 年版，第 102 页）。俄罗斯学者塔马尔琴科在《巴赫金的语言创作美学与俄罗斯宗教哲学》一书的第一、二章予以了论述，见俄罗斯国立人文大学出版中心 2001 年版。但是，关于这个问题的深入研究，应该借助 H.K. 鲍涅茨卡雅《巴赫金与俄罗斯哲学传统》一文。该文比较仔细梳理了巴赫金与韦坚斯基以及与莫斯科学派、彼得堡学派之间的思想联系，认为，作为对话说的基础的巴赫金的外位性理论来自韦坚斯基的学说，而不是直接来自康德（俄罗斯《哲学问题》1993 年第 1 期）。

起了自己的对话哲学。① 我认为，这个解释对于理解巴赫金外位性思想的哲学渊源具有启发意义。

巴赫金最初提出"外位性"概念，是在20世纪20年代的著述中。在被专家认为可能写于1920—1924年的《审美活动中的作者与主人翁》一书里，"形成了巴赫金美学的一系列基本概念，如外位性以及与之相联系的超视和超识，主人翁视野和主人翁环境。这些术语在巴赫金不同年代的文章中一直在积极应用。如果说本文讲的是我和他人外位于现实的交际事件，作者和主人翁外位于审美事件，那么，在他晚年一篇文章（《答〈新世界〉编辑部问》）中则谈的是当代读者和研究者外位于遥远的时代与文化。"② 在这部著作里，巴赫金第一次表述自己的外位性理论："审美主体，即读者和作者（他们是形式的缔造者）所处的地位，他们所形成的艺术上的能动性的始源地位，可以界定为时间上的、空间上的和含义上的外位，它毫无例外地外在于艺术观照中内在建构范围里的全部因素；这样一来，才能以统一的积极确认的能动性，来囊括整个建构，包括价值上的、时间上的、空间上的和含义上的建构。审美移情（Einfühlung），即从内部对事物和人物进行观照，就是从这个外位的视角上积极地实现着；正是在这里，通过移情获得的材料，与外部视听的物质结合在一起，组成一个具体而完整的建构整体。外位是把围绕几个主人翁所形成的不同层面，归结为一个审美形式的统一价值层面所必不可少的条件（史诗中尤其如此）。"③ 在另一处，巴赫金写道："审美上起完成作用的全部因素，相对于主人翁本人而言，具有价值上的外位性，它们在主人翁自我意识中不是有机的成分，它们不参与内心的生活

① H.K. 鲍涅茨卡雅：《巴赫金与俄罗斯哲学传统》，见俄罗斯《哲学问题》1993年第1期。

② 巴赫金：《审美活动中的作者与主人翁》题注，该文由谢·谢·阿韦林采夫和谢·格·鲍恰罗夫所著，见《巴赫金全集》第一卷，河北教育出版社1998年版，第498—499页。

③ 巴赫金：《审美活动中的作者与主人翁》，见《巴赫金全集》第一卷，河北教育出版社1998年版，第79—80页。

世界，即不参与在作者身外的主人翁世界……"①巴赫金在这里提出了审美活动中一个重要的命题，就是读者和作者在审美活动中的位置问题。一般认为，作者或读者与艺术作品之间的关系是参与式的，他们或参与艺术创作过程，在过程中与作者同呼吸共命运；或移情到艺术作品的情感世界中，与主人翁悲喜与共——总之，审美活动是作者或读者与作品相融合的过程。但是，对于这个融合，巴赫金却提出了另一种建构模式：他认为，两者之间的关系是互为外位性的，彼此独立；两者融合的方式是对话式的，彼此平等；融合的结果是彼此获得一个新的完整的自我。在这个过程中，外位性的前提是最重要的。必须把艺术对象看作一个独立于创作者或欣赏者自己的另一个主体的存在，这样便存在着两个主体：一个创作或欣赏的主体，一个艺术世界。而审美活动（艺术创作或艺术欣赏）则是这两个主体之间的对话过程，是彼此交往的过程，也是彼此完成自身的过程。不过，审美活动中的这种对话，其结果不是作者或欣赏者与艺术作品的融为一体，而是从对方的世界中获得新的东西，全身而退。

在上述审美活动的外位性规定中，巴赫金强调了"时间上的、空间上的和含义上的外位"，是"审美主体，即读者和作者（他们是形式的缔造者）所处的地位，他们所形成的艺术上的能动性的始源地位"的原因。随后，巴赫金又对审美过程做了进一步的阐述：

　　构建心灵的原则，就是从外部由另一意识出发构建内心生活的原则：艺术家在这里的工作也是在内心生活的边缘上进行的；在边缘上心灵是外向的。他人外位于我或与我相对，不仅是指外形，而且是指内心。我们用逆喻法可以说他人具有内心的外位性和相

---

① 巴赫金：《审美活动中的作者与主人翁》，见《巴赫金全集》第一卷，河北教育出版社1998年版，第118页。

对性。他人的每一内心感受，如高兴、痛苦、意愿、追求，最后还有他的思想意图等等，即使完全不外露，不说出来，不流露在脸上，不显露在眼中，而只能由我来捕捉、猜测（根据生活的语境），那么所有这些感受我都是在我的内心世界之外发现的（即使它们也为我所体验，但在价值上不属于我，不能成为我的价值），我都是在自己眼中之我以外发现的。它们对我来说是存在的因素，是他人的价值性存在的因素。

这些感受出现在外位于我的他人内心，但它们又具有面向我的内心的外表，内心的面貌；对这一内在面貌可以而且应该珍爱地去观照，要像不忘记人的面孔那样不要忘却这内心的面孔（而不要像记着我们自己昔日感受那样记着它们）；要用内心的眼睛而不是用外在的肉眼去巩固、构建、抚爱、亲昵它们。他人心灵的这一外表，仿佛一层内在的薄薄的肌肤，恰好就是可以直觉目睹的艺术个性特征，如性格、典型、身份等，如于存在中含义之折射，如含义之个性折射及具体体现，如化含义于内在的血肉之躯，总之是一切可以理想化、英雄化、节奏化的东西。这种外来的针对他人内心世界的我的积极性，通常被称作同情性理解。[①]

在这里，巴赫金使用了一个"构建"（архитектоника）的术语。构建对于巴赫金的外位性理论是一个关键术语。它的含义可以在"反映"和"表现"之间理解：构建指心理层面上对外在意识的有主观意图的把握，它具有动态特性、主观倾向和个性特征。巴赫金认为，"构建心灵的原则，就是从外部由另一意识出发构建内心生活的原则"，也就是说，我的内心生活成为艺术观照的对象，必须由处于外位的另一意识来构建。

---

① 巴赫金：《审美活动中的作者与主人翁》，见《巴赫金全集》第一卷，河北教育出版社1998年版，第199—200页。

而这"另一意识",是"作为他人的我"。

在巴赫金语境里,认识从来是建构式的。不是对已经成为定式的纲要的印证,而是个人特定时间和空间下的所为,是当下的建构,同时,这个人的建构的起点是对以往结论和结构的某种意义上的解构或颠覆。每一次外位性的观照,就同时是一种建构的过程。建构而不是作为模型框范他人;一次建构的价值仅仅是针对自我的。

为什么需要这个外位的视角来完成艺术的观照呢?因为,任何自我观照都不可避免是有限的甚至是片面的,用巴赫金的话来说,"我的最终结论却没有任何完成的、正面肯定的力量,它在审美上是无力的,在这里我只好向外求助,把自己交给他人听凭发落。我知道,在他人身上也是这样近乎发狂地从原则上不等同于自己,生活在那里也同样不具完成性。但对我来说,这不是他的最后结论,这结论不是说给我听的,因为我处在他的身外,最后的结束语要由我说出。而要求和决定我这最后的裁决,是我对他人的具体而全面的外位性,是对他人整个生活、他人价值取向和责任在空间上、时间上和含义上的外位性。这一外位立场使自己实际上做不到的事情不仅在事实上而且在道德上成为可能,这就是从价值上肯定和接受他人内心存在的全部实有的现实。"① 他把外位性立场看作对自我和他人"内心存在的全部实有的现实"得到实现的必然前提。这是具有"从价值上肯定和接受的"、具有"道德意义"的实现。我把这个道德上的实现,理解为马克思所说人的全部本质力量的实现这个命题的延伸。只有在外位的立场上,才可以实现自我和他人的全部本质。

在这部著作里,巴赫金提出了外位性理论的一些重要术语,例如他人与自我、他人话语与我的话语、完成性与未完成性、门坎、边界与

---

① 巴赫金:《审美活动中的作者与主人翁》,见《巴赫金全集》第一卷,河北教育出版社1998 年版,第 226 页。

边界文化、外位立场等。可以这样总结说，《审美活动中的作者与主人翁》集中表现了巴赫金外位性理论的基本内涵，对于该理论的发展和衍生具有重大的意义。

在 40 年代所写的《论人文科学的哲学基础》里，巴赫金提出了"视野"和"超视"概念："周围与视野的相互关系、我与他人的相互关系，与这一关系相联系的文艺学和艺术学中的具体问题：区域的问题；戏剧的表现。契入他人（与他人融合）与保持距离（自己的位置），以求得认识的超视。"[1]

同时期的《演讲体以其某种虚假性……》里，对这两个术语作了进一步阐释："外部的视点，其超视性和边界。从自身内部看自己的视点。在哪些方面这两种观点不相一致，不能相互融合。事件正是在这不相吻合的点上展开，而不是在一致的地方（即不管是外部或内部的视点）。在自我意识的过程中，'我'和'他人'永无休止地互相争论。"[2]

> 相信能在至高无上的他人身上如实地反映出自己，上帝同时既在我心中又在我身外。我内心的无限性和未完成性，完全地反映在我的形象中，上帝的外位性同样完全实现于形象之中。
>
> 我身上有什么东西只可能从他人的视角来评价和理解呢（广义的外形外貌，心灵的外化，只有他人才能把握的我的生活整体）。
>
> 对自己的爱，对自己的怜悯，自我欣赏有着复杂的内容，而且很为特别。自我爱慕和自我评价所包含的所有精神因素（除去自我保护等）都是对他人位置、他人视点的窃据。这里不是我对

---

[1] 巴赫金：《论人文科学的哲学基础》，见《巴赫金全集》第四卷，河北教育出版社 1998 年版，第 2 页。

[2] 巴赫金：《演讲体以其某种虚假性……》，见《巴赫金全集》第四卷，河北教育出版社 1998 年版，第 78 页。

自己的外形施以正面的评价，而是我要求他人给予这样的评价，我站到了他人的视点上。我总是脚踏两只船，我构筑自己的形象（即意识到我自己），同时既从自己内心出发，又从他人的视角出发。

外位视点和它的超视性。他人关于自身原则上无法了解、无法观察到和看到一切，可优先加以利用。所有这些成分大都具有完成的功能。可能有客观中态的自我意识和自我评价，它不受我或他人视点的影响。这正是结束生命的背靠背的形象。这种形象不具有对话性和未完成性。完成了的整体总是背靠背的形象。不可能从内部，而只可能从外部看到这个完成了的整体。外位性具有完成功能。①

在《自我意识与自我评价问题……》（1943—1946）里，巴赫金提出了自我意识和自我评价问题：

从理论和历史两个方面考察自我意识和自我评价问题（自传、自白、文学中人的形象等）。这个问题对于人学诸本质问题的重要性。世界充满了已被创造出来的众多他人形象（这是个他人的世界，我也来到这个世界上）；其中也有体现在他人形象中的"我"的形象。在塑造他人形象和塑造自我形象时意识所取的立场。目前这是整个哲学中一个关键问题。

从分析自我意识的原始立场入手（但不是历史的分析）。镜中人。这一现象的复杂性（虽然看似简单）。它的组成部分。一个简单的公式：我用他人的眼睛看自己，以他人的视点评价自己。但必

---

① 巴赫金：《演讲体以其某种虚假性……》，见《巴赫金全集》第四卷，河北教育出版社1998年版，第82—83页。

须在这个简单公式背后揭示这个事件参与者相互关系的异常复杂性（参与者数量很多）。外位性（我在自身之外看自己）。我的外貌在我自己眼里能看到什么。我身上能让我从外部直接（不用镜子）看到的部分。我在思考自己时是如何想象自己样子的。我设想把自己摆到舞台上，但仍然在自身上感觉到了自己。完全处于自身之外，完全从外部世界来感受自己，而不是在与外部世界相切的结合部上感受自己，这是不可能的。脐带就在这切线的结合处。这同一种特殊的不肯相信自己死亡的态度（帕斯卡语）相联系。我不知道那个完全处于外部世界的整个外向而且日后将成为僵尸的我的身体；它可能成为我思考的对象，但不能是我实际体验的对象。我处于切线上那个结合点上，它永远也不可能完全地进入世界里而成为其中的存在（现实），并且消亡于其中；我不能完全走进世界，因而也不能完全脱离世界。只有思想能将我整个地置于存在之中，但实际体验并不相信这个思想。①

在这篇文章里，巴赫金认为："这种对他人的依赖（在自我意识和自我表白的过程中），是陀思妥耶夫斯基的基本主题之一。"把陀思妥耶夫斯基艺术世界的特点归纳为在门坎上的艺术表现。②

在《文本问题》（1959—1961）里，提出了"他人眼里"和"自己眼里"的客体问题："表现自己——这就意味着把自己变成他人眼里和自己本人眼里的客体（'意识的现实'）。这是客体化的第一步。但又可以把自己视为客体而表现对自身的态度（客体化的第二步）。在这种情况下，自己的话语便要成为客体的话语，并获得第二个（也是自己的）

① 巴赫金：《自我意识与自我评价问题……》，见《巴赫金全集》第四卷，河北教育出版社1998年版，第87—88页。

② 巴赫金：《自我意识与自我评价问题……》，见《巴赫金全集》第四卷，河北教育出版社1998年版，第88、89页。

声音。但这第二个声音已不会映出（自身的）影子，因为它表示的是纯粹的关系；而话语那现实客体化、物质化的实体，则全交给了第一个声音。"① 所谓"第二个声音"实际上是自我的对象化，自己话语的客体化。这个思想与马克思人的本质力量对象化的思想具有某种联系。

而在 60 年代，巴赫金写了《答〈新世界〉编辑部问》这篇著名的文章，在这篇文章里，他又表述了外位性的一个思想，即保持对文化接受的外位性立场：

> 存在着一种极为持久但却是片面的，因而也是错误的观念：为了更好地理解别人的文化，似乎应该融于其中，忘却自己的文化而用这别人文化的眼睛来看世界。这种观念，如我所说是片面的。诚然，在一定程度上融入到别人文化之中，可以用别人文化的眼睛观照世界——这些都是理解这一文化的过程中所必不可少的因素；然而如果理解仅限于这一个因素的话，那么理解也只不过是简单的重复，不会含有任何新意，不会起到丰富的作用。创造性的理解不排斥自身，不排斥自己在时间中所占的位置，不摒弃自己的文化，也不忘记任何东西。理解者针对他想创造性地加以理解的东西而保持外位性，时间上、空间上、文化上的外位性，对理解来说是件了不起的事。要知道，一个人甚至对自己的外表也不能真正地看清楚，不能整体地加以思考，任何镜子和照片都帮不了忙；只有他人才能看清和理解他那真正的外表，因为他人具有空间上的外位性，因为他们是他人。
>
> 在文化领域中，外位性是理解的最强大的推动力。别人的文化只有在他人文化的眼中才能较为充分和深刻地揭示自己（但也

---

① 巴赫金：《文本问题》，见《巴赫金全集》第四卷，河北教育出版社 1998 年版，第 310 页。

不是全部，因为还会有另外的他人文化到来，他们会见得更多，理解得更多）。一种含义在与另一种含义、他人含义相遇交锋之后，就会显现出自己的深层底蕴，因为不同含义之间仿佛开始了对话。这种对话消除了这些含义、这些文化的封闭性与片面性。我们给别人文化提出它自己提不出的新问题，我们在别人文化中寻求对我们这些问题的答案；于是别人文化给我们以回答，在我们面前展现出自己的新层面，新的深层含义。倘若不提出自己的问题，但不可能创造性地理解任何他人和任何他人的东西（这当然应是严肃而认真的问题）。即使两种文化出现了这种对话的交锋，它们也不会相互融合，不会彼此混淆；每一文化仍保持着自己的统一性和开放的完整性。然而它们却相互得到了丰富和充实。①

他把外位性看作是理解的强大的推动力，认为，"别人的文化只有在他人文化的眼中才能较为充分和深刻地揭示自己（但也不是全部，因为还会有另外的他人文化到来，他们会见得更多，理解得更多）"，这个思想在文化研究和比较文学研究领域具有相当重要的思想意义。

从以上的描述看，巴赫金在自己从事理论研究之初的 20 世纪 20 年代初期，就已经具备了比较完整的、系统的外位性理论的思想，在这个阶段最重要的理论著作中，对审美活动中的认识论问题，作了方法论基础上的论述。这个思想连同它的术语贯穿了巴赫金学术研究活动的全过程。因此，我认为，假如对这个理论缺乏系统的认识，实际上就不可能回答巴赫金一系列重要思想的根本渊源何在这个问题，也就对巴赫金学术活动中的标志——对话性，缺乏真正的具有动力的理解。

---

① 巴赫金：《新世界答编辑部问》，见《巴赫金全集》第四卷，河北教育出版社 1998 年版，第 370 页。

巴赫金外位性理论的基本内涵

很显然，巴赫金的外位性理论具有相当久远的文化渊源。第一个渊源可能与柏拉图的洞穴隐喻相关。古代民族偶然间发现，靠近洞穴墙壁的火堆能够把自己的身影投射到墙壁上，由此，他们通过火光的投影认识了自己。这个隐喻经常被人引用，说明人要认识自身需要借助于外在的因素；而且，只有借助于外在力量才能认识自己。从哲学上说，古代希腊人的著名命题——"认识你自己"——可以说是这个命题的动机。西方哲学的形而上学传统一直探索着意识和自我意识的功能，应该看作这个理论的思想渊源。柏拉图在《理想国》里这样说："一种相当简单的方法，或者有许多种可以完成这种技艺的快而简易的方法，但最简便的莫过于迅速地旋转一面镜子——你可以很快地在镜子中制造出太阳、天空、大地和你自己，以及其他动物、植物和我们刚才所提到的一切东西。"事实上，这个思想对巴赫金的镜子理论具有相当直接的影响——他自己就构思过一篇论文，题为《镜中人》。

虽然，巴赫金对外位性的论述跨越了不同的时期，而且在各个时期的重点不一，但是，由于这个思想在他早期的学术活动中已经成为基本的方法论基础，所以，其基本思想保持着相当的完整性。总结起来，外位性思想具有以下几个方面的要点：

一，首先是他人与自我之间的关系。巴赫金认为，外位性的实质是哲学意义上的，即解决人如何认识自身的问题。人存在于这个世界上，认识自我和认识世界是相互关联的两个问题。巴赫金认为，孤立的个人既不能认识世界，也不可能认识自我，因此，要达到这个目的，就必须依赖他人，依赖他人的视野。他人视野对于我的存在和认识活动具有本质性意义。——除了他人，我不能确认自我。巴赫金说："我必须在另一价值视野中占据另一立场，而且价值的重估须带有极大的重要性。针对我自己，即针对在这一价值世界里过着自己这一生活的我来说，我必须变成一个他人，而这个他人应占据一个外位于我的有充分根据的价值立场（心理学家的立场、艺术家的立场等等）。我对此可作如下表述：我的体验本身作为确定的心态，不是在我本人生活的这一价值层面上获得自身的意义。在我的生活中对我来说这个体验并不存在。必须在我的生活层面之外找到一个重要的含义支点，一个活跃的创造性的支点，因而也是正确的支点，才能把体验从我的统一而唯一的生活事件中抽取出来，因而也就是从作为唯一事件的存在中抽取出来（因为这一体验只处在我的内心，）并把它的实实在在的规定性视为心灵整体的一种特征、一个侧面、我内心面貌的特点（不论这是完整的性格，或是典型，或是心态）。"① 把他人与自我的关系放在认识论的最高层次，这是巴赫金学术研究中的一个重要特点。

对外位于我的另一个他者的认可，导致"出现了某种新的东西，出现了超存在。在这一超存在里，连存在的一点影子都没有了，然而整个存在却寓于这个超存在之中，并为这个超存在而在。""……换言之，人是否依然是与自己共在，亦即依然是孤独一身？在这里，人的整个存在事件是不是要从根本上发生变化？实际上的确是这样。这里出现了某种绝对新的东西：超人、超我，即对整个人（整个我）的见证者和裁判者，因而这已不是人、不是我，而是一个他人。自己反映在真实的他人眼中，须要通过他人才可获得自己眼中之我（这个自己眼中之我难道能是孤独一人吗？）这个我具有绝对的自由。但是这一自由不能改变存在，不能有所谓物质上的改变（甚至也不向往这样）。这一自由只能改变存在的含义（如承认存在，为存在辩护等等）。这是见证人和裁判官的自

---

① 巴赫金：《审美活动中的作者与主人翁》，见《巴赫金全集》第一卷，河北教育出版社1998年版，第211页。

由。它表现为话语。真理、真实不为存在本身所有，它只是属于被认知的和被说出的存在。"①

对于我和他人平行存在的认可，我以为，是审美事件中外位性理论成立的前提和核心思想，也是它作为文学研究方法论的基础。排除这个因素，无论是复调性、对话性，还是狂欢化，都是不存在的。

二，外位的存在方式：两个彼此独立的精神或意识的平行存在。巴赫金对外位性理论论述的关键是两个彼此独立的精神、两种独立意识的平行存在。这个理解是对话论的前提和依据。这也就是我把外位性理论而不是把对话论作为巴赫金方法论基础的理由——对话论是外位性理论的派生物。巴赫金的两个彼此独立的精神和意识的存在，具有生活、艺术创作和艺术欣赏等三个方面，即：1. 认识论意义上的；2. 创作论意义上的；3. 审美欣赏活动中的。

首先，在现实生活中的两个责任主体的存在。在最早的一篇短文里，巴赫金强调了一个这样的立场："艺术与生活不是一回事，但应在我身上统一起来，统一于我的统一的责任中。"② 两个独立的意识的平行存在，在巴赫金看来，一是存在于生活实践中，这就是每个人都独立对自己的行为承担责任，"从个人内心承认确有唯一性个人的存在这一事实，这一存在的事实在心中变成为责任的中心，于是我对自己的唯一性、自己的存在，承担起责任。""确认自己独一无二地不可替代地参与存在这一事实，意味着自己是当存在不囿于自身的情况下进入存在的，意味着自己进入了存在的事件之中。"③ 在这里，实际上巴赫金已经预设了一个命题，就是：现实生活理应是对话性的，每一个人都是一个责任

---

① 巴赫金：《1970—1971 年笔记》，见《巴赫金全集》第四卷，河北教育出版社 1998 年版，第 399—400 页。

② 巴赫金：《艺术与责任》，见《巴赫金全集》第一卷，河北教育出版社 1998 年版，第 2 页。

③ 巴赫金：《论行为哲学》，见《巴赫金全集》第一卷，河北教育出版社 1998 年版，第 43 页。

的主体，都对自己的行为选择承担责任；而承担责任的前提是每一个人都具有独立性。

> 与他人话语相会并交互作用的复杂事件，在相关的各人文学科中（首先是文艺学中），几乎被完全忽视。关于精神的科学；这类学科的对象，不是一个"精神"，而是两个"精神"（一个是被研究的精神，另一个是从事研究的精神，两者不应合为一个精神）。真正的研究对象，是不同"精神"间的相互关系和相互作用。①

这个研究思路是对的。学术研究不能失去自我，自我也就是自己的精神，但是又不能抹杀别人的精神。处理两者关系的基本原则是尊重性对话。这样，两个精神说就不仅包含着人文性质和人道性质，而且因此区别于自然科学。对于外位性理论来说，两个精神的确定，建立了外位地位的前提。缺少两个精神的区分，就没有外位性。

其次，艺术创作中作者与主人翁之间的外位关系。巴赫金认为，在艺术创作中，作者与主人翁之间的关系是彼此独立的，是平行的意识主体。作家世界观与主人翁意识形成一个对话性的复调叙事。这在陀思妥耶夫斯基的小说中表现十分典型。他如此区别审美事件、伦理事件、认识事件和宗教事件：

> 审美事件只能在有两个参与者的情况下才能实现，它要求有两个各不相同的意识。一旦主人翁和作者相互重合，或者一起坚持一个共同的价值，或者相互敌对，审美事件便要受到动摇，代之开始出现伦理事件（评论性文章、宣言、控告性发言、表彰和

---

① 巴赫金：《1970—1971 年笔记》，见《巴赫金全集》第四卷，河北教育出版社 1998 年版，第 408—409 页。

致谢之辞、漫骂、内省的自白等等）；在不存在主人翁，哪怕是潜在主人翁的时候，这便是认识事件（论著、文章、讲稿）；而当另一个意识是包容一切的上帝意识的时候，便出现了宗教事件（祈祷、祭祀、仪式）。①

再次，在艺术接受和欣赏活动中，读者或欣赏者与文本之间的关系是外位性的。读者或欣赏者把文本作为一个独立的意识与之交往，与之对话，因此，每一个读者阐释的文本都是自己视野下的文本，都渗透了自己的意识，而对于不同视野的读者或欣赏者，文本会展现自己不同的意识侧面。这些都在一定的程度上反映了艺术欣赏规律。

把一切都归结于一个意识，把他人（所要理解的人）意识消解其中，这是一种错误倾向。外位性（空间上的、时间上的、民族的）具有的根本的优越性。不可把理解视为移情，视为把自己摆到他人的位置上（即丧失自己的位置）。这样做只能涉及理解的一些表面因素。不可把理解视为将他人语言译成自己的语言。

对文本的理解。应达到该文本作者本人对它的理解。然而，可能并且应该达到更好的理解。深刻有力的创作，多半是无意识而又多含义的创作。作品在理解中获得意识的充实，显示出多种的含义。于是，理解能充实文本，因为理解是能动的，带有创造性的性质。创造性理解在继续创造，从而丰富了人类的艺术瑰宝。理解者参与共同的创造。

理解和评价。不可能有无评价的理解。理解和评价不可分割：它们是同时的，构成一个完整统一的行为。理解者看作品，出于

---

① 巴赫金：《审美活动中的作者与主人翁》，见《巴赫金全集》第一卷，河北教育出版社1998年版，第119页。

自己已定型的世界观、自己的视点、自己的立场。这种立场在一定程度上决定他的评价，但立场本身并不是一成不变的；立场要受到作品的影响，而作品总要带来某种新东西。只是当立场具有教条主义的惰性时，才不能在作品中揭示出任何新东西（教条主义抱残守缺，他不可能自我丰富）。理解者不应该排除改变或者甚至放弃自己原有观点和立场的可能性。理解行为中包含着斗争，而斗争的结果便是相互改变，相互丰富。①

这里，巴赫金提出了一种理解的途径：移情，也就是深入到对方的语境中，设身处地地为他人的话语寻找根据，寻找解释，以至于失去了自我身份。解决这个境况的途径也只有一个，那就是在面对他人话语时保持自我的独立性，以对话的方式处理双方的关系。

三，外位性立场是消除未完成状态的唯一条件。孤立的我是无法完成自己的，因为"视域剩余"的关系，他不可能得到一个完整的自我。完成自我，只能在外位立场上进行。"我的最终结论却没有任何完成的、正面肯定的力量，它在审美上是无力的，在这里我只好向外求助，把自己交给他人听凭发落……我知道，在他人身上也是这样近乎发狂地从原则上不等同于他自己，生活在那里也同样不具完成性。"② 这就是说，要达到完成性，必须求助于外位性立场，必须把自己交给他人。这一点，对于他人和对于我来说都是一致的。

外位视点和它的超视性。他人关于自身原则上无法了解、无法观察到和看到一切，可优先加以利用。所有这些成分大都具有

---

① 巴赫金：《1970—1971年笔记》，见《巴赫金全集》第四卷，河北教育出版社1998年版，第405—406页。

② 巴赫金：《审美活动中的作者与主人翁》，见《巴赫金全集》第一卷，河北教育出版社1998年版，第226页。

完成的功能。可能有客观状态的自我意识和自我评价，它不受我或他人视点的影响。这正是结束生命的背靠背的形象。这种形象不具有对话性和为完成性。完成了的整体总是背靠背的形象。不可能从内部，而只可能从外部看到这个完成了的整体。外位性具有完成功能。①

四，站在与世界相交的边界上、门槛上，是解决两个意识冲突的最佳站位，也是陀思妥耶夫斯基小说世界的站位。巴赫金说："怎样解决思想和实际体验之间、我思想中的世界和我身外世界之间的冲突？思想世界有我在其中，而身外世界只是在其切线上才有我在。这里有冲突，但没有矛盾。照镜子时就要取决于他人。站在与世界相交的切线上，我看见自己整个地在世界之中，实际上我只是在他人眼中才是这样。我身上的什么东西只有他人才可能理解和评价呢。我的躯体、我的面孔；针对自己的哪些感情和评价，是我只能从他人那里窃得的呢。对自己的整体把握，为自己悲恸，将自己英雄化，为他人呈现自己的形象，脱离切线走入自己的形象。世界于是整个地呈现在我面前，虽然它也存在于我的背后，我总是把自己推到世界的边缘上，推到与世界相交的切线上。这种对他人的依赖（在自我意识和自我表白的过程中），是陀思妥耶夫斯基的基本主题之一，它也决定着陀思妥耶夫斯基人物形象的形式特征。""在陀思妥耶夫斯基的作品中缺乏内在的空间（interieur'a）。所有行为，所有事件都发生在门坎上。作家把人带出了世界、宅邸、房间。……即便是人的这个内心，他的内心深处，同样也是一个边缘，是门坎（他人心灵的门坎），是不同意识的相交点（和自己意识一分为二之处），是没有尽头的对话；这里没有东西可在自己周

---

① 巴赫金：《演讲体以其某种虚假性……》，见《巴赫金全集》第四卷，河北教育出版社1998年版，第82—83页。

围形成环境，也就无法在其中安定下来。"① 他认为，边缘站位、门坎这些我与他人之间的临界点，总是内与外相交点，就是思想最活跃、心灵最紧张的站位，同时就是艺术表现的最集中的状态。把自我从内心拉出来，才能感受到灵魂的震撼，才能感受到思想紧张的交锋，否则，就只能甘于未完成状态。而"作者实际的创作行为（以至于一般的行为）总是在审美世界的边界（指价值边界）上，在给定现实的边界上（给定现实是审美的现实），在躯体边界上，在心灵边界上进行，在精神中进行；但精神尚不存在；对精神来说，一切尚待来临；现有的一切在它看来都已成过去。"②

五，外位性站位获得了一种超视。巴赫金曾经多次表述外位性是在"时间、空间和文化上"的外位立场，也就是超越自我所处的孤立性站位，获得在时间、空间和文化上的超越站位。这个站位也就是具备一种视野。超视（избыток видения）可以说这是巴赫金外位性理论的最高境界。"外部的视点，其超视性和边界。从自身内部看自己的视点。在哪些方面这两种观点不相一致，不能相互融合。事件正是在这不相吻合的点上展开，而不是在一致的地方（即不管是外部或内部的视点）。在自我意识的过程中，'我'和'他人'永无休止地互相争论。"③ 个人不局限在自己固定的立场上，而是超越它，站在外位性立场上，反过来，自我便成为观照的对象。在《答新世界编辑部问》里，巴赫金在文化的超越性视野意义上作了集中的阐述；他之论述莎士比亚、古希腊与自己时代的关系，可以看作对时间和空间意义上超越性视野的论证。

六，审美意义上的外位性状态，就是对话性。如上所述，巴赫金

---

① 巴赫金：《自我意识与自我评价问题……》，见《巴赫金全集》第四卷，河北教育出版社1998年版，第88、89页。

② 巴赫金：《审美活动中的作者与主人翁》，见《巴赫金全集》第一卷，河北教育出版社1998年版，第303页。

③ 巴赫金：《演讲体以其某种虚假性……》，见《巴赫金全集》第四卷，河北教育出版社1998年版，第78页。

区别了认识事件、伦理事件、宗教事件和审美事件，而审美事件又以话语呈现为典型形式，这样，就存在了"他人话语"和"我的话语"之间的对话关系。关于这个问题，论者很多，就不详细列举了。

巴赫金在外位性理论方面提出了一系列术语，对这些术语，他有的作了解释，有的则没有，但是，我们基本上可以由此梳理清楚他的思想脉络。在外位性的表述中，我理解，巴赫金的关键思想是试图建立一个超越孤独的个人意识的大视野，在认识论意义上，它意味着对静止的个人意识存在的克服；在伦理学意义上，它意味着强调责任和信任；在审美活动中，则表达了在历史时间、空间和文化发展历史过程中建立"我的话语"与"他人话语"之间的对话性的愿望。这个思想决定了巴赫金的学术研究理念具有很强的人文色彩。

作为文学研究方法论的外位性理论

在我看来，巴赫金的外位性理论具有四个方面的所指：第一，它是人认识自我的理论前提，包括他人视角、对象化理论等问题，以及认识活动的规律。第二，它是对文学创作过程中作者与主人翁关系的规律性总结，也就是一般所说的两者的对话关系。第三，它是对文学阅读活动中读者与作品之间关系的一种正确估价，即建构性、未完成性。第四，它提供了一种健康的态度来对待不同民族之间的文化差异，对时间、空间文化上的外位性站位。

外位性理论决定了巴赫金学术研究理路的基本特点。我理解，巴赫金的学术研究的基本特点是文学研究和人文思想的阐发。这个特点与他从事研究的哲学基础具有密切的关联，例如新康德主义哲学对思辨理性的强调、洪堡语言哲学对言语社会内涵的强调，以及俄罗斯文化土壤上的历史诗学和形式诗学传统，加上白银时代文化氛围以及 20 年代苏维埃文化的特殊语境，巴赫金形成了自己独特的思维结构。从 20 世纪欧美思想发展来看，他的思想既具有清晰的理性思辨特点，同时又具备反逻各斯中心主义的解构性质，既强调了文本研究自身的完整性，又强调了建立远大的时间里文化参与的巨大功能。因此，学术界有人称他为新康德主义者，有人称他为存在主义者，有人称他为形式主义者，有人称他为解构主义者，还有人把他与卡西尔－朗格符号学联系在一起；从他的著作谱系看，甚至可以把他称为马克思主义文学理论家。

对于巴赫金的学术研究来说，从 20 年代就明确了外位性理论作为文学研究的哲学基础，见诸他对人的自我意识的研究。另外，外位性对于巴赫金的文学研究的意义表现在，假如说，他的文学研究的思想基础是对话思想的话，那么，外位性理论就是对话思想的哲学前提；缺少外位性，就仅仅存在一个精神、一个主体，对话就是不可能的。外位性、对话思想、复调理论和狂欢化——这是巴赫金文学研究的基本理路。例如对陀思妥耶夫斯基诗学问题的研究思路，以确立作者与主人翁之间的彼此外位站位作为前提，提出小说的复调性质作为诗学特点。主人翁意识与作者意识的彼此外位是如何提出来的呢？其哲学前提就在于外位性的理论：在价值层面上，主人翁意识是与作者意识平等的存在。"主人翁在思想观点上自成权威，卓然独立，他被看作是有着自己充实而独到的思想观念的作者，却不是陀思妥耶夫斯基完满的艺术视觉中的客体。在评论家的心目中，主人翁说的话如果具有了直接的充分完整的价值，那就要破坏长篇小说的独白性质，而且要引起人们对它作出直接的回答；这时作品的主人翁，似乎已不再是作者言论所表现的客体，而是具有自己言论的充实完整、当之无愧的主体。"[1] "有着众多的各自独立而不相融合的声音和意识，由具有充分价值的不同声音组成真正的复

---

[1] 巴赫金：《陀思妥耶夫斯基诗学问题》，见《巴赫金全集》第五卷，河北教育出版社 1998 年版，第 3 页。

调——这确实是陀思妥耶夫斯基长篇小说的基本特点。……主人翁的意识，在这里被当作是另一个人的意识，即他人的意识；可同时它却并不对象化，不囿于自身，不变成作者意识的单纯客体。"① 在《陀思妥耶夫斯基诗学问题》一书的第二章，即"综述"完成后着手论述自己观点的第一部分，巴赫金名之曰"陀思妥耶夫斯基创作中的主人翁和作者对主人翁的立场"，这个题目很清晰地看到与同时期所写的《审美活动中的作者与主人翁》。两者在主体和思维结构上处于相当程度上的一致性。可以说，在《审美活动中的作者与主人翁》一书中被强调的外位性理论的主题，已经作为方法论的基础贯穿在《陀思妥耶夫斯基诗学问题》之中。至于说到研究大型对话的狂欢性的《拉伯雷的创作与中世纪和文艺复兴时期的民间文化》，它对两个或多个独立意识的相互关系，自然是论述得更为丰富了。

对于文艺学研究来说，外位性理论作为文艺学研究方法论的哲学基础具有重大意义。巴赫金把文艺学看作人文科学大的体系中一个有机组成部分。而人文科学的方法论问题，是巴赫金思考的核心问题之一。他曾经撰写过专门的著作《人文科学方法论》和《论人文科学的哲学基础》等，讨论人文科学的方法论问题；在不同时期的手稿、讲话、大纲里面，对人文科学研究的方法论问题，也多次论及。巴赫金的科学研究方法论思想与德国哲学家狄尔泰的思想具有相当的一致性。哲学家狄尔泰就提出了"人文科学方法"观点，巴赫金写了《人文科学方法论》这样的长篇论文，都是强调文学研究方法的独特性质。建立在这个立场之上的认识是学科的分类：自然科学面对有机物或无机物的相互作用问题；社会科学面对与人们之间和群体之间的相互作用相关的问题；文化科学（人文科学）面对与人们和文本或其他人工制品的相互作用有关的

---

① 巴赫金：《陀思妥耶夫斯基诗学问题》，见《巴赫金全集》第五卷，河北教育出版社1998年版，4—5 页。

问题。研究对象的差异，导致了研究方法的差异。正因为巴赫金强调人文科学的研究对象是文本，因此，在他看来，话语问题、我的话语与他人话语就是人文科学研究中必须优先解决的核心问题。他说："自己话语和他人话语。理解即是他人话语向'自己的他人话语'转化。外位性原则。被理解者与理解者两个主体间的复杂的相互关系；被创造的时空体与理解者创造性地更新了时空体，两者间复杂的相互关系。"又说："在人文科学中，准确性就是克服他人东西的异己性，却又不把它变成纯粹自己的东西（各种性质的替换，使之现代化，看不出是他人的东西等等）。"①"与他人话语相会并交互作用的复杂事件，在相关的各人文学科中（首先是文艺学中），几乎被完全忽视。关于精神的科学；这类学科的对象，不是一个'精神'，而是两个'精神'（一个是被研究的精神，另一个是从事研究的精神，两者不应合为一个精神）。真正的研究对象，是不同'精神'间的相互关系和相互作用。"②

这个研究思路是对的。学术研究不能失去自我，自我也就是自己的精神，但是又不能抹杀别人的精神。处理两者关系的基本原则是尊重性对话。这样，两个精神说就不仅包含着人文性质和人道性质，而且因此区别于自然科学。对于外位性理论来说，两个精神的确定，建立了外位地位的前提。缺少两个精神的区分，就没有外位性。

巴赫金曾经把人文科学的研究工作分为两个阶段："第一个任务——是依照作者本人的理解来领会作品，不超出作者的理解。解决这一任务是十分困难的，通常需要借助大量的资料。第二个任务——是利用自己时间上和文化上的外位性。把作品纳入我们的语境（对作者来说是他人语境）。第一阶段是理解（这里包括上述两个任务），第二阶段是科学研

---

① 巴赫金：《在长远的时间里》，见《巴赫金全集》第四卷，河北教育出版社1998年版，第390页。

② 巴赫金：《1970—1971年笔记》，见《巴赫金全集》第四卷，河北教育出版社1998年版，第408—409页。

究（科学描述、概括、历史定位）。"①

这个区分的真正意义在于文本的第二个声音。文本的第一个声音是语言学意义上的，它表达了语言体系内各种成分间的关系，"作者的语言、体裁的语言、流派的语言、时代的语言、民族的语言（这是语言学），最后还走向潜在的语言之语言（这是结构主义、语符学）。"而第二个声音是"本质意义上的表述"，是"不可重复的文本事件"，是"创造性的文本"。②真正的研究是外位性的研究，也就是把他人话语（别人的作品、思想和观点）纳入我的语境来研究。这样做具有双重效果：一是对于被理解的话语来说，我作为理解者是外位性的；二是对于我（理解者）来说，他人的作品是外位性的。这种外位性位置的存在保持了双方的独立性，同时又确保在发生联系的时候对话的可能。可以看出，巴赫金把文学研究的方法论建立在外位性理论的基础上，它区别于一般意义上的理解，是科学研究的前提。

荷兰学者佛克玛和易布思针对文学研究的方法论问题，表达了这样一个思想：健康的文学研究思路是两种情况并行：一是作为文化参与的文学研究，主要是对文学作品进行评论，称为阐释；二是作为一项科学事业的文学研究，它运用解释的力量来产生结果。所谓"阐释"就是建立在一种文化的参与的条件下的文学批评活动，所谓"文学研究"则依据考据和材料的客观性，它力求建立起文学领域各种因素之间的因果关系，其方法包括对规律性及其理论解释的探求。在强调前者的时候，佛克玛和易布思实际上表达了对文化之间对话和交往的重视，同样也表明了文化外位性站位对文学研究具有积极意义的基本意图。不过，他的文化研究的基本视野妨碍他建构文艺学研究的方法论。而巴赫金没有文

---

① 巴赫金：《1970—1971年笔记》，见《巴赫金全集》第四卷，河北教育出版社1998年版，第409页。

② 巴赫金：《文本问题》，见《巴赫金全集》第四卷，河北教育出版社1998年版，第305页。

化研究思路的限制，他提倡的外位性理论，使其在不同文化背景下的文学研究中，获得一种游刃自如的境界，外位性理论允许他永远站在文本之外获取一种全方位的视野，得以整体地把握对象；也使他能够在长远的时间（большое время）里，审视对象和我的一切思考的价值，从而对其作出整体价值判断。

理论的情感指向：20 世纪俄罗斯诗学的整体性与历史性描述①

"20 世纪俄罗斯诗学流派研究"丛书（程正民主编，中国社会科学出版社 2019 年版）正式出版，是俄罗斯诗学研究和中国文学理论学术领域一件重大事件。我理解，这套丛书的完成，意味着历经一百多年的俄罗斯文学理论研究、俄罗斯诗学研究迈过了一道坎，由鲁迅、瞿秋白、曹靖华、刘宁、钱中文、吴元迈、程正民，以及以刘文飞为代表的中青年专家学者（张建华、张杰、周启超、王志耕、夏忠宪、吴晓都、林精华等）等为代表，大约五代学者共同夯实的俄罗斯文学理论和诗学主题研究的坎、以个案研究为成果的坎，进入到整体研究和历史性研究的境界。从我受教于程先生这些年的体会，我感受到，这正是程先生的学术追求。

一

20 世纪俄罗斯诗学发展，是一个从单一流派迎接多种流派挑战、

---

① 本文最初发表于《中国图书评论》2020 年第 11 期。

再由多种分散流派逐渐融合、整合为一种具有民族诗学性质的过程，在其标志性理论大师身上，集中体现为多种流派综合的气象。在这一过程中，发掘体裁蕴含着丰富的艺术和文化内涵，发掘民间叙事对诗学的重大价值，对建立20世纪俄罗斯诗学的世界地位，具有重要意义。

20世纪俄罗斯诗学的整体性和历史性建构，是客观事实。一元走向多元、从对立走向对话，是程先生对20世纪俄罗斯诗学走向的宏观估量，也是符合实际的描述。20世纪初期，俄罗斯诗学主导地位，是社会历史学派，主要是与批判现实主义文学创作相伴而行的现实主义文学理论。以普列汉诺夫、列宁、托洛茨基、沃罗夫斯基等为代表的马克思主义文学理论，坚持现实主义文学理论，对托尔斯泰等经典作家、对现实主义文学思潮和现代主义文学现象，进行了比较全面的阐释，形成了现实主义文学理论最鲜明的特征。但随即在1910—1920年代，产生了诸多非现实主义文学理论和诗学理论思潮，例如形式主义、早期结构主义等，形成了诗学话语多元局面。

纵观整个20世纪，在"从一元走向多元、从对立走向对话"这一宏观判断下，还需要说明两点：一是多元融合的特征，在20世纪俄罗斯诗学大师身上得到鲜明体现。例如巴赫金、利哈乔夫院士这样的大理论家，其学术研究既有社会—历史学派、文化诗学的特征，又具备体裁诗学、形式研究和结构研究的特征，是20世纪俄罗斯诗学成果集中体现的代表。我阅读程正民先生所著巴赫金诗学研究，看到了巴赫金诗学世界的丰富性、多样性，而在普罗普的诗学体系里，既包含着结构诗学特征，也有明显的社会历史学派方法因素。我觉得，在20世纪上半期俄罗斯诗学探寻中，并非一味求得方法和流派的别致，对诗学是艺术再现或表现现实之方法和规律这一本质的思考仍然占据着主导地位，成为共识。二是传统的社会—历史诗学从未断流，从世纪初期普列汉诺夫到世纪末的利哈乔夫、尤里曼等，仍然是俄罗斯诗学传统的主流，它一直吸取其他诗学的营养，不断丰富自身。自别、车、杜创建俄国文学社会学批评理论，到维谢洛夫斯基建立历史诗学，二者经过学院派洗礼，一直具有相互借鉴、彼此补充迹象，即如程先生在解读普罗普学术所说：用历史研究补充结构研究之片面，用结构研究补充历史研究之不足。这一特点在大学者身上也得到集中体现。王志耕教授之社会学诗学研究，仔细梳理了俄罗斯社会学诗学发展脉络，我们看到，其线索从世纪初期到80、90年代，贯穿始终，每一个阶段都有代表性理论家，每一个时期都有理论借鉴和创新，这进一步说明，在不同历史阶段曾经引领风骚的形式诗学（10—20年代）、巴赫金诗学（20—30年代、70—90年代）、结构符号诗学（60—80年代）等学派，与社会学诗学是并行不悖、彼此促进发展，而不是相互替换的思潮。综合看来，20世纪俄罗斯诗学在其最高峰体现着的仍然是社会历史学派为主体的多元融合风范。

二

对20世纪俄罗斯诗学的整体性和历史性描述，对于程正民先生这一辈学者来说，既具有严肃的理论价值，又具有深厚的情感价值。

程正民先生早先投入精力较多的是俄苏文学，既有理论研究，也有作家作品研究，但是理论兴趣始终很充分。随后，转向比较诗学、文化诗学和跨文化研究，关注焦点仍然是俄罗斯文学，集中在巴赫金诗学研究。到晚近一些年，程先生先后领衔两个重大课题团队，对马克思主义文学理论和俄罗斯诗学流派展开全面整体研究，显示出整体性把握和历史性描述的思想。程先生这一辈中国学者，内心里有深厚的"以俄为师"情结。一层意思是，他们对俄罗斯文学十分尊崇，继而对俄罗斯文学理论、诗学理论认可，包括对坚定的社会历史研究方法、现代文学思维空间探索、形式符号结构的敏锐感觉以及辩证思维拓展等；第二层意思是对新中国文学理论建设的高度责任感和深入介入意识，在他们的理论耕耘活动里，任何学术都是当代理论话语的有机组成部分，无论是哲学、史学、诗学、逻辑学等，还是其他人文科学理论，都在以自己独特的方式介入当代理论建设，发挥着构建作用。同时，任何理论也都有自己的历史，拒绝脱离理论自身的历史，它们每时每刻都在历史命题的链条里叩问和被质问，不断指向未来。我感受到，前辈们对俄罗斯文学的态度多少具有宗教性热忱（仔细体会，其中主要还是拯世济民，还是"主义"和"思想"为主的因素为多），正是有这样的热忱，才会毫无怨言把全部生命付诸俄罗斯文学的研究。而在这一宗教性热忱的基础，乃是对新中国文学创作和理论建设的责任。程先生以 20 世纪俄罗斯诗学流派的整体性研究，力图为中国文学理论建设提供一个俄罗斯诗学的世纪面貌，他说的是以问题意识、流派意识、历史意识为牵引，展现诗学从一元到多元、从对立到对话发展的格局，我感觉到一种整体性结构和历史性辩证相结合来把握局面的精神力度。

一个民族的诗性心灵会集中反映到诗学理论话语上来；一个民族的诗学理论话语，也会反映出这个民族对文学艺术体验的深度和广度。所以，文学和艺术创作世界的丰富多彩，可以直接联想到其诗学理论的丰富多彩。因此，文学创作与文学理论之间互为犄角，彼此支撑。虽然不能准确论证托尔斯泰、陀思妥耶夫斯基、契诃夫等人的创作如何和怎样支撑起俄罗斯批判现实主义文学理论，但是，赫列勃尼科夫、马雅可夫斯基、谢维里亚宁等未来派的创作的确支撑了形式主义诗学纲领，勃洛克、勃留索夫、梅列日科夫斯基、巴尔蒙特、吉皮乌斯等象征派诗歌鼎力支撑起象征主义诗学，却是事实。因此，20 世纪俄罗斯风格多样的文学创作，从列夫·托尔斯泰、高尔基、叶赛宁、蒲宁、普拉东诺夫、肖洛霍夫、安德烈·别雷、帕斯捷尔纳克到古米廖夫、阿赫马托娃、曼德尔斯塔姆、茨维塔耶娃、索尔仁尼琴、布罗茨基等等，相伴而生的是众多主义的诗学理论：现实主义、未来主义、象征主义、马克思主义、形式主义、结构主义等等。流派众多，风格多样。把 20 世纪俄罗斯诗学理论单一化，实际上是对同一时期文学创作的贬低，也是对俄罗斯诗性心灵、诗性思维水平的贬低，同时也是矮化当下中国文学理论的思维水平。当一个民族的诗学理论话语仅仅局限在一种单一形态，实际上是对全民族诗性思维的贬低和对诗性创作的扼杀。理论的百花齐放永远与创作百花齐放相得益彰，二者缺一不可。那种只尊一种诗学理论、单一诗性思维，却对创作高峰翘首以望，只能是不切实际的幻想，自欺欺人。

三

"20世纪俄罗斯诗学流派丛书"最可贵的理论品质，不只在展示20世纪俄罗斯诗学流派的整体性格局，还在于展示它的历史性发展关系方面。每一种诗学流派自有其话语形成的历史，有其从何处来的源头，也有到何处去的去处，更有其在形成的历史中与各家各派、甚至与自己内部派别的话语交锋进程。例如社会学诗学，与现代派的交锋、与形式学派、结构主义，与庸俗社会学的交锋等等。这一系列理论交锋历史的呈现，揭示出流派成熟的过程，凸显出诗学观点和理论立场，逼迫出人文指向，还告诉我们：缺少理论交锋则不成其为流派；交锋是流派成熟的前提。

诗学理论的发生历史从来不是平淡无奇的，也从来不是苍白无趣，相反，它充满激情，是信念与信念、趣味与趣味之间的争辩，当然也存在着权力与利益之争，也存在着统治者对异端思想的扼杀。20世纪俄罗斯诗学流派的发生和发展，不缺乏上述传奇。

四

课题的策划者和实施者追求一种总体把握的学术境界，我体会，这其中未必不是一种情怀，是一种客观呈现研究对象的实际而避免被随意肢解、篡改的情怀，是一种追求百花齐放百家争鸣的情怀。这其中，既有科学精神作为基础，有包含着深切的爱——如若没有爱，怎么会毕生献给俄罗斯文学呢？怎么选择"以俄为师"的道路呢？我以为，这种追求科学精神的情感，就是爱的情感。正是因为有爱，方才要求给予对象一种客观完整面貌，拒绝被随意肢解和毁坏，方才要求被尊重。他山之石，可以攻玉，这种爱最终是献给中国文学理论的。——须知，中国学者之研究俄罗斯诗学，对于俄罗斯诗学界来说，其影响微乎其微，但它却为当代中国人、为当代学人提供了一幅完整的诗学知识图谱，直接丰富了当代中国人的知识体系和精神结构，直接影响并奉献给中国诗学理论建设。

今天在座的钱中文先生、杜书瀛、程正民先生和未能出席会议的吴元迈先生等，以及去世的刘宁先生等人，他们这一辈学者将一生献给了新中国文学理论建设，甚至不局限于中国文学理论事业；他们的研究对象是俄罗斯文学理论和诗学，但他们却在新中国文学理论建设中留下了深刻印记。新中国文学理论建设始终是他们的思想和情感寄托。鲁迅先生曾经把翻译家称作盗火者，循着这个比喻，我认为这一辈文学理论家就不止于盗取火而已，而是将俄罗斯诗学"生火"的技法和原理盗取给予了新中国文学理论建设事业。他们和他们的学术，存在于新中国文学事业血肉之中，而不在其外。因此，我要说，在程先生和他带领的团队身上，我体会到一种对中国诗学理论建设的沉甸甸情感。

【民间创作研究】

民间文学的时代意义 ①

中华民族的文化史由两个部分组成：文字记载的和没有文字记载的，缺少后者，文化史最多就只有半部。最初认识到这一点的，是"五四"时期的思想家和文学家，他们把民间文学看作中国文化史重要的一部分，整个中华文明不可缺少的部分。收集和整理出版来自民间的文学资料，也是由他们发起、在延安鲁艺时期被列入"新文化建设""正典"的历史工程。

民间文学并非简单地对应于文人创作的文学，而是具有鲜明的政治思想取向。它是"五四"一代及其前辈思想家们"重铸民族魂""中华民族复兴"整体启蒙思想的一部分。"五四"时期关注来自民间的文学，乃是出于对"贵族文学"独白话语体系的反拨，是全社会民主运动的表征。"五四"之前，梅光迪回复胡适："文学革命自当从民间文学入手，自无待言。"至"五四"时期，北京大学校长蔡元培发表启事，成立"歌谣征集处"，向全国征集民间歌谣，同时发表"北京大学征集全国近世歌谣简章"，明确其宗旨"不仅是在表彰现在隐藏着的光辉，还在引起将来的民族的诗的发展"。从事中国民间文学研究的美国学者洪长泰认为，现当代中国的民间文学运动被称为"世纪运动"。鸦片战争

---

① 本文最初发表于《光明日报》2016 年 8 月 12 日第 9 版。

以来，激进派学者们寻找中国文化之根的努力，导致了他们提倡以口语为基础的现代文学语言。五四运动时期，年轻的中国知识分子有意识地将他们的关注对象转向民间口头传承，"到民间去"成为一种政治运动。它对于新文学和新文化运动冲破封建思想、重视人民创作的倾向，起到了推动作用，但却属于未能彻底完成的任务。延安鲁艺继承发扬了"五四"走向民间这一传统，赋予其"民族性"和"人民性"的重大思想意义。延安鲁艺把收集、整理民族民间文学，与抗战救亡、与创造新文学的职能紧密结合在一起，形成一个延伸到今天的新中国思想文化运动。1940年在《新民主主义的文化》一文里，毛主席鲜明提出："中国文化应有自己的形式，这就是民族形式。民族的形式，新民主主义的内容——这就是我们今天的新文化。"[①] 他特别强调的"民族的形式"实际上多半指的就是民间文化，特别是民间文艺。毛主席所提出的这一文化思想，在《讲话》里得到充分阐发，长期以来指导着我党的文化建设。毛主席是"五四"新文化运动一代人，他本人对民间文学的认识并非简单止于概念和观念，而是内心真正喜爱的，也确实做过指导学生收集民间歌谣的工作。他非常清晰地把"所有的封建统治阶级的糟粕产品"，与"民间文化的精华部分或者与那些天然的民主的和革命的因素"区分开来了。延安鲁艺以学习民间文艺作为方向，培养了一大批新中国文艺工作者，创作了大批优秀的文学艺术作品，奠定了新中国文艺事业的发展方向。例如，延安鲁艺正式成立了"中国民间音乐研究会"，确定了宗旨为：开展有计划、有组织对民间音乐的采集、介绍和研究工作；对大量优秀的传统民歌、小调、歌舞进行加工和改编，从而产生了不少优秀的"民歌改编曲"。民间文学传统形式经由赵树理《小二黑结婚》《李有才板话》、袁章竞《漳河水》、李季《王贵与李香香》等创作，为新文

---

① 毛泽东：《新民主主义的文化》，见《毛泽东文艺论集》，中央文献出版社2002年版，第42页。

学树立了榜样。

新中国文学弘扬了延安时期重视民间文艺中的人民性传统。新中国成立之初，最重要的文艺话语乃是宣传延安文艺座谈会讲话精神，打破封建文艺观占领的报刊、舞台、银幕等阵地，普及民间文艺民主传统，建设"人民的文学"观念。1949 年北平解放之际，新中国文艺工作者最主要的工作，乃是宣传民族文学形式和新民主主义思想内容之间不可分割的联系，这一系列文章见诸 1949—1950 年之间的《人民日报》。1949 年 3 月 25 日起，《人民日报》集中发表有关文艺的专题文章、综论，涉及"文艺为工农兵的方针""年画的装饰性与现实性、人民性"，以及"停演迷信淫乱旧剧"等问题，秦兆阳、蔡若虹、江丰、罗合如、刘念渠、梁思成、沙均和犁草，以及张映雪等人分别就改革旧剧、国画、平剧、城市规划、秧歌舞和新洋片等方面的问题发表文章，直接影响到新中国文学"人民的文学"基本方向和路线的确定。从 1950 年元旦刊发李伯钊《谈工人文艺创作》、王亚平《攻破封建文艺堡垒》开始，到随后刊载关于"东北戏曲改进会成立""电影制作贯彻工农兵方向""北京旧戏曲的改革"，到赵树理发表《谈群众创作》、王朝闻发表《旧剧演技里的现实主义》、周扬《关于地方戏曲的调查研究工作》、艾青《谈"鸿鸾禧"》和程砚秋《西北戏曲访问小记》等，辅之以展开的历史唯物主义方法论、高等教育制度、教科书、学术研究体制等话语讨论，昭示着延安时期来自民间文学的平民大众文学路线、服务人民大众的文学发展方向，真正在新首都、新中国确立起来。可以明显看出，延安时期强调的人民文学传统，在谈论文艺问题的过程中处于核心位置；以延安文艺座谈会讲话为指导的新文艺路线，迅速成为北京文艺的主流，同时，来自延安的文艺工作者也成为新中国文艺话语的拥有者和叙述者。可以说，收集、整理、改造民间文学，对于"五四"新文学运动、延安鲁艺到新中国建立后的新文化新文学建设，起到了核心作用，为新中国人民文学的健康发展奠定了坚实的基础。德国学者福玛瑞评价这一走向时说:"他们……力图寻找民族的文学,并抱有以此为手段改变'民族性格'的雄心壮志。我们如果考虑到历史悠久的民歌搜集传统的话,可以说,这类对口传文学的重视是中国的一贯传统。"① 这段话放在中国现代文学 30 年,的确非常合适。

今天我们重新提起 20 世纪中国民间文学收集和整理工作,与"五四"时期重铸民族魂的使命相比,实际上面临着性质相似、层次不同的任务。一是我们重新处于中华民族文化、思想和精神价值的再铸造进程中,重视当代民间文学进步思想传统,对于实现中华民族复兴使命具有重大思想价值。二是发掘和阐发民间文学优秀传统,对我们深刻理解"革命文化"和"社会主义先进文化"的历史渊源,对中华优秀传统文化的丰富性有新的认识,具有重要理论价值。三是民间文学的人民性传统,是我们繁荣和发展社会主义文艺的坚实基础,是建设新文学不可缺少的丰富资源。与"五四"时期和新中国成立以来的民间文学研究不同,当代民间文艺学家所处的思想层次和学术水平,不允许我们再仅仅做简单的收集、整理工作,而是要求学者在坚实的材料研究的基础上,充分发掘和阐释民间文学中的思想、文化和艺术资源,在马克思主义的指导下,参与到新世纪中国美学精神的构建和阐发工程之中。做到这一点,我们新中国的文学史,就将比以往更为坚实、更具有鲜明的中国话语特点。

---

① 傅玛瑞:《中国民间文学及其记录整理的若干问题》,《北京师范大学学报》2005 年第 5 期。

当代理论研究新进展与民间文艺基本问题①

　　马克思把古希腊神话与史诗作为"人类童年"的艺术创作，具有"永久的魅力"。他说："希腊人是正常的儿童，他们的艺术对我们所产生的魅力，同这种艺术在其中生长的那个不发达的社会阶段并不矛盾"，并且会"作为永不复返的阶段而显示出永久的魅力"。②恩格斯也在《家庭、私有制和国家的起源》里把人类处在蒙昧时代称为"人类的童年"，并以这个时期产生的希腊神话和《荷马史诗》，来解释人类社会发展的阶段性特征。希腊神话和史诗作为"民间文艺"的当然作品，已经进入人类文学艺术遗产宝库，成为文艺经典。古往今来，研究希腊神话和史诗的学术著作汗牛充栋，成为一门古典学术的显学。它已经远离了"民间"。而那些尚在民间的文学呢？

---

① 本文最初刊载于《民间文艺研究论丛年选佳作》（2017 年）的总序，社会科学文献出版社 2018 年版。

② 马克思：《〈政治经济学批判〉导言》（1857 年），见《马克思恩格斯论文学与艺术》，人民文学出版社 1982 年版，第 95 页。

一

　　"民间文艺"在当下社会是一门显学了，这对于一个学科来说，是一件很幸运的事情。之所以说"在当下社会"，乃是因为进入新世纪以来，中国社会从百姓到中央决策层面都清晰地认识到中国文化建设和发展的基础离不开"传统文化"，而"传统文化"里面，除了孔孟之道诗书礼易之学、唐诗宋词，其他的，大多都归属到民间文化类别了；离开了民间文化，所谓"传统文化"，就所剩无几了。毕竟5000多年来，"民间的"老百姓坚守着千百年形成的日常生活方式，不间断传承民族的生活习俗、生存和生产技艺，创造着生产工具和生活用具，鼎力拱卫着中华民族世代认同的价值观、政治制度，践行着传统价值观，维护者审美风尚和艺术趣味，集中表征为世代相传的民间文艺。在这个意义上，民间文化凝聚为民间文艺。中华美学里有一个命题叫作"由艺进道"，可以很恰当指称这个关系。所以，因为搭上了"传统文化"的大车，"民间文艺"也成为当下社会关注的热点。

　　步入新世纪之初，自中国民协倡导中华文化遗产抢救工程实施以来，全社会对文化遗产的高度认同，已经预示着一个新的文化高潮到来，这一文化高潮与20世纪80、90年代文化热具有完全不同的品质。我们记得20世纪80年代曾经发生过文化热，以回归和批判为指向的文化热潮，在文化思想界产生了巨大影响，它裹挟着形形色色的西学思潮，成为80年代启蒙或曰新启蒙运动的重要维度。我们可以在当下日渐沉寂的一批思想家、文学家的名字里体味那个时代的思想和艺术之星光。90年代则转入了文化反思阶段，有的学者称为"文化保守主义"时代。那个特殊十年，诞生了属于自己十年的文化思想，对于新世纪的文化走向来说，也许这个十年更具有研究价值。不只是主题转向问题，而是那个"退场""出场"的口号，实际上把文化独立于其他元素的命题再次提出来，并得到学术圈以外人们的认同。这是历史给予学术界的机遇。我归纳，90年代留下来众多遗产中，一个是民族文化的主体地位凸现，一个是文化研究（不局限于伯明翰学派意义上的文化研究）独立领域的形成，对新世纪学术意义最为巨大。在这个背景下，我们来看进入新世纪以来的将近20年学术进展，就能够深刻感受到，一个全民族高度认同的对传统文化的抢救、保护、发掘、利用和研究局面，是民间文艺成为显学的背景。这是它的幸运。

但是，这也潜含着作为一门学科的民间文艺的不幸。相对于全社会普遍关注这一局面，"民间文艺"学科体制的格局就过于狭窄。学科体制主要存在于高等教育、科学研究领域，近自新中国成立以来，民间文艺的学科地位就分别设置在中国语言文学学科（包括汉语言文学和各民族语言文学）和艺术学科两个学科中，受到学科体制的限制，没有得到整合。课程设置、学位点设置、人才培养体系，长期以来分而设之，缺乏整体设计。改革开放以来，随着学位制度体系规范化，民间文艺学科的两翼——民间文学和民间工艺美术各自都得到长足发展，例如，以北京师范大学、北京大学、复旦大学、中央民族大学、中山大学、山东大学、四川大学和辽宁大学等为代表的高等院校系统，以中国社会科学院和各省市自治区为代表的科学院系统，作为民间文学学科的代表；以中国艺术研究院、中央工艺美术学院、中央美术学院、中国美术学院和省市自治区所属美术学院、工艺美术学院和师范大学美术学院为主体，是民间工艺美术学科的主体。这两个系统彼此长期独立运行，鲜有交叉融合。这一局面的存在，实际上说明了民间文艺学科建设的水平。

民间文艺作为一门学科，长期以民族学、社会学等学科为支撑，进入90年代以后，西方文化学的影响越来越大，而民间文艺界也越发清晰地认识到民间文艺作为文化生存的特殊形态的重要意义，钟敬文先生提出了民俗文化研究作为两者的超越，成立了北京师范大学民俗文化研究基地，列入了学校 985 项目建设重点基地之一。但是，这一举措却使原先作为一个二级学科的民间文学陷入了尴尬境地。大家知道，后来，中国语言文学学科的二级学科序列里不再有民间文学学科了。

二

"民间文艺"这个术语具有某种暗示性、导向性，使用这个术语，自然就进入到另一个"传统的"文学艺术领域，使用该领域的话语进行观察、思考、判断，在一些国家学术界使用"民间创作"（例如俄罗斯学术界使用"фольклор"这个词）来涵盖我们在"民间文艺"这个术语下的领域。

在新世纪这个更为宽大的背景下，民间文学已经不仅仅"是文学"了，学术界逐渐在民间文学文本存在的时间和空间发现了更为广阔的世界。这个时期，关于"民间文学"的话语体系发生了以下故事：民间文学日渐脱离"文学作品"的范围，而越来越多地成为民族、民间和民俗文化的主要载体，成为民俗文化和民族的、区域文化研究的对象；民间文学的"文学性"再一次被弱化，研究民间文学的艺术技巧和艺术手法等，不再作为学界的主要领域；田野调查与民间文学文本的生成关系被更为紧密化，与此相应，民间文学的文本性不再独立为作品，而与相关"传承人""口述者""语境"等密切联系于一体。而事实上，我以为，这些新叙事文本的产生，意味着作为传统学科体制下的"民间文学"已经超越了"文学的"范围；它从独立的文学作品，变成了文化研究的文本材料构成诸元素之一。

几乎与此同时，在文学研究领域发生着文学研究的文化研究走向，"经典的"文学作品研究，逐渐"漫出"形式研究，走出"内容／形式"二元对举的研究范式，超越所谓内部研究与外部研究的范式，走向两者融合。在 20 世纪最后 20 年，到新世纪的最初十多年的文学研究，单一的内部研究或外部研究的大师们，例如社会学文学研究、历史主义研究和意识形态研究，以及新批评、形式主义批评，都没有成为主流，而那些以两者相融合的学派，例如新历史主义、伯明翰学派，却领一时风骚。不能不承认，对于整个学术研究来说，简单的以作品为中心的研究范式被文化文本性研究范式所超越，是一种研究理念的进步；它更为缜密而宽阔，也更为切近民间文学作为人类文化财富之表征的实质（以我们当下的学术思维力来看）。

但是，是否就可以或者断然放弃民间文学作品的艺术特征和艺术模式研究，我以为应该十分谨慎。就汉族地区的民间故事言，华北地区与华南地区的故事既有相同的叙述方式，也存在着各自的叙述特点；与其他艺术门类结缘的歌谣、戏曲就更是各擅胜场，叙述方式和艺术特点更其鲜明，在叙事学研究方面，大有文章可做。汉族地区叙事长诗在湖北省各区域的叙述手段，与云南省各区域各民族叙事长诗相比，两者在艺术表现方面都各有特色，不能一概而论，在类型学研究和语言学研究方面，也各擅胜场。因此，断然取消民间文学作品的艺术研究，未必是可取的学术思维方向。当然，在民间文学里面，更为丰富的研究领域，在新的学术思想启迪下凸显出来，例如，与传承区域文化习俗和传承人的个性相关联的史诗传唱艺术，较之于史诗文本单一研究维度而言，就丰富很多；在民间小戏领域，从传统的文本研究理路（"内容的"或"形式的"），到拓展出的文本演唱、方言、接受者和改编方式等综合研究，两相结合，形成民间小戏研究的新格局，如此等等。

三

由单一文本"内容／形式"二元对举研究范式过渡到文化研究范

式，在民间美术和民间工艺领域显得具有更大的合法性。

大家知道，民间美术和民间工艺领域的实用性作品多是批量制作，如木版年画，同一模版的年画可以印制数千幅，甚至还可能更多；泥塑、陶瓷、刺绣等门类作品也是如此，它的任何创新若是分布到一万件作品上，就显得重复，成为模式化的符号。单独看一个作品，与前人的作品相比，它的新颖或许显得很突出，可是与其自身序列相比，就不是这样了。如此看来，民间文艺领域的确存在着"同一个作品的复数文本性质现象"。这一现象的合法性明显区别于文人创作作品的"单一文本属性"。换言之，在职业艺术家创作领域，倘若出现相似（不说雷同或相同）两部作品，那么，其中一部作品的合法性就会受到质疑；而在民间文艺领域，出现两篇差异在5%的民间故事文本则是极其正常的，出现两件差异率在5%以内的木版年画、泥塑或陶瓷作品，也极其正常。这是民间创作的基本特点之一。如何看待这一现象呢？

我觉得，应从三个方面来看待这一现象：

一是民间创作与区域文化紧密结合，表现了特定区域文化。民间艺术更多地根植于特定区域民众的日常生活和民间风俗，反映着和呈现着这一生活和风俗，因此，我们把特定种类民间艺术称为"某一区域"的艺术，例如，年画有杨柳青年画、朱仙镇年画、桃花坞年画；刺绣艺术分有苏绣、潮绣、湘绣、蜀绣、汴绣等；木作家具艺术有广作、苏作，如此等等，均与区域密切相关，是区域文化的表现、反映和呈现。这个"区域文化"既可能体现在主题和题材选择趣味方面，也可能体现在技法、色彩、材料选择等方面。比如，相同的主题在相邻区域流传过程中会出现关联性变异，区域其他文化元素会参与到主题流传过程之中，从而主题原型"A"会演变为"A+"或"A—"。这个多出来的因素或减少的元素，就是区域文化元素所致。与此相比较，民间创作个人的趣味、爱好等因素，则退位到相对次要的位置，不再凸现。

二是民间创作是群体性质的创作，具有群体创作者认同的相对一致性。这是横向观察：每一个艺术种类都有独立的群体，与其他艺术种类隔开，在自己种类内部对话、交流、影响和比较，例如，剪纸有剪纸的艺术世界，刺绣有刺绣的世界，木雕、石雕、漆艺、陶瓷、泥塑等，各自有独立的艺术空间，每一个空间都有自身的艺术标准和评价方式，自然也都有自己的艺术史。在这里，民间创作本身的特征更其明显：民间创作是在有原型的基础上予以创作，而不是像专业文艺家那样虚构创作。他们的创作是有"本"的创作，不是向隅虚构。因而，他们的创作严格来说是改造、重构。在这个意义上，还需要注意：民间文艺家是以群体的规模进行创作，而非个体独立创作，这使得创作群体的文化多样性、差异性表现得更其鲜明。

三是民间创作与前辈创作具有传承性，是在前辈创作基础上再创作。特定民间艺术种类都是在与前辈继承中前行，在继承和创新关系、旧与新的辩证关系中发展。师傅所传、徒弟所创，融合在手头的艺术作品之中，都是自己时代艺术趣味的要求创作出来的。民间创作的本质是"传承"基础上创新，而非在"无"的基础上创作，这意味着在这一过程中，对原型的模仿和改造是核心元素，不可能彻底离开原型来创作。例如，浙江青瓷的创作，当代艺术家必然在前人上釉、着色、绘制等环节的前提上来制作新的瓷器，从明、清、民国到现在，青瓷的艺术风格方可保持一惯性。"格萨尔"传唱在当代传唱艺术家那里，总是与前辈艺术家联系着的，在模仿中寻求呈现自己的风格，而他们现行的风格也将作为传统影响和制约后代艺术家。总之，在原有内容和形式基础上从事创作，这是民间文艺创作的基本规律，也是它区别文人创作的基本特征。

学术界超越作品中心论、进入文化研究和综合研究的趋势，对于一般文学研究来说，属于学术发展趋势而呈现的方法论的变化，而对于民间创作来说，则似乎原本就应该属于本质性的、诉诸民间创作的本质。

四

超越作品中心论，拓展了民间创作研究新领域，使之回到了田野和现场，社会学、人类学等社会科学方法焕发了生机。在相当程度上，方法论的变化体现了对本质认识的改变。

田野性与民间创作的"完整"而"真实"呈现问题，关系密切。倡导田野性质，是民间创作研究引进人类学和社会学的表现之一，它从发生学角度很准确抓住了民间创作的本质，相对于作品中心论研究范式，它更具有前沿性。

"田野"观念的引进，乃是对民间创作性质的重新认识。五四新文化运动之初，推出民歌收集整理运动，北京大学率先发起，嗣后各大中小学校风生水起，毛泽东在延安时期回忆，他在湖南学校工作的时候就有发动学校假期回家收集民歌之举。直到 20 世纪 50 年代新民歌运动，中国民间文艺研究多以文本研究为主体，实际上表现为把民间文学"文学化"、寻找其中的"文学性"的研究旨趣。对待民间美术和民间工艺的研究，在 50 年代也发生了激烈争论，在"平民意识""民族精神""装饰""设计"等不同的侧重点下摇曳，走向工艺美术创作成为一种实用的倾向。但工艺美术与民间工艺之间最大的差异是前者偏向设计、制作、生产和市场，在这个意义上，工艺美术偏向作品中心；后者是田野、区域文化、传承和原型，强调民间创作生存于日常民俗生活具体语境中。在这个意义上，田野性让民间创作焕发着再生文本的多重机会。田野性的现场感、传承人、区域文化差异、时间和空间等，在作品中心论时期多多少少被忽略、轻视。而在当下强调田野的民间创作研究理念下，上述因素都是文本构建过程中的必须要素。

"田野"观念引进民间创作研究，破解了作品中心观念，重新把民间创作放进了具体生活语境之中，使之再语境化，避免民间创作研究脱离文化语境和日常生活流程。但是，田野性并非民间创作本身，而是一种研究方法；呼吁民间创作本身回到日常生活现场，多少有一点逆时代的性质，有"伪"的意思。试想，在一个迅速工业化和后工业化、城市化和后城市化的社会进程里，民间创作如何"在"（being）"民间"？

俄罗斯神话研究的学术理路和特点简况[①]

——在四川社会科学院神话研究院成立会议上的发言

一、俄罗斯神话的性质、发源和分期

俄罗斯神话是古斯拉夫神话在公元 9 世纪后的遗存。所谓斯拉夫神话，按照专家的说法，"是古代斯拉夫人（原斯拉夫人）在其统一时期（约当公元一千年年代末期前）神话观念的总和。伴随斯拉夫人自原斯拉夫领土（维斯瓦河与第聂伯河之间，首先自碦尔巴仟地区）迁往中欧和东欧易北河（拉贝河）至第聂伯河及波罗的海南岸至巴尔干半岛北部地区，斯拉夫神话发生分化，种种地域性之说自成一体，并长期保留全斯拉夫神话的主要特征。"[②] 随着斯拉夫民族的迁徙、分化，原斯拉夫神话典籍并未留存下来，多神教的宗教（在相当程度上，这意味着神话的完整性）在斯拉夫人基督教化时期已经荡然无存。也就是说，公元 9 世纪以后，斯拉夫神话高级级类丧失殆尽，这些级类的神幻人物或者被列

---

①　本文最初发表于《神话研究辑刊》第一辑，巴蜀书社 2019 年版。

②　B.B. 伊万诺夫、B.N. 托波罗夫：《斯拉夫神话》，载谢·亚·托卡列夫、叶·莫·梅列金斯基主编《世界各民族神话大观》，魏庆征编译，国际文化出版公司 1993 年版，第 269 页。

入反面人物，或与基督教的圣者相混淆，而低级级类，犹如所谓一般对偶体系，极为稳定，并与居于统治地位的基督教构成繁复的组合体（即所谓"双重信仰"）。

由于民族迁徙、分化和基督教化的原因，俄罗斯留存的神话在世界各民族神话的级类里属于比较靠后的序列；在神话这个种类里面，比较偏重英雄神话类型，缺少完整的创世神话。有一部书《韦列斯书》记述了前 2000 年至 10 世纪斯拉夫人神话般的古老历史、民族起源、部落的发展和迁徙等历程。不过，学术界认为这是由一位 10 世纪的祭师写作的书籍。

俄罗斯学术界收集整理神话是在德国启蒙意识的感召下开展起来的，受到欧洲启蒙主义和浪漫主义文学思想的影响比较大，例如德国格林兄弟（雅各布·格林和威廉·格林）的民间文学（主要是童话故事）观念，以及狂飙突进运动时期的赫尔德尔（他第一个使用"民歌"这一概念泛指全部民间创作，使用"语言"作为"民族"身份的特征）观点、黑格尔的哲学思想，都影响到俄罗斯神话意识。

俄罗斯神话研究可以简单分为以下几个阶段：19 世纪初期之前（主要是发掘收集整理文献）、19 世纪上半期（民族意识觉醒和浪漫主义文学创作时期，神话学初创时期）、19 世纪下半期（语言语义学、历史文化学派、神话哲学）、20 世纪上半期（语言—历史文化研究、结构主义研究）这四个阶段。

二、俄罗斯神话学术研究的历史背景和社会基础

（一）俄罗斯神话研究起源于对民族性、民族身份认同的迫切需要，伴随着启蒙思潮产生的学术运动。从大的方面讲，俄罗斯学术界对斯拉夫民族神话的兴趣与俄国社会的变化密切相关。彼得大帝的改革把

俄国带上了西方化发展的快速轨道，国力快速提升，但是，俄罗斯守旧贵族在这个发展过程中颇有失落，一些古老传统和文化习俗被弃之不用。叶卡捷琳娜时代随着启蒙运动的发生和传播，俄罗斯的社会根基和历史文化也受到触及，加速了俄罗斯社会的社会分化。这个分化的峰值在1812年俄法战争的胜利和十二月党人运动后，出现了贵族阶级内部分裂，同时一个新的阶层或阶级——平民知识分子阶层逐渐壮大。贵族与平民知识分子存在着共同的焦虑，就是身份认同的危机。在深入介入欧洲社会政治事务之际，他们是谁？他们来自何处？他们去向何方？这一组问题是他们走向民族历史文化发生深处的共同原因。在这个"深处"，他们找寻到了斯拉夫神话、多神教文化和广义的民间创作。

因此，在叶卡捷琳娜时代，《伊戈尔远征记》的出现，受到了贵族社会广泛关注，才有浪漫主义文学运动时期茹科夫斯基、普希金、果戈理对民间创作的深切关注，慨然将民间创作的题材、语言、形象纳入自己的作品之中；阿法纳西耶夫收录民间文学和壮士歌、神奇故事；尼·彼·鲁缅采夫小组；1815年，鲁缅采夫小组成员帕·米·斯特罗耶夫撰写了《斯拉夫俄罗斯神话简评》，标志着俄罗斯神话哲学的诞生。这一系列事件都与俄罗斯民族身份焦虑、身份探寻这个问题密切联系，是这个社会问题的直接结果。

（二）俄罗斯神话研究与19世纪普希金开创的新文学和艺术创作的需求息息相关。进入19世纪以来，俄罗斯文学和艺术创作面临着一个迫切的问题，就是文学艺术面向出现了苦难选择：以往文学艺术创作主要是模仿式的，不同时期受到过法国、英国、德国文学艺术的影响，但1812年之后，模仿创作已经与俄罗斯在欧洲的政治地位、社会影响力不相适应了。全社会迫切需要一种代表俄罗斯民族特色的文学艺术。于是，出现了指向俄罗斯、斯拉夫历史的文艺创作热潮，出现了对罗斯时代民族文化的文学艺术探寻。我认为，这应该称为"俄罗斯文学艺术的自觉"。

18 世纪末在俄国启蒙思潮的影响下，俄国作曲家学派形成，代表人物有：M.C. 别列佐夫斯基、博包尔特尼扬斯基、B.A. 帕什克维奇、福明、汉多什金等。他们的创作共性是对俄国民间生活题材的关注，采用俄罗斯民歌素材，音乐带有一定的民族特色。歌剧最集中地反映出他们的创作面貌。代表作品有：M.M. 索科洛夫斯基的《磨工—巫师、骗子和媒人》（1779），M. 马京斯基和帕什克维奇的《善有善报》（又名《圣彼得堡商场》，1782），福明的《马车夫》（1787）等。19 世纪初的俄国歌剧题材偏好童话和民间传说，追求豪华的舞台效果，音乐充满多愁善感的情调，达维多夫的《列斯塔，第聂伯河的水仙女》（1805）、K.A. 卡沃斯的《伊利亚勇士》（1806）等，其中最有影响的是韦尔斯托夫斯基的《阿斯科尔德的坟墓》（1835）。19 世纪 30、40 年代，米哈伊尔·格林卡的创作标志了俄国音乐古典主义传统的确立。格林卡吸取了欧洲古典和浪漫乐派的成果，钻研了俄国的民族民间音乐，将专业的音乐技巧与质朴的俄国民间音乐结合，使俄国音乐文化提高到欧洲先进水平，奠定了俄国民族乐派的坚实基础。他的爱国主义的歌剧《伊凡苏萨宁》（原名《为沙皇献身》）和神话歌剧《鲁斯兰与柳德米拉》，管弦乐幻想曲《卡玛林斯卡雅》以及用 A.C. 普希金诗谱写的声乐浪漫曲《我记得那美妙的一瞬》《夜晚的和风》等成为俄国音乐典范之作，是俄罗斯音乐与民族历史和民间文化紧密结合的范例。

俄罗斯绘画艺术从古罗斯时期发生，与拜占庭文化密切相关，到 18 世纪，受到意大利和法国美术深刻影响，18 世纪中期成立的皇家美术学院，在半个多世纪中逐步培养了一批本民族的艺术家，他们呼吸本民族的空气，吸收民族文化的养料，具有俄国特色的文艺开始在世界舞台上崭露头角。

普希金《鲁斯兰与柳德米拉》、果戈理《狄康卡近乡夜话》、茹科夫斯基常取材于民间流传的神话故事（如悲歌《黄昏》1806、《捷昂与艾斯欣》1815、故事诗《柳德米拉》1808、《斯维特兰娜》1808—

1812、《十二个睡着的姑娘》1817)、莱蒙托夫、涅克纳索夫《谁在俄罗斯能过好日子》等诗人和作家都借助民间创作题材和形象,创作了与斯拉夫神话传说密切相关的作品。陀思妥耶夫斯基创作中也广泛存在着神话元素。进入白银时代的文学世界,梅列日可夫斯基等作家的创作,"新神话""现代神话"类型也广泛存在。

(三)俄罗斯民族精神勃兴推动了神话学术研究。"俄罗斯思想"这个概念成为 19 世纪下半期到 20 世纪俄罗斯哲学、宗教文化学乃至整个文化研究的基本和核心概念,这个概念的内涵萌发于 18、19 世纪之交的民族意识兴起,其外在形式则在 19 世纪上半期的西欧派与斯拉夫派之争。换句话说,18—19 世纪之交的俄罗斯民族意识觉醒给予这个概念以内在内涵,19 世纪上半期对俄罗斯民族的宗教、哲学、历史、文化定位,赋予了它外在形式。这个特殊的历史阶段性,需要俄罗斯民族特殊的精神支撑,而不是简单的时尚。古老斯拉夫民族壮士歌、神话传说出场,完成了这一使命。斯拉夫派和早期民粹派的思想阐述,在相当程度上倚仗着这一丰富文化遗产。

三、俄罗斯神话研究的学术贡献

19 世纪上半期,俄罗斯学术界对民间创作包括神话进行了系统整理工作,涌现了尼·彼·鲁缅采夫小组、阿克萨科夫兄弟、A. H. 阿法纳西耶夫、H. H. 雷布尼科夫等一批专家学者和爱好者。他们以民间口头传承为主,辅以修道院文献,建立了俄罗斯斯拉夫神话研究的基础。

(一)收集整理(有时候是写作)出版了一系列包括神话在内的民间文学资料,构成了俄罗斯(很多时期应该表述为"斯拉夫")神话学的坚实基础。1804 年,基尔沙·丹尼洛夫出版了第一部俄罗斯民间创作集《古代罗斯诗歌集》。1814 年莫斯科大学成立俄罗斯文学爱好者同仁会。阿克萨科夫兄弟和基列耶夫斯基在民间创作收集方面投入巨大精力，其中，基列耶夫斯基收集了 10 卷本《民歌集》。A.H. 阿法纳西耶夫出版了 8 卷本《俄罗斯民间故事集》，并撰写《斯拉夫人艺术创作中的自然观》一书。雷布尼科夫收集整理了 200 篇俄罗斯壮士歌谣等等。这些工作里面包含着大量的俄罗斯神话材料。

建立在民间口头创作、修道院文字记录和历史文件基础上的俄罗斯神话材料，成为鲁缅采夫小组成员帕·米·斯特罗耶夫撰写《斯拉夫俄罗斯神话哲学简评》（1815）的基础。学术界认为，这部著述构成了俄罗斯神话学研究的起点。

（二）构建了一套"神话—民间创作—语言学—历史文化学"研究方法论。著名学者费·伊·布斯拉耶夫（1818—1897）被认为是俄罗斯神话学派的奠基人，他创立的历史—比较语言学方法，继承了格林兄弟的学术思想，将神话学研究同语言学、民间创作、民族传统文化及古代文学的研究紧密地结合了起来，他认为神话是人民精神无意识创作的产物，体现了人民的生活本质这一观点，并进一步深化，提出神话是人民对自然和精神的认知，神话与语言、民间文学、仪式、民俗、历史密不可分；通过神话研究揭示的是俄罗斯民族精神生活的全部。他将比较—历史方法引入了俄国民间文学特别是神话的研究之中，就语言、神话与民俗的关系问题提出了一整套自己的理论，在俄语语言和民间文学的基础上建立起了俄国自己的比较—历史语言学和比较神话学。他说："神话是存在于人民记忆与语言中的现实，并非简单的对自然的模仿。"布氏在 30 余年的神话研究活动中，自始至终地不断根据新材料、新问题来丰富并发展自己的神话理论，布氏神话学思想的演变过程实质上体现了俄国 19 世纪下半期的神话学研究从对神话的单纯语言学解读走向具体文化—历史语境阐释，并最终将其上升到民族学乃至人类学范畴这一发展历程。

19 世纪中期以后形成的历史文化学派对俄罗斯神话研究形成独特

的风格，具有重大理论意义。佩平（1833—1904）的历史文化学派、亚阿波捷布尼亚、维谢洛夫斯基是其中最杰出的理论家。

亚·阿·波捷布尼亚（1835—1891）是著名的语言学家，他把语言学理论纳入神话学研究之中，出版了《论某些仪式和信仰的神话意义》（1865）、《口头创作理论札记》（1905）、《斯拉夫民间叙事中的某些象征》（1914）等著述，把语言、民间神话创作和文学链接为一个整体。依据这一出发点，提出诉诸神话和象征所理解的语言，是一切语言艺术的范型；关于思维的"神话方式"的学说应在文学史上占有一定地位。形象与含义之不可分离，决定了神话的特征。波捷布尼亚认为，神话以及科学思维，是为思想和认识的有意识的活动；是为诉诸以往所述表征之总和对某一课题进行阐释的活动——诸如此类的表征集结于以语言或通过语言方式对之有意识之前。①

维谢洛夫斯基以《历史诗学》（1940 年，由日尔蒙斯基编辑出版）为代表，他的著述里体现出来鲜明的"历史诗学"和"体裁诗学"理论思维特征。他对神话的思考，与波捷布尼亚完全不同。他着眼于人种学和题材，着眼于外在形态研究，最先提出人种学对认识诗歌起源的意义者之一，并对种种艺术和诗歌的原始浑融性理论进行了探讨。他认为，原始诗歌起源于与神话保持密切联系的早期语言运动，它最突出的特征乃是"浑融性"，即："有节奏的舞蹈动作同歌曲音乐和语言因素的结合。"

在对俄罗斯民间创作（包括神话）的广泛研究基础上，维谢洛夫斯基提出："文学史，就这个词最广泛的意义而言，是一种思想史，即体现于哲学、宗教和诗歌的运动之中，并用语言固定下来的社会思想史。"② 这个结论具有重大思想意义和哲学价值。

---

① 叶·莫·梅列金斯基：《神话的诗学》，魏庆征译，商务印书馆 1990 年版，第 133 页。

② 维谢洛夫斯基：《历史诗学》，刘宁译，百花文艺出版社 2003 年版，第 52 页。

（三）俄罗斯神话学术研究虽然没有直接为"俄罗斯精神"提供题材资源，但是，在索洛维约夫、别尔嘉耶夫等人的著述里，"索菲亚""俄罗斯人"这样的形象，却成为他们思想阐发的基础，使他们找到了民族使命的神圣根源，以此出发建立了独具特色的俄罗斯东正教哲学体系。他们反抗基督教文明、抵抗伊斯兰文明，对东方和西方道路一并反对，认为拯救这个矛盾世界的只有神性的、多神教文化（神话的传统）的俄罗斯。以此，俄罗斯神圣使命的思想、"弥赛亚说"和世界末日论等问题，成为他们哲学思想中心问题。索洛维约夫把异教的"索菲亚"作为美好象征；别尔嘉耶夫这样谴责世俗政权、追慕多神教时代的俄罗斯，他说："在罪恶的权力转移到莫斯科大公手中以后，神圣不可侵犯的公爵消失了。一般说来，这种神圣性在莫斯科王国的衰落不是偶然的。自我毁灭，像宗教行为中的自焚一样，这是俄罗斯的民族现象，其他民族几乎是想象不到的。那种被我们称作双重信仰的东西，即把东正教信仰和异教神话、民族诗歌结合在一起的东西，可以解释俄罗斯民族的许多矛盾。在俄罗斯的自发势力中一直保持着，迄令仍然保持着酒神的、狂热的因素。一个波兰人在俄国革命高潮中对我说：酒神正在通过俄罗斯的大地。俄罗斯的合唱歌曲和舞蹈的巨大力量也是和酒神的、狂热的因素相联系的。俄罗斯人喜欢狂饮和圆圈歌舞。我们在民族的神秘教派，例如鞭笞派中同样可以看到狂热的特点。俄罗斯人对纵酒和缺乏纪律的无政府状态的喜好是人所共知的。俄罗斯人不仅屈从于政权，接受宗教的神圣性，同时，还自己创造出拉辛和普加乔夫，并在民间歌曲中加以歌颂。"[1]

神话学的研究，促进了 19 世纪下半期俄罗斯文学创作的繁荣。白银时代的俄罗斯文学受到索洛维约夫、罗扎洛夫、舍斯托夫和别尔嘉耶夫等宗教哲学家影响很大，构成了"神话—民间文学—文学创作—宗教

---

[1] 别尔嘉耶夫：《俄罗斯思想》，雷永生、邱守娟译，三联书店 1995 年版，第 1 页。

哲学"学术理路。陀思妥耶夫斯基、托尔斯泰和包括梅列日可夫斯基等作家在内，逐渐形成俄罗斯现代文学的"神话诗学"特征。

四、20 世纪俄罗斯神话研究的学术突破

梅列金斯基认为，20 世纪苏维埃时代对神话理论的探讨，基本上沿着两个轨道进行：一为职业民族志学家所从事的、专注于宗教学领域，神话作为诗体叙事之作始初"内核"的问题只是间接有所涉及；另一为语文学家，主要为"古典语文学家"所从事的，神话在诗歌沿革中的作用问题被明确提出。①

在民族志学家所从事的研究里，主要探讨的是神话与宗教、宗教与哲学的相互关系问题，特别是生产实践、社会体制、种种习俗和信仰、阶级关系的最初显示在神话里的反映，在于揭示神话积淀着的社会学内涵。这一研究在神话题材和宗教礼仪探讨方面取得重大突破。亚·米·佐洛塔廖夫《氏族制与原始神话》(写于 30 年代、1964 年出版)是其中代表。谢·亚·托卡列夫的《何谓神话?》对这一流派做了高度概括。

阿·费·洛谢夫是神话诗学里从古典语文学立场研究的代表，不过，他们主要借助古代希腊罗马的文献资料展开研究。洛谢夫的狐妖著作有《古希腊罗马象征手法与神话概论》(1930)、《神话辩证法》(1930)等。巴赫金、弗雷登堡等人的相关研究，也属于这个范畴。

而普罗普对"神奇故事"的研究(取材于阿法纳西耶夫收集的 100 个神奇故事)做的结构主义和历史主义研究(《故事形态学》(1928)、《魔幻故事的历史根源》(1946)、《俄罗斯英雄叙事诗》(1955)等著作)

---

① 叶·莫·梅列金斯基：《神话的诗学》，魏庆征译，商务印书馆 1990 年，第 137 页。

等，则充分吸收了两者的优势，开启了结构主义民间文艺学先河，并借助于民间文学与民族志学资料，诉诸神幻故事情节和神话意象、原始礼仪和习俗对比，赋予神话以历史—起源基础。

在 20 世纪国际学术界影响很大的神话研究者还有 E.M. 梅列金斯基。梅列金斯基主要以传统人类学和历史文化研究方法展开研究，他主要有《神奇故事的主人公形象的起源》（莫斯科，1958）、《英雄史诗的起源 早期形式和古代口头创作》（1963，莫斯科）、《"艾达"与史诗的早期形式》（莫斯科，1968）、《神话诗学》（1976）等著作。他在《神话诗学》里提出的"神话主义"概念，在学术界产生了广泛影响。

1965 年，雅各布森在为托多罗夫编的《俄苏形式主义文论选》写的题为《诗学科学的探索》序言里曾经提及"俄国诗学中最重要的一个发现，即发现决定民间创作材料布局的规律（普罗普、斯卡夫迪莫夫），或是文学作品材料布局的规律（巴赫金）。"他由此强调俄国诗学的研究"从句法原则扩大到分析完整的叙述及其对话交流"的整体价值。① 从简单梳理俄罗斯神话学研究的理路看，这个判断用在俄罗斯神话研究的方法论特征上，也是十分恰当的。

---

① 托多罗夫编：《俄苏形式主义文论选》序言（雅各布森著），蔡鸿宾译，中国社会科学出版社 1989 年版。

民间创作研究：俄罗斯文艺学的理论起点 ①

1965 年，雅各布森在为托多罗夫编的《俄苏形式主义文论选》写的题为《诗学科学的探索》序言里曾经提及"俄国诗学中最重要的一个发现，即发现决定民间创作材料布局的规律（普罗普、斯卡夫迪莫夫），或是文学作品材料布局的规律（巴赫金）。"② 他由此强调俄国诗学的研究"从句法原则扩大到分析完整的叙述及其对话交流"的整体价值。

的确，民间文学和民间文化的研究，在相当大的程度上拉动或引导着 20 世纪哲学、社会学和文艺学研究，这个规律早已经在启蒙运动后期的德国学者那里得到了印证。学术研究中的民间性和民间创作的概念形成于前浪漫主义时代，基本上是由赫尔德尔和浪漫派所确立的。③ 德国学者沃尔夫（Wolf，1759—1824）在对古代希腊民间诗歌起源和存在状态的研究后，表示：在学术史上已经得到举世公认的《荷马史诗》，其作者原不是"荷马"一人；"荷马"这个名称在古代希腊是一个群体的称谓，而不是个人。《荷马史诗》是集体创作的产物。这个"发

---

① 本篇发表于《外国文学评论》2007 年第 1 期。

② 托多罗夫编选：《俄苏形式主义文论选》，蔡鸿滨译，中国社会科学出版社 1989 年版，第 3 页。

③ 参见巴赫金《拉伯雷的创作与中世纪和文艺复兴时期的民间文化》，载《巴赫金全集》第六卷，河北教育出版社 1998 年版，第 4 页。

现"实际上是学术研究与思想启蒙密切结合的一个体现，不过，它却进一步刺激了对各个民族民间文学的关注。此后，德国学术界对民族史诗《尼伯龙根之歌》和古代民族诗歌的深入研究，对浪漫主义文学思潮产生了巨大的影响，为形成浪漫主义诗学理论体系立下了"汗马功劳"。而20世纪的许多哲学和社会学上的突破，大都与民间文学或民间文化密切相关，如佛罗伊德对古代民族的图腾与禁忌的研究成果，构建了他人格心理学的基本格局，从而影响到精神分析文学批评的产生；荣格之原型心理学说则与古代民族神话和史诗的研究密切相关，并成为原型批评的理论前提；列维－施特劳斯的结构主义人类学与他对原始部落思维方式的研究，并直接影响到结构主义诗学的模式；本尼迪克特（Ruth Fulton Benedict，1887—1948）的《文化模式》被称为"20世纪第二季最伟大的著作之一"，[①] 她的国民性理论就建立在她对印第安部落、多布人和日本人的民间文化深切研究的基础上；玛格丽特·米德（Margaret Mead，1901—1978）在研究萨摩亚、新几内亚等原始部落的生活模式和生活习俗的基础上，形成了文化人格理论……民间文化的研究成果，直接或间接地影响到相关的文学思想。而这个带规律性的现象，在俄国文艺学的历史话语中表现得更加明显。在相当大的程度上，对文艺学之民间创作的基础的视野，是俄国文学理论建设的基本特征。然而，这个特征决不仅仅局限在文学话语之内……本文试图分析对俄罗斯文艺学发展影响很深的两个理论大师维谢洛夫斯基和巴赫金，重点关注他们对民间创作的不同研究理路，由此探讨民间创作在俄罗斯文艺学理论话语建构中的不同功能。

---

① 玛格丽特·米德语，见夏建中《文化人类学理论学派》，中国人民大学出版社1997年版，第176页。

从"主义研究"向"实证研究"的转向

民间创作对于 18—19 世纪俄罗斯浪漫主义文学的影响是深刻的，在俄国文艺学界，对于民间创作的研究则进一步成为文艺学理论建设的直接基础。然而，学者们并非一开始就意识到民间创作研究对于文学理论研究的巨大积极意义。实际上，对民间创作的深刻关注具有意识形态的因素。在俄国 19 世纪的意识形态环境下，围绕着"西方和斯拉夫"这个话题进行了持续百年的对话和争鸣。大致可以这样归纳：在世纪初期是西方主义，30—60 年代是二元对立和对话，60 年代以后，在相当程度上可以说是斯拉夫民族意识的优势。在这个背景下，文艺学研究实现着从"主义研究"到"实证研究"的话语转换。

所谓文艺学的"主义研究"，指的是以西方（主要是德国）古典哲学和美学体系出发研究文学问题，并热衷在特定的理念下演绎文艺学理论体系。这个倾向在 19 世纪初期的俄罗斯文学研究是一个重要的特点。俄罗斯文学意识与思想启蒙有着密切的关联。在这个特定的背景下，西方和西方意识成为文学创作和文学研究中的标志。所谓"言必称希腊"，一切在"西方的""文明的"评判标准下进行，成为俄罗斯文艺学界的时尚。我们反观 19 世纪初期的俄罗斯文学写作，在普希金、莱蒙托夫的诗歌里可以读出非常明显的西方思想和西方形式意味，尽管俄罗斯人一直强调他们创作中的民族因素，不过，毕竟俄罗斯民族文化的影响在他们的写作中是需要强调的，而西方影响是可以明显感觉到的。1812年战争后，俄罗斯民族的热情高涨，这个高涨的标志是觉察到俄罗斯民族承当的"历史使命"与她的现实存在状况形成巨大的反差，从而产生必须改变现状的心理。30 年代产生所谓"西方派"和"斯拉夫派"的对峙，就可以视为这种心理的意识形态表现。这种对峙也表现在文艺学界。一方面，在文学领域，别林斯基、赫尔岑、屠格涅夫等，被称为"西方派"的代表。屠格涅夫曾经在《回忆录》里强调，为了寻找对真理的答案，自己那一代人把西方哲学经典著作都搜寻遍了，甚至包括形而上学和纯粹理念本身。他说："我们当时还相信哲学的和形而上学的结论的现实性和重要性，虽然他和我都完全不是哲学家，也不具有抽象地、纯粹地、照德国人的方式思维的能力……可是我们当时在哲学里寻找世界上除了纯思维之外的一切。"[①] 而别林斯基的文学批评理论的建构与德国美学尤其是黑格尔美学密切相关。[②] 他把黑格尔的"理念说"和辩证法思想运用到文学批评活动中，形成了所谓别林斯基"哲学批评"的"黑格尔时期"。另一方面，开始出现相对"保守的"文学批评派别。谢维廖夫、基列耶夫斯基等把审美的文学与写实的文学对立起来，强调文学的美的性质。这个立场表面上看来与别林斯基的文学立场相悖，但是，他们的出发点都是德国古典美学，只不过一者来源于谢林，一者源自黑格尔。这样，在俄罗斯文艺学界出现了这样的状况：德国古典美学的两个端点在建设什么性质的俄罗斯文艺学的论题上进行了尖锐的对话。所以，俄国学者尤里·曼以"哲学诗学"这个术语涵盖这两种倾向的文学批评家。在《俄罗斯哲学诗学》一书里，尤里·曼准确地把德国美学思想作为俄罗斯哲学诗学形成过程中的"他者"来看待：这种联系不仅体现在一系列批评家的思想风貌形成的具体过程中，而且还体现在民族文学中具体的体裁形式方面。[③]

俄罗斯文艺学的"实证转向"与社会运动的实际进程密切相关。60年代以后，民族意识甚至斯拉夫主义成为意识形态环境中一个非常重要

---

① 屠格涅夫：《文论、回忆录》，张捷译，河北教育出版社1984年版，第539—540页。

② 参见普列汉诺夫《别林斯基与合理的现实》《维·格·别林斯基》《维萨里昂·格里哥里耶维奇·别林斯基》《论别林斯基》等文章，载《普列汉诺夫哲学著作选集》第四卷，三联书店1974年版。

③ Ю. Манн：*Русская философская эстетика*，М. МАЛП，1998. стр.7，313-329.

的趋向。这种环境因素也影响到文艺学学科的建设。实际上，仔细研究一下民粹思想和俄国文艺学面向民间创作的研究意识，可以发现它们在起源时间上是基本一致的。这不是偶然的现象。从民族面临的现实问题看，这种转向具有意识形态取向。1848 年欧洲革命的失败，1861 年农奴制度改革的失败，导致了西方化理想的破灭，从而结束了一定历史时期的西方派和斯拉夫派对峙的局面。而从学术研究自身的话语走向来看，细胞学说、进化论、自然科学的一系列新成就以及哲学上的实证主义倾向，对于文艺学抛弃从"主义"出发，抛弃以宏大叙事建构文学理论的倾向，具有决定性意义。丹纳在其《艺术哲学》里说："我们的美学是现代的，和旧美学不同的地方是从历史出发而不是从主义出发，不提出一套法则叫人接受，只是证明一些规律。"① 这个思想对于俄国历史文化派具有重大的影响。② 自然科学的研究意识，首先指导文艺学研究观念的变化：把研究的视野放在扎实的对象上，运用可靠的方法，寻找可信的资料，得出的结论是在可以把握的限度内——这种研究意识，一方面造成了对宏大体系建构的拒绝，另一方面则把研究的对象限定在古代文学、民间文学和古代经典作家身上，因为只有它们才是具体可信的研究对象。

19 世纪俄国文艺学中最著名的学院派，其代表布斯拉耶夫、贝平、维谢洛夫斯基等，在分别构建神话学派、历史比较文化学派和历史诗学理论体系的时候，就把研究的基点放在民族民间创作上。对于民间创作的深厚研究功底，成为他们在文艺学领域重大发现的前提。可以这样说，缺少了这个前提，文艺学理论历史上就不可能存在以上三个重要的学派。而 20 世纪的俄国文艺学研究版图上，最大的几位理论家，例如巴赫金、普罗普、洛特曼和利哈乔夫，他们的理论发现都与民间创作的

---

① 丹纳：《艺术哲学》，傅雷译，人民文学出版社 1983 年版，第 10 页。
② 参见白嗣宏《评俄国历史文化学派》，载《俄苏文学》1987 年第 4 期。

研究成果有直接的不可或缺的关系。

在这里，我要说明的是：一，为什么对民间创作的研究会如此深刻和直接地影响到文艺学的理论发现？二，俄罗斯最重要的文艺学家对民间创作所持的态度各自具有什么特点？为了说明这两个问题，我打算就经典文本做细读分析，以便寻找两者连接的具体环节。

维谢洛夫斯基：民间起点和诗学的历史视野

俄罗斯文艺学领域对民间创作的研究，并在其研究基础上形成理论体系者，不能不提及维谢洛夫斯基。在维氏的文艺学研究实践中，来自民间的文学传统，是其研究的对象、前提、基础和不可缺少的土壤。

维谢洛夫斯基是俄国 19 世纪最具个性的文艺学家之一。他创建了历史比较研究方法，构建的历史诗学体系，对于 20 世纪俄罗斯文艺学（例如形式学派、巴赫金学派[①] 等）具有深刻的影响。维氏历史诗学的基本信念是"回答什么是诗意意识及其形式的演变"[②]。刘宁先生认为，对于这个问题的回答构成了维氏"历史诗学的中心课题"[③]。然而，要回

[①] 本文的基本观点建立在这样的基础上：《巴赫金全集》里以"П.Н.梅德维杰夫"和"В.Н.沃洛希诺夫"的名义发表的著作属于或基本属于巴赫金。一般来说，俄国、西方和中国巴赫金研究者基本认同这个立场。参见孔金、孔金娜《巴赫金传》（东方出版中心2000 年版）、美国纽约白银世纪出版社 1982 年版《文艺学中的形式主义方法》一书英文版《出版说明》、凯特琳娜·克拉克、迈克尔·霍奎斯特著《米哈伊尔·巴赫金》（中国人民大学出版社 1992 年版）和托多罗夫《巴赫金、对话理论极其他》（百花文艺出版社 2001 年版）。按照我的理解，在《巴赫金全集》里涉及版权问题的著作，都应该以"巴赫金—梅德维杰夫"或者"巴赫金—沃洛希诺夫"的方式出现，不过，为了行文的方便，就简单以"巴赫金"称呼了。而在这个意义上，巴赫金的观点就不仅仅属于他个人，而是整个集体。我倾向于把他们称为"巴赫金学派"。

[②] 维谢洛夫斯基：《历史诗学》，刘宁译，百花文艺出版社 2003 年版，第 30 页。

[③] 维谢洛夫斯基：《历史诗学》译者前言，刘宁译，百花文艺出版社 2003 年版。

答这个"演变",就必须追问:"演变"是从何处来?经由什么环节而来?向何处去?在当下文学创作实践中是更为彰显了还是业已消失了?造成这一切的原因是什么?而作为这个课题研究基础的,则不得不是民间创作研究。维氏的全部诗学就立足于民间创作回答这些问题。

那么,为什么选择民间创作为研究对象而不是当代文学?或者不是稍微前一点普希金、莱蒙托夫或果戈理研究?果真像他自己所说的"现代生活太紊乱,太令我们激动;我们对待古代则比较冷静,不由自主地在其中寻找我们所未吸取的教训……"吗?[①] 的确,紊乱的生活,快速的节奏,特别是研究本人深陷其中的利害关系——这一切对于学术研究来说,实在属于不可克服的干扰。但是,选择古代民间创作作为历史诗学研究的对象,更根本的原因在于学术理念发生了变化。当我们的学术研究不再仅仅服务于转瞬即逝的意识形态目的的话,那么,就必须叩问自己:除了个人爱好和政治目的,文艺学理论的学术研究具有什么指向?我理解,假如可以把目的分层次的话,那么,这里就有学术话语本身的自我建构和以之为终极目的的民族文化精神接续两个层次。这两个层次不是截然分开的,它们之间具有自然的联系。假如,从第一个价值层面上来看,历史诗学的目的是"从诗歌的历史演进中抽象出诗歌创作的规律和抽象出评价它的各种现象的标准——以取代至今占统治地位的抽象定义和片面的假定的判决。"[②] 这也就意味着,要回答诗的本质问题,就必须从追问诗本身开始;而"诗本身"又包含着哪些因素呢?在维氏看来,这不是一个理论思辨性质的问题,而是一个考据问题,也就是通过追溯诗的历史脉络来回答的问题。而从第二个目的,则应该归纳为对民族文学的历史意识的强调,把民族文化的现在与过去密切不可分隔地联系在一个整体上。维氏表达了"你告诉我人民是怎样生活,我就

---

① 维谢洛夫斯基:《历史诗学》译者前言,刘宁译,百花文艺出版社2003年版,第32页。
② 维谢洛夫斯基:《历史诗学》译者前言,刘宁译,百花文艺出版社2003年版,第585页。

告诉你人民怎样写作"这个思想。关于这一点，伊·卡·果尔斯基在强调维氏的历史诗学的民族性时这样说："显然，在 19 世纪的文学运动历史上，民族性问题具有关键意义。"①

从维氏的学术理念来说，他的基本思想是：当代诗歌（也包括一切叙事文体、抒情问题和表演性文体的文学创作）的一切形式方面的因素，都具有深刻的而悠远的历史原因。这个历史原因远不止步于我们现在所知晓的古代经典；严格说，被称为古代经典的作品只是这个历史视野中的结果而不是原因。维氏把研究的视野推进到"荷马史诗"之前，更不用说希腊戏剧之前了。他认为，在荷马之前的诗歌存在状态具有一个鲜明的特征——混合性，即"有节奏的舞蹈动作同歌曲音乐和语言因素的结合"。② 而这个混合性诗歌的特征之一，"是它的占主导地位的表演方法：它曾经是，现在也还是由许多人、由合唱队来演唱的；这种合唱艺术的痕迹在比较晚期的、民间的和艺术的歌曲的文体和手法中保留了下来。"③ 换句话说，古希腊史诗、诗歌和戏剧的一切经典形式在它之前的民间集体创作活动中就业已广泛存在，是"在群众的无意识的合作中，在许多人的协助下形成的。"④ 目前所看到的艺术的多样性特征，在古代民间文学艺术中是紧密地混合在一起的。不过，在这种创作形态中，由于缺乏张扬的个性和自我意识，它们还不能称为诗歌艺术，而只是艺术的"史前史"。维氏认为，历史诗学的任务就是说明，诗歌自它成为个人创作以来，就没有离开过历史（文化史和各个民族的风俗文化史）。"在我看来，历史诗学的任务——在于确定传统在个人创作过程中的作用与界限。"⑤ "这种诗学能够排除它的思辨体系，为的是从诗歌

---

① И.К. Горский：*Александр Веселовский и Современность*，М. Наука. Стр.81.

② 维谢洛夫斯基：《历史诗学》，刘宁译，百花文艺出版社 2003 年版，第 264 页。

③ 维谢洛夫斯基：《历史诗学》，刘宁译，百花文艺出版社 2003 年版，第 265 页。

④ 维谢洛夫斯基：《历史诗学》，刘宁译，百花文艺出版社 2003 年版，第 265 页。

⑤ 维谢洛夫斯基：《历史诗学》，刘宁译，百花文艺出版社 2003 年版，第 587 页。

的历史中阐明它的本质。"① 维氏用以下的规律说明诗歌形式因素的历史
继承性："在人民的记忆中铭刻着一些形象、情节和类型，它们在某个
时候曾经是栩栩如生的，是由于某个人物的活动，某一事件，某一引起
兴趣、充满情感和幻想的奇闻逸事所激发的。这些情节和类型被普遍化
了，关于人物和事实的表象可能黯然失色，只剩下了一般的公式和轮
廓。它们潜藏在我们意识的某个隐秘阴暗之处，就像许多经历和体验
过的事似乎被遗忘了，却蓦然使我们震惊。这恰似某种不可理喻的启
示，某种既新鲜又古老的体悟一样，我们无法认清它们，因为往往不能
确定那种出乎意料地重新唤起我们古老记忆的心理活动的本质。在民
间的和艺术自觉的文学生活中也是如此：一旦对于旧的形象，对于形象
的余波产生了民间诗歌的需求，形成时代的要求，那么它就会突然出
现。"② 这个描述，在相当大的程度上道出了诗歌发展的形式因素出现的
基本规律。正是由于对民间诗歌存在状态的研究，使维氏坚信："任何
理论上的考虑都不能妨碍我们把民间传说的这种重复性列入自觉的文艺
现象。"③

　　维氏把民间创作作为文艺学研究的前提和基础，在他的文学研究
视野中，文学（无论内容和形式因素）从来都是随着时代和风俗文化的
变更而发生着变化，而形式方面的任何变化，以及因此产生的新的因
素，都可以在古代民间混合型存在状态中寻找到它的雏形。形式方面的
多种因素，是古代群众智慧创作的结晶，它们不会轻易消失，合适的时
代到来，那些已经淡出个人创作多年的形式因素又会重新出现，并起着
重要的作用。"无论在文化领域，还是在更特殊一些的艺术领域，我们
都被传说所束缚，并在其中得到扩展，我们没有创造新的形式，而是对

---

① 维谢洛夫斯基：《历史诗学》，刘宁译，百花文艺出版社 2003 年版，第 30 页。
② 维谢洛夫斯基：《历史诗学》，刘宁译，百花文艺出版社 2003 年版，第 54 页。
③ 维谢洛夫斯基：《历史诗学》，刘宁译，百花文艺出版社 2003 年版，第 50 页。

它们采取了新的态度。"① 巴赫金的下述话显然与维氏的思想密切相关："含义现象可能以隐蔽的方式潜藏着，只是在随后时代里有利的文化内涵语境中才能得以揭示。莎士比亚融入作品中的宝贵含义，是若干世纪乃至上千年间的创造和积淀起来的。这些宝贵的含义隐藏在语言之中，不仅是标准语，还有在莎士比亚之前没能进入文学的民间语言成分；也隐藏在言语交际的多种体裁和形式之中，在数千年形成的强大的民间文化形式里（主要在狂欢化形式里），在戏剧表演的体裁里（神秘剧、讽刺喜剧），在渊源于史前远古时代的故事情节里，最后还在思维的形式里。莎士比亚也像任何艺术家一样，构筑自己的作品，不是利用僵死的成分，不是利用砖瓦，而是用充满沉甸甸含义的形式。"② 雅各布森所说俄国诗学对民间创作材料布局规律的发现，在维氏和巴赫金、甚至形式主义学派看来，乃是对整个文学基础的求索，而不仅局限在形式因内。

虽然维氏的主要兴趣是形式的历史积淀，虽然对于他来说，这个发掘就是诗学研究的主题，但是，他的研究毫无疑问具有意识形态倾向。在我看来，他的研究对象——诗学，是与另外两个层面的对象相联系的：在更高的目标上是思想史，再上则接续到一般历史的建构。他如此概述道："思想史是一个比较宽泛的概念，文学只是它的局部表现；要使文学分化出来，就必须对于什么是诗歌，什么是诗意意识及其形式的演变具有明确的理解，否则我们便无从谈论历史。"③ 可以这样表述维氏的立场：作为思想史的一个部分，文艺学研究假如没有从根本上解决自己从何处来的问题，就遑论历史视野，它也就无法参与历史的建构。

---

① 维谢洛夫斯基：《历史诗学》，刘宁译，百花文艺出版社 2003 年版，第 20 页。
② 《巴赫金全集》第四卷，河北教育出版社 1998 年版，第 367 页。
③ 维谢洛夫斯基：《历史诗学》，刘宁译，百花文艺出版社 2003 年版，第 30 页。

巴赫金：发掘民间立场的意识形态视野

在巴赫金的学术研究活动中，除了纯粹理论思辨，只要涉及具体的文学问题，他就必然谈到它的民间文化渊源。他之论陀思妥耶夫斯基、拉伯雷和果戈理等，都力求从民间文化的立场来研究。在他的理念里，有一个根深蒂固的信念：长篇小说这种艺术体裁，其根源在民间文化中。因此要解读它的丰富性含义，就必须从它的源头开始，通过揭示它的根源上的多样性意义指向，才能理解现代作家在这个方面所做的工作的价值。他专门为研究"果戈理的笑"写了一个大纲，题为《果戈理之笑的历史传统和民间渊源问题》。在《讽刺》一文里，写道："甚至梅尼普讽刺，它的民间文学渊源以及在欧洲小说形成中的历史作用，研究得也还远远不够。"① 但是，就功能而言，民间文化对于巴赫金来说，不是他文学研究的对象，也不仅仅属于他文艺学理论的基础，而是一种资源，是他构建文艺学意识形态视野的重要组成部分。因此，与维氏把民间创作作为文学艺术本身来研究的立场相比较，巴赫金除了坚持这一立场外，更强调民间立场在文艺学研究的视野（尤其是哲学的、意识形态视野）建构这个层面。

巴赫金的文艺学研究之强调民间立场的巨大功能，是有理论准备的。这个理论准备最重要的一点，就是对维谢洛夫斯基历史诗学的研究思路的借鉴。当然，巴赫金的研究范围不局限在这个理路上，但是，他对体裁问题的基本认识都沿袭着维氏的思想。据我统计，巴赫金的理论著作中凡是谈到体裁问题，必然提出维氏的"历史诗学"概念，这说明，巴赫金的体裁诗学思想与维氏的历史诗学理念具有深刻的逻辑联

---

① 《巴赫金全集》第四卷，河北教育出版社 1998 年版，第 20 页。

系。举例而言，巴赫金在他的两部最重要的著作《陀思妥耶夫斯基诗学问题》和《拉伯雷的创作与中世纪和文艺复兴时期的民间文化》里，对狂欢化的研究，就是遵循从狂欢节、狂欢的民间文化和狂欢体叙事为起点来研究的。对于"文学狂欢化问题"，他认为"是历史诗学，主要是体裁诗学的非常重要的课题之一。"① 针对狂欢化文学的各种体裁，他说："梅尼普体在中世纪的整个发展过程中都渗透了地方的民间狂欢文学的因素，并且反映了中世纪各个阶级的独有的特点。"② "（庄谐体的各种体裁）尽管外表纷繁多样，却有一个共同点：都同狂欢节民间文艺有着深刻的联系。它们或多或少都浸透着狂欢节所特有的那种对世界的感受。其中有些就是狂欢节口头民间文学体裁的翻版。"③ 他对"狂欢文学"下定义时说："如果文学直接或通过一些中介环节间接地受到这种或那种狂欢节民间文学（古希腊罗马时期或中世纪的民间文学）的影响，那么这种文学我们拟称为狂欢化的文学。"④……这一切都表明，巴赫金在研究中关注民间创作是有充分的理论准备的。

虽然，巴赫金在体裁诗学方面的研究理路与维氏有继承关系，但是，他们两人的研究思想还是不尽相同的。其一，巴赫金的研究重心是文学体裁的叙事功能，维氏的重点是体裁的起源。其二，巴赫金研究体裁主要局限在古希腊罗马和中世纪以来存在的散文体裁，对于此前存在于艺术史前史中的混合型体裁（抒情、叙事、表演、歌唱和仪式等结合于一体），他基本没有涉及；而维氏研究的重点恰好在这里。其三，维氏的研究重点是体裁本身具有的抒情、叙事、仪式和表演等功能，一句话，是体裁的艺术性问题，而巴赫金研究体裁是针对它的哲学立场，即在话语层面上的言谈功能。因此，巴赫金虽然继承了维氏的历史诗学观

---

① 《巴赫金全集》第五卷，河北教育出版社 1998 年版，第 141—142 页。

② 《巴赫金全集》第五卷，河北教育出版社 1998 年版，第 179 页。

③ 《巴赫金全集》第五卷，河北教育出版社 1998 年版，第 141 页。

④ 《巴赫金全集》第五卷，河北教育出版社 1998 年版，第 141 页。

念和理路，这种继承表现在若干表述中。例如，在论及陀思妥耶夫斯基诗学中的体裁问题时，他说："文学体裁就其本质来说，反映着较为稳定的、经久不衰的文学发展倾向。一种体裁中，总是保留自己在消亡的陈旧的因素。自然，这种陈旧的东西所以能够保存下来，就是靠不断更新它，或者叫现代化。一种体裁总是既如此又非如此，总是同时既老又新。一种体裁在每一个文学发展阶段上，在这一体裁的每部具体作品中，都得到重生和更新。体裁的生命就在这里。因此，体裁中保留的陈旧成分，并非是僵死的而是永远鲜活的；换言之，陈旧成分善于更新。体裁过着现今的生活，但总在记着自己的过去，自己的开端。"① 积淀在体裁中的这种记忆，使体裁每"向前迈出的任何重要的一步，都伴随有向初始（'源头'）的返顾，确切说是对初始的更新。只有记忆而非遗忘，能促使向前迈进。记忆能返顾初始并更新初始。……在语言学方面，这种返顾意味着恢复记忆所储存的语言全部含义。"② 在这个方面，可以非常清晰地看出巴赫金与维氏在理论上的连贯性。但是，他的研究具有自己鲜明的特点。这个鲜明特点就是对民间文化的意识形态立场的强调，简而言之是对民间立场的强调。在《拉伯雷与果戈理：论语言艺术与民间的笑文化》一文里，他说："民间文化在其发展的所有阶段上，都是同官方文化相对立的，并形成了自己看待世界的独特观点和形象反映世界的独特形式。"③ 巴赫金把民间创作的立场与官方的立场截然对立起来，认为，"（它们）与严肃的官方的（教会和封建国家的）祭祀形式和庆典有着非常明显的，可以说是原则上的区别。它们显示的完全是另一种，强调非官方的、非教会的、非国家的看待世界、人与人的关系的观点；它们似乎在整个官方世界的彼岸建立了第二个世界和第二种生活，这是所有中世纪的人都在或大或小的程度上参与，都在一定的时间

---

① 《巴赫金全集》第五卷，河北教育出版社1998年版，第140页。

② 维谢洛夫斯基：《历史诗学》，刘宁译，百花文艺出版社2003年版，第14页。

③ 《巴赫金全集》第五卷，河北教育出版社1998年版，第6页。

内生活过的世界和生活。这是一种特殊的双重世界关系，看不到这种双重世界关系，就不可能正确理解中世纪的文化意识和文艺复兴时期的文化。"① 这个立场非常鲜明地透露出巴赫金把民间创作纳入自己文艺学或哲学文艺学研究视野的根本动机，同样，也正是这个立场赋予了他的研究以深刻的哲学的和思想史的价值。

巴赫金对陀思妥耶夫斯基、拉伯雷的研究成果具有独立的价值，它们极大地扩展了文艺学研究和作家研究的视野，其结论不仅对于文学研究具有巨大的意义，而且对于其他人文学科的研究具有不可忽视的价值。究其根本，是由于巴赫金抓住了两个研究对象最根本的东西，就是小说的体裁，即它的思想表达方式，继而把这个表达方式与民间创作中蕴涵着的立场连接起来，在一个新的时间和空间里阐释。因此，发掘体裁的历史诗学和连接民间创作的意识形态指向，这是巴赫金诗学研究的精髓。对于他来说，民间创作不是仅仅表现为学术对象的坚实可靠性，而是民间性、民间性独特的内涵和对抗官方的鲜明立场。

为什么是民间创作研究

民间创作的研究，对于俄国文学理论的话语建设来说，既是寻根，又是归宿。一方面，作为文艺学理论原点的民间创作，不仅保存着最具活力的原生态的艺术叙述模式，而且始终保持着与多样化的文化种类的对话和交融关系。在这个意义上说，民间创作是文学艺术考古的活化石。因此，研究民间文学对于文学理论建设来说，具有不同于研究当下文学和历史上文人自觉写作的文学作品的特殊的价值。另一方面，自有史以来，民间创作就是作为下层劳动者智慧和思想的表现而存在，它凝

---

① 《巴赫金全集》第六卷，河北教育出版社 1998 年版，第 6 页。

聚着各个时期下层人民的非官方的意识形态。民间创作保存着劳动者群体的快乐、诙谐、幽默和讽刺等天性，这些因素表现在特定的修辞语里，积淀在特定的艺术形式中，不断地为天才的艺术家所挖掘、所开拓和借鉴，成为不同历史阶段文学创作中最活跃的思想资源。民间创作的这两个方面，都对文艺学的生长产生了巨大的影响。

民间创作与 20 世纪俄苏文艺学的新开掘具有密切的关联。可以说，缺乏了民间创作这个独特的视角，俄苏文艺学的任何新进展都是值得质疑的。假如我们对 20 世纪以来的俄苏文艺学研究做一个粗略的鸟瞰的话，就会发现，无论是巴赫金的文化诗学实践，还是他的长篇小说话语理论，都和民间创作的传统建立了密切的联系。程正民先生认为，巴赫金文化诗学的鲜明特征就是民间文化作为其基础。[1] 另外，与形式主义学派密切相关的普罗普对民间故事类型学研究[2]，洛特曼的结构文艺学研究，利加乔夫的历史文化诗学研究……与民间创作都建立了密切的联系。可以这样说，假如缺乏民间创作研究的视野，他们获得理论开拓就是不可能的。那么，如何看待这个带规律性的现象？钟敬文先生认为："民间口头创作，从作者身份、思想、感情、艺术特点、社会联系、社会功能到传播方法、艺术传统等，跟古今专业创作的性质、特点、功用、影响等，决不是只运用作家文学的文艺学所能办到的。"[3] 程正民先生在阐释钟敬文先生的这一民间文艺学思想时这样说："只反映和概括专业作家创作的文艺学是无法阐明民间文学创作现象的。"[4] 我以为，在辩证的立场上，在理论上还应该反过来说：一切专业创作的思想因素和

---

① 参见程正民《巴赫金的文化诗学》第二章，北京师范大学出版社 2001 年版。

② 目前几个关于俄苏形式主义文论的论文选集，都把普罗普纳入了视野之内，例如，托多罗夫编选《俄苏形式主义文论选》选入了他的论文《神奇故事的转化》。另外，他的代表性著作《民间故事结构研究》（1928），对欧洲结构主义和叙事学理论产生了巨大的影响。

③ 见《民间文学论坛》1983 年第 3 期。

④ 程正民：《巴赫金的文化诗学》，北京师范大学出版社 2001 年版，第 240 页。

艺术因素都可以在民间创作历史长河中获得阐释，而越是在意识形态活跃的时期，民间创作中蕴涵着的意识形态立场，就越是活跃和富有生命力。民间创作作为专业作家创作的母体而存在着，她永远在专业创作的历史话语中活着；现代文学创作的各种形式、母题、修辞手法、叙事模式，以及思想批判的原型……它们都不是消极地在民俗馆里展放着，而是存活在千百年人们的潜意识中，既在与庙堂文化相对应的生活实践中存在着，也在与官方文学的对抗和补充中存活着。

俄国文艺学之重视民间创作，发掘民间创作的丰富内涵，既论证了"文学本身"存在的依据，为诗学研究立下一个坚实的基础，同时又借阐释民间创作的意识形态立场，以民间思想的狂欢化激活僵化的官方文学的独白世界，对于我国的文艺学研究视野的开拓，具有启发意义。

传统村落与民间日常生活[1]

　　传统村落保护是当下中国文化遗产保护工作中最重要的社会性课题之一，对于一个具有绵延五千年不间断农业文明的民族来说，更是一个文明能否传承的关键问题。2012、2014 年，政府部门先后两次发布关于传统村落保护的文献，最近住建部等七部委又提出了建立中国传统村落推出机制，联合印发了《中国传统村落警示和退出暂行规定（试行）》。今天举行高层次专家学者和政府管理官员参加的"何去何从：中国传统村落国际高峰论坛"，表明中国传统村落的保护路径仍然处于歧义多出的境地，这次论坛的宗旨，显然限定在对策、实施路径和相关程序的设计方面，而不再局限在"To be or not to be"观念和情感抒发方面，我觉得非常及时。有鉴于此，我想先介绍德国和日本村落更新的具体做法，再就中国传统村落保护工作中值得注意的问题，提出浅显的建议，就教于大家。

　　简明地说，我认为，从"二战"后恢复到工业化时期，德国和日本的村落更新或改造项目具有几个明显的前提：一是以激发村落内部活力、发展农村经济作为前提，以改造农村基本生活设施作为基础展开

---

① 本文是作者 2016 年 11 月 22 日在河北保定召开的"何去何从·中国传统村落国际高峰论坛"上所作的主题演讲。

的；二是村落更新或再造项目以土地管理法令的再研究作为保障；三是建立了学术界论证、公布更新或再造规划、政府支持的财政额度及投入指向、个性化改造方案与村民意愿表达的有效沟通机制，确保有效保障村落历史文化、自然风景、公共空间与私人空间等要素。在理解上述基础上，有一个文化观念的问题，我认为，提出"民间日常生活"作为"乡愁符号"的内涵，对于传统村落保护工程具有重要的操作价值。

一、德国和日本的传统村落保护工作

传统村落保护不独中国社会存在，西方发达国家也存在，东方发达国家也存在。从世界范围看，它是一个国家从欠发达到发达国家、从农业社会过渡到工业社会、从以农村为主体发展到城镇化生活方式过程中普遍存在的问题。从全国范围说，中国是发展中国家，但是在东部、南部和东南部区域看，具有发达国家的基本特征。农村人口从西部向东部、从村落向城镇转移，是 1990—2010 年之间最重要的社会现象，这一巨大的人口变迁集中表现为城镇人口急速膨胀、传统村落急速空心化，不少历史悠久的自然村落仅仅剩下老人和儿童鸳居。因此，传统村落的保护在中国面临的问题，与世界上的其他发达国家相比，具有共同性。了解其他国家的具体做法，具有重要参考价值。

例如德国，至 2005 年，城市人口达到 85%，农村人口 15%。在城市人口里面，有半城市半农村人口 2950 万，占全部人口的 35.8%。人口密度：农村 66 人 / 平方公里，半城市 223 人 / 平方公里，城市 1250 人 / 平方公里。① 全国 70% 以上的人居住在不超过 10 万人的城镇，多数住在 1000—2000 人规模的村镇。城市像农村，农村像城市。即使住

① 据新华社 2005 年 6 月 3 日。

在农村，也不是真正意义上的农民，多数是从事非农业工作，把乡村作为长期居住地。而真正意义上的农民，则可以获得政府补贴，大致是每年的收入中40%来自政府补贴。①

西德政府20世纪60年代开始讨论"村落更新"计划，1977年，联邦德国政府首次任命国家土地整治管理局开展以农业结构更新为重点的村落更新，并提供相应的财政资助。更新项目也涵盖那些人口少于2000—3000人的乡村。一系列相关法令也先后出台，例如城市更新法、联邦土地合并管理法、保护农业结构和海岸法令，至此，德国的农村更新项目正式启动。第一阶段是保护性更新，以经济领域为主导的更新，主要针对农业结构调整带来的问题，如农田和农宅更新、道路建设、土地所有权重新分配，也少量涉及基础设施、历史建筑保护等方面。随着农村更新的不断深入，更新项目开始关注生态节能、社会—文化等各方面，发展到新世纪最初十年，德国农村更新已经是一个相当成熟的整合项目了。巴伐利亚州是德国重要的州，目前正在进行的农村更新包括以下四个方面：1. 提高当地的农业产业框架基础；2. 为居民提供更好的生活环境；3. 增强村庄文化意识；4. 保存农村聚落的特征。为了达到这一目标，农村更新项目包括村落更新、土地整合管理、基础设施建设和区域合作发展。②

德国这一村落更新的工作，以保障农业生产持续发展、居住和生产空间合理布局；保障村落在建筑、经济及社会各领域协调发展，保护村落的内在价值及自主性；维护人类赖以生存的历史文化根本和母体，强化村民的凝聚力量。其主要内容具体包括：现状调查与评价、问题定义、制定村落发展的样板规划和具体的更新规划措施。现状调查与评价阶段主题在于了解村落价值、积极因素和消极因素、村落中存在着的问

① 参见亚洲环保网，2016年6月6日。
② 参见黄一如、陆娴颖《德国农村更新中的村落风貌保护策略》，《建筑学报》2011年第4期。

题等，为村民与专业人员交流提供基础。涉及主要环节包括村落空间位置、与相邻村落的关系、交通状况、人口状态、基础设施、供给情况，以及历史发展沿革等等，特别是村落的风景标志物（"第一印象场所"）、村落最初设计的情感意愿和集体记忆；村落的聚落结构，街道、交通与广场，建筑类型，功能切分，文物保护等等，确保未来发展模型最大限度表达村民的意愿，要保证表达村民意愿的形式和途径，特别顾及妇女儿童、青少年、各种协会、教会、手工业者行会、银行保险业等因素的感受，鼓励他们积极参与讨论。在经过上述环节后，要以速写、图纸、模型、图片等方式向村民传达村落更新的规划设想。德国的村落更新是一项由上而下、无人不晓的群众运动，它虽然没有深奥的理论，但经过长期的实践证明，在村民积极参与、政府财政支持下，从经济、生态、美学、历史文化诸方面综合考虑，为改造农村环境，加强村民对家园感的认同，保障村落健康持续发展提供了良好的工作框架。"经过 30多年的努力，村落更新已经成为一个世人皆知的概念，它以公开透明的程序、政府在财政上予以资助、村民的积极参与以及有选择余地的规划等，纠正了战后相当长一段时期内乡村建筑领域的畸形发展，并在现在的村落发展中起指导作用。"①

从巴伐利亚州和德国整体村落更新项目进展来看，政府宏观的土地管理法令、资金资助、村民参与和专家设计规划这四个环节是更新项目的核心，而提高当地的农业产业框架基础、为居民提供更好的生活环境、增强村庄文化意识、保存农村聚落的特征则成为规划更新理念的核心要素。可以作出这样的概括：政府、专家学者、村民各自职责定位非常清楚，有计划、有耐心地逐步推进更新工作。

日本农村振兴计划也发起于 20 世纪 60 年代，日本政府制定了经济

---

① 参见王路《农村建筑传统村落的保护与更新：德国村落更新规划的启示》，见《建筑学报》1999 年第 11 期。

社会发展计划，通过经济产业及区域的均衡发展来缩小城乡差距，基本实现了机械化、化肥化、水利化、良种化。70 年代的"造村运动"和"一村一品"运动，通过建设不同类型的产业基地的方式来打造具有地方特色的村庄，提高农民的生产生活条件，进一步缩小城乡差别。进入 21 世纪，随着农村现代化，日本农村振兴计划的目标转向以文化艺术振兴为核心的农村建设新思路，强调以文化艺术激发旧式农村的活力带动农村的发展，特别是针对那些看起来即将消失的农村地区的复兴。在这一阶段，日本学术界提出了以山村故乡为核心内容的"原风景"概念，80 年代，"原风景"被定义为富裕、舒适、对未来充满憧憬的理想。1987 年，延藤安弘进行了关于居住的原风景研究，其主题是探讨体现故乡情怀的居住设计。他把原风景定义为"心中铭记的风景"。后来，日本学者还有人提出"青年原风景"概念，提出"自己成长中体验的、现在仍然回味怀念的风景和情感"作为原风景的定义。日本建筑艺术家在改造日益破败的村落过程中，尝试把空置的住宅转化为极具特色的艺术空间，将"非日常性"与"日常性"叠合在一起，它在激发空屋新的活力的同时，也唤起人们内心深处的情感共鸣。

　　日本的村落再造项目，得以实现以文化景观再造，与日本独特的政治、经济、文化背景密不可分，这项计划得到了国家政策上的支持和保障，包括土地规划、投资体制、严格的环境保护以及农民参与机制等；其次，日本农村的公共配套较为完善，尤其是污水、废物处置设施非常完善，等等。①

---

① 参见周静敏等《文化风景的活力蔓延：日本新农村建设的振兴潮流》，见《建筑学报》2011 年第 4 期。

二、从"古村落"到"传统村落"
概念变化的价值和问题

有学者把中国农村经济结构改造、社群建设、新文化建设和整体民生改善工作这一进程,追溯到20世纪50年代,但我以为,它毕竟不是我们现在所处的整体转向工业化、城市化进程中遇到的课题。中国社会同一性质的乡村保护课题,起源还是世纪之交的2003年2月18日中国民间文化遗产抢救工程。到2012年12月12日,住房城乡建设部、文化部、财政部联合发布《关于加强传统村落保护发展工作的指导意见》,2014年4月25日,上述三部又增加了国家文物局,联合发布《关于切实加强中国传统村落保护的指导意见》,两次重申传统村落保护的联合行动。社会各界对传统乡村保护的问题有着非常积极的呼应。冯骥才先生在2012年11月27日写的一篇文章里这样强调从"古村落"到"传统村落"概念变迁的重要思想价值,我认为很有意思:

"——传统村落是另一类遗产。它是一种生活生产中的遗产,也是饱含着传统的生产和生活。

——它的一个重要标志是将原先习惯称呼的'古村落'改名为'传统村落'。古村落一称是模糊不清的,只表达一种历史久远的时间性;传统村落则明确指出这类村落富有珍贵的历史文化的遗产与传统,有着重要的价值,必须保护。

——传统村落一名还像是表明这项工作深远的意义——为了文明的传承。"

实际上,从古村落到传统村落的概念变化,意味着专业学术界看待面对具有文化传承的传统村落,有了比较明确的认识。假如说,原先称为"古村落"只是习惯的称呼(例如,究竟有多古?上千年,还是仅仅百年，这在习惯性称呼里，都可以叫古村落）；而"传统村落"一说，则很明确规避了"古"到什么年限的问题，仅仅表达了重在一种文化的延续、传承。

事实上，以"传统村落"称呼，还有一层意思：表明这项工作注重的是村落对文化的传承，例如家族文化、姓氏文化、民间习俗、风格化建筑等等。我们可以避开这种文化究竟是正面的、非正面的，或者中性的，抑或具有负面价值观的文化等等一系列问题。村落是文化本身，让我们来面对它的理由便足够。

但是，"传统村落"的完整含义还需要继续深入思考。因为这些被命名为传统村落的所在，仍然仅仅是"物态"存在，它们缺少活态的生命。这个生命就是人——村民及其之间的活动，我把这个活态生命称为"民间日常生活"：有着民间日常生活，才有传统村落；否则，便仅仅有村落，而没有传统——那是文物局的工作。

让我们再就此来继续思考一下：村落文化与其他形态的文化相比，有自身的特点：它是具体的，没有得到抽象；它是世俗的，没有拔高到高大上；它是微型叙事，不涉及国家政治宏大叙事；……我把它的内涵称为"民间日常生活"。

所谓"民间日常生活"具体含义是什么？指传统村落村民群体的方言、交往方式、经济生产活动、衣食住行、生老病死、教育、节日活动、传统风俗、民间信仰活动以及区域性的传统手工艺活动等等，以及上述种种的精神性、思想性、文化性、艺术性和物质性表现形态。长期以来，中国传统村落之所以成为民族文化的保留者和传承平台，核心在于保存着这个民间日常生活，它的内容和方式，在民间日常生活的基础上，方可承载不同样式、层次的民族文化。

之所以在这里提出"民间日常生活"作为传统村落的文化基础问题，乃是因为看到目前对待传统村落的两种观点具有相当的欺骗性，并在不同程度主宰和误导了传统村落的基本价值指向。一种是浪漫主义传统村落观点，一种是商业主义传统村落观。前者把传统村落理想化、浪漫化，仿佛传统村落是用来怀旧的，象征着一切美好的自然与人类的和谐，田园风光，日出而作，日落而息，男耕女织，像是《桃花源记》里的武陵源，"不知有汉，无论魏晋"，但是，这不是民间日常生活；民间日常生活所包含在落后生产力条件下的温饱之苦、辛劳之苦，是传统村落里百姓的生活常态；生产关系之阶级阶层压迫、政治强权和无权地位，以及在自然面前束手无策，在兵灾、匪患和种种欺男霸女面前的悲惨状态，甚至各种思想禁锢和社会运动之灾，是乡村浪漫主义者无法想象的，而这，就是大多数传统村落的民间日常生活。文人雅士，在欣赏田园风光和依依炊烟之时，能否探入茅舍，去看看灶台、铁锅和橱柜，去看看大量农夫、农妇的身子，他们是否仍然饥饿、寒冷？或者他们的孩子是在劳作还是就学？后者呢，则直接把传统村落改造成伪古典主义的模板，打造成千篇一律的青砖瓦房，虚构出一系列英雄史诗和骑士传奇，或者才子佳人和神异仙境的故事，两者相嫁接，转化为商业价值或者政绩价值，成为行政或市场兜售的噱头，这一行为成为当下传统村落"保护"下的常态。

这两种传统村落观点，一个共同的特点是把村落与民间日常生活相割裂，抹杀了民间日常生活在传统村落里的价值基础，从而，也直接把世世代代生活于这一场景的村民们赶出村去，嫌他们碍事，妨碍了我们的浪漫主义和商业主义梦想；他们不在场，我们可以肆意妄为地文化狂欢。那些在民间日常生活中久存的精神性的、思想性的、文化性的、艺术性的符号，均不在话下。但是，假如村民不在场，社群活力不再，传统村落如何是活态的呢？西方哲学有一个时髦术语，叫作"主体缺失"，因为主体缺失，因而话语狂欢。

关注传统村落的村民，无疑是中国传统村落保护的第一要素。

三、当"民间日常生活"蜕变成"乡愁"之后

恰好是人这第一要素构成了传统村落的凋敝和乡愁的产生。

1990—2010 年之间 20 年，随着一些区域传统村落里村民流动性增强，特别是青壮年村民向东部、东南部和南部沿海地区季节性流动，极大地影响到这些区域传统村落的民间日常生活的展开，减弱了传统村落的社群活力，也相应削弱了传统文化活动的开展。这样，构成传统村落民间日常生活的内容慢慢演变成淡黄色、苍白色，成为一种模糊记忆，抑或转化为一年一度春节狂欢，最后，演变定格成为日常性质的乡愁。民间日常生活不再完整体现在现在乡村生活之中。那个完整的民间日常生活，在我们不得不离开它的土壤之后，便蜕变为乡愁。乡愁这只蝴蝶的卵，就是民间日常生活。而伴随着乡愁这只蝴蝶而出现的，却是一个个村落日常生活不断凋敝、慢慢消失。乡愁成为我们必须抓住的蝴蝶，否则，我们的家乡便消失在块垒和空气之中，我们千百年创造的文化便无所依凭。然而，据冯骥才先生统计，在进入 21 世纪（2000 年）时，我国自然村总数为 363 万个，到了 2010 年，仅仅过去 10 年，总数锐减为 271 万个。10 年内减少约 90 万个自然村。若是按照这个速度发展下去，三年、五年之后，我们的传统村落便无踪无影了。也就是说，出生和成长在这些村落而现在散居在世界各地的人们，将无以寄托他们的乡愁。若是其中有的村落有几百年、上千年甚至更久远的历史呢？若是其中有的村落有着华夏一个独特姓氏、家族、信仰和其他各种人文景观等等呢？一个五千年农业国家，将失去村落。

当然，现在问题的关键已经超越了"是与否"的分歧，而是如何科学有效地开展传统村落保护问题。国内在传统村落保护中出现了新的探索，在我看来，是具有重大历史价值的探索，尽管它仍然处于探索

阶段：

2016 年 10 月 27 日，《人民日报》发表了《老宅、流转、新生》为题的介绍黄山市探索古民居保护新机制的文章，据该文章介绍，自2014 年起，黄山市开始探索古民居产权流转改革：以征地形式将古民居所在的集体土地转变为国有土地后公开挂牌出让，通过放开流转交易，打通社会力量参与古民居保护连接、利用的通道。当天的《人民日报》配发了题为《古民居保护，避免"书生意气"》的评论，认为"古民居保护看似是个文化问题，实际上却事关民生福祉、城市规划、经济效益等方方面面，既不能沦为经济利益驱动下的牺牲品，也要避免'书生意气'式的一厢情愿。若想妥善解决，就不能简单地停留在'喊口号''谈情怀'的阶段，而是要根据实际情况，拿出能调和各方面诉求的合理保护方案。"

2016 年 10 月 29 日，《中国文化报》发表了题为《同乡村主人一起读懂文化传承》的文章，提出了"新乡村主义"的概念，在它的题目之下，包含有乡村治理、乡村重建和乡村产业化的多功能孵化等内容。为此，文章提出了"政府制定政策方面、标准化编列预算、聘请专家团队和 NGO 组织，进行顶层设计、人才培养、产业孵化和公共服务"四项基本措施，认为只有这样方可对接企业和商业、才能有效避免乡村再造中容易出现的喧宾夺主的问题。同版发表了《莫让古民居保护负重前行》的文章，提出了古民居保护存在的三大难题：资金少、任务重；古民居为私人所有问题；保护管理机制不健全。文章还提出商业开发、旅游、文化艺术开发等对策。

就在 11 月 15 日，《光明日报》发表题为《福建土堡：怎样在发展中留住乡愁》的报道，记叙了专家考察朱熹故乡福建三明尤溪土堡的过程，记者报道了残存的土堡现状，记录下专家们的意见：政府与社会资本合作的"PPP 模式"，面对乡村人口日趋减少的不可逆现实，应该吸引城市中的人回到乡村，将土堡打造为"民宿"，在不破坏现有形制的前提下，实现功能更新。也有专家提出，就保护而言，首先应该考虑当地人，人的利益是优先的，只有做到长期发展而不是只顾短期利益，文化遗产保护事业才能够持续发展。

上述建议，已经超越了简单的乡愁情怀，而诉诸国家土地法规、资金筹措模式、专家功能实现等层次。应该说，在越来越深入研究、讨论的基础上，对传统村落保护的思路越来越宽了，为政府制定传统村落保护法提供了良好的基础。在国家立法的基础上，国家、地方政府组织专家开展普查，确认传统村落的级别，分别实施不同层次的激活、保护、开发，才有坚实的基础。

我理解，通过专家学者的普查、认定，形成的结论无非使用于两个方面：一是，对于仍然存在社群活力的乡村，实施新农村建设规划，改善其经济机制、改建生活设施，改善村民的生活条件，如同德国实施的乡村更新工程，把工作重点聚焦到提高农业产业框架基础、为居民提供更好的生活环境、增强村庄文化意识、保存农村聚落的特征，涉及土地整合管理、基础设施建设和区域合作发展等领域。二是，对有着特殊文化传承却逐渐凋敝、甚至失去社群活力的乡村，需要探索一套完善保护的工作模式，形成一种工作机制。例如日本"再造乡村"或"一村一品"项目，得到了国家法规政策的支持和保障，包括土地规划、投资体制、严格的环境保护，建立了严格的农民参与机制等，他们提出的"非日常性"与"日常性"的概念，再造出保留故乡记忆的文化艺术实验区和乡愁博物馆，以及乡村技艺宾馆，也具有很好的参考价值。

在这一进程中，文化学者责任重大。无论是哪一种情况，都需要学术界为我们的乡村日常生活记忆研究、建构一套"乡愁符号"。乡村记忆是对民间日常生活的记忆，当这民间日常生活不能实际存在，处于过去时态，我们的记忆就呈现为一套具有典型意义的生活场景；当我们来表征过去的民间日常生活、述说和呈现这一日常生活时，实际上是以一套具有鲜明色彩的符号来诉诸，无论是德国人所说的"第一风景物"，还是日本人说的"非日常性"，都是以一套符号来凝练和集中呈现过去日常生活。我把它命名为"乡愁符号"。通过研究每一个乡村的历史文化，建构其独特"乡愁符号"，使乡村记忆的表达更为集中、凝练，也更富有情感。

因此，建构"乡愁符号"是文化学者与建筑师共同的责任，当然，这一工作是在政府有序规划的前提下进行的。缺乏有序的规划，"乡愁符号"便只能停留在建筑师的速写本上。

传承民间工艺要见人见艺见精神①

　　民间工艺是民间文艺的重要组成部分，它是数千年以来中华民族子子孙孙生产劳动实践积累起来的宝贵成果，也是劳动人民的生产实践、日常生活和民间风俗结合最密切而产生出来的艺术结晶。因此，民间工艺作为艺术遗产，其含义就是中华民族的生产方式、生活方式、生存经验和智慧。每一个民族都有自身独特的生存方式，也有自身的生产方式，两者密不可分，紧密相连。华北地区地处平原，阳光充沛，季节分明，黄河川流不息，世代哺育着居住在这个区域的人民大众，人民以小麦、高粱为主要经济作物，形成了围绕这种经济作物为核心的生存方式和生活方式。为支撑这一生产方式和生存方式，老百姓制造出各个门类的器具，既服务于生产活动，也服务于日常生活。自然、人文，经济生活、社会生活，生存方式，这一切综合直接造就了我们今天仍然感受到的民间日常生活。南方沿海、东南沿海地区，形成了以海洋生产和生活为中心的生存方式，衍生出围绕海洋形成的器具系统；而西北、华北草原区域，形成畜牧业生产方式；在西南多民族地区形成狩猎、种植为核心的经济生产方式，陪之以相应的生产性和生活性器具。一定区域的经济生产方式必然形成相应的生活方式，也形成与之相应的器具系统。

---

① 本文最初发表于《中国艺术报》2017 年 6 月 9 日第 4 版。

我们祖国的民间工艺就是在长期的经济活动和日常生活中创造出来的，它与我们祖祖辈辈的劳动实践、经验智慧密切联系着，是它的结晶。今天，我们看到的简洁实用、形式精美的器具，各自都有自己的发展演变历史，无不凝聚着我们祖先的心血和智慧，是中华民族历史文化和审美精神的载体。我们在传承着民族民间工艺，一定程度上，就是在传承我们民族自身。

民间工艺作为艺术遗产，饱含着我们民族先辈创造过程中面临艰苦卓绝的自然环境、经济地位以及征服它付出的力量、焕发出的精神力量。我们传承民间工艺遗产，既要见物质形态的遗产，更要见人、见艺、见精神，要由物质见社会、见历史，要把以往旧的历史叙述所遮蔽的工匠、工匠家族、传承人，作为创造者、作为具体社会和历史中的人凸现出来。《庄子》里说"庖丁解牛，技进乎道"；建造汴京开宝寺塔的都料匠喻浩，或是曾侯乙编钟的制造者，几乎所有民间工艺的发明者，都被正统的历史所遗忘，既不见他们的生活，也不见他们的创造；既不见他们的个性，也不见他们的情怀。《尚书·大禹谟》说"人心惟危，道心惟微；惟精惟一，允执厥中"，民间工艺家的"人心""道心"却被正史所刻意漠视。但是，在民间，这些器具的千百年创造过程中，既保留着生产和生活实用的功能，同时保存着先辈的审美风范，凝聚着智慧和趣味，更饱含着艰辛、卓绝、苦难与喜悦、坚守、创造，以及辛酸苦辣五味俱全的工匠精神。《史记·货殖列传》说："刺绣文不如倚市门。"中国古代正史看不见、也看不起民间工匠，它或者美化工匠，或者干脆抹杀工匠的存在，根本藐视工匠艰难创造过程。但我相信，每一种器具的创造和完善、完美历史过程，都非一日之功，都不是简单的一挥而就，在这里几乎没有仅仅依靠妙手偶得、神来之笔便大功告成的民间工艺遗产；我相信，今天我们看到和使用的所有民间工艺器具，都渗透、浸透、饱含和凝聚着无数先辈的心血。历代工匠被苦难的生活逼迫，被艰难的生存环境逼迫，被不平等的社会阶级关系压迫，被无奈、绝望、饥饿、伤病、疯狂和死亡等各种难以诉说的生命体验驱赶，劳动人民创造出今天看起来精美的器具，这是多少代先辈付出个人生命和家族生命创造的结晶。他们之创造，基于生存的艰辛；他们之创造，基于生老病死之威胁；他们之创造，常常处于精力和智慧耗尽的临终绝望之际的灵光一闪。《吴越春秋》《越绝书》里说：越王勾践请名剑师铸剑，山崩水枯，赤堇山为之裂开，若耶溪为之干涸，雨神下大雨，惊动雷神、蛟龙、天帝……可见每一件兵器的创造都有惊天地泣鬼神的效应；《搜神记》里写道，干将为楚王铸成不世宝剑，却被楚王杀了，原因只是害怕他再为别人铸剑，这就是古代工匠的命运。中国古代工匠的命运，就是中华民族饱含着血泪的工匠精神所生存的历史基础。我们知道，任何创造活动都不是轻而易举；我们知道，民间工匠的生存都十分艰难。无论是鲁班，还是孙思邈，无论是李春，还是祖冲之、黄道婆，我们古代工匠都在艰苦卓绝的生存环境里创造着并挣扎着，他们的每一项创造成果，都在"生存还是死亡"的被强加选择中挣扎，他们以命相搏，以生命的全部尊严相搏，从而锻造出今日的中华文明、今日的工匠精神。直至今日，我们不是还经常看到伟大的艺术创造与卓绝的生命体验紧密关联着吗？我们当代民间文艺工作者要为民间工艺作传，就是要为民间工艺家作传，为那些传承着民间工艺的家族作传，不仅传播物质形态遗产的精彩，更要传播出民间艺术家的精神强大、艺术精湛。我们的社会要进步，就是要为艺术创造这种活动提供良好的条件，使我们艺术创造性活动付出的代价小些、更小些，进入到马克思所说的"艺术地生活"的理想境界。

中国民协长期重视民间工艺遗产的保护和传承。新中国成立以来，参与《格萨尔王》《玛纳斯》《江格尔》的收集整理和研究工程，培养了大批专家学者；率先启动了民间故事、民间歌谣、民间谚语三套集成的收集整理工作；挖掘出《亚鲁王》这样具有中国特色民族史诗以及各民族叙事长歌系列。进入新世纪以来，推动了中国民间文化遗产抢救工程立项，分别在中国口头文学遗产数字化、中国木版年画、中国唐卡艺术、中国剪纸艺术等项目作出了抢救性保护工作取得社会广泛认可；特别是呼吁启动中国传统村落抢救工程，唤起全民族对传统村落保护意识，进而唤起了各级政府部门对传统民间文化、对乡愁、对古代民居、名村、名镇的抢救性保护浪潮。近年来，中国民协持续考察、推荐出以传统文化（包括民间文学、民间工艺和传统特色产业）为中心的区域文化命名的文化艺术中心工程，为地方政府走特色发展之路，摆脱贫困、闭塞和落后局面，提供了新的思路。2017 年，中共中央办公厅、国务院办公厅把"中国民间文学大系出版工程"列入中华优秀传统文化传承发展工程的重大工程项目之中，赋予民间文艺事业的重大责任和神圣使命。

我们研究《中国民间工艺集成》编纂工作，首先是研究工作，研究民间工艺物质形态，研究民间工艺家的社会地位、社会生活，发掘其中饱含着的精神力量，传达出通过民间工艺品中的人格魅力、审美风范，成为我们建设社会主义新文化的基础，也成为我们今天发展我们的民间文艺事业的新动力。

民间文艺传承必须与现代教育体制相结合①

　　《在文艺工作座谈会上的讲话》里，习近平总书记谈到传承和弘扬中华优秀传统文化时这样说："我们要结合新的时代条件传承和弘扬中华优秀传统文化，传承和弘扬中华美学精神。……我们要坚守中华文化立场、传承中华文化基因，展现中华审美风范。"② 在这里，"新的时代条件"的说法具有深刻的含义。"新的时代条件"指当代社会所具备的综合环境，包括制度、政策、教育这样的软性条件，也包括物质材料、工具、器械、新技术、新媒介等这样的硬性条件。充分利用新的时代提供的硬性和软性条件，达到传承和弘扬民间文艺目的，是当代民间文艺工作者的神圣使命。这里，我谈一下教育传承问题。

　　传统民间工艺的传承历来依托于个体、家族和作坊式，依靠师傅带徒弟的亲授方式，之所以依靠这种方式，主要原因还是出于两个缘由：一是民间工艺与家族家庭生计关系太紧密，一般工艺只能以父子（女）相传、师徒相传的方式传承，一些特别重要的祖传手艺甚至不可能传递给"外家人"（传男不传女），只能通过传给家族子弟来传承。这样的传承导致这些民间工艺长期格局狭小、规模有限，稍有意外，就会

---

① 本文最初发表于《中国艺术报》2016 年 7 月 21 日，收入本书时文字略有增加。
② 习近平：《在文艺工作工作座谈会上的讲话》，《人民日报》2014 年 10 月 15 日。

中断。二是缺乏社会化大生产的规模，而主流的科举制度仅关注经史子集，作为传统文化一部分的民间手工艺，逐渐被社会主流价值体系所冷落、被边缘化。为了保证传统工艺得到正常的传承，必须利用现代教育的平台和体制，打破师徒相授、家族私授的格局，形成社会化、规范化、标准化和创新性传承的新格局，这一格局就是把民间工艺传承纳入现代教育体制下，研究制定民间工艺标准，搭建研究民间工艺的平台，呼吁在各省、市、自治区的高等院校建立民间工艺传承研究中心，借助现代教育的手段，传承创新之路。

关于这一问题，有三个环节需要考虑：

一是呼吁各地方教育主管部门、文化部门与文联合作，以各省市自治区民间艺术形成和发展的现状为基础，各取所需，把民间艺术研究纳入高校学科建设体系，形成"和而不同"的区域文化特色鲜明的研究平台（基地、中心、院、所），创造有中国特色的现代学科教育体系。目前的高校学科建设平台，基本上保留了苏联模式高等学校教育和欧美式高等教育科研和教学的模式，沿袭着亚里士多德和中世纪欧洲形成的学科分类思维模式。但是，现代教育学科建制不是万能的，不能故步自封，应该与时俱进。特别是在工业 4.0 这样的新格局面前，需要形成拥有自身特色的学科建设思路。毛主席说过："中国的音乐、舞蹈、绘画是有道理的，问题是讲不大出来，因为没有多研究。"[①] 中国民间传统艺术具有独特的传统，有自身的哲学基础、思想价值取向、群众基础、物质基础和制作工艺；每一个区域（省、市、自治区）都有自己独特的民间传统艺术门类，这是我们民族的文化传统，需要得到现代学科建制的研究，在中国经验的基础上，形成中国话语、中国理论体系。仿照国家科技部设置重点实验室、教育部设置重点研究中心、文化部设置重点研

---

① 毛泽东：《同音乐工作者的谈话》（1956 年 8 月 24 日），见《毛泽东文艺论集》，中央文献出版社 2002 年版，第 149 页。

究基地的做法，在各省市自治区高等学校设置民间艺术传承、研究、开发中心，是保证在体制内传承的有利条件。在新中国历史上，也有类似于丝绸研究所、陶瓷研究所、中医研究院这样的单位，为民间传统艺术的传承和发展发挥了重要作用，但是，也有特殊的缺陷，即：一是上述建制太"硬"，不好"转身"；二是没有大批量学生，无以传承传授。所以，在改革开放以后，很多这样的特色研究机构大都解体了，民间则出现了许多"软性"的平台，水平参差不齐。十八大以来，在全国上下对优秀传统文化高度重视的条件下，这一局面正在改变。

把民间传统艺术纳入现代教育体制，关键的是利用现代教育的社会性"新的时代"特点，也就是毛主席说的"推陈出新""古为今用"。僵死的东西，我们自己都不喜欢，下一代当然也不会喜欢。要做好科学和审美的改造和转换，要作出我们的下一代能够喜欢并且接受的艺术作品。

二是礼聘民间传统文化的传承人进入高等学校体制内，请他们做教授、研究员，不是挂名性质的客座教授、兼职教授之类，而是实实在在上讲台给本科生讲课、带研究生。习近平总书记在文艺工作座谈会上的讲话里指出："中华优秀传统文化是中华民族的精神命脉，是涵养社会主义核心价值观的重要源泉，也是我们在世界文化激荡中站稳脚跟的坚实根基。"① 这个"民族精神命脉"由谁来延续？一个重要承继者就是我们的民间文艺家。所以，中央文件里提出要"科学礼敬"、刘奇葆同志在民间文艺家代表大会上讲话里强调要"礼敬传统文化"，都是针对我们民间文艺家群体而言。我们不能仅仅简单地把民间文艺家当作研究对象，而必须把他们当作传承主体，最大程度上发挥民间文艺家自身的作用。在这个问题上，我国有优良传统可资借鉴。据不完全统计，从 20 世纪 50 年代到 60 年代，随着全国艺术院校、文艺团体的建立与

---

① 习近平：《在文艺工作座谈会上的讲话》，《人民日报》2014 年 10 月 15 日。

调整，被引进各级各类院团的著名民间艺术家就高达几十位，如古琴家吴景略（1956，中央音乐学院）；古筝家曹东扶（1954—1962，河南师范学院、中央音乐学院、四川音乐学院）、王巽之（1956，上海音乐学院）、罗九香（1959，天津音乐学院；1960，星海音乐学院）；琵琶演奏家林石城（1956，中央音乐学院）；管子演奏家杨元亨（1950，中央音乐学院）；笛子演奏家冯子存（1953，中央歌舞团）、陆春龄（1953，上海民族乐团；1976，上海音乐学院）等等，这些民间艺术家以其精湛的传统技艺，不仅演奏、编创了一系列经典的传统乐曲，如《梅花三弄》（吴景略演奏）、《鹧鸪飞》（陆春龄改编）、《喜相逢》（冯子存改编）、《十面埋伏》《海青拿天鹅》（林石城演奏）等，而且以其广博的传统音乐修养为新中国民乐专业学科的建设与发展作出了不可磨灭的贡献。可以说，在我国现有的民间文艺（包括民间工艺）学科建设过程中，来自民间的艺术家发挥了奠基作用。但是，在21世纪的今天，在体制管理屡屡被强调、身份管理日趋僵化的环境下，是否还有来自农村的一流民间艺术家破土突围、能够成为高等院校的正式教授呢？我个人认为，只有做到这一点，才可以做到人才辈出、后继有人，我们深厚的民间文艺的传承才不至于屡屡被拨打120！

当然，民间文艺家走进大学只是一个方面，还有另一个方向，就是相关学科的大学教授和学生走出教室，把课堂和研究室、实验室开设到街村里巷、田间地头、作坊庙会，开设到民间艺术家的屋里去。这一方向这些年是否也有所淡化？无论上述哪一个走向，我们体制内的人们都是需要主动承担起责任的一方。2019年，中国民间文艺家协会主席潘鲁生出版了他的著作《美在乡村》，总结了他近30年走出书斋到田野乡村去做学问的历程，乔晓光副主席带队在河西走廊做民间剪纸普查过程中，在农村炕头召开了专题学术研讨会。我觉得这一趋势非常具有示范性。

三是树立民间传统艺术的学科意识。学科意识是民间文艺传承的基础，也是其成熟的标志。我们说，一门民间艺术是有传承的，就是说它的思想、技艺和演变的历史有规范。有了关于自身的学科意识，它便有了身份意识、学术史地位，也就独立了，无论是独立于经济手段，还是独立于其他手艺。这个问题需要从两个方面看，一方面，从高等学校学科建置方面看，高等学校要民间传统工艺研究作为一门学科来研究，为每一门民间艺术建立标准，研究其理论基础、方法论、技术路线和发展方向，探索其发展历史，使之具有学科史的自觉意识；另一方面，从民间艺术家个人这一方面来看，民间文艺家需要强化自身的历史意识。

我在河南浚县调研时，见了一位青年泥塑艺术家，他从各处收集了（据说是）从明、清、民国直至共和国时期创作的泥塑作品，按照时间顺序陈列，用精致的玻璃框保护着，建立起一个泥塑艺术博物馆，这些由不同艺术家、在不同历史时期创作的不同风格的艺术作品，呈现出不同的艺术风貌，把各自的艺术风格鲜明地表现出来。这位青年艺术家对自己的艺术领域是很自豪的。他非常清楚自己所从事的艺术行业的发展历史、现在面临的前沿课题、发展方向，他知道自己的艺术前辈做了什么，他们的成就和局限。一句话，他清醒意识到自己的艺术创作在历史进程之中，他自己的生命也处在承先启后的历史进程之中。与一般的手艺人不同之处，是他建立起了自己所从事的艺术领域的历史自觉性。这家小小的博物馆使我很感动。青年艺术家从老辈人那里学习了手艺和艺德，他们也具有了老一辈艺术家没有机会建立起来的艺术历史意识，这是他们前辈所缺乏的；连同他们自觉留起来的胡须、剃的光头、扎起的小辫子、穿起的长衫、摇起的羽扇，这些做派，我以为正是他们对自身身份自觉意识的标示，这些标示，也进入到艺术创作的个性展示和彰显之中；他们选用的主题，不再局限于静态的花鸟鱼虫、神话、传说，而是有现代人的思想趣味了；他们使用的材料，也跨出了单取某一处泥土孤立制作，而是复合式取材了，使之呈现出不同的色彩；他们不再简单地把泥塑捏成的作品交由别人烧制，而是自己根据泥材的出处，研制以不同的烧制温度予以烧制；他们更是借助不同的辅助材料和辅助背景，使烧制出来的作品与背景叠合、融合、反差或者戏谑相处，呈现出丰富的戏剧效果……还有很多其他领域的艺术家，也多存在这一系列的创新意识和身份觉悟意识，其彰显甚至到了夸张地步。我理解，新老两代艺术家由于不同的社会经历、文化教育背景，以及不同的年龄，他们在艺术追求和艺术表现方面呈现出不同的面貌，他们自己清晰地觉悟到这些特点，并时刻不忘记展示它，这就是我们民间艺术家历史意识的成熟。对自己作为艺术家的历史意识的形成，对自己的艺术创作与他人艺术风格差异的清晰认识，就是一个艺术家成熟的标志。但传承绝不是重复，不是照搬前辈，而是体现艺术个性、创新性传承。有了自我意识，有了对自己所从事的艺术门类的历史意识，传承就有了前提。为此，我呼吁建立更多的民间艺术博物馆，让更多的民间艺术有自身的历史传承话语！

针对"传统民间艺术在现代化浪潮中受到的巨大冲击"，要"为民间文艺拨打120"，意味着民间文艺的当代传承遇到了很多问题，有些问题还比较严重，要下重手才能解决。也说明"最高层"到"最基层"，有相同的脉动和共同的渴望。但是，问题是：拨打120之后，我们的举措是什么？假如拨打120之后却没有提出合理、有效和急切的举措，岂不是警钟长鸣却手足无措？因此，很有必要唤起全社会来探讨为民间文艺拨打120之后的举措。现代教育体制要为传承中华文化承担起更为直接的责任。

习近平总书记今年9月22日在教育文化卫生体育专家代表座谈会上发表重要讲话，在与中国民协名誉主席冯骥才先生交流时，特别关注民间文化遗产的科学保护和专业人才培养，指示：要围绕科学保护、研究、传承和专业人才培养建设好学科体系，培养新时代急需的专业人才；在政治局集体学习时，又提出：要认真研究中华文化的起源和特质，形成完备的中华文化基因的理念体系。这对传承发展中华文化具有重大指导意义。会后，教育部和几所直属大学对此及时作出反应，已经召开专家论证会议，形成了初步的科学建设意见，提交给有关部门研究。民间文化遗产的抢救、保护、研究、传承这一中华文化的宏大事业正跨进一个新发展阶段，形成崭新发展格局，让我们张开双臂来拥抱这一春天吧！

开通大道，走向世界①

——"一带一路"民间文艺探源论文集序

"一带一路"这个新鲜词汇在新世纪最初几年开始发出耀眼的光芒，成为中国发展道路"世界不同民族和不同国家文明互通互鉴"理念的代名词。"丝绸之路"——这个德国地理学家李希霍芬在地理学著作里不经意提出的术语，获得了从来未有的崇高荣誉。尽管中国学术界对李希霍芬本人并不太在意这个术语感到失望，不过，在我看来，李希霍芬的关注重点无疑更有历史意义和学术价值。李希霍芬是自然地理学家，他总体来说不太注重人文和社会地理因素，而偏重于自然地理，但这一学术倾向并不妨碍他在《中国》（1877年第一卷）叙述大量的人文和社会元素与自然地理之间的关系。他把《汉书》、马里努斯、托勒密简要点及的中亚大道、把贯穿中国新疆、中亚、西亚阿拉伯世界腹地的道路，用"丝绸之路"这一术语表达出来，尽管他更多地使用"交通""道路"这样的术语，而不是诗意性的"丝绸"，甚至"丝绸贸易"这样的术语。现在想来，李希霍芬之看重"交通""道路"，未必离开得人与社会。我窃以为，"交通"和"道路"这样的词汇更为精确表达出地理学家李希霍芬的真实意图。

---

① 本文是《"一带一路"民间文化探源工程系列著作的序》，学苑出版社2019年版。

　　"丝绸之路"在本质上是古代中国走向西部世界一条通衢大道。然而，这样性质的大道不仅仅只有西部一条。

　　古代中国走向世界的道路有多个方向，其中最艰难、神秘莫测的，应该是横贯塔克拉玛干沙漠，穿越葱岭，走向古安息国，到达土耳其直至罗马的大道。据专家描述，这条道路早期由长安抵达武威，分为北线、南线和中线，南北中三线会合后，由张掖经酒泉、瓜州至敦煌，而后，敦煌至葱岭（今帕米尔）或怛罗斯（今江布尔）。自玉门关、阳关出西域有两道：从鄯善，傍南山北，波河西行，至莎车为南道，南道西逾葱岭则出大月氏、安息。自车师前王庭（今吐鲁番），随北山，波河西行至疏勒（今喀什）为北道。北道西逾葱岭则出大宛、康居、奄蔡（黑海、咸海间）。北道上有两条重要岔道：一是由焉耆西南行，穿塔克拉玛干沙漠至南道的于阗；一是从龟兹（今库车）西行过姑墨（阿克苏）、温宿（乌什），翻拔达岭（别垒里山口），经赤谷城（乌孙首府），西行至怛罗斯。由于南北两道穿行在白龙堆、哈拉顺和塔克拉玛干大沙漠，条件恶劣，道路艰难。东汉时在北道之北另开一道，隋唐时成为一条重要通道，称新北道。原来的汉北道改称中道。新北道由敦煌西北行，经伊吾（哈密）、蒲类海（今巴里坤湖）、北庭（吉木萨尔）、轮台（半泉）、弓月城（霍城）、碎叶（托克玛克）至怛罗斯。西段则自葱岭（或怛罗斯）至罗马。

　　丝路西段涉及范围较广，包括中亚、南亚、西亚和欧洲，历史上的国家众多，民族关系复杂，因而路线常有变化，大体可分为南、中、北三道：一条是南道，由葱岭西行，越兴都库什山至阿富汗喀布尔后分两路，一西行至赫拉特，与经兰氏城而来的中道相会，再西行穿巴格达、大马士革，抵地中海东岸西顿或贝鲁特，由海路转至罗马；另一线从白沙瓦南下抵南亚。另一条是中道（汉北道），越葱岭至兰氏城西北行，一条与南道会，一条过德黑兰与南道会。还有一条是北新道，也分两支，一经钹汗（今费尔干纳）、康（今撒马尔罕）、安（今布哈拉）至木鹿与中道会西行；一经怛罗斯，沿锡尔河西北行，绕过咸海、里海北岸，至亚速海东岸的塔那，由水路转刻赤，抵君士坦丁堡（今伊斯坦布尔）。汉代张骞凿空之举开辟的大道是自长安到敦煌的道路。

必须指出，这一条道路绝对不是"凿空之举"之后方才踏出的道路，它在被命名之前具有漫长的史前史。1978 年 11 月，阿富汗和苏联学者组建的考古组在西巴尔干（Siberkand）"黄金之丘"发掘古墓七座，其中三号墓出土了一柄汉代中国铜镜，并附有铭文，李学勤先生名之"汉镜铭文"。李学勤训其铭文为："君忘忘而失志兮，忧使心曳（痪）者，曳（痪）不可尽行。心汗（閖）结而独愁，明知非，不可久处，志所骥（欢），不能已之。"① 多优美的诗句！对此，关于汉代文化远赴阿富汗等中亚地区的状况，可以有丰富想象的余地。正如玉文化研究者叶舒宪教授所畅想的："近年来，中国学界根据境内大量考古发现，提出纠正丝路说西方话语的中国命题'玉石之路'。认为从新疆出产和田玉的南疆一带到中原王朝之间，存在一条贯穿文明史全程的西玉东输路线，其存在的历史要比李希霍芬构想的西汉以来的丝绸之路早一倍。"他通过考察得出结论：在新疆甚至更为遥远的地区，与关中地带、沿黄河流域并行，通往中国内地，存在着九条路线，西域玉石传入内地的漫长历史，通过这些道路而可行。因而，我理解，在相当程度上，当李希霍芬不经意把这条道路称作"丝绸之路"时，与叶舒宪教授名之曰"玉石之路"具有同样性质：即他们一举突破了单纯的交通性质，而拥有了人文性质。

中华民族祖先血液里留存着探险冒险的基因，他们走向国外未知领域的勇气巨大无边。不仅在西部荒漠的戈壁、沙漠，阻挡不了他们向外的野心，北部的无边草原、沙漠和森林，也不能阻挡他们：从张家口

---

① 李学勤：《续论中国铜镜的传播》，见《李学勤文集》，中国社会科学出版社 2005 年版，第 322 页。

经由包头可以直达莫斯科。东北部从辽宁省和吉林省之交的腹地，从开原往东，明代设有辽东镇 25 卫，皆设置有交通驿站，沿着驿站 30—60 里，建有一座驿站、递运所、铺、亭、路台等，形成交通传递系统。东北亚所谓丝绸之路，并不像通往西域的丝绸之路那样，沿途扬起阵阵烟尘，来来往往的中西商贾带着满载着货物的驼队、马帮，构成一幅十分壮观的瀚海行旅图。东疆丝绸之路是通过设关互市、贡赏形式，把明朝内地的彩缎等物运往东北边陲，民族间进行交易。古代东北亚各族人民正是靠这条交通要道，把内地"表里、纻丝"等运往东疆地区，把古老的长江、黄河流域文化与东北亚文化联系起来，致使明代东疆地区显得生机盎然，直至海西东水陆路等。沿着水路向东、向北，历史上先后形成了 50 个左右驿站，连接上了中国东北到白令海峡、阿拉斯加半岛。它既是商贸之道、政制之道，还是文化之道，通过这一条道路，源自中国各王朝的物产，源源不断流向东北亚地区，流向古朝鲜、日本，同样，中原文化、燕赵文化、东北文化也随着车船流向这些区域，成为人们日常生活内容。2017 年，中国民间文艺家协会组织了一批专家沿着这条道路一直走到黑龙江与乌苏里江交汇口，进行了一次系统的民间文艺考察调研活动。

　　西北和东北的道路仅仅是一部分，在西南部和南部还有多条通向域外的交通道路。例如商业化程度很高的"茶马古道"，有若干条"茶马古道"从中国西南各地通向东南亚和南亚，而在西藏边陲的阿里地区，在古格王朝所在地，古代唐卡就是用丝绸绘就的，中国民间文艺家协会领导一支唐卡研究团队在阿里地区山里的科迦寺里看到一幅传统唐卡，背面边沿有"浙江杭州织局益昌"的字样，另有一幅唐卡有中国内地吉祥童子图案。可以想见，自古以来，中国内地商贸、文化与西部边陲之地的长远交往。

　　在通往世界的道路中，特别应该提出的是海上丝绸之路。当然，海上"丝绸之路"更是一个比喻。常任侠先生把先秦时期徐福故事视为海上丝绸之路的最早起点之一，他在《海上丝路与文化交流》里，叙述了中国王朝通过海上丝路与古日本、古印度、东南亚诸国的物产、宗教、香料、珍禽奇兽、武术、舞蹈、饮食、装饰、文学、艺术等方面的相互交流；郑和七下西洋更是海上丝绸之路谈论的重点内容。[①]2017年11月，中国学者与来自亚洲、非洲、欧洲等学者一起汇集科伦坡城，召开了"国际儒学论坛：科伦坡国际学术讨论会"，主题是"海上丝绸之路的历史交往与亚非欧文明互学互鉴"，会议上，埃塞俄比亚学者把中国与非洲的交往追溯到公元前2世纪的西汉时期，斯里兰卡卡凯拉尼亚大学学者阿玛勒赛格尔（Amarasakara）通过总结斯里兰卡境内有关中国的考古发掘情况，呈现了古都博隆纳鲁瓦山寺中国晋代高僧法显故居遗址、古代中国钱币、古代中国陶瓷瓷片等考古发现，证实了中国古代与斯里兰卡经贸、文化、宗教交流情况。葡萄牙学者就葡萄牙最早地理大发现的《坎提诺世界地图》（Cantino Map）中斯里兰卡地名及相关注解，结合其他文献，对葡萄牙人进入斯里兰卡殖民历史做了回顾。澳门大学学者汤开建则就耶稣会士传入澳门的欧洲图书，结合16世纪末中国境内的第一座西式图书馆——圣保禄学院图书馆藏书的相关史料，详细考证了明清之际欧洲图书传入澳门的情况，认为大陆中国的西学东渐在很大程度上与此相关。

2017年是中国民间文学的"丝路文化年"。中国民间文艺家协会主持的"一带一路"民间文化探源工程，针对"一带一路"沿线民间文化资源进行系统梳理和选点研究，先后开展福建海上丝绸之路重要节点代表性民间文化考察活动、以冼夫人传说为核心议题对南海（广东茂名博贺）开渔节以及海上丝绸之路与岭南文化进行调查研讨、围绕"阿凡提类型故事"主题展开新疆民间民族文化调研、"重拾黑水魂——黑龙江丝绸之路"沿着明朝亦失哈将军走过的水路梳理"鹰路"文化历史脉

---

① 常任侠：《海上丝路与文化交流》，北京出版集团2017年版。

络、探索"丝绸之源"的嫘祖文化调研座谈会、贵州"南方丝绸之路与夜郎古国"民间文化生态考察调研等活动。这个系列民间文化探源,力求立足当代、关照历史、面向未来,致力于通过新经验、新启示、新方法、新途径来提振民族文化、地域文化的精气神,得到专家学者以及所在地民间文艺工作者的高度认同与积极配合。其中,《"重铸黑水魂"——黑龙江海丝文化调研文集》已进入出版程序。

鲁迅先生有句名言:"世上本无路,走的人多了,便成了路。"这句话反过来说更具当下价值:世上原有的路,若是没有人走,便无所谓路了。中国古人踏出了迈向世界各地的通衢大道,在上下几千年的历史长河中,为中外商贾车队、政治家和平民百姓常来常往,成为政治、经济、文化、宗教等交换、交流、交往的大道。古人常把"道路""大道"哲学式理解为通向真理的路径。而我们当代人自谓"世界公民",切莫冷落了这一"大道",使之荒漠了;自中国通往世界各地的大道,中国人要继续走下去,也欢迎世界各地的人们继续走进来。在这个意义上,重拾"一带一路"上的民间文艺,重温"一带一路"上世界各地民间文化交流交往历史,具有重大的现实意义。

扎根五千年中华文明史，
构建中国庙会学术话语①

春节和元宵庙会作为文化现象的讨论，是在党中央、国务院关于传承和发扬中华优秀传统文化这样一个背景下提出来的。习近平总书记在文艺工作座谈会和中国文联十大、中国作协九大开幕式上的讲话，都强调坚持文化自觉、文化自信。习近平总书记指出："为什么中华民族能够在几千年的历史长河中生生不息、薪火相传、顽强发展呢？很重要的一个原因就是中华民族有一脉相承的精神追求、精神特质、精神脉络。"②他这里说"薪火相传"，谈到"精神脉络"，都是强调一种绵延性、不间断性，强调我们中华民族文化生生不息、源源不断这样一个发展历程。我们谈文化传统，经常用"薪火相传"，而不是用别的词，这是我们日常生活中最能够切身理解的一个比喻。

习近平总书记谈到文艺工作者要表现老百姓的生活，说："13亿多人民正上演着波澜壮阔的活剧，国家蓬勃发展，家庭酸甜苦辣，百姓欢乐忧伤，构成了气象万千的生活景象，充满着感人肺腑的故事，洋溢着激昂跳动的乐章，展现出色彩斑斓的画面。"③习近平总书记强调，文艺

---

① 本文最初发表于《中国艺术报》2018年3月9日第4版。
② 习近平：《在中国文联十大、中国作协九大开幕式上的讲话》，人民出版社2016年版。
③ 习近平：《在中国文联十大、中国作协九大开幕式上的讲话》，人民出版社2016年版。

工作者要"讲好中国故事",讲什么?既要讲国家的蓬勃发展,也要讲家庭的酸甜苦辣,百姓的欢乐忧伤。这些在我们现实生活中,在我们的历史长河中长时间存在,构成了我们追求美好生活的动力,构成了我们向往更丰厚的物质生活、更健康的精神生活的一个动力。

习近平总书记还讲到,文艺界要重视国际社会对中国的关注。国际社会关注我们什么?关注我们中国人的世界观、人生观、价值观,中国人对自然、对世界、对历史、对未来的看法,这些是我们要从最基层老百姓的日常生活中提炼,向国际社会去传播的。庙会是老百姓表达这些意愿的平台,林继富教授说,浚县正月庙会表达了老百姓迎接新生活的一种状态,我觉得是非常贴切的。在中华民族文化传统中,那种超越生活的苦难、超越酸甜苦辣、奔向美好生活的动力,正是我们讲好中国故事的内容。

习近平总书记强调中华优秀传统文化的弘扬和发展传承的思想,是我们探讨包括庙会在内的传统文化的指导思想。中央文明办在部署2017年"我们的节日"系列主题活动的《通知》里面提到要举办一系列的活动,包括"联欢晚会、焰火晚会、迎春灯会",还包括"庙会"。在此前的文件和工作部署中,还没有"庙会"这个内容。这就意味着,庙会作为老百姓节俗生活的重要内容,摆在文化界面前,我们民间文艺工作者如何理解、如何切入庙会,如何把它核心的文化内涵挖掘出来,使之发挥正能量,是我们的一个重要工作,也是一个重要课题。

庙会,顾名思义,有庙、有会。庙,指信仰,神灵崇拜;会,指商会,集市交易。在描述庙会的信仰崇拜中,我们经常用"儒释道"各种宗教狂欢的节日来表达。但是,具体到讨论浚县正月庙会这样一个传承1600年以上的文化现象,代表中原民众传统信仰的时候,不要轻易地下结论,认为它源于后赵王石勒时期、以大伾山大佛像建立作为起点。须知,浚县正月庙会这样一个标志着中原节日文化"原生性"的文化形态,它的原生性在哪里?若是起源于对大佛的崇拜,那么,它岂不是次生性、派生性的文化吗？

浚县正月庙会这一文化现象，是远古中原民众文化原生性的表现，其原生性就是，在以大伾山立大佛像作为标志之前，已有数千年的民间生活史，这中间，既有远古中原民众抵抗洪水的历史和信仰，还有中原民众抵御自然威胁并生成的自然崇拜，也有人格神崇拜，还有对家族繁衍、丰收富足、文明开化的意愿表达。因此，它不仅是表达宗教信仰的一个平台，更不仅仅是之后形成的佛教、儒教、道教和其他民间宗教性信仰共同参与建构的平台。它是中原民众从古到今面对自然灾害、面对社会发展、面对种族繁衍发展等一系列问题，奔向更美好生活意愿的长期表达的结晶。浚县正月庙会有它的原生态，它有效地把自然节气、农耕时令、民俗礼仪、生产生活制作、艺术武术表演、日常生活仪式等内容和宗教性与非宗教性的信仰融合在一起。因此，在大伾山立佛像之前，浚县正月庙会有很长一段"史前史"，即便是时间时令的确定史，就值得我们文化研究者去挖掘。

浚县正月庙会是原生性的，而不是次生性或者派生性的，这个思想是不是更切合浚县庙会的民间性自发性和文化原生性定位呢？我以为，把它看作在某种宗教的影响下逐渐建构的一个特定宗教信仰的平台，有所不妥，也局限了它的原生性。不要一味强调它起源于后赵王石勒时期，这个时期恐怕只是一个阶段性起点。它的渊源要从中原民众的生活史来寻找。

关于庙会所具有的民间信仰问题，一个理解是文化方面，一个是宗教方面，学术界谈宗教信仰谈得比较多。这两个趋向都有，但它们有一个共同的思维方式，就是把界定的标准放在"宗教/非宗教"上面。《辞海》把民间信仰解释为文化的，社科院卓新平教授则朝宽泛意义的宗教性来解释，不管是哪一种解释，我想它的思维方式是"宗教/非宗教"。山东大学叶涛教授提出一个折中的表述方式，就是在宗教或者文化方面毋宁模糊一点，试图超越"宗教/非宗教"这一思维模式。

其实，在中华民族文化传统中，信仰跟"宗教/非宗教"没有必然关系。它就是信仰，有民间信仰，也有非民间的、官方的信仰。我觉得，"宗教"这个概念是西方近代以来形成的一个话语体系。所谓"宗教/非宗教"这一思维模式，德里达后来把它解构了。中国 20 世纪特别是"五四"以来的学术发展，吸收了很多西方的思维方式和思维模式，来建构我们的现代性学术体系和话语体系，具有重要的意义，但是，关于庙会中间的民间信仰问题，立足于中华民族五千多年文化土壤、薪火相传的民族传统，我们是不是还有必要继续沿用"宗教/非宗教"这样一种思维方式来概说呢？自盘古开天地以来，中华民族的文化足够丰富，是不是可以探讨一种从这一历史本身形成的思维方式、一种话语体系来更为有效地界说？

中华民族的信仰远不是只有"宗教/非宗教"这样一个界定，以及"宗教/非宗教"这样一种思维方式能够把握的。在哲学社会科学和人文科学方面，基于当代中国社会、当代中国特色社会主义实践，基于五千多年的中华民族文化发展历史，在描述和讲述这个包括庙会在内的传统文化现象时，我们有可能，也应该有中国话语。

关于庙会的文化信息，我们谈得最多的是民间信仰。但是，节日是日常生活的浓缩和提升，一个庙会从正月初一到二月龙抬头这样一个时间段，中原老百姓给我们提供的何止是信仰，更遑论宗教信仰，这里既有信仰的内容，也有伦理的内容，也有仪式的内容，还有艺术娱乐的内容，有很多文化 DNA，足以发掘一个蕴含丰富的大文化世界。比如，泥咕咕，高跷表演，舞蹈，戏曲，各种地方小吃；又比如，庙会上的社火，从老人到小孩学习的一套表演方式、行为礼仪和他们的话语交际模式，这里面就有中国人的精神世界、思想世界、文化世界、行为世界、道德世界，还有很多礼仪、程序、规范，蕴含着深厚的文化内容。不了解形式，就无法了解内容，不了解民间行为规范、礼仪、程式，就不知道老百姓如何思考问题、表达思想。浚县正月庙会的丰富世界还需要我们去逐一地开拓挖掘，把庙会作为浚县的文化软实力，全面提升、全面扩展。

美国政治学家约瑟夫·奈提出了很有影响的"软实力"概念，"软实力"的建构是一套文化战略，以文化为核心形成的软实力习惯叫文化软实力。浚县正月庙会绵延这么长的时间，这么具有典型性和延伸性，它就是浚县文化"软实力"的一个集中表现，发掘它，弘扬它，传播它，能够为鹤壁、为浚县当代文化建设作出独特的贡献。

迈向民间文艺新高峰的沉思①

——第十四届民间文艺山花奖优秀作品概评

　　中国民间文艺山花奖是中国民间文艺最高奖，历届参评作品几乎都汇聚了全国精品力作，吸引了民间文艺界广泛瞩目。进入新时代以来，广大民间文艺工作者坚守中华文化自信的理念，以人民为中心，扎根现实生活沃土，创作出不少优秀作品，使山花奖各奖项呈现群星璀璨、光彩夺目的景象。今年，第十四届（2018—2019）中国民间文艺山花奖优秀作品颁奖盛典大幕徐徐降落，作为新时代民间文艺创造性转化、创新性发展的重要时间段，回顾参加评审的优秀作品，值得深思和反省之处很多。古人云，温故而知新。认真品鉴和反思参与这一届山花奖评审的优秀作品，对于我们民间文艺工作者面向未来、创作出走向艺术高峰的优秀作品，无疑大有裨益。

　　本届山花奖参评优秀作品给人留下的总体印象是：扎根中国传统文化土壤，以积极的创作姿态、健康的文化观念和创新的艺术形式参与中华优秀传统文化传承大工程中。

---

① 本文最初发表于《中国艺术报》2020 年 1 月 13 日。

一、学术著作奖项：倡导田野作业和学术积累，从第一线抓取研究课题，推出精品力作

本次学术著作申报的作品有 113 部、入围终评的有 21 部著作，涉及民间文学、民间美术、民间习俗和民族文学艺术等各个方面，既有理论建设的成果，也有田野调查类研究报告。最终，王宪昭《中国创世神话母题实例与索引》（全三册）、黄景春《中国宗教性随葬文书研究：以买地券、镇墓文、衣物疏为主》、杨先让和杨阳《黄河十八走》（上中下卷）、阿木尔巴图和苗瑞《蒙古族传统美术——图案》（上下卷）等 4 部成果获得本次山花奖学术著作奖，这是值得庆贺的。其他一些成果也受到评委会好评，例如《凤阳花鼓全书》（5 本），历时五年，收集整理了影响深远的庆阳花鼓，包括词、调、曲目、研究文献等，是一项重大工程成果；林晓平等《客家与民俗研究丛书》（9 本）、张士闪《山东村落田野研究丛书》（20 本）两种田野调查丛书，皇皇近 30 卷，扎实记录了山东传统村落、江西赣州客家一批村落的民俗事像，是近年来学术界倡导的田野精神的成果；还有《东巴仪式叙事程式研究》《西南多流域民俗文化与族群互动系列》（7 本）《多元文化交流视野下的新疆世居民族民间文学研究》《文本与唱本——苗族古歌的文学人类学研究》《刘三姐》《美国国会图书馆馆藏瑶族文献研究》以瑶族、壮族等多民族民间文艺为对象的著述；《岭南少数民族音乐文化阐释》《质野流芳——山西民间小戏研究》《土坑村古建筑群营造技艺》《乡野藏遗珍——宝鸡地区民间壁画调查研究》《海峡两岸木偶头雕刻艺术口述史》等以民间音乐戏剧工艺美术门类为研究对象的著作，都很优秀，但限于名额，只能割爱了。

山花奖学术著述评委会遴选出入围大名单的成果，主体类别是民

俗田野调研、新开拓的独立研究课题和文献梳理研究三个类别，这也是民间文艺界历来重视的学术研究传统。例如《黄河十八走》就是杨先让、杨阳教授带队沿着黄河上游沿岸地区进行民俗文化调研考察的记录，在学术界产生了广泛影响，是公认的典范。《蒙古族传统美术——图案》被列入了内蒙古自治区文化长廊项目，是自治区文化建设重大工程，有史以来第一次全面汇聚了蒙古族传统图案，成为蒙古族文化传承的重要文献。王宪昭《中国创世神话母题实例与索引》是文献索引大典，该书记录并对中华传世神话作了系统分类，制订出检索目录，既有深入研究作为基础，又是长期"笨"功夫的积累。黄景春《中国宗教性随葬文书研究：以买地券、镇墓文、衣物疏为主》是民俗文化学术研究中的冷门之一，也是注重生老病死研究的中华学术体系里不可或缺的一部分，该著作以一个个案为切入点，提出独到的见解，对于破解不同文化区域的同样现象，具有启发意义。

但本届山花奖学术著述类还留下了比较大的遗憾，例如2019年出版的《钟敬文全集》没有参加评奖，还有一些重要学术成果没有申报。

2017—2018年，民间文艺研究者深受中央发布的《关于实施中华优秀传统文化传承发展工程的意见》鼓舞，全面推进中国民间文学大系出版工程，积极组织中国民间工艺集成的编纂工作，各类研究成果可望在近年逐步推出，我们有充分理由期待未来民间文艺学术研究丰硕成果，会形成一个令人仰慕的高峰。

二、民间工艺美术奖项：扎根传统文化厚土，紧贴新时代精神脉搏

（一）本届山花奖民间工艺美术类基本格局。民间工艺美术是山花奖的大类，历来深受重视。本届山花奖入围终评的作品，从题材来看，

选择民俗创作的仍然是工艺美术作品主流，在全部入围终评的 78 件作品中有 49 件；其次是历史传说，有 11 件；再次是当代题材作品，包括红色文化题材，有 9 件；宗教和民间信仰类作品 8 件。最终获得山花奖民间工艺美术作品奖的作品，有民俗文化类《上海童谣》（剪纸）、《万佛朝宗》（歙砚）、《惠风和畅》（石雕）、《岁朝清供》（潮绣）、《箍桶记》（紫檀镶嵌），《通作文人书房木架子床》（红木家具），现实题材作品《深圳之春》（核雕），历史传说题材作品《番王》（皮影雕刻），基本反映了入围作品的整体比例结构。

进入终评的不乏优秀作品，例如刺绣类《复兴之梦》（湘绣）、《花影物语·苏绣女袍褂》（苏绣），《双枪陆文龙》（黄杨木雕）、《天路》（泥塑）、《徽商故里》（砖雕）、《观瀑》（根雕）、《盛世大国·万物复苏》（陶瓷）、《一品清廉·文房九件》（石雕）、《鹤舞》（石雕）、《无上清凉》（陶瓷）、《弦纹福罐》（陶瓷）、《弥勒菩萨像》（陶瓷）、《汉魂》（漆器）、《十二月令系列》（细纹刻纸）、《玉玲珑系列之 2019》（陶瓷）、《巴风遗韵》（漆器）、《百子百美图》（广彩）、《百子图》（内画鼻烟壶）、《赤壁怀古》（端砚）等，都具有很高的思想水平和艺术境界。

从体裁类别来看，雕刻类（包括石雕、木雕、核雕、皮影雕刻）是大赢家，刺绣、剪纸、镶嵌仍然在场。各地传统意义上的强项在决胜时刻显示出不可替代优势，获得专家普遍认可。而一些进入终评的类别，例如陶瓷、布艺、泥塑、漆艺、紫砂、烙画、金属工艺、彩扎、唐卡、农民画、葫芦押花等，则功亏一篑。

从获奖作品分布区域来看，仍然以东部、南部经济发达省份为主，广东省两件作品获奖，上海、江苏、浙江、福建各有一件作品获奖，中部省有安徽、西部陕西省各有一件作品获奖。

全国除新疆、海南和港澳台外，其他各地都参加了山花奖评审，进入终评的 78 件作品，来自 29 个省市自治区。其中，浙江有 10 件作品、福建和广东分别有 7 件、江苏 6 件、山东 5 件入围终评。

从获奖作品产生的途径看，有 5 件作品通过博览会评选出来，3 件作品由各省民协推荐上来。

（二）扎根传统民间文化，是创作主题的主流。民间工艺美术传达民间文化，成为十四届山花奖参加者的主流，在题材选择里占有一半以上，有 62% 以上。这里面包括民间习俗、民间造像、民间生活方式（家具、器皿、民间信仰、建筑装饰、壁挂、花灯、服饰、民居、劳作等），作品大都试图通过直接描述上述事像来呈现传统文化遗产，展示传统手工技艺达到的境界，也有借助神话传说、梅兰竹菊、松鹤、文房、鲤鱼跃龙门等民间叙事，表现吉庆美好祝福、高洁清廉情怀、雅致清净生活境界等传统审美文化。

但也应该指出，表现上述主题的作品，在艺术方面参差不齐。有的作品材质、工艺、趣味、思想达到很好融合，例如剪纸作品《上海童谣》，用 17 米长、0.8 米高的巨幅作品展示了 39 首老上海童谣，也展示了过去老上海的里弄文化，有很强的地域性和鲜明的新旧时代感，把传统建筑与现代生活结合在一起。通作红木家具《文人架子床》选用缅甸优质酸枝材料制器，椅子坐面选用印尼玛瑙藤全手工编制，简素大方，制作精良，俨然素雅大方、清风扑面，其围栏采用浅雕和透雕结合，配置的衣架、禅椅、茶几、笔杆椅等，以直线条表现为主，简约而清新，有江南文人气象。紫檀镶嵌《箍桶记》则取材于同名越剧，精雕细凿完成十件桶，选用赞比亚紫檀制作，配以骨木镶嵌和生漆工艺，镶饰画面生动，呈现出农耕时代市民的日常生活。歙砚作品《万佛朝宗》则以佛教教化为主旨，这是一部巨型作品，长 2.68 米，宽 1.83 米，高 0.30 米，重 3 吨。整部作品给人一种沉稳厚实质感，下端略宽，上端呈圆弧形，作品中间呈淡黄表皮，主体深青色。作者使用浮雕为主，兼用透雕技法，刀法平圆并用，佛像罗汉自然率真，各具精神气质。寿山石雕《惠风和畅》采用荔枝冻石，采用镂空等多种手法，巧妙借用原材料上端的淡黄色、红色和浅白色表皮，创作了 70 只神态姿势各异的丹顶鹤，自下而上，呈蜂蛹之状，下端深褐色原石则雕饰以古松云形状，成为祥瑞背景。潮绣《岁朝清供》以五幅屏风（长 5.2 米、宽 2.7 米、重 300 公斤）构建极富冲击力的视觉效果，作品大气浑然，创作选材于中国民间叙述体系里常见的竹报平安、梅花、牡丹、菊花等形象，主幅蟠龙环瓶绕，侧幅博古彩瓶，整体构图饱满，色彩斑斓。潮绣针法特色十分突出，不惧繁复，不畏俗色，把传统民间审美趣味浓浓地烘托出来。皮影雕刻《番王》体现了陕西皮影雕刻艺术沉稳厚重风格，用经典的定刀推皮技法，造型夸张大气，发须细密，服饰精美，双人字镂空铠甲，繁复精致，把民间喜爱的番王拧眉怒目、青面獠牙形象表现出来。这些获奖作品都具有很高水平。

以表现传统主题而入围的作品，也不乏精品。例如苏绣《花影物语·苏绣女袍褂》以清代形制对襟女袍褂为主体，云集重磅真丝缎、罗、织带、真丝绣花线、彩金线等珍稀材料，运用打籽、平金、散套、滚针、虚实针等多种针法，试图复原也已没落的传统制衣工艺，整个图案装饰着灵芝、仙草和传统元素，端庄大气，雍容华贵，是难得一见的佳构。内画鼻烟壶《百子图》采用内画常用题材，刻画出一百个形象各异的童子，各依主题，形成不同的聚焦点，假山、古树、香案、条桌，或棋或画，或动或静，或聚或散，或隐或现，繁而不乱，多而不杂，实为难得之佳构。东阳木雕《鹤舞》构思灵巧，十余只欢腾起舞姿态各异的仙鹤，动感灵便，疏密有致，画面充满跳脱感。细纹刻纸《十二月令系列》继承乐清技艺特点，以十二月令为线索，把"正月二月鸢，三月麦秆作吹箫，四月四，做做戏，五月五过重五,六月六洗垢蹉，七月七，巧事喜鹊啄，八月八，饼馅芝麻，九月九，登高送娘舅，十月末，水冰骨，十一月，吃汤圆，十二月，糖糕印状元"，统一为有机整体，细致表达温州地方民俗风情。石雕《古韵新风》构图颇有创意；黄杨木雕《双枪陆文龙》场面紧凑，但人物举动关联密切，招式和表情把握准确，细节丝毫没有忽略，是作者近期的佳作。漆器《汉魂》由三件汉服为基础造型，威风凛凛，大气磅礴，朱黑金玄的大漆主色调，与绿蓝金构成对比色，技艺上也大胆创新，髹饰上采用变涂磨显的传统技法，配以大皱堆漆，内部则采取刮灰髹涂，将现代雕塑与传统脱胎技艺结合起来，达到很高水平。陶瓷（建盏）《盛世大国·万物复苏》是柴烧曜变建盏，规模大，口径、底径、高度分别为 55×16.5×26，重达 11 公斤，且景色玄妙，若雨若油若润，层次清晰透亮，是妙手偶得难得一见的佳作。汝窑陶瓷《弦纹福罐》造型古雅，釉色如玉，静穆端庄。

值得注意的是，近年来有一批民间文艺家选取青铜器作为文化符号进行再创作。湘绣作品《复兴之梦》是作者团队的系列作品之一，此前，作者已经推出了类似题材的作品，受到艺术界和文化界的重视，湘绣传统题材是花卉和猛兽，例如芙蓉、牡丹以及狮、虎、豹之类，题材势大力沉，针法绵密细腻，这次参评的青铜器作品继承了湘绣艺术这一传统，把绵密针法运用到国之重器的艺术表现上，造成出人意料的艺术效果。端砚（《赤壁怀古》《一带一路》）和洮砚（《四君子砚》）作品，制作工艺之精美不遑多让，或有胜之，洮砚取材料于卓尼喇嘛崖洮河深水底，精雕细刻，花团锦簇，制图考究，但略显繁复；端砚《赤壁怀古》则临赤壁景观，表现出森然肃杀气象；《一带一路》砚则取材天水仙人湖景区，精致优美，但少了点"一带一路"的大气。

以核雕《深圳之春》为代表的一批作品，力求用传统技法表现革命历史、新中国成立 70 周年、改革开放 40 年和新时代新气象，是值得特别嘉许的创作方向，例如布艺《中国人的今日之餐》把晶莹多彩的蔬果和鲜活灵动的鱼蟹集中呈现出来，花团锦簇，一派繁荣气象；剪纸《五谷丰登》以葫芦为中心，汇合了中国农民丰收节气象和平平安安的民俗叙事；牛角雕《草原乌兰牧骑》、蜡染《苗家秋收喜庆图》、剪纸《西江月·井冈山》和《哈尔滨》等作品，都表现出切入新时代主题、把握红色题材的创作动机。

总体看，本次山花奖入围佳作，一是深深扎根传统文化土壤，二是力求结合新时代新风尚，体现时代气息，三是不少优秀作品在"双创"方面取得了可喜的突破。但是，也存在一些问题或者缺陷，例如，有的作品一味追求体量庞大，数量众多，而内部缺乏有机联系；有的作品力图整合一个区域的民俗文化，但缺乏凝练的艺术手段，显得零散；有的作品虽意图很好，但在构图方面突出中心、协调四方方面，缺乏创意；还有的作品名与实、像与意方面，尚未达到融合，整体性显得勉强残破。总之，民间文化的土气、制作技艺的精美和优秀艺术作品不可缺少的思想艺术的整体性，是山花奖必备品质。

三、民间艺术表演：民间性是根本，民族风是要素

当下艺术表演中民族风成为流行色，民间艺术表演作品依旧热衷于打民族风的牌，但必须清楚意识到，民族风不等同于民间文化。如何在民间艺术表演上探索找到凸显民间文化的要津，是山花奖艺术表演需要着力研究重大课题。本次山花奖入围终评的作品 15 项，分别来自 14 个省市自治区的基层单位，最后获奖的民间艺术表演作品是：舞龙《泸州雨坛彩龙》、鼓舞鼓乐《雪热巴传奇》和《沘水流韵》、民歌《欢欢乐乐唱起来》和《娇阿依》。

舞龙作品《泸州雨坛彩龙》在舞龙技法、表现内容、龙体造型和舞者服饰等方面，都有较大的发展，尤为突出的是强化了龙的情感表现力，使其在表演中更为灵动传神，在龙舞结构层次上严谨细致流畅生动。鼓舞鼓乐作品《雪热巴传奇》以热巴鼓为道具、乐舞一体地展示了民众对幸福的祈盼，其舞蹈顺时针的圆形调度流畅，灵动变化；舞者动作粗犷豪放，将男子群舞的力量凸显出来；且鼓且舞并伴以说唱的方式，凸显了藏域的风情。鼓舞鼓乐作品《沘水流韵》依托历史悠久的寿州锣鼓，已成为民间活态文化，该节目集中体现了这一历史和活态民间

生活；在表演过程中，锣鼓点刚柔相济，与人身体表达高度吻合，真正形成了会说话的锣鼓的特点。民歌《欢欢乐乐唱起来》在注重原生态民歌基础上，突出民族特色和地域特色，演唱自然流畅，特别是真假声的转换，过渡自然有特色；表演质朴，风格浓郁，具有普及和推广价值。民歌《娇阿依》是巴渝、鄂西和湘西的土家族山歌，自古以来，即闻名于中国文化史。土家族的高腔山歌风格独特典型，其对极高音区假音唱法的应用，在西南和中南地区各民族民间歌曲和演唱风格中独具一格，自成一体，具有极强的民族与地域音乐风格特征。

整体来看，入围终评的艺术表演作品，无论歌舞鼓乐，在思想与艺术高度方面还需要进一步下功夫，肥沃的民间文化土壤要转化为精彩的舞台艺术，令观众拍案叫绝，还需要认真研究，在理念上辨析清楚，在田野挖掘上下足功夫，真正把民间艺术歌舞鼓乐表演的学术成果体现到艺术创作上来。

四、民间文学作品：拓宽大道，再谱新曲

山花奖民间文学作品类主要是民间故事收集整理和新创，入围终评的作品有 15 项，最终，《苍南童谣》《中原民间经歌》《卧底鱼》摘得桂冠。《苍南童谣》收集作品种类包括游戏歌、风俗歌、生活歌、劳作歌、风物歌、连珠歌、撞歌等等，采用闽南语、瓯语、蛮话、金乡话、浦城话等多种方言记录，记录完整，忠实于口头的表达，是一部符合民间文学书写规范和要求的民间歌谣集。该书对所采写的歌谣进行了合理分类，提供了讲唱者和记录者的信息，注释翔实，背景资料完备，方言色彩浓郁，是当地童谣的现代传播不可多得的范本。《中原民间经歌》是年近九十高龄的民间文艺工作者申法海先生多年来搜集、整理并出版的一部民间经歌集。中原经歌包括劝世歌、神灵经、敬神经、物品经、

自然经、赞颂经、生活经等歌体，传达出中原百姓日常生活态度和最朴素的价值观；通过《兄弟经》《夫妻经》等经歌，反映出老百姓希望建立和谐社会的美好理想。本书以大量篇幅记录了老百姓心目中的中国历史和完整的神话体系，具有很重要的研究价值。这些经文构成了中原百姓古老的信仰，是传统俗信的汇聚。收集整理民间文学作品仍然是中国民间文学家的基础工作。目前，民间文学界正大力推进中国民间文学大系出版工程，面向民间故事、传说、神话、史诗、歌谣、长诗、小戏、说唱、谚语、谜语、俗语等12种体裁，进行收集整理抢救工作，这也是进入工业社会和信息社会之后，最后一项民间文学抢救工程，期望在这一雄厚背景引导下，下一届山花奖民间文学作品类能够推出更多更好的作品来。

新故事创作《卧底鱼》是反腐题材创作，这是本届入围作品中用新故事介入重大社会问题的有益尝试。从祭祖、寻捕查干湖头鱼到污水治理、铁面无私和清廉拒腐，作品在精练的篇幅中融入丰富的现实生活内容。作者对新故事创作技巧熟练、驾驭情节能力强；祭祖活动具有浓郁的民间色泽，写得扎实细致，显示出作者深厚的民俗情怀，带给作品深厚的民间文化底蕴。民间文学故事创作既有自身起承转合的创作规律，又拥有雄厚的群众基础，如何使故事创作既包含丰富的民俗文化内涵，又具有精彩婉转的情节故事，把民间文化性与故事性高度结合起来，是未来研究这一奖项的重要使命。

第十四届中国民间文艺山花奖是中国民间文艺界在十九大以来面临新时代、面对新形势新课题向党和人民交的第一份答卷。新的现实生活呼唤民间文艺家深入生活，扎根人民，永远是创作灵感的源泉。中国民间文艺界是当今世界团结民间文艺工作者最广泛的团体，经过新中国70年的不懈努力，已经成为国际民间文艺学术界一支重要力量，国家间学术理念相互切磋，学术工作高度融合，学术队伍交流频繁，学术成果水平越来越高，艺术创作的思想境界和艺术水平得到极大提升。这一发展现状，也极大促进了民间文艺事业的发展，提高了学术研究的思想高度，拓宽了学术视野，如何使山花奖这一平台的评审规则合理、使之能够高度凝聚和充分呈现这一学术进展和艺术创作进步，是中国民间文艺家协会面临的新课题。

小说形式与民间文化记忆的生存方式①

——读夏云华先生的长篇小说《花落古城》

夏云华先生近期出版了长篇小说《花落古城》(中国文联出版社2016年版),引起了我的极大兴趣。拜读之后,抚卷良久,沉吟再三。如果说,最初的兴趣主要出自小说的题材属于文物保护和民间文化主题的话,那么,现在我的感动则不局限在题材范围了,从《花落古城》这一小说的选题和写作主旨,我感受到当代中国小说与民间文化结缘和共同关注的主题。

把夏云华先生的《花落古城》放在中西小说形式发展历史上看,颇有意思。

小说这一形式的产生应该在市民社会。西方近代小说的主要起源地是英国16、17世纪,笛福《鲁滨逊漂流记》和理查生《帕梅拉》一类市民小说正式取代中世纪的传奇形式,成为符合近代市民趣味的文学形式。它的题材主要建立在城市资产阶级社会的日常生活领域,当然,也有表现庄园生活的作品,例如18世纪简·奥斯汀的《傲慢与偏见》等,以及19世纪托马斯哈代的"威塞克斯小说"系列表现英国农村崩溃、走向破产的小说,但是,并没有离开资产阶级"市民日常生活

---

① 本文最初发表于《中国艺术报》2017年4月5日第4版。

+启蒙主义+人道主义"的范围。发展到 19 世纪俄罗斯社会，则形成了小说表现当代社会矛盾与宗教探寻主题相结合的思想小说或曰宗教小说，社会批判题材成为主导。但是，小说的另外一种形式未能受到足够的重视，这就是法国大仲马和英国瓦尔特司各特所代表的所谓"历史小说"一派。这一派小说并非取材于正典历史，而是多取材于民间传说和故事，保留了丰富的民族民间文化内容，经过小说家笔法，使之符合当代阅读趣味。它的人物刻画、艺术形式与技巧既不同于中世纪的传奇，也不同于资产阶级市民小说。所以，文学史评价司各特是欧洲历史小说之父，在苏格兰则威望更高，深受爱戴。20 世纪美国南部小说家福克纳、黑人小说家莫里斯和拉美魔幻现实主义小说家马尔克斯、略萨，则把地方文化、族裔文化与现代性紧密结合起来，创造了一种新的小说叙事境界。上述小说创作走向表现出超越简单题材决定论，而趋向把区域民间文化营建的氛围作为关注主体的趣味。"写什么"移出关注中心，"怎么写"成为小说形式的重点；而在怎么写的问题上，则以多元纷呈的民间区域文化作为解除西方启蒙话语霸权的锐利兵器。这个机遇来自后现代环境下世界性边缘文化对中心文化的挑战。

中国小说也产生于市民社会兴起之时。它的题材主要取之于民间传说、野史掌故，保留了丰富的民间文化色彩。例如《西游记》《水浒》《三国演义》，以及三言二拍系列，都是在民间文化特别是民间文学基础上、经过艺术家（有的是艺术家集体）创作而成的。到五四以后中国现代小说形成后，虽则当代社会主题成为中国现代小说反映的内容，但是，民间文化从未离开过小说的视野，例如鲁迅先生《故事新编》并非历史而是民间故事新编；沈从文的湘西故事凤凰传说，则提供了民间文化的诗性表达；特别是在延安鲁艺的影响下，民间文化在赵树理、周立波、丁玲、孙犁、康濯等人的作品里留存了丰富内容。直到 20 世纪 80 年代以降，中国小说流派划分，仍以区域民间文化特色为主要标志，例如文学群体的陕军、湘军、晋军以及京派、海派等，也以山药蛋派、荷花淀派、海派、京派、湖湘文化等命名，主要是强调其创作的区域文化色彩。其中特别有成就的作家，多坚实地扎根在区域民间文化土壤中，例如贾平凹的《废都》和关中系列，陈忠实《白鹿原》，莫言的红高粱系列，汪曾祺《受戒》和《大淖记事》、邓友梅《烟壶》都是如此。可以说，区域性的民间文化成为当下最有成就小说家的共同旨趣。如果我们把探讨的视野放到 1978 年到 20 世纪 90 年代，就能够发现，这一路径似乎非常自觉，而不是一种偶然现象，与世界性文化思潮有着相似的发展轨迹。其中的思想意味值得深入思考。

在这个背景下，我读到夏云华先生的小说《花落古城》就别有一番滋味。《花落古城》取材于 1948—1949 年之间，写一个联合国保护古城建筑小组在湖南武岗的经历，应该说，这个取材领域不会有太多出奇的地方。事实上，以小说固有套路来看，外国科学家、解放军、地下党、国民党军队、军统特务、土匪，以及穿插其间的中外青年爱情故事，可以演绎成一部比较出色、但读过便可能混同在许多小说记忆中的作品。在当下的小说作者里，有才情写这样小说的人很多，绝对不止夏云华先生一人。但是，这部小说出彩之处却不在上述层面的因素，而在上述人物和故事发生的地方文化层面上；不是写了什么题材，而是它如何写。正是在这一层面的拓展，我们感受到小说家自觉的民间文化追求，感受到小说作为民间文化载体的艺术魅力。

《花落古城》浸透着"武岗"地方文化营养，这一丰富文化营养与事件的扑朔迷离、人物命运变化共同构建了小说的艺术魅力。小说里的武岗地方文化具有立体性，既有历史沿革，从宋元明清各朝的历史轶事，也有自然风貌、民间习俗、传奇传说故事，还有饮食、民间工艺、时令节日、民间戏曲艺术、歌谣俚曲、宗教信仰等等日常生活层面内容，不一而足。写法上，从外到内，由物及人，缘实到虚，所谓"一王府、九塔、九桥、十宫、九庙、九寺、五阁、五楼、八古民间、七石刻"等，以及武岗米粉、武岗卤菜、武岗铜鹅等饮食，人们交往间的辈分、结拜、年俗、婚俗、节气、比武打擂，多种民间工艺和工匠行当、餐馆、酒肆、药房、歌妓等等，加上传说、故事、地方戏曲、傩戏、送行歌、武岗丝竹、掌故、野史等等民间文艺经典文体，构成一幅民间文艺的万花筒。这些民间文化元素，成为一种微型叙事，与中国"第一历史古城"城墙保护事件紧密结合起来，共同营建起一种丰厚的文化气氛，使"武岗城"这个故事发生的区域，成为一种中华古文化的象征。它处在悠久的传统之中，稳固却不固化，弥漫却不虚无。在人们、城墙、街道、风习之中，在待人接物、品评行为、言语举止和风物环境之间，"武岗城"生动地稳稳地矗立在读者的心目中，不是故事发生的环境被动状态，而是成为小说表现的主体。

《花落古城》这个"民间文化＋历史传奇"的小说叙事模式，使我深受启发。中华传统文化作为物质的形式（例如建筑、日常用具等）已经有了足够丰富的传承样式，作为精神状态的形式（例如哲学、史学、逻辑），也都在世界文明史上具有深刻影响，甚至作为日常生活的内容（例如习俗、节气），也都为越来越多的人瞩目。但是，以文学艺术的形式来传播、传承中华民间文化、传承中华文化的民间日常生活内容，传播中国人的日常生活情状、她的文化内容，使之形成民间文化记忆，甚至艺术化为文化符号，却仍然属于尚未开拓的处女地，有着无限美好的广阔空间。《花落古城》以丰富的武岗地方民间文化元素的艺术书写为我们提供了一种尝试，既使我们感受到小说艺术魅力生成的一种机制，又使我们领悟到民间文化记忆传承的一种境界，这的确是小说这一文体的历史新变。恰逢中华文化传统备受关注的时期，夏云华先生的这一自觉努力，我以为，正是我们当代小说形式值得重视的方向。

小说这一形式从市民日常生活走向社会生活、宗教信仰，转向现代性心理体验的个性化表达和后现代环境的多元文化众声喧嚣，再转向对丰富多彩的民间文化的关注，为中国小说在后现代叙事环境中生存，提供了新的机会，也为丰富的民间文化获得新的传承媒介，提供了新的机会。为此，特别感谢夏先生！他对民间文化的钟情和看重，他的不懈艺术探索，我看理应成为当下中国小说叙述努力的方向。

后　记

编完这个文集对我是一件值得纪念的事件。能够作为燕京学者出版这个文集，我非常荣幸！首先，因为工作的缘故，自 2016 年我的学术关注转向了民间创作，这是一片陌生而丰厚的土地，我必须把全部精力投入到对它的关注和思考中。其次，我对它的关注和思考，不纯粹是学术性的，更主要的是行政管理性质的。

以往我的研究领域（俄国文学和文学理论）暂时退居到附带位置，成为闲暇时间里美好的休闲，常常用以享受回忆，犹如夏日黄昏的余晖，温馨。

而民间创作犹如舒展的大地，朴实而沉静。中国学术界习惯于把民间创作称作民间文艺，而俄罗斯则称为民间创作，我理解，这个区分出自对民间作品的性质有不同的类型学理解。中国学术界对民间创作的归类习惯，来自五四时期的反传统思维，继而与延安鲁艺传统密切关联，把民间视为取代或替换贵族传统的圣典，直到 20 世纪后期才醒悟，民间之文艺，不是常说的那个文艺，完全具有独立的更加丰富的文化内容。

收入这个文集的论文分三个部分，一部分是我对当代文化的思考，主要围绕北京文化的现代性展开。其中有几篇思想史文化史论文，是我比较看重的。第二部分是俄国文论研究，收入我早年发表的很少四篇论文，都偏重学术史，自己觉得还喜爱。第三部分也是最多的部分属于民间文化现象研究，虽然粗浅些，但于我言是一个开端，今后会更好些。属于俄罗斯研究的论文与我先前的文集有重复，但那本文集是专属于俄罗斯文学研究的，而这个集子却性质不同，意味也不同。我希望这个转向是成功的，会带来一个美好的未来。

最后，我谨向资助燕京学者文库出版的首都师范大学表示衷心感谢！向接收我的粗浅习作、编辑出版的人民出版社责任编辑表示谢意！

作　者

庚子年腊月初八